O ENFORCADO

Da Autora:

O Vencedor

TAMI
HOAG

O ENFORCADO

Tradução
Vera Whately

BERTRAND BRASIL

Título original: *Dust to Dust*

Capa: Rodrigo Rodrigues

Editoração: DFL

2005
Impresso no Brasil
Printed in Brazil

CIP-Brasil. Catalogação-na-fonte
Sindicato Nacional dos Editores de Livros, RJ

H597e Hoag, Tami
O enforcado/Tami Hoag; tradução Vera Whately. — Rio de Janeiro: Bertrand Brasil, 2005.
392p.

Tradução de: Dust to dust
ISBN 85-286-1098-5

1. Romance americano. I. Whately, Vera. II. Título.

05-0360 CDD – 813
CDU – 821.111 (73)-3

EDITORA BERTRAND BRASIL LTDA.
Rua Argentina, 171 – 1º andar – São Cristóvão
20921-380 – Rio de Janeiro – RJ
Tel.: (0XX21) 2585-2070 – Fax: (0XX21) 2585-2087

Para os queridos amigos que me ajudaram nas horas difíceis:
Bob, Betsy, Jessie e, como sempre, as divas.

AGRADECIMENTOS

A autora agradece a ajuda e o apoio das seguintes pessoas ao longo da preparação deste livro:

Agente especial Larry Brubaker, FBI (aposentado); sargento Mark Lenzen, Divisão de Homicídios da Polícia de Minneapolis; sargento Mike Carlson, Divisão de Homicídios da Polícia de Minneapolis; comandante Thomas Reding, Corregedoria Interna da Polícia de St. Paul; Robert Crais; Eileen Dreyer; Nita Taublib; Beth de Guzman; e Andrea Cirillo.

PRÓLOGO

É incrível a rapidez com que tudo acontece. Não é preciso muito tempo para passar do problema à tragédia. Apenas uns segundos. Uns meros segundos sem ar e o cérebro começa a se fechar. Não há tempo para reagir. Não há tempo sequer para entrar em pânico.

Como uma jibóia que tritura sua presa por compressão muscular, o nó aperta cada vez mais. Não faz diferença que pensamentos explodam no cérebro. *Vamos! Agarre a corda! Respire!* Os comandos não passam dos feixes nervosos para os músculos dos braços. Não há mais coordenação.

A corda forte esgarça quando o peso do corpo a estica. A viga racha.

O corpo dele gira ligeiramente para um lado e para outro. Os braços se levantam em terríveis espasmos em câmera lenta. Uma dança macabra de marionetes – braços se levantando e abaixando; mãos se contorcendo, se repuxando, se dobrando; dedos se enroscando. Os joelhos tentam se esticar, mas dobram-se de novo. A postura é um sinal da lesão cerebral.

As sinistras contorções se repetem. Os segundos vão passando enquanto a dança mortal continua. Um minuto. Dois. Quatro. A corda e a viga rangem na sala silenciosa. Os olhos estão abertos, porém vazios. A boca se move em um estertor final. O segundo de vida mais agudo e único: a última batida do coração antes da morte.

Depois termina tudo.

Finalmente.

O flash explode com uma luz branca brilhante e a cena se congela no tempo.

1

— **Deviam enforcar** o filho-da-puta que inventou essa merda — resmungou Sam Kovac, tirando um pedaço de chiclete de nicotina de um maço de papel de alumínio todo amassado.

— O chiclete ou o papel de fora?

— Os dois. Não consigo abrir esse maldito maço. Prefiro mascar uma borracha!

— E teria um gosto diferente do cigarro? — perguntou Nikki Liska.

Os dois atravessaram o corredor branco e amplo, abrindo caminho por um pequeno grupo de pessoas. Guardas saindo da prefeitura de Minneapolis para fumar um cigarro, guardas voltando depois de terem fumado, e cidadãos procurando saber onde eram aplicados seus impostos.

Kovac olhou-a, mal-humorado, com o canto do olho. Liska tinha um metro e sessenta e cinco de altura por pura força de vontade. Ele sempre achou que Deus não quis que ela crescesse mais porque se fosse um mulherão tomaria conta do mundo. Sua energia e atitude eram do cacete.

— O que você sabe sobre isso? — perguntou ele em tom de desafio.

— Meu ex-marido fumava. Chegava a lamber os cinzeiros. Foi por isso que nos divorciamos. Eu não tinha coragem de encostar minha língua na dele.

— Meu Deus, Fadinha, sem detalhes.

Kovac a apelidara de Sininho Bombada, por causa do seu cabelo louro nórdico cortado no estilo Peter Pan e dos olhos azuis como um lago em dia de sol. Feminina, mas inegavelmente atlética. Liska tinha enfrentado mais criminosos nos seus anos de polícia do que metade dos sujeitos que ele conhecia. Trabalhava na Divisão de Homicídios há... quantos anos mesmo? Uns cinco a seis, tinha até perdido a conta. Ele próprio trabalhava com homicídios há muito, muito tempo. Parecia que seus quarenta e dois anos de vida tinham sido passados na polícia. Ou pelo menos a melhor parte, ao longo de uma carreira de vinte e três anos. Faltavam ainda sete anos. Quanto completasse trinta anos de trabalho, pediria a aposentadoria. Tiraria o atraso de sono nos próximos dez anos. Às vezes pensava por que não tinha saído de casa aos vinte para fazer alguma outra coisa. Mas não havia outra coisa para fazer, então continuou onde estava.

Liska passou entre dois guardas com ar nervoso, que bloqueavam a entrada para a sala 126 — Corregedoria Interna da Polícia (COINPOL).

— Isso era o mínimo — continuou ela. — O que me incomodava mesmo era onde ele queria enfiar o pau.

Kovac torceu a cara em ar de reprovação.

Liska sorriu, com um ar matreiro e triunfante. — O nome dela era Brandi.

Os escritórios do Departamento de Investigação Criminal (DIC) tinham sido recém-reformados. As paredes eram da cor de sangue seco. Kovac não sabia se era intencional ou apenas uma cor da moda. Provavelmente era moda mesmo. Nada mais naquele lugar tinha sido planejado tendo em mente os policiais. Os cubículos estreitos e cinzentos para duas pessoas podiam ter acomodado um bando de contadores.

Ele preferia os buracos temporários onde tinham trabalhado durante a reforma; uma sala suja e velha, cheia de mesas gastas e guardas gastos, com enxaqueca devido às luzes fluorescentes muito brancas. A Divisão de Homicídios ocupava apenas uma sala, a Divisão de Roubos e Furtos ficava perto, e metade dos criminosos sexuais era levada para um cubículo onde se guardavam as vassouras. Esse era o clima.

— Como está o caso sobre o assalto de Nixon?

A voz parou Kovac no meio do caminho como se fosse um gancho puxando seu colarinho. Mordeu com mais força o chiclete de nicotina. Liska continuou a andar.

Escritórios novos, tenente novo, chateações novas. O escritório do tenente da Divisão de Homicídios vivia em constante troca; um verdadeiro ponto de partida para se alcançar cargos administrativos mais altos. Pelo menos esse novo tenente — Leonard — organizava melhor as equipes de trabalho, ao contrário do anterior, que exasperava o pessoal com inúmeras besteiras e horários absurdos, deixando todos insones.

Mas Leonard não deixava de ser um idiota também.

— Vamos ver — disse Kovac. — Elwood acabou de trazer um sujeito que acha que pode ser útil no caso do assassinato de Truman.

Leonard ficou roxo. Era um homem avermelhado e baixinho, com mechas brancas na cabeça como se fossem penas de pato. — Que diabo você está fazendo no caso Truman? Quando isso aconteceu? Há uma semana? depois disso você já teve um bocado de assaltos.

Liska voltou, com aquele seu ar de policial. — Estamos achando que esse sujeito faz trabalho duplo. Talvez estivesse ligado ao crime de Nixon *e* ao de Truman. A essa altura, o povo vai acabar chamando as vítimas de "presidentes mortos".

Kovac deu uma risada, um misto de ronco e latido. — Como se esses babacas pudessem identificar um presidente pela mijada!

Leonard olhou para ele. — Elwood levou-o para a sala de espera. Vamos logo para lá.

Leonard deu um passo para trás e fechou a cara. Seus lábios eram muito finos e as orelhas ficavam perpendiculares à cabeça, como as de um chimpanzé. Kovac lhe dera o apelido de Gorilão. Tinha a impressão de que se ele solucionasse um crime seu dia estaria arruinado.

— Não se preocupe — disse Kovac. — Há mais assaltos na área onde ocorreu esse.

Deu as costas antes que Leonard pudesse reagir, e dirigiu-se para a sala de interrogatórios com Liska.

— Então esse cara também estava no caso Nixon?

— Não tenho a menor idéia. Leonard gostou.

— Gorilão cuzão — resmungou Kovac. — Alguém devia mostrar a ele a porra da placa na porta. Ainda está escrito "Homicídios", não está?

— Estava, na última vez que olhei.

— Só se preocupa em solucionar assaltos.

— Os assaltos de hoje são os homicídios de amanhã.

— É, essa frase ficaria ótima numa tatuagem. E eu sei onde ele pode fazê-la...

— Mas seria preciso um capacete de mineiro para ler. Vou comprar um para você no Natal. Um presente para você esperar com ansiedade!

Liska abriu a porta e Kovac entrou na frente na sala mínima, do tamanho de um espaçoso armário de casacos. O arquiteto teria chamado aquilo de "sala íntima". Segundo as teorias mais recentes sobre como interrogar os vagabundos, a mesa era pequena e redonda. Não havia um lado dominante. Todos ficavam em posição igual. Companheiros. Confidentes.

Não havia ninguém sentado à mesa.

Elwood Knutson estava de pé no canto, parecendo um urso de desenho animado da Disney, com um chapéu de feltro preto. Jamal Jackson estava no lado oposto, perto de uma estante de livros totalmente vazia, debaixo de uma câmera de vídeo montada na parede — conforme era exigido pelas leis de Minnesota para provar que os suspeitos não eram espancados para confessar alguma coisa.

A atitude de Jackson era tão estranha quanto suas roupas. O jeans que teria cabido em Elwood escorregava dos seus quadris magros. Um casaco imenso, preto e vermelho, envolvia seu tronco. O lábio inferior era grosso como uma mangueira d'água, e ele esticou-o para Kovac.

— Cara, isso é mentira. Eu não apaguei ninguém.

Kovac levantou as sobrancelhas. — Não? Porra, deve ter sido um engano... — Virou-se para Elwood e estendeu as mãos. — Entendi você dizer que era ele o homem, Elwood. Mas ele disse que não.

— Devo ter me enganado — disse Elwood. — Aceite minhas desculpas, sr. Jackson.

— Vamos mandar uma viatura te levar para casa — disse Kovac. — Talvez anunciem pelo alto-falante que não pretendíamos te trazer para cá. Que foi tudo um grande engano.

Jackson olhou para Kovac, virando os lábios para cima e para baixo.

— Podemos anunciar especificamente que sabemos que você não estava envolvido no assassinato de Deon Truman. Para ficar bem claro por que veio para cá. Não queremos boatos a seu respeito por culpa nossa.

— Vá se foder, cara! — gritou Jackson, subindo a voz em uma oitava. — Vocês querem me ver morto?

Kovac riu. — Ei, você não disse que não fez nada? Tudo bem. Vou te mandar para casa.

— E os irmãos vão pensar que eu abri pra você. A próxima coisa que vão fazer é me enrabar. Cacete.

Jamal Jackson deu uns passos, puxando as tranças curtas que balançavam por toda a cabeça. Suas mãos estavam algemadas pela frente. Olhou para Kovac com raiva.

— Me bota na cadeia, seu filho-da-puta!

— Não posso fazer isso. E já que você pediu com tanta delicadeza, eu peço desculpa.

— Eu *estou preso* — insistiu Jamal.

— Se você não fez nada, não está preso.

— Eu fiz um monte de coisas.

— Tá confessando agora? — perguntou Liska.

Jackson olhou para ela incrédulo. — Quem é essa? Sua namorada?

— Não insulte a moça — disse Kovac. — Você está nos dizendo que apagou Deon Truman.

— Eu não disse nada disso.

— Então quem foi?

— Vá se foder, meu irmão! Eu não vou dizer nada pra você.

— Elwood, mande o homem para casa em grande estilo...

— Mas eu *estou preso*! — gritou Jackson. — Eu quero ir para a cadeia.

— Que se foda — disse Kovac. — A cadeia está superlotada. Isso aqui não é uma porra de hotel. Ele foi detido por que motivo, Elwood?

— Acho que foi por vadiagem.

— Contravenção insignificante.

— Fodam-se! — gritou Jackson, enraivecido, apontando para Elwood com os dois indicadores. — Você me viu vendendo crack. Bem ali na esquina da Chicago com a Vinte e Seis.

— Ele tinha crack quando foi preso? — perguntou Kovac.

— Não, senhor. Tinha só um cachimbo.

— Me livrei da parada.

— Posse de parafernália de drogas — disse Liska sem se impressionar. — Nada de importante. Pode mandar soltar o homem. Estamos perdendo tempo com ele.

— Vá se foder, sua vagabunda! — disse Jamal, avançando para ela. — Eu não deixava você chupar o meu pau por nada neste mundo!

— Prefiro arrancar meus olhos com um prego enferrujado — disse Liska, olhando-o com seus olhos azuis como se fossem raios frios de laser. — Guarde o pau dentro das calças, Jamal. Se você viver até lá, talvez encontre um cara na prisão que te pague uma chupada.

— Ele não vai para a prisão hoje — anunciou Kovac, impaciente. — Vamos acabar com isso. Tenho de ir a uma festa.

Jackson deu o bote quando Kovac se dirigiu para a porta. Puxou uma das prateleiras soltas da estante e o agrediu pelas costas. Apanhado de surpresa, Elwood gritou uma obscenidade, mas pulou tarde demais. Kovac virou-se a tempo de pegar a ponta da prateleira, mas a tábua lhe fez um rasgo na testa, do lado esquerdo.

— Merda!

— Droga!

Kovac caiu de joelhos, com a visão turva, sentindo o chão como se fosse de borracha.

Elwood agarrou Jackson pelos pulsos e levantou seus braços; a tábua saiu voando e foi bater na parede nova.

De repente, Jackson gritou e caiu no chão, dobrando o joelho esquerdo. Gritou de novo e dobrou as costas. Elwood pulou para trás com os olhos arregalados.

Liska girou o corpo de Jackson e enfiou-lhe o joelho no meio das costas quando ele bateu com a cara no chão.

A porta foi aberta e uns seis detetives entraram de armas na mão. Liska sacou um cassetete tático pequeno e preto, com um ar surpreso e inocente.

— Puxa, olhem o que encontrei no bolso do meu casaco.

Abaixou-se bem perto do ouvido de Jamal Jackson e murmurou com voz sedutora: — Parece que vou realizar um dos seus desejos, Jamal. Você está preso!

* * *

— Parece meio bicha.

— É a voz da autoridade, Tippen?

— Fadinha, vá se foder.

— Isso é um não ou um desejo reprimido?

Uma gargalhada percorreu a mesa toda, o tipo de gargalhada dura e crua de gente que presenciava coisas horríveis no seu dia-a-dia. O humor dos policiais era rude e cortante porque o mundo em que viviam era cru e selvagem. Não tinham tempo nem paciência para diálogos melosos.

O grupo tinha ocupado uma mesa em um canto do Patrick's, bar com nome irlandês, mas explorado por suecos. Em um dia comum o bar — localizado estrategicamente entre o Departamento de Polícia de Minneapolis e o gabinete do xerife do condado de Hennepin — vivia entupido de policiais a essa hora. Policiais do turno do dia que terminavam a jornada de trabalho e tomavam umas e outras no tempo livre. Policiais aposentados que não conseguiam se socializar com seres humanos normais depois que paravam de trabalhar. Sujeitos que trabalhavam à noite e jantavam ali com os companheiros, matando o tempo antes de começarem seu turno.

Mas aquele não era um dia comum. Além dos freqüentadores de sempre, havia os oficiais do Departamento de Polícia, *políticos* da cidade e *jornalistas*. Um acréscimo indesejável que aumentava a tensão no ar já tomado de fumaça e falatório. Uma equipe do noticiário de uma das estações locais estava sentada perto da janela da frente.

— Você devia ter insistido para levar uns pontos à moda tradicional — disse Tippen.

Bateu as cinzas do cigarro e levou-o aos lábios para dar uma tragada, com a atenção presa à equipe de jornalistas. Parecia um cão de caça irlandês: cara comprida e feia, bigode grisalho e olhos escuros inteligentes e penetrantes. Detetive do gabinete do xerife, tinha feito parte do grupo que se encarregou dos assassinos de Cremator, há pouco mais de um ano. Alguns membros desse grupo tinham se tornado amigos e se encontravam em bares para beber e bater papo ou para se sacanearem mutuamente.

— Acabou ficando com essa cicatriz grande e feia, parecendo um Frankenstein — disse Liska. — Se tivesse usado os grampos-borboleta, ficaria com uma cicatriz fina, do tipo que as mulheres acham sexy.

— Mulheres sádicas... — comentou Elwood.

Tippen repuxou os lábios. — E há outro tipo de mulher?

— É claro! Aquelas que saem com você — disse Liska. — Masoquistas.

Tippen jogou uma pipoca em cima dela.

Kovac olhou-se com ar crítico no espelhinho de bolsa de Liska. O corte na sua testa foi cuidado por uma residente exausta da emergência do Centro Médico do condado de Hennepin, onde os bandidos chegavam arrebentados regularmente ou já prontos para serem colocados em sacos plásticos. Ele ficou sem graça de entrar na emergência com um ferimento leve como aquele, e a jovem médica deu a entender que o caso era insignificante para lhe tomar muito tempo. Atração sexual não fez parte do quadro.

Ele avaliou os danos com um olhar crítico. Seu rosto era um quadrilátero pontilhado de rugas de expressão e algumas cicatrizes, nariz aquilino e torto, combinando com a boca torta e sardônica escondida debaixo do bigode típico dos policiais. O cabelo estava bem grisalho. Uma vez por mês ele pagava dez dólares a um velho barbeiro norueguês para lhe dar um corte, o que provavelmente explicava o fato de o seu cabelo estar sempre espetado para cima.

Kovac nunca foi bonito, mas também não era feio a ponto de pôr as mulheres para correr; pelo menos não por causa do seu aspecto. Uma cicatriz a mais não faria diferença.

Liska examinou-o enquanto bebia sua cerveja. — Essa cicatriz lhe dá caráter, Sam.

— Está me dando é dor de cabeça — resmungou, entregando-lhe o espelhinho de bolsa. — Eu já tenho todo o caráter que preciso.

— Eu poderia beijar sua testa para melhorar a dor. Mas já dei um corretivo no sujeito que aprontou isso. Acho que fiz a minha parte.

— E você ainda não sabe por que continua solteira — disse Tippen.

Liska jogou-lhe um beijo. — Ei, me ame, ame meu cassetete. Ou, no seu caso, Tip, beije meu cassetete.

A porta da frente se abriu, deixando entrar uma rajada de ar frio e um novo grupo de clientes. Os olhares dos policiais baixaram no mesmo instante e o nível de tensão aumentou. Policiais protegendo-se de estranhos.

— O homem da hora — disse Elwood, quando a multidão o reconheceu e aplaudiu. — Veio tomar um trago com as massas impuras antes da sua ascensão.

Kovac ficou calado. Ace Wyatt apareceu na porta com um jaquetão de pêlo de camelo, parecendo o Capitão América, mestre de todos. Queixo quadrado, sorriso franco, todo arrumado como se fosse para um programa de televisão. Provavelmente deu uma gorjeta de dez dólares ao barbeiro e foi chupado pela menina que lavou seu cabelo.

— Ele está usando maquiagem? — perguntou Tippen. — Ouvi dizer que tinge os cílios.

— Isso é o que acontece com quem vai parar em Hollywood — disse Elwood.

— Eu me prontificaria a passar por essa indignidade — disse Liska, sarcástica. — Já ouviram falar da grana que ele está ganhando para fazer aquele programa?

Tippen deu uma longa tragada no cigarro e soltou a fumaça. Kovac olhou para o Capitão Ace Wyatt através daquela nuvem. Os dois tinham trabalhado na mesma esquadra por algum tempo. Parecia que fora há anos. Ele tinha mudado da Divisão de Roubos para a de Homicídios. Wyatt era importante, quase uma lenda, e tendente a se tornar uma estrela no mundo dos oficiais. Teve muito sucesso na divisão, depois foi para a televisão — mas manteve seu escritório como capitão do Departamento de Investigação Criminal (DIC) e estrelou em Minneapolis no programa *Os Mais Procurados da América* e em um comercial de informações motivacionais. O programa *Hora do Crime* estava em rede nacional.

— Eu detesto esse cara!

Pegou a garrafa de bebida que não devia misturar com o analgésico e bebeu o que restava.

— Com ciúmes? — perguntou Liska em tom provocador.

— De quê? Desse gostosão?

— Não se subestime, Kojak. Você é tão gostoso quanto qualquer homem daqui.

Kovac soltou um ronco do fundo da garganta, querendo de repente estar em outro lugar. Por que tinha vindo? Havia sofrido uma concussão, uma desculpa perfeita para pedir licença e ir para casa. Mas sua casa era vazia, com um aquário vazio na sala. Os peixes tinham morrido porque não foram alimentados na época em que deu plantão de quase setenta e duas horas no caso Cremator. E não se preocupou em repovoar o aquário.

Participando da festa em homenagem a Ace Wyatt, era tão masoquista quanto qualquer mulher com que Tippen havia saído. Terminou sua bebida. Assim que o grupo de Wyatt saísse de perto da porta, ele poderia passar pelo meio da multidão e sair. Talvez fosse ao bar onde os policiais do Quinto Distrito se reuniam. Lá ninguém dava a mínima para Ace Wyatt.

No instante em que tomou essa decisão, Wyatt avistou-o e dirigiu-se para ele com um sorriso brilhante, seguido de um quarteto de puxa-sacos. Atravessou a multidão, apertando as mãos de todos como se fosse o papa distribuindo bênçãos.

— Kojak, seu veterano de guerra! — gritou acima da barulhada, agarrando Sam pela mão.

Kovac levantou-se da cadeira e o chão pareceu afundar-se debaixo dos seus pés, devido à pancada que tinha levado com a tábua ou à mistura de remédios e bebida. Não foi das melhores coisas da vida ser alvo da atenção de Wyatt. O cretino o chamou de Kojak. Detestava o apelido. Quem o conhecia bem o chamava assim quando queria deixá-lo irritado.

Um dos puxa-sacos aproximou-se com uma câmera Polaroid e o flash quase o cegou.

— Uma foto para o álbum — disse o sujeito, um rapaz dos seus trinta anos, tipo capa de revista, cabelo preto brilhante e olhos de um azul-cobalto. Daria um bom galã em um desses dramas baratos em horário nobre da televisão.

— Ouvi dizer que você levou uma pancada na cabeça — disse Wyatt aos berros, sorrindo. — Meu Deus, você devia largar isso enquanto pode! Largar enquanto ainda *tem* cabeça!

— Faltam sete anos de trabalho, cara — disse Kovac. — Hollywood não está batendo na minha porta. Aliás, meus parabéns.

— Obrigado. Aparecer em um programa nacional é uma grande chance.

Para a conta bancária de Ace Wyatt, pensou Kovac. E daí? Ele nunca se deu ao luxo de comprar ternos caros ou de ir à manicure semanalmente. Era um mero policial. E era só o que desejava ser. Ace Wyatt sempre sonhou alto, sempre quis ter coisas boas na vida e sempre aproveitou as oportunidades.

— Que bom que você pôde vir à festa, Sam.

— Ei, eu sou um policial. Com boca-livre e bebida à vontade eu sempre venho.

Os olhos de Wyatt já buscavam uma mão mais importante para apertar. O puxa-saco fez com que ele olhasse para a câmera de televisão, e Wyatt sorriu um de seus sorrisos de centenas de watts.

Liska deu um pulo da cadeira e esticou a mão antes que Wyatt saísse dali. — Capitão Wyatt. Nikki Liska, Divisão de Homicídios. É um prazer conhecê-lo. Eu gosto muito do seu programa.

Kovac olhou-a com ar malicioso. — Minha companheira de trabalho. A Ambição Loura.

— Sujeito de sorte — disse Wyatt com um tom chauvinista e bem-humorado.

Os músculos do maxilar de Liska se flexionaram, como se ela estivesse engolindo uma coisa desagradável. — Sua idéia de fortalecer o elo entre as comunidades e as forças policiais através da televisão e da internet é uma brilhante inovação.

Wyatt apreciou o elogio. — A América é multimídia — disse alto, quando a repórter de televisão, uma morena de blazer vermelho brilhante aproximou-se com um microfone. Wyatt virou-se para a câmera e inclinou-se para ouvir a pergunta da mulher.

Kovac olhou para Liska com ar desaprovador.

— Ei, talvez ele me arranje um emprego de consultora técnica. Eu podia ser uma consultora técnica — disse ela com um tom matreiro. — Podia ser meu primeiro passo para trabalhar nos filmes de Mel Gibson.

— Vou ao banheiro.

Kovac atravessou a multidão que, a convite de Ace Wyatt, tinha aparecido para beber e comer asinhas de frango temperadas e queijo à milanesa. Metade dos que estavam ali nunca tinha visto Wyatt, muito menos trabalhado com ele, mas todos celebravam com prazer sua aposentadoria. Por uma boca-livre celebrariam até o aniversário do diabo.

Kovac foi para os fundos da sala principal e ficou observando a cena, ainda mais surreal devido à decoração de Natal refletindo o brilho das luzes da televisão. Um mar de gente, inúmeras caras familiares, mas mesmo assim ele se sentiu sozinho. Vazio. Era hora de encher a cara ou de dar o fora.

Liska circulava em volta do pessoal de Wyatt, tentando insinuar-se para seu assecla principal. Wyatt afastou-se para apertar a mão de uma loura atraente, de ar sério, vagamente familiar. Pôs a mão no seu ombro e inclinou-se para lhe falar alguma coisa ao ouvido. Elwood encaminhou-se para o bufê. Tippen tentava paquerar uma garçonete que o olhava com ar de nojo.

Kovac estaria longe quando dessem por sua falta. E pensariam nele só por um breve instante.

Onde está Kovac? Foi embora? Passe o amendoim.

Dirigiu-se para a porta.

— Você era o melhor daquele departamento de merda — disse alguém com voz de bêbado. — Quem não pensar assim pode vir falar comigo. Vamos! Vamos! Eu daria minhas malditas pernas por Ace Wyatt — gritou o homem.

Estava sentado em uma cadeira de rodas equilibrada no alto dos três degraus que davam para o bar principal, onde estava Wyatt. Mas não podia dar suas pernas, que eram inúteis há vinte anos. Tinham lhe restado apenas uma carne fina e músculos atrofiados. Em compensação, o rosto era saudável e vermelho, e o tronco era forte.

Kovac sacudiu a cabeça e deu um passo na direção da cadeira de rodas, tentando chamar a atenção do velho.

— Ei, Mikey. Ninguém duvida — disse.

Mike Fallon olhou para ele, mas não o reconheceu, pois seus olhos estavam cheios de lágrimas. — Ele é um herói. Não tente negar — disse com raiva, apontando para Wyatt. — Eu amo esse homem! Eu amo esse homem como se fosse meu filho!

A voz do velho falhou no final da frase e seu rosto contorceu-se, não por estar bebendo há horas, e sim de tristeza.

Wyatt deixou de lado o sorriso glamouroso e foi falar com Fallon, no exato momento em que a mão esquerda dele aterrissou na roda da cadeira. Kovac deu um pulo para a frente, indo bater em outro bêbado.

A cadeira desceu os degraus e Mike foi atirado no chão como se fosse um saco de batatas.

Kovac desvencilhou-se do bêbado e correu para os degraus. A multidão afastou-se, surpresa. Wyatt ficou paralisado a uns três metros de distância, olhando do alto para Mike Fallon.

Kovac ajoelhou-se. — Ei, Mike, vou te levantar. Se atrapalhou de novo!

Alguém ajeitou a cadeira de rodas. O velho rolou de costas e fez uma tentativa patética de sentar-se, sacudindo-se no chão como se fosse uma foca, as lágrimas escorrendo pelo rosto. Um sujeito que Kovac conhecia da Divisão de Roubos segurou Fallon de um lado e ele de outro, e os dois o colocaram de volta na cadeira.

As pessoas que estavam por ali se afastaram, sem jeito por causa do velho. Fallon pendurou a cabeça, humilhado, cena que Kovac gostaria de não ter presenciado.

Ele conheceu Mike Fallon no seu primeiro dia de trabalho. Naquela época, todos os guardas de Minneapolis conheciam Mike de Ferro. Seguiam seu exemplo e acatavam suas ordens. E muitos tinham chorado como bebês quando Mike Fallon foi baleado. Mas vê-lo assim, um trapo de gente, era de cortar o coração.

Kovac ajoelhou-se ao lado da cadeira de rodas e colocou a mão no ombro de Fallon. — Vamos, Mike. Está na hora de ir embora, né? Eu te levo para casa.

— Você está bem, Mike? — perguntou Ace Wyatt com frieza, aproximando-se finalmente.

Fallon estendeu a mão trêmula para ele, mas não conseguiu olhar para cima, nem mesmo quando Wyatt pegou sua mão. A voz saiu rouca. — Gosto de você como um irmão, Ace. Como um filho. Mais ainda. Eu não consigo dizer...

— Não precisa dizer, Mike. Não precisa.

— Sinto muito, muito mesmo — disse o velho, cobrindo o rosto com a outra mão. Um muco escorria-lhe do nariz para o colo. As calças estavam mijadas.

Com a visão periférica, Kovac viu as repórteres aproximarem-se como se fossem abutres.

— Vou levar Mike para casa — disse para Wyatt, levantando-se.

Wyatt ficou olhando para Mike Fallon. — Obrigado, Sam. Você é um bom homem.

— Eu sou um merda. Mas o que mais posso fazer com o meu tempo?

A loura tinha sumido, mas a morena da televisão aproximou-se de Wyatt de novo. — Ele é Mike Fallon? O oficial Fallon do caso Thorne, dos anos 70?

O puxa-saco de cabelo preto apareceu e levou a mulher para longe, falando alguma coisa baixinho ao seu ouvido.

Wyatt se recompôs e afastou-se, mandando as repórteres embora com um ar de reprovação. — Foi só um pequeno acidente, minha gente. Vamos indo.

Kovac olhou para o homem que soluçava na cadeira de rodas.

Vamos indo.

2

— **Sim, foi para isso** que eu contratei uma baby-sitter para esta noite — disse Liska. — Para poder levar um bêbado para casa. Eu já fiz muito isso quando era policial.

— Deixa de besteira — disse Kovac. — Você podia ter dito não, *companheira.*

— É claro. E ser malvista pelo sr. Serviço Comunitário. Eu só espero que ele reconheça minha boa vontade e se lembre de mim quando eu lhe pedir um emprego no seu programa — disse, brincando.

— Tive a impressão de que o que você queria pedir era outra coisa ao assistente dele...

Liska lhe deu um soco no braço, tentando não rir. — Isso não é verdade. Quem você pensa que sou?

— O que *ele* pensa que você é? Essa é a verdadeira pergunta.

— Ele não pensa nada.

— Ele não pensou. Essa é a diferença.

Liska fingiu estar ofendida. — Tá na cara que ele é gay.

— Tá na cara.

Os dois seguiram em silêncio os próximos quarteirões, ouvindo o limpador de pára-brisa soltar a neve que se prendera no vidro. Mike Fallon estava recostado em um canto do banco de trás, cheirando a urina e roncando.

— Você trabalhou com ele, não é? — perguntou Liska, indicando o passageiro com a cabeça.

— Todo mundo trabalhava com Mike de Ferro quando entrei para a polícia. Ele era um verdadeiro veterano de guerra. Sempre acima e adiante dos chamados. Porque é assim que se faz, ele costumava dizer. É assim que um policial deve agir. E foi logo ele que levou um balaço na espinha. Não foi nenhum preguiçoso que contava o tempo de trabalho para se aposentar.

— A vida não é justa...

— Mas, pelo menos, ele matou o idiota que lhe meteu o tiro.

— Foi o caso Thorne.

— Você se lembra?

— Eu era criança na época, Matusalém.

— Há vinte anos? — caçoou ele. — Você estava provavelmente enrabichada pelo capitão do time de futebol.

— Engano seu — reagiu ela. — E vou te dizer uma coisa, não era à toa que o chamavam de Mãos.

— Meu Deus — resmungou Kovac, dando um risinho com o canto da boca. — Fadinha, você não é fácil.

— Alguém tem de te dar o contra. Você gosta de mostrar o seu mau humor.

— Vejam só quem fala...

— Então, como foi o caso Thorne?

— Bill Thorne era um policial. Patrulhava as estradas há anos. Eu não o conhecia, pois tinha acabado de entrar para a polícia. Ele morava em um bairro próximo a uma escola pública, onde moravam também vários outros policiais. Quando Mike estava fazendo a patrulha na vizinhança, viu que havia alguma coisa estranha na casa de Thorne. Pediu reforço e entrou na casa.

— Ele devia ter esperado o reforço chegar.

— É, devia mesmo. Foi um grande erro. Mas o carro de Thorne estava lá. Era um bairro cheio de policiais. Bem, havia um faz-tudo que andava trabalhando na vizinhança. Um malandro. Thorne tinha tentado correr com o homem dali várias vezes, mas sua mulher ficou com pena e pediu que ele lavasse as janelas da casa. Mas quem estava com a razão era Thorne, o sujeito não prestava. Invadiu a casa e estuprou a mulher dele.

"Thorne estava escalado para trabalhar à noite, mas, por alguma razão, resolveu dar um pulo em casa. O malandro tinha encontrado uma arma e matou Thorne.

"Nessa hora, Mike apareceu e entrou. O sujeito atirou. Mike revidou. Pegou o cara, mas foi atingido. Ace Wyatt morava do outro lado da rua naquela época. A uma certa altura, a mulher de Mike o chamou, histérica. Ele cuidou de Mike até a ambulância chegar."

— Isso explica o que ocorreu esta noite.

— Sim — disse Kovac, pensativo. — Pelo menos em parte.

Falava-se muito de Mike de Ferro, o ex-herói, e do velho Mike Fallon, o alcoólatra patético. A profissão deles era cheia de histórias tristes e de bêbados ainda mais tristes.

No banco de trás, Mike inclinou-se e vomitou no chão quando Kovac parou na frente da sua casa.

Kovac gemeu alto e bateu com a cabeça no volante.

Liska abriu a porta e olhou para ele. — Nenhuma boa ação é feita impunemente. Eu não vou limpar essa sujeira, *companheiro*.

Por fora, a casa era pequena e simpática, no meio de várias outras casas pequenas e simpáticas. Por dentro, a história era outra. A mulher de Fallon tinha morrido uns anos antes, de câncer. Ele morava sozinho. A casa tinha cheiro de gente velha e de cebola frita.

Havia poucos cômodos e pouca mobília, para dar passagem para a cadeira de rodas. Uma mistura estranha de móveis gastos e ultramodernos. No meio da sala, via-se uma cadeira reclinável para massagem, virada para uma televisão em cores de trinta e uma polegadas. O sofá era uma relíquia dos anos 70. A sala de jantar parecia não ser usada havia duas décadas, e estava exatamente como a sra. Fallon a deixou, com exceção das garrafas de bebida em cima da mesa.

No pequeno quarto havia duas camas iguais, uma empilhada de roupas e a outra com um emaranhado de lençóis. A roupa suja estava jogada em volta de um cesto de roupas cheio até a boca. Na mesinha-de-cabeceira havia uma garrafa de uísque ao lado de um copo de geléia com uma estampa de dinossauro. No outro lado do quarto estava a cômoda da falecida esposa, coberta de fotos de família, metade delas viradas para baixo.

— Desculpe, desculpe — disse Mike quando Kovac colocou-o na cama.

Liska encontrou o cesto e jogou as roupas de Mike, apertando o nariz, mas sem reclamar.

— Tudo bem, Mike. Todos nós fazemos isso de vez em quando — disse Kovac.

— Meu Deus, estou todo mijado.

— Não se preocupe com isso.

— Desculpe. Onde você está trabalhando, Sam?

— Na Homicídios.

Fallon deu uma gargalhada de escárnio, própria dos bêbados. — Você é um homem e tanto. Bom demais para ser policial.

Kovac suspirou e ajeitou o corpo, olhando as fotos do outro lado do quarto. Fallon tinha dois filhos. O mais moço, Andy, era policial. Trabalhou na Divisão de Roubos por algum tempo. Ao virar as fotos da cômoda para cima, Kovac descobriu que eram fotos de Andy.

Um rapaz bem-apanhado. Atlético e bonitão. Numa foto ele aparecia vestido de jogador de beisebol. Seu corpo era compacto, um pouco atarracado. Em outra vestia a farda de policial, na formatura da academia. O orgulho e a alegria de Mike eram a continuidade da tradição familiar.

— Como vai Andy?

— Ele morreu — murmurou Fallon.

Kovac virou-se abruptamente. — O quê?

Fallon olhou para o outro lado. Seu rosto parecia frágil, com a pele pálida e enrugada como um pergaminho velho. — Para mim ele morreu — disse, com mais suavidade. Depois fechou os olhos e desmaiou.

A tristeza e as palavras de Mike Fallon perseguiram Kovac durante todo o percurso para o Patrick's, onde deixou Liska para que ela participasse do final da festa. Largou-a na calçada e seguiu pelas ruelas vazias, cobertas de neve, longe do centro, na direção do seu malcuidado bairro.

Árvores antigas dominavam a avenida, com as raízes subindo pela calçada como se fossem uma estrada depois de um terremoto. As casas eram juntas umas das outras, algumas grandes e quadradas, divididas em apartamentos, outras menores. Em um lado da rua ficava uma fileira de carros de todos os tipos, no outro ninguém estacionava para que a neve pudesse ser retirada.

A casa à direita da de Kovac estava toda decorada para o Natal, parecendo vergar debaixo das luzes coloridas. Um Papai Noel e uma rena de plástico estavam sobre o telhado. Outro Papai Noel descia da chaminé. Um terceiro ficava no gramado, contemplando os dois, e a meio metro de distância os Reis Magos iam visitar o Menino Jesus na manjedoura. Todo o jardim estava iluminado.

Kovac foi andando até chegar à sua casa, e entrou sem acender as luzes. Havia luz demais no vizinho. Sua casa não era muito diferente da de Mike Fallon em termos da escassez de mobília. O último divórcio o deixara de cueca, e ele não se preocupou em substituir o que tinha sido retirado. Sua maior aquisição nos últimos cinco anos foi um aquário. Uma triste tentativa de levar outras criaturas vivas para sua casa.

Não havia fotos de filhos nem de família. Dois casamentos fracassados não lhe deixaram nada para se gabar. Tinha só más lembranças e uma filha que não via desde a infância. De certa forma, ela estava morta para ele. Mas era mais como se nunca tivesse existido. Logo depois do divórcio, sua mulher se casou de novo, e a nova família mudou-se para Seattle. Kovac não viu a filha crescer, nem praticar esportes, nem mover uma ação contra ele. Propôs-se a não pensar nas oportunidades perdidas... a maior parte do tempo.

Subiu as escadas que levavam para o quarto, mas a cama não o interessou. Sua cabeça latejava. Sentou-se numa cadeira ao lado da janela e olhou as luzes brilhantes da casa ao lado.

Para mim ele morreu, tinha dito Mike Fallon sobre o filho.

O que faria um homem dizer uma coisa assim sobre um filho que tinha sido o orgulho da sua vida? Por que cortaria aquele vínculo se não tinha muita coisa na vida?

Kovac tirou o chiclete de nicotina do bolso e jogou-o na cesta de papéis, pegou um maço de cigarros mentolados pela metade na mesinha-de-cabeceira e acendeu um.

Quem ia lhe dizer para não fumar?

3

A fotografia dá uma idéia de fraude. A maioria das pessoas olharia para uma foto com uma sensação imediata de horror, e logo consideraria que devia ser algum tipo de brincadeira.

A maioria das pessoas fotografa mal.

Quando o artista considera o retrato, tem inicialmente um choque, mas o que se segue, logo depois, é uma mistura estranha e complexa de emoções: horror, fascínio, alívio, culpa. E debaixo dessa camada surge outra dimensão mais profunda de sentimento: uma certa sensação de excitação... sensação de posse... sensação de poder. Sensações assustadoras, terríveis.

Tirar uma vida dá um tremendo poder. Tirar uma vida implica tirar a energia de outra criatura humana viva e acrescentá-la à sua própria força de vida. A idéia é sedutora, porém sinistra. Existe em um determinado tipo de indivíduo, o que mata por esporte.

Eu não sou assim. Eu nunca poderia ser assim.

Mesmo quando essa declaração foi feita, as lembranças de outra morte vieram com todos os detalhes: violência, movimentação, sangue, barulho nos ouvidos, um grito interno ensurdecedor que não pode ser ouvido. Depois o silêncio e a tranqüilidade, e a terrível constatação: *Eu fiz isso.*

E a sensação de excitação... e poder...

Os sentimentos obscuros movem-se na alma como uma serpente sinuosa e brilhante. A consciência estremece na sua vigília. O medo surge como uma tromba d'água.

O fotógrafo olha para a imagem capturada de um corpo pendendo numa corda, a imagem refletida em um espelho, no espelho uma única palavra: *Desculpe.*

Me desculpe.

4

— **Andy Fallon** está morto.

Liska encontrou-se com Kovac na porta do escritório do Departamento de Investigação Criminal e deu a notícia.

— O quê? — disse Kovac, levando um susto.

— Andy Fallon morreu. Um amigo encontrou-o morto hoje de manhã. Ao que parece, foi suicídio.

— Meu Deus — murmurou Kovac, sentindo-se desorientado, como se sentira de manhã ao sair da cama depressa demais, sem se lembrar de que tinha levado uma porrada na cabeça. Na sua imaginação, viu Mike Fallon frágil e branco, dizendo: "Para mim ele morreu." — Meu Deus!

Liska ficou olhando para ele, esperando.

Quem está no caso? — perguntou Kovac.

— Springer e Copeland — respondeu ela, olhando de lado para não ser ouvida. — *Estavam.* Verbo no passado. Imaginei que você gostaria de entrar nesse, por isso o peguei.

— Não sei se devo agradecer ou desejar que você não deveria ter nascido — disse Kovac, dirigindo-se para o seu cubículo.

— Você conhecia Andy?

— Não. Não o conhecia bem, só o vi de relance algumas vezes. Suicídio. Cara, não vou ter coragem de contar para o Mike.

— Prefere que um guarda qualquer conte? Ou alguém do Instituto Médico Legal? — perguntou Liska, em tom de desaprovação.

Kovac respirou fundo e fechou os olhos para pensar melhor. — Não.

O destino o tinha ligado a Mike de Ferro anos atrás, e de novo naquela noite. O mínimo que ele podia fazer era manter alguma fidelidade ao velho. A notícia devia ser dada por uma pessoa conhecida.

— Não acha que a gente devia começar já a cuidar de tudo? — disse Liska, olhando em volta para ver se Copeland e Springer estavam por perto. — Tentar abafar as notícias? Afinal, Andy trabalhava na polícia.

— É — disse Kovac, vendo a luz do seu telefone piscar. — Vamos embora antes que Leonard apareça com outro "assassinato do dia".

Andy Fallon morava numa casa de dois planos ao norte do distrito da moda, conhecido como Uptown. Área dominada pela classe ascendente, Uptown ficava perto do centro, um lugar chique demais para pessoas do padrão de Kovac. O centro da cidade era cheio de novidades: cafés, restaurantes moderninhos, cinemas e teatros. As casas do lado oeste, perto do lago das Ilhas e do lago Calhoun, eram as mais caras. A de Fallon ficava mais a noroeste, onde a moradia era mais acessível para um policial solteiro.

Duas viaturas já estavam em frente à casa. Liska foi andando na frente, ávida para pegar um caso novo. Kovac foi atrás, detestando ter assumido esse caso.

— Vocês precisam ver isso — disse o policial que os esperava na porta. — Não dá para esquecer.

Seu tom de voz era de desprezo. Trabalhava na polícia havia muito tempo; estava tão habituado a ver gente morta que não se comovia mais, eram meros corpos. Todos os policiais ficavam assim, ou então largavam a profissão antes que enlouquecessem. A morte não os afetava de forma pessoal. Kovac sabia que aquele não era exceção. Mas, dessa vez, seria diferente. Já era diferente.

Liska olhou com ar superior para o policial, como os detetives costumam olhar. — Onde está o corpo?

— No quarto lá em cima.

— Quem o encontrou?

— Um "amigo" — disse o policial, de novo em tom de desprezo, fazendo o sinal de aspas com os dedos. — O homem está na cozinha, chorando.

Kovac viu sua identificação com o nome impresso. — Burgess?

— Sou — disse ele, resistindo visivelmente à necessidade de ir embora logo.

Liska escreveu o nome e o número da credencial no seu bloco de anotações.

— Você foi o primeiro a ver a cena? — perguntou Kovac.

— Fui.

— Falou com o cara que encontrou o corpo?

Burgess franziu a testa, desconfiado. — Falei...

Kovac deu mais um passo na direção do policial. — Burgess, você é sempre idiota assim ou está num dia especial?

O policial ficou roxo, com um ar muito tenso.

— Fique de boca fechada — disse Kovac. — O sujeito era da polícia, e o velho dele também. Demonstre algum respeito.

Burgess apertou os lábios e deu um passo para trás, com um olhar frio.

— Sim, senhor.

— Não quero ninguém entrando aqui, a não ser gente credenciada ou do IML. Entendeu?

— Entendi, senhor.

— E quero um registro com todos os nomes, números das credenciais e horários de entrada e de saída. Vai conseguir fazer isso?

— Vou, senhor.

— Puxa, pegou pesado... — disse Liska baixinho, quando se afastaram de Burgess e dirigiram-se para os fundos da casa.

— O quê? Que ele se foda — disse Kovac, olhando para ela. — Andy Fallon era bicha?

— Gay — ela o corrigiu. — Sei lá. Não ando por aí com os ratos da Corregedoria Interna da Polícia. O que você está achando?

— Quer mesmo saber? — perguntou Kovac. — Ele trabalhava na corregedoria? Tô entendendo por que Mike disse que o garoto tinha morrido para ele.

A cozinha era verde com acabamentos em madeira pintados de branco, tudo muito organizado. Uma cozinha utilitária, não limitada ao uso de um forno de microondas — tinha fogão, panelas penduradas em ganchos na barra de inox acima de uma bancada de granito e facas enfiadas em um cepo de madeira.

Do outro lado da cozinha, sentado a uma mesa redonda próxima à janela, estava o "amigo", com o rosto afundado nas mãos. Um sujeito bonitão, de terno escuro, cabelo vermelho com um corte da moda. O rosto retangular era sardento, com ângulos fortes. As sardas eram bem visíveis naquela fisionomia tensa, iluminada pela luz fria vinda da janela. Ele mal levantou o olhar quando Liska e Kovac entraram.

Liska mostrou sua credencial e apresentou-se. — Compreendemos que foi o senhor que encontrou o corpo, senhor...

— Pierce — disse ele com voz rouca, fungando. — Steve Pierce. Fui eu... que o encontrei.

— Sabemos que vai ser muito desgastante, sr. Pierce, mas teremos de conversar com o senhor quando terminarmos. Certo?

— Não — respondeu ele, sacudindo a cabeça. — Não compreendo nada disso. Não consigo acreditar... Simplesmente não consigo.

— Sentimos muito a sua perda — disse Liska, de forma automática.

— Ele não faria isso — disse o homem, olhando para o tampo da mesa. — Não faria isso. Não é possível.

Kovac não disse nada. Uma sensação de pavor tomou conta do seu peito quando subiram as escadas.

— Estou com um mau pressentimento de tudo isso, Fadinha — murmurou, colocando luvas de borracha. — Ou talvez esteja tendo um ataque cardíaco. Seria a minha sorte. Finalmente parei de fumar e tive um ataque cardíaco.

— Mas é melhor não morrer aqui — disse Liska. — A burocracia seria terrível.

— Você é muito compassiva mesmo...

— Melhor isso do que agir da sua forma. Afinal, não está tendo um ataque cardíaco.

O segundo andar da casa tinha sido, provavelmente, um sótão, mas, agora, era uma grande suíte. As vigas expostas davam ao quarto um efeito de *loft. Um lugar lindo e especial para se morrer*, pensou Kovac, dando uma olhada em volta.

O corpo pendia numa corda com um nó tradicional, a uma pequena distância da cama. A corda estava presa a uma das vigas do teto, amarrada por cima da cabeceira da cama, na parte escondida pelos lençóis. A cama estava arrumada de forma irrepreensível e não tinha sido tocada. Kovac memorizou a cena e concentrou-se na vítima. Lembrou-se das fotos que tinha visto na cômoda do quarto de Mike Fallon na noite anterior: o rapaz jovem e bonito, o atleta premiado, o policial jovem ao lado de Mike, todo orgulhoso. Essa mesma foto da formatura na academia estava em cima da cômoda de Andy Fallon. *Rapaz bonitão,* ele tinha pensado na noite anterior.

Agora o rosto bonito parecia de cera, distorcido, arroxeado e inchado, com um sorriso de escárnio na boca. Os olhos estavam semi-abertos e enuviados. O corpo já se encontrava ali havia algum tempo. Talvez um dia, pensou Kovac, pela aparente falta de rigidez, pelo retesamento da pele e pelo cheiro. O enjoativo aroma adocicado do início da deterioração misturava-se ao cheiro de urina e fezes. Com a morte, os músculos relaxaram e a bexiga e o intestino descarregaram no chão.

O corpo estava nu. Os braços pendiam para os lados, e as mãos cerravam-se ligeiramente à frente dos quadris. Manchas pretas cobriam os nós dos dedos, resultantes da instalação do sangue nos níveis mais baixos das extremidades. Os pés, a poucos centímetros do chão, estavam inchados e arroxeados também.

Kovac agachou-se, segurou um dos tornozelos e apertou o polegar por um instante. Ficou observando para ver se a pele se tornava esbranquiçada, mas nada. O sangue já tinha se coagulado havia muito tempo. A perna estava fria.

Um espelho de corpo inteiro, com moldura de carvalho, encostado na parede a uns três metros do morto, refletia todo o corpo, distorcido pelo ângulo. A palavra *Desculpe* tinha sido escrita no espelho com uma tinta escura.

— Sempre achei os rapazes da corregedoria meio afeminados.

Kovac olhou para os dois policiais de pé no quarto, que sorriam e olhavam para o espelho. Eram troncudos, sem pescoço, e o maior tinha uma cabeça quadrada como um bloco de concreto. Chamavam-se Rubel e Ogden.

— Ei, Idiotinha e Idiotão — disse Kovac —, sumam daqui agora. Que merda aconteceu com vocês? Por que estão espalhados por aí?

— Foi suicídio — disse o policial mais feio, como se isso importasse.

Kovac ficou corado. — Não venha me dar explicações, seu imbecil! Você não sabe de nada. Talvez daqui a vinte anos tenha o direito de dar uma opinião. Agora, desapareçam daqui! Desçam para fazer o patrulhamento da área. Não quero que ninguém se aproxime da casa. E fechem essas matracas! Onde há um cadáver há jornalistas. Se eu ler alguma coisa sobre isso — disse, apontando para o reflexo no espelho —, saberei quem deu com a língua nos dentes. Entenderam bem?

Os policiais se entreolharam, mal-humorados, e desceram as escadas.

— O rato da corregedoria se matou — disse baixinho o policial feio. — Qual é o crime? Isso acontece a toda hora.

Kovac ficou olhando o corpo, vendo Liska andar em volta, fazendo anotações de cada detalhe, descrevendo o quarto, a colocação dos móveis e escrevendo sobre tudo que parecesse significativo. Eles se revezavam nesse trabalho de anotar os detalhes da cena. Dessa vez lhe cabia tirar as fotos preliminares.

Kovac começou com o quarto e foi passando aos poucos para o corpo, fotografando-o sob todos os ângulos. Cada flash ficava guardado na sua memória — aquela coisa morta que tinha sido filho de Mike Fallon; a viga onde tinha sido amarrado o nó; o tênis Reebok colocado por trás do corpo, dando para ver que Andy Fallon o tinha usado logo antes de passar para a eternidade; o espelho. *Desculpe.*

Desculpe.

Será que Andy Fallon estava se desculpando? De quê? Ou a palavra teria sido escrita por outra pessoa?

Com a ventilação do aquecedor ligada, o corpo começou a girar ligeiramente, como se fosse um boneco de pano gigantesco. O reflexo no espelho sugeria uma dança macabra.

— Não compreendo por que as pessoas ficam nuas para se matar — disse Liska.

— É uma coisa simbólica. Proteção da pele material.

— Ninguém vai me encontrar nua.

— Talvez ele não tenha se suicidado — disse Kovac.

— Você acha que outra pessoa pode ter feito isso? Ou forçado o cara a fazer? Assassinato por enforcamento é raro.

— E o espelho? — perguntou Kovac, embora estivesse falando consigo mesmo.

Liska estudou o corpo nu por um instante, depois olhou para o espelho e viu uma ponta do seu próprio reflexo com o de Andy Fallon.

— Cara — disse ela, devagar. — Acidente auto-erótico? Nunca vi isso antes.

Kovac calou-se, tentando imaginar o que contaria para Mike. Já era ruim o suficiente ter de explicar a asfixia auto-erótica para estranhos, o que tinha feito algumas vezes ao longo da sua carreira. Mas como contar para um policial durão e antiquado que seu filho tinha tentado ter um orgasmo, asfixiando-se, e que tinha morrido estrangulado durante esse processo?

— Mas por que a mensagem? — pensou Liska em voz alta. — Para mim, *desculpe* indica suicídio. Por que ele escreveria isso se estava querendo morrer?

Kovac pôs a mão no alto da cabeça, que latejava, e estremeceu. — Há dias em que a gente não devia sair da cama...

— Bom... Você tem esta opção — disse Liska, mostrando o corpo. — Mas não me parece boa. Penso que um mau dia vivo é melhor do que qualquer dia morto.

— Eu que me foda — murmurou Kovac.

Liska agachou-se em frente ao espelho para examinar as letras mais de perto, e olhou para o reflexo de Kovac. — Não na frente de um cadáver.

— Você sabe o que quero dizer.

— Sei. — Levantou-se devagar, parou com a brincadeira e tocou no braço de Kovac, olhando para ele com seus lindos olhos azuis. — Desculpe, Sam. O velho Mike de Ferro já teve sua cota de sofrimento na vida.

Kovac olhou para a colega por um instante, para a mãozinha dela pousada na manga do seu casaco, e pensou em segurá-la. Só para ser confortado pelo contato físico com outro ser humano. Liska não usava anéis para não confundir os potenciais pretendentes, dizia. As unhas eram curtas, sem esmalte.

— É — murmurou ele.

Ouviu-se um grito no andar de baixo, um barulho de alguma coisa quebrada, seguido de mais gritos. Liska desceu as escadas como se fosse um cabrito montês. Kovac foi atrás dela com passos pesados.

Rubel tentava tirar Steve Pierce de cima de Ogden. — Sai de cima dele! — gritava.

Tomado de raiva, Pierce ignorou-o e voltou à carga contra Ogden, pelo barulho da pancada e dos grunhidos. Rubel agarrou Pierce de novo, deu-lhe uma gravata e levantou-o do chão, gritando no seu ouvido.

— Eu disse para você sair de cima dele!

Ogden, lutando para esticar as pernas, escorregou no chão encerado. Por baixo de seus sapatos grossos os cacos de vidro e de louças quebradas também atrapalhavam. Agarrou a borda da cristaleira sobre a qual os dois tinham caído e conseguiu se levantar, quebrando tudo que restava dentro. Seu rosto estava todo respingado e o nariz sangrava. Colocou uma das mãos embaixo do nariz e arregalou os olhos, incrédulo. Ele devia ter uns vinte quilos mais do que Steve Pierce.

— Você está preso, seu imbecil! — gritou, apontando o dedo ensangüentado para Pierce.

— Solte o homem — disse Liska para Rubel.

O rosto de Pierce estava roxo por causa da gravata. Rubel soltou-o e Pierce caiu de joelhos, respirando com dificuldade. Arfando, olhou para Ogden com veneno nos olhos. — Seu filho-da-puta!

— Ninguém está preso aqui — declarou Kovac, colocando-se entre os dois.

— Quero que eles vão embora — disse Pierce com voz rouca, lutando para ficar de pé. Os olhos brilhavam com lágrimas de ódio. — Mande esses dois embora!

— Você... — começou Ogden.

Kovac deu-lhe um soco no estômago. Foi como bater em uma lápide de granito. — Cala a boca! Fora daqui!

Rubel saiu e Ogden foi atrás, espumando de raiva. Kovac seguiu-os até a sala.

— O que você disse para ele?

— Nada — respondeu Rubel.

— Eu estava falando com o outro idiota. Você disse alguma besteira, não foi? Meu Deus, que pergunta sem sentido. É a mesma coisa que perguntar se cocô é marrom — disse Kovac, enojado.

— Ele me atacou — disse Ogden, indignado. — Atacou um policial.

— É? — explodiu Kovac. — Quer ir lá, Ogden? Quer fazer um relatório com os detalhes desse pequeno fiasco? Quer que o sr. Pierce vá dar um depoimento? Quer que seu supervisor saiba o babaca que você é?

Com a cara amarrada, o policial puxou um lenço encardido do bolso e apertou-o no nariz.

— É melhor rezar para ele não se valer do seu direito de cidadão e processar o departamento — disse Kovac. — Agora saiam daqui e vão fazer seu trabalho.

Rubel foi andando na frente, puto da vida, com os olhos apertados. Ogden seguiu a seu lado na rua, apertando com uma das mãos o nariz ensangüentado com o lenço e gesticulando com a outra mão, tentando explicar alguma coisa para o colega, que não queria ouvir mais nada.

A van da perícia parou ao lado da viatura. Dois carros compactos surgiram de direções opostas. Jornalistas. Kovac apertou os lábios. Voltou para a casa e dirigiu-se para Burgess, que mexia em uma pilha de fitas de vídeo em uma prateleira ao lado da televisão.

— Não toque em nada! — gritou. — Vá para o jardim e mantenha os repórteres longe daqui! Diga apenas "sem comentários". Você é capaz disso ou são muitas sílabas para pronunciar?

Burgess abaixou a cabeça.

— E quero as placas dos carros do quarteirão inteiro anotadas e checadas. Entendeu?

— Entendi, senhor — disse entre dentes o policial quando saía.

— Onde eles arranjam esses caras? — perguntou Kovac ao voltar para a cozinha.

— Eles são criados no norte como verdadeiros animais — disse Liska, encontrando-o no portal da sala. — Ogden disse que Andy era uma bicha a menos no mundo, e Pierce ficou louco. Não é de admirar.

— Ótimo — murmurou Kovac. — Espero que ele não resolva pôr a boca no mundo. Já basta Andy Fallon estar morto. Não precisamos espalhar isso por toda a área metropolitana.

A equipe da perícia entrou carregando maletas e câmeras. A cena seria fotografada de novo e filmada. A área do cenário da morte seria polvilhada em busca de impressões digitais. Se fosse encontrada alguma evidência, essa seria fotografada e sua posição exata seria medida e anotada; tudo seria registrado, marcado e empacotado com o maior cuidado para estabelecer a cadeia de segurança, a fim de que cada momento seu pudesse ser avaliado. Enquanto isso o corpo de Andy Fallon continuava pendurado ali, esperando a chegada do pessoal do IML.

Kovac fez um resumo do acontecido para o criminalista sênior e mandou-o subir.

Liska levou Steve Pierce de volta para a cozinha. Ele se sentou à mesa com um ar de quem queria sair andando, e esfregou a garganta. Os nós dos seus dedos estavam manchados do sangue de Ogden. Soltou a gravata e afrouxou o colarinho. Seu terno preto estava todo amarrotado.

— Você se importa se nos sentarmos aqui, Steve? — perguntou Kovac.

Pierce não respondeu, mas eles se sentaram. Kovac tirou do bolso um minigravador, ligou-o e colocou-o na mesa.

— Vamos gravar esta conversa, Steve — explicou com naturalidade. — Para termos certeza de que registramos todos os detalhes a serem usados nos relatórios que serão preparados na delegacia. Você está de acordo?

Pierce fez que sim com um ar cansado, passando a mão no cabelo.

— Preciso que você responda alto, Steve.

— Tudo bem. É claro. — Tentou limpar a garganta. As linhas da sua boca estavam marcadas de desespero. — Eles vão... descer o Andy agora? — perguntou, com a voz embargada.

— O pessoal do IML vai cuidar disso — explicou Liska.

Steve virou-se para ela, como se só agora tivesse entendido que Mike teria de ser autopsiado. Seus olhos encheram-se de lágrimas de novo e ele ficou olhando a neve pela janela, tentando controlar-se.

— Você trabalha em quê, Steve? — perguntou Kovac.

— Em investimentos. Trabalho na Daring-Landis.

— Mora nesta casa?

— Não.

— O que o trouxe aqui hoje de manhã?

— Andy devia ter se encontrado comigo ontem em Uptown, no Caribou Café, para tomarmos um *cappuccino*. Ele queria falar alguma coisa comigo. Mas não apareceu. Não atendeu meus telefonemas. Fiquei preocupado e vim para cá.

— Qual era seu relacionamento com Andy Fallon?

— Éramos amigos — disse ele. O verbo no passado. — Colegas de faculdade. Companheiros, você sabe como é.

— Seria bom você explicar melhor. Que tipo de companheiros?

Pierce franziu as sobrancelhas. — Saíamos para tomar cerveja e comer pizza, e íamos aos jogos de basquete. Víamos juntos os programas de esportes da segunda-feira à noite. Coisas de rapazes.

— Nada mais... íntimo?

Kovac observou a expressão dele com cuidado. Pierce ficou vermelho.

— O que está sugerindo, detetive?

— Estou perguntando se vocês tinham um relacionamento sexual — disse Kovac com a maior calma.

Pierce estava a ponto de explodir. — Sou heterossexual. E você não tem nada com isso.

— Temos um cadáver lá em cima — disse Kovac. — Portanto, tenho a ver com isso sim. E o sr. Fallon?

— Andy era gay — disse Pierce, com ressentimento nos olhos. — Isso explica por que está morto?

Kovac esticou as mãos. — Ei, não é da minha conta quem põe o quê onde. Só preciso de umas referências para minha investigação.

— Você tem o dom da palavra, detetive.

— Entendi que Andy queria falar uma coisa para você — interrompeu Liska, desviando a atenção para ela. Permitindo que Kovac observasse os tiques do rosto de Steve. — Você sabe o que era?

— Não, ele não disse.

— Quando você esteve com ele pela última vez? — perguntou Kovac.

Pierce deu uma olhada de lado, impregnada de ressentimento.

— Na sexta-feira, acho. Minha noiva estava ocupada naquela noite e eu vim até aqui para conversar com Andy. Não nos víamos muito ultimamente. Vim sugerir que fôssemos tomar um café ou alguma outra coisa. Pôr os assuntos em dia.

— Então vocês iam se encontrar ontem, mas Andy deu o bolo.

— Telefonei para Andy umas duas vezes, mas foi a secretária eletrônica que respondeu. Como ele não retornou, decidi aparecer aqui para ver se estava tudo bem.

— Por que não pensou que ele poderia estar ocupado? Talvez tivesse ido trabalhar cedo.

Pierce olhou para ele. — Perdão por eu me preocupar com meus amigos. Se eu fosse um imbecil que nem você, estaria sentado à minha mesa de trabalho agora. Teria sido poupado de ver...

Parou no meio da frase quando a imagem lhe veio à cabeça novamente. Seu rosto continuava vermelho, mas agora brilhava; voltou a olhar pela janela e, ao ver a neve branca e serena, ficou mais calmo.

— Como entrou na casa? — perguntou Kovac. — Você tem a chave?

— A porta não estava trancada.

— Andy tinha falado em suicídio? Parecia deprimido? — perguntou Liska.

— Ele parecia... frustrado. Andava um pouco desanimado, mas não a ponto de se matar. Não consigo acreditar... Ele não teria feito uma coisa assim sem tentar falar com alguém primeiro.

Era isso que os sobreviventes pensavam no início. Kovac conhecia bem essa história. Todos acreditavam que seus entes queridos pediriam ajuda antes de dar o passo fatal. Pensavam que tinham notado um sinal. Se Andy Fallon *tivesse* mesmo cometido suicídio, em algum momento Steve Pierce começaria a imaginar se o amigo não tinha apresentado vários sinais que passaram despercebidos por egoísmo, medo ou falta de visão.

— Desanimado com o quê?

Pierce fez um gesto indefeso. — Não sei. Com o trabalho. Ou talvez com a família. Sei que a relação entre ele e o pai era muito tensa.

— E os outros relacionamentos dele? — perguntou Liska. — Estava envolvido com alguém?

— Não.

— Como pode ter certeza disso? — perguntou Kovac. — Você não morava aqui. Vocês não se viam muito. Só davam umas saídas ocasionais.

— Éramos amigos.

— Mas você não sabe por que ele andava preocupado. Não sabe se realmente estava muito deprimido.

— Eu conhecia Andy. Ele *nunca* se mataria — insistiu Pierce, com a paciência quase esgotada.

— Além de a porta estar destrancada — disse Liska —, você notou se faltava alguma coisa na casa ou se algum objeto foi mudado de lugar?

— Não notei. Mas eu não estava procurando nada. Só vim aqui para falar com Andy.

— Steve, você sabia se Andy praticava algum ritual sexual estranho? — perguntou Kovac.

Pierce pulou da cadeira e deu um passo para trás. — Vocês são *inacreditáveis*. — Ergueu o corpo como se estivesse procurando na cozinha uma testemunha ou uma arma.

Kovac lembrou-se das facas no cepo de madeira e da raiva nos olhos de Pierce quando ele atacou Ogden. Levantou-se e postou-se entre Pierce e as facas.

— Não é nada pessoal, Steve. É o nosso trabalho — disse. — Precisamos produzir um quadro o mais claro possível.

— Vocês são uns sádicos de merda! — gritou Pierce. — Meu amigo está *morto* e...

— E eu não o conhecia — disse Kovac. — E não conheço *você*. Para todos os efeitos, você mesmo poderia ter matado Andy Fallon.

— Isso é um absurdo.

— E sabe do que mais? — continuou Kovac. — Encontrei um sujeito enforcado, nu, olhando-se em um espelho... Pode me chamar de puritano, mas achei isso muito estranho. E comecei a pensar que talvez ele estivesse fazendo alguma coisa fora do normal. Mas talvez você faça esse tipo de coisa também. Talvez não se impressione com uma merda como essa. Como posso saber? Se for verdade, se você e Fallon estavam envolvidos em alguma coisa assim, é melhor nos contar logo, Steve.

Pierce chorava, as lágrimas escorrendo-lhe dos olhos, os músculos do rosto retesados, lutando contra as emoções. — Não.

— Não significa que você não estava envolvido nesse tipo de coisa ou que não vai nos contar? — perguntou Kovac.

Pierce fechou os olhos e abaixou a cabeça. — Meu Deus, não posso acreditar que isso esteja acontecendo... — O peso do seu tormento tornou-se de repente excessivo, fazendo com que ele caísse de joelhos no chão e enroscasse o corpo com as mãos na cabeça. — Por que isso está acontecendo?

Kovac observou-o, e foi sendo tomado por uma sensação familiar de remorso e cansaço. Agachou-se ao lado de Steve Pierce e pôs a mão no seu ombro.

— É isso que nós queremos descobrir, Steve — disse com suavidade. — Talvez você não aprove por completo nossa forma de agir. E talvez não goste do que vamos descobrir. Mas, no fim, o que nós queremos é a verdade.

Mesmo ao dizer isso, Kovac sabia que quando descobrisse a verdade ninguém a aceitaria. Simplesmente não havia uma boa razão para Andy Fallon estar morto.

5

A casa de Mike Fallon parecia, de certa forma, mais solitária ainda à fria luz do dia cinzento. A noite dava uma feição especial à vizinhança; as casas pareciam juntar-se em bandos, com algumas frestas de escuridão entre elas. De dia ficavam separadas e isoladas pela luz, pelas entradas de garagem, pelas cercas e pela neve.

Kovac ficou olhando para a casa, imaginando se Mike já sabia. Algumas pessoas sabiam. Como se fosse uma onda de choque vinda do cenário de morte e chegando mais depressa do que a velocidade do som ou a velocidade de um mensageiro.

Para mim ele morreu.

Kovac achava que Mike Fallon não se lembraria dessas palavras, mas elas ainda soavam nos seus ouvidos antes de ele sair do carro. Liska tinha ficado na delegacia para dar entrada no processo de investigação. Entraria em contato com o supervisor de Andy Fallon na corregedoria, para saber em quê ele andava trabalhando e quais atitudes estava tomando ultimamente. Pegaria a ficha dele no Departamento de Pessoal e perguntaria se ele estava fazendo algum tratamento psicanalítico. Kovac teria trocado de lugar com a colega com a maior boa vontade, mas seu senso de obrigação foi mais forte.

Ele se amaldiçoou pela sua responsabilidade e saiu do carro. Às vezes a vida sugava as pessoas decentes.

Olhou para dentro da casa através de uma estreita janela retangular, junto à porta da frente. A sala parecia mais surrada ainda do que na noite anterior. As paredes pediam uma pintura e o sofá tinha visto dias melhores. Um estranho contraste com a espreguiçadeira e a grande tela de televisão.

Kovac tocou a campainha e bateu na porta por medida de segurança. Esperou impaciente, tentando não imaginar o que um estranho pensaria da *sua* sala com um aquário de peixes vazio. Algum dia teria de construir sua própria vida, independentemente do trabalho.

Suas mãos remexeram o fundo dos bolsos do casaco e ele encontrou uma tira de chiclete Juicy Fruit. Seus nervos pulsavam na nuca como se fossem formigas por sob a pele. Bateu de novo. Flashes da noite anterior vieram-lhe à cabeça: Mike Fallon, o velho policial, alquebrado, descartado, deprimido, bêbado... Não havia sinal de vida dentro da casa. Silêncio absoluto.

Afundando na neve até as canelas, deu a volta na casa para ver se descobria a janela do quarto. O assunto daria uma boa história para o noticiário das seis, não é mesmo? Suicídios de policiais, pai e filho. O âncora, Paul Harvey, provavelmente usaria isso para deprimir o país inteiro na hora do almoço do dia seguinte. Mortes absurdas comendo salada de galinha e Big Macs.

Encontrou uma escada na minúscula garagem, cheia até a boca de quinquilharias da vida diária quase sem uso. Um Subaru seminovo, adaptado para deficientes físicos, ocupava quase todo o espaço da garagem. Algum outro policial podia ter guardado o carro ali depois da festa no Patrick's, ou alguém levou Mike ao bar e, quando aquela confusão começou, entrou no carro e voltou para a casa dele. Alguém que não queria se comprometer com um bêbado vomitando no banco de trás.

A persiana da janela do quarto de Mike Fallon estava levantada. Ele estava deitado de costas na cama, com os braços caídos para fora, a cabeça virada para o lado e a boca toda aberta. Kovac prendeu a respiração e olhou bem para ver se o peito se movia por baixo da camiseta fina.

— Ei, Mike! — gritou, batendo na janela.

Fallon não se mexeu.

— Mike Fallon!

O velho deu sinal de vida e abriu os olhos, sem se importar com a luz Deu um grito rouco de medo quando percebeu um rosto colado na janela.

— Mike, sou eu, Sam Kovac!

Fallon girou na cama e sentou-se, limpando a garganta.

— O que está fazendo aqui? — gritou. — Está maluco?

Kovac tapou os lados do rosto com as mãos para poder ver melhor. — Preciso entrar, Mike. Precisamos conversar. — Sua respiração deixou o vidro da janela embaçado, e ele o limpou com a manga do casaco.

Fallon amarrou a cara e fez um sinal para ele ir embora. — Me deixe em paz! Não preciso que você me diga nada!

— Dizer o quê?

— Sobre a noite passada. Já basta a merda que eu fiz. Não preciso que ninguém fique repetindo isso.

A figura de Mike era patética, sentado ali de cueca, como um joão-teimoso abandonado: corpo gordo e pernas esqueléticas, barba por fazer e olhos vermelhos. Passou a mão na cabeça, sobressaltado.

— Preciso entrar. É importante! — repetiu Kovac.

Fallon olhou para fora, tentando ver quem era. Ninguém detestava mais uma surpresa do que um policial.

Finalmente, levantou a mão. — A chave fica debaixo do tapete nos fundos da casa — disse.

— Uma chave debaixo do tapete. — Kovac colocou a chave no balcão e olhou para o velho. — Porra, Mike, você já foi policial. Devia saber que isso é perigoso...

Fallon ignorou-o. A cozinha cheirava a toucinho derretido e cebola frita. As cortinas eram duras de tão velhas. O tampo do balcão estava coberto de xícaras, copos, caixas de cereais, um enorme vidro de xarope e vidrinhos de remédio amontoados, como se fossem cogumelos com tampas brancas. Todas as portas dos armários estavam abertas, mostrando o que havia dentro: uma caixa de batata frita instantânea, legumes enlatados, um engradado quase inteiro de sopa Campbell.

Fallon não se preocupou em vestir as calças. Atravessou o quarto na cadeira de rodas, com as pernas cabeludas e atrofiadas viradas de lado para não atrapalhar o caminho. Tirou uma cartela de Tylenol de cima do balcão e pegou um copo d'água na porta da geladeira.

— O que pode ser tão importante assim? — perguntou com grosseria, embora Kovac percebesse seus ombros tensos. — Estou numa ressaca do tamanho de um bonde!

— Mike. — Quando Fallon se virou para olhá-lo de frente, Kovac respirou fundo. — Andy morreu. Sinto muito.

Curto e grosso. As pessoas achavam que deviam preparar o caminho para dar uma má notícia, mas sua forma era outra. Na sua opinião, isso dava chance para criar um pânico diante de possibilidades horríveis. Aprendera há muito tempo que devia falar tudo de uma vez e acabar logo com a história.

Fallon olhou para a frente, com o queixo tremendo.

— Não sabemos ainda o que aconteceu.

— Como não sabem o que aconteceu? — perguntou Fallon. — Ele levou um tiro? Foi esfaqueado? Morreu num acidente de carro? — Seu mau humor era visível; a raiva era mais confortável, mais familiar do que a dor. Um soluço começou a subir-lhe pela garganta. — Você é um detetive. Uma pessoa morreu. E não sabe me dizer como isso aconteceu?! Meu Deus!

Kovac soltou o verbo. — Pode ter sido um acidente. Ou pode ter sido suicídio, Mike. Nós o encontramos pendurado em uma corda. Eu gostaria de não ter de te contar isso, mas foi o que aconteceu. Desculpe...

Desculpe. Como Andy tinha escrito. Ele ainda via a palavra no espelho por cima do reflexo de Andy Fallon. Nu. Morto. Inchado. Apodrecendo. *Desculpe* não significava muito diante disso.

Mike parecia vazio e murcho. Seus olhos pequenos e vermelhos encheram-se de lágrimas, que escorreram pelo rosto como contas de vidro.

— Ai, meu Deus... — disse ele. Uma súplica, não uma maldição. — Ai, meu Deus!

Levou a mão trêmula à boca, uma mão do tamanho de um presunto enlatado, mas muito frágil e com a pele fina e manchada. Um terrível grito de dor libertou-se da sua alma.

Kovac olhou para o lado, para dar um mínimo de privacidade àquele homem. Aquela era a pior parte para o portador de más notícias: invadir os primeiros momentos de dor, momentos que não deviam ser presenciados por ninguém.

Isso, e saber que teria de interferir na dor com perguntas que precisavam ser feitas.

Fallon girou a cadeira de rodas e saiu abruptamente do quarto. Kovac deixou-o em paz. As perguntas podiam esperar. Andy já estava morto, provavelmente por suas próprias mãos, de forma intencional ou não. Que diferença fariam dez minutos?

Recostou-se no balcão e contou os vidros de pílulas. Sete vidros marrons de remédio que tratavam de tudo, de indigestão a arritmia, de insônia a dor. Prilosec, Darvocet, Ambien. Pelo menos Mike tinha muitas drogas para ajudá-lo a passar por esse momento difícil.

— Que se foda! Que se foda!

Os gritos foram acompanhados de um barulho de vidro quebrado. Kovac saiu voando da cozinha e atravessou o corredor.

— Que se foda! — gritava Mike Fallon, quebrando uma foto emoldurada na borda da cômoda. A moldura barata de metal dobrou-se como se fosse argila e o vidro espalhou-se pelo tampo da cômoda.

— Mike. Pare com isso.

— Que se foda! — gritou o homem de novo, balançando os braços e a moldura estraçalhada, fazendo voar vidro pelo quarto todo. — Que se foda!

Kovac achou que aqueles xingamentos se destinavam a ele quando o agarrou pelo pulso. A moldura da fotografia voou pelo quarto, bateu na parede e caiu no chão de madeira. Fallon continuou a lutar, com uma força incrível na parte superior do corpo para um homem da sua idade. O braço livre bateu no tampo da cômoda, e as outras molduras foram parar no chão também. Kovac ficou por trás da cadeira de rodas, inclinando-se desajeitado para tentar conter o homem. Gemendo, Fallon jogou a cabeça para trás e atingiu o nariz de Kovac com toda a força, fazendo jorrar sangue aos borbotões.

— Porra, Mike, pare com isso. — O sangue escorria-lhe pelo queixo, pelo ombro, pela orelha e pelo cabelo.

Soluçando, o velho lançou o corpo para a frente contra o tampo da cômoda, depois para trás. Para a frente e para trás, para a frente e para trás. Foi perdendo a energia a cada movimento, e à certa altura pousou o rosto no meio dos cacos de vidro e passou a usar as mãos. Batendo, esmurrando e socando, socando.

Kovac deu um passo para trás, limpou o sangue do nariz com a manga do casaco e procurou um lenço no bolso. Foi catar no chão a primeira das molduras destruídas, tentando levantá-la com o pé. Seus sapatos e os fundilhos da calça estavam empapados de neve, mas só começou a perceber o frio quando viu a roupa molhada. Não conseguia sentir os dedos dos pés dentro dos sapatos.

Tapou o nariz com o lenço para estancar o sangue, agachou-se e pegou a moldura com a mão livre. Era a foto de Andy Fallon formando-se na academia. Andy radiante e Mike a seu lado na cadeira de rodas, agora uma linha cortada entre eles como um raio em uma tempestade.

Sacudiu o último caco de vidro e tentou ajeitar a moldura.

— Mike — disse com calma —, na noite passada você disse que Andy estava morto para você. Por que falou aquilo?

Fallon, com a cabeça ainda pousada na cômoda, olhava para o nada, para o vazio. Não respondeu. Kovac observou atentamente o velho, para certificar-se se ele não tinha morrido. Isso seria o ápice daquele dia maldito, e não eram nem duas horas da tarde ainda.

— Vocês dois estavam com problemas? — perguntou.

— Eu amava esse menino — disse Fallon baixinho, ainda imóvel. — Eu amava o meu filho. Ele era as minhas pernas. Era o meu coração. Era tudo que eu não podia ser.

Mas...

A palavra ficou no ar, sem ser dita. Kovac teve a impressão de que sabia onde aquilo ia parar. Olhou as fotos espalhadas de Andy Fallon. Bonito e atlético. E gay.

Um velho antiquado e rígido como Mike não aceitaria isso. Que merda, Kovac não sabia se *ele próprio* aceitaria se fosse seu filho.

— Eu amava Andy — murmurou Mike. — Mas ele estragou tudo. Estragou tudo!

Seu rosto estava tenso, deixando ver toda a sua dor à luz brilhante do dia, e vermelho de tanto conter as lágrimas. Era duro ter de dizer o que poderia ser mais difícil para um homem como Mike de Ferro.

Kovac deu umas pancadinhas no nariz e guardou o lenço no bolso do casaco. Com muita calma, pegou todas as fotos e recolocou-as em cima da cômoda para que Mike as encontrasse ali quando a raiva passasse e ele precisasse de suas lembranças.

As perguntas estavam alinhadas na sua cabeça, automáticas, organizadas, como de rotina. *Quando você falou com Andy pela última vez? Ele disse em que estava trabalhando? Qual era seu estado emocional quando você o viu? Ele algum dia falou em suicídio? Andava deprimido? Você conhecia seus amigos, seus namorados?*

Mas nenhuma dessas perguntas veio a seus lábios. Mais tarde.

— Você gostaria de entrar em contato com alguém, Mike?

Fallon não respondeu. O sofrimento o rodeava como um campo de força. Ele não ouvia nada, a não ser a voz de arrependimento na sua cabeça, não sentia nenhuma dor, a não ser no fundo da sua alma. Estava ausente de todos os sinais externos, inclusive dos cacos de vidro enfiados no seu rosto.

Kovac respirou longa e lentamente e notou que havia ainda uma moldura caída no chão, debaixo da cômoda. Tirou-a dali e, ao olhar a foto, viu um passado que parecia tão distante como Marte. Os Fallon juntos, antes que uma tragédia depois da outra os tivesse separado. Mike, a mulher e os dois filhos.

— Se quiser, posso telefonar para seu outro filho — ofereceu Kovac.

— Não tenho outro filho — respondeu Mike Fallon. — Um me abandonou há anos, e eu abandonei o outro. Que merda, hein, Kojac?

Kovac olhou mais um pouco a fotografia, depois colocou-a de volta na cômoda. A declaração de Fallon deixara-o vazio por dentro, um eco das emoções do velho. Ou talvez fossem suas próprias emoções. Mike Fallon era um homem sozinho na vida.

— É mesmo, Mike, que merda.

Liska ficou no corredor, olhando para a porta da sala 126. Corregedoria Interna da Polícia. O nome fazia lembrar imagens de salas de interrogatório com lâmpadas à mostra e cassetetes de borracha.

O Esquadrão dos Ratos. Ela teve pouco contato com eles na sua carreira, nunca tinha sido investigada. Sabia que a tarefa da corregedoria era descobrir maus policiais, e não perseguir os bons. Mas medo e ódio eram sensações instintivas para a maioria dos policiais. Eles se juntavam e se protegiam uns aos outros. Os membros da corregedoria viviam sozinhos. Como canibais.

Para Liska, a aversão era ainda maior.

No Departamento de Polícia de Minneapolis, a corregedoria era composta de sujeitos carreiristas e puxa-sacos. Gente destinada à administração. Gente nascida para ser odiada por seus pares. Gente que na infância tinha sido, regularmente, alvo de implicâncias e que se queixava para a professora a toda hora. Gente que não inspirava admiração nem lealdade.

Liska pensou em Andy Fallon enforcado no quarto, e ficou imaginando quem teria se virado contra ele.

Abriu a porta da corregedoria antes que pudesse refugar de novo. Não havia ali nenhum cartaz de bandidos procurados. Nenhuma algema pendurada nas paredes. Pelo menos não na área da recepção.

— Sou Liska, da Divisão de Homicídios — disse, mostrando a credencial para a recepcionista. — Vim ver a tenente Savard.

A recepcionista, uma mulher dos seus cinqüenta anos, era gorducha e séria. Não fez nenhuma pergunta, como era de esperar no seu cargo. Deu apenas um telefonema para a tenente.

Havia três escritórios dando para a área da recepção — um escuro, um fechado e iluminado, e um aberto e iluminado. Liska olhou para dentro do terceiro escritório e viu um homem de cara amarrada por trás da mesa, magro, de terno e gravata, conversando com um sujeito baixo, de cabelo grisalho, vestido com uma parca verde fosforescente.

— ... Não gosto de ser passado para trás — disse o sujeito da parca brilhante, num tom irritado. — Foi um pesadelo desde o início. Agora você vem me dizer que o caso está sendo entregue a outro?

— Para dizer a verdade, o caso foi encerrado. Eu serei seu contato se você precisar. Isso é pura cortesia do departamento. Acho que não posso fazer mais nada em termos de mudança de pessoal — explicou o homem de terno. — As circunstâncias estão fora do nosso controle. O sargento Fallon não está mais conosco.

Nesse momento, o homem de terno viu Liska. Amarrou ainda mais a cara, deu a volta na mesa e fechou a porta.

— A tenente Savard está esperando a senhora — disse a recepcionista num tom de voz fúnebre.

O escritório de Savard era imaculado. Nada amontoado, como era costume entre os policiais. Um lugar para tudo e tudo no seu lugar. O mesmo podia ser dito da tenente. Sua mesa era perfeitamente arrumada, e a calça preta perfeitamente cortada. Uma mulher de uns quarenta anos, de feições perfeitamente simétricas e pele de porcelana perfeita. Seu cabelo louro-acinzentado era perfeitamente penteado, com ondas até a altura do queixo parecendo naturais, mas provavelmente exigindo um cuidado diário para se manter naquele alto estilo.

Liska resistiu à necessidade autoconsciente de tocar no seu próprio cabelo cortado bem rente.

— Sou Liska, da Divisão de Homicídios — disse, à guisa de apresentação, sem estender a mão. — Vim aqui para falar sobre Andy Fallon.

— É claro — murmurou Savard, como se falasse consigo mesma.

Amanda Savard parecia feminina demais para aquele ambiente, pensou Liska. Ela era considerada dura e suave, brusca e fria como uma lâmina de tungstênio.

Liska sentou-se. Fria, natural, controlada. Pelo menos uma boa fachada. Pegou seu bloco de anotações e uma caneta.

— Foi uma tragédia — disse Savard, ajeitando-se na cadeira com cuidado, como se tivesse um problema nas costas mas não quisesse demonstrar. Sua mão tremeu ligeiramente quando pegou uma caneca de café. — Eu gostava de Andy. Era um bom garoto.

— Que tipo de policial ele era?

— Dedicado. Consciente.

— Quando você o viu pela última vez?

— Na noite de domingo. Precisávamos conversar sobre algumas coisas ligadas ao caso em que trabalhava. Andy não estava satisfeito com o resultado.

— E onde vocês se encontraram?

— Na casa dele.

— Não foi um encontro um pouco íntimo?

Savard não piscou. — Andy era gay. Eu estava em Uptown, fazendo compras de Natal. Telefonei para ele e perguntei se podia dar uma passada na sua casa.

— A que horas foi isso?

— Por volta das oito da noite. Saí de lá às nove e meia.

— Ele disse se estava esperando mais alguém?

— Não.

— E qual era o estado de espírito dele quando você saiu?

— Ele parecia estar bem. Conseguimos conversar sobre tudo que queríamos.

— Mas ele não veio trabalhar ontem?

— Não. Pediu para tirar uma folga na segunda-feira. Para fazer compras de Natal, disse. Se eu tivesse idéia de que... — Olhou para o lado e levou uns minutos para se recompor.

— Andy deu alguma indicação de que vinha tendo problemas emocionais ultimamente?

Savard soltou um suspiro suave, aparentemente envolta pela beleza e pureza de uma fotografia em preto e branco de uma paisagem de inverno pendurada em uma das paredes.

— Deu sim. Andava muito calado. Deprimido. Tinha perdido peso. Eu sabia que ele estava tendo problemas com um caso. E sabia que sua vida pessoal era muito estressante. Mas nunca pensei que ele fosse um risco para si mesmo. Andy fez um belo trabalho dentro da corregedoria.

— Ele estava sendo tratado por um psicólogo?

— Não que eu saiba. Eu devia ter sido mais enfática quando sugeri isso.

— Você *sugeriu*?

— Deixei bem claro para o meu pessoal que o departamento tem um psicólogo. A Corregedoria Interna pode ser um osso duro de roer! É um trabalho altamente estressante.

— É, imagino que arruinar a vida de outros policiais deve trazer conseqüências... — murmurou Liska, escrevendo no seu bloco de anotações.

— Os policiais arruinam suas próprias vidas, sargento — disse Savard, com um tom gélido na voz. — Nós não deixamos que eles arruínem a vida dos outros. Desempenhamos um serviço necessário aqui.

— Não tive a intenção de dizer que seu serviço não é necessário.

— Teve sim.

Liska mexeu-se na cadeira, afastando o olhar dos olhos frios de Savard.

— Perdi um bom investigador — disse Savard. — E perdi uma pessoa muito querida. Você acha que não sinto por isso, sargento? Acha que os "ratos" da corregedoria têm água gelada nas veias?

Liska olhou para baixo. — Não, tenente, sinto muito...

— Deve sentir muito mesmo. E agora está sentada aí imaginando se eu vou me queixar para o seu superior.

Liska não disse nada porque Savard tinha razão. Estava mais preocupada em saber quanto essa merda toda afetaria sua carreira do que quanto poderia afetar Savard pessoalmente. Era triste, mas era verdade. Ela colocava sua carreira em primeiro lugar quando não enfiava os pés pelas mãos. Um comportamento habitual — de dois lados. A ambição profissional era uma parte do instinto de sobrevivência que a mantivera com a cabeça fora d'água durante toda a sua vida. A outra parte era uma tendência lamentável que impedira seu progresso mais de uma vez.

— Não se preocupe, sargento — disse Savard com ar cansado. — Minha pele é mais grossa do que isso.

Depois de um instante de constrangimento, Liska perguntou: — Você acha que Andy Fallon se matou?

Savard levantou as sobrancelhas. — Você pensou em alguma outra coisa? Fui informada de que Andy se enforcou.

— Ele foi encontrado enforcado.

— Meu Deus, você não acha que ele foi... — Parou a frase antes de poder dizer a palavra *assassinado*. Uma detetive da Divisão de Homicídios estava sentada à sua frente.

— Talvez tenha sido um acidente... — disse Liska. — Não se pode excluir a asfixia auto-erótica.

— Um acidente... — repetiu Savard, baixando os olhos. — Seria terrível também, mas certamente melhor do que qualquer outra alternativa. Enforcado não é um jeito fácil de se morrer. — Levou a mão por um instante na garganta, depois baixou-a.

— A meu ver, nenhuma forma de morrer é divertida — disse Liska. — Por enforcamento pelo menos é rápido. A pessoa não demora a perder a consciência. Leva apenas uns dois minutos.

A idéia de como deveriam ser esses últimos minutos assustou as duas ao mesmo tempo. Liska engoliu em seco.

— Em que Andy estava trabalhando? Vocês conversaram sobre isso no domingo à noite? De que se tratava?

— Não tenho autorização para dizer.

— Estou investigando uma morte, tenente. E se Andy Fallon não se matou? E se foi morto por causa de um dos seus casos?

Esperou que Savard cedesse, mas não viu sinal de que isso pudesse acontecer nos próximos dez anos.

— Sargento Liska, Andy andava deprimido — disse Savard com toda a calma. — Foi encontrado enforcado. Ao que parece, sua casa não foi invadida, certo? Não se considera um suicídio "suspeito" quando a porta não é arrombada e o aparelho de som não é roubado. Não vejo um crime aí, sargento, vejo uma tragédia.

— De qualquer forma, é uma tragédia — respondeu Liska. — Mas eu tenho de saber dos detalhes. Estou tentando fazer o meu trabalho, tenente. Gostaria de ver os arquivos e as notas do caso de Andy.

— Isso está fora de questão. Vamos esperar para ouvir o que o IML tem a dizer.

— É época de Natal — disse Liska. — Os suicídios estão pipocando como lenha na fogueira. Vão se passar dias até que eles cheguem a Fallon.

Savard nem piscou.

— Uma investigação na corregedoria é coisa séria, sargento. Não quero que os detalhes sejam revelados, a não ser que seja absolutamente necessário. Uma carreira pode ser arruinada.

— Pensei que essa fosse a sua meta — disse Liska, levantando-se bruscamente.

Fechou o bloco de anotações, enfiou-o no bolso da jaqueta com a caneta e fez uma careta. — Merda. Lá estou eu de novo com esse tom. Desculpe. Quando você se queixar a meu tenente da minha insolência, diga também que você não quis cooperar em uma investigação de morte, tenente Savard. Talvez ele tenha mais poder de persuasão com você do que eu tive.

Fez uma saudação de zombaria e saiu.

A recepcionista nem olhou para cima. A porta do homem de terno continuava fechada. Liska podia ouvir o tom da discussão, mas não sobre o que eles discutiam. Só sabia que o homem da parca brilhante falava sobre Andy Fallon. O caso estava sendo transferido.

Saiu para o corredor e olhou para um lado e para outro. Tudo deserto, pelo menos naquela hora. O prédio, em geral, dava aquela impressão, embora estivesse cheio de policiais e criminosos, funcionários do governo e cidadãos. Liska foi até um bebedouro no outro lado da sala 126 e esperou.

Uns três minutos depois a porta se abriu e o homem da parca brilhante saiu. O tom vermelho do seu rosto não combinava com sua roupa. Ele foi até o bebedouro, molhou os dedos e passou-os delicadamente no rosto. Respirou com os lábios fechados, tentando visivelmente acalmar-se.

— Lugar frustrante, não é? — disse Liska.

O homem da parca olhou para trás. Seus olhos verdes eram brilhantes, claros, translúcidos e desconfiados.

— Também não consegui o que vim buscar aqui — confidenciou Liska para ele, chegando mais perto. — Pode dizer que detesta esse pessoal. Todo o mundo detesta a corregedoria. Eu detesto essa gente, e trabalho aqui.

— Então tem mais razão ainda para isso, não é? — disse o homem. — Deve ser mesmo detestável, pelo que vejo.

Liska apertou os olhos. — Você é policial? Traficante? Eu deveria te conhecer.

O sujeito não tinha a menor cara de policial, mas ela queria puxar assunto. Ficou surpresa ao notar que ele era quase da sua altura, fora alguns centímetros a mais das solas de um par de sapatos muito esquisitos. *Petit* era a melhor palavra para descrevê-lo. Ele usava maquiagem, brilho nos lábios e cinco brincos em uma orelha.

— Sou apenas um cidadão preocupado — disse, olhando para os dois lados do corredor.

— E está preocupado com quê?

— Com injustiça.

— Então veio ao lugar certo. Teoricamente. — Tirou um cartão do bolso da jaqueta e passou-o para ele. — Mas talvez esteja falando com as pessoas erradas.

O homem da parca brilhante pegou o cartão. A manicure dele era melhor do que a sua. Olhou o cartão como se estivesse tentando memorizar o que estava escrito.

— Talvez — disse, enfiando o cartão no bolso da parca e afastando-se.

6

Neil Fallon tinha abandonado não só o pai, mas também a cidade. Kovac dirigiu-se para oeste e pegou a rodovia 394, de quatro pistas, que depois era reduzida a duas, perdia o acostamento e se tornava uma via estreita circundando o lago Minnetonka. Em outras vias asfaltadas ao redor desse lago havia mansões antigas, construídas pelos barões da madeira e por indus triais, mas mansões novas, construídas nos últimos anos por atletas profissionais e estrelas do rock. Mas ali as faixas de terra eram estreitas e não davam margem a ostentação. Havia também umas casinhas espalhadas em volta do lago, escondidas debaixo de altos pinheiros. Algumas eram chalés de verão, outras eram galpões de pesca originados de restos de demolições de uma ou duas décadas passadas, e outras eram casas modestas de moradia.

O irmão de Andy Fallon era dono de um grupo de casinhas variadas localizadas entre o lago e uma estrada transversal. O Bar & Pesca Fallon ficava mais perto da via principal, uma construção não muito maior do que uma garagem para três carros, com vigas laterais pintadas de verde e janelas bem pequenas. Por cima das janelas havia um anúncio em néon de iscas vivas e cerveja.

Como Kovac estava de barriga vazia, ficou tentado a almoçar ali. Mas achou que era muito tarde e desistiu.

Levou o velho Chevy Caprice para um estacionamento pequeno e gelado, desligou o motor e ficou ouvindo o barulho da ventoinha. Dirigia esse mesmo carro da frota do departamento há mais de um ano. Nenhum mecânico tinha conseguido consertar os soluços do motor nem o problema do aquecedor. Havia solicitado outro veículo, mas a burocracia caiu em tal buraco negro que ninguém retornava seus telefonemas. Sua carteira de habilitação devia ter alguma coisa a ver com isso, mas preferiu achar que estava sendo sacaneado. Assim, tinha uma desculpa para reclamar.

Uma mesa de sinuca ocupava a maior parte da sala. As paredes revestidas de madeira de demolição eram cobertas de fotos de gente segurando um peixe, provavelmente clientes. Na televisão em cima de um barzinho passava uma novela. Uma mulher gorda, de cabelo castanho fino e cigarro pendurado na boca estava por trás do bar em forma de ferradura, secando uma caneca de cerveja com um pano encardido. *Anotação mental para Kovac: beber direto da garrafa.* Do outro lado do bar, um velho freqüentador do lago, com metade dos dentes, estava sentado em um tamborete, com um boné vermelho imundo enfiado de lado na cabeça.

— Você não devia fazer isso com Bo — disse a mulher em tom de zombaria. — Ele é o amor da porra da vida dela.

— *Era* — corrigiu o homem. — Você não tem prestado atenção, Maureen? Stephano plantou um microchip no cérebro dela que lhe causou muito mal. Agora, o apelido dela é Gina do Mal.

— Bobagem — disse Maureen, com as cinzas do cigarro quase caindo no chão.

Kovac limpou a garganta. — Neil Fallon?

A mulher olhou-o de alto a baixo. — O que você está vendendo?

— Más notícias.

— Ele está lá nos fundos — disse, mostrando a porta da cozinha.

A cozinha era entupida de coisas, e cheirava a gordura rançosa e trapos velhos. Ou talvez aquele cheiro úmido viesse dos peixinhos mortos. Kovac colocou as mãos nos bolsos do sobretudo, tentando não pensar onde Neil guardava as iscas vivas.

Fallon estava na entrada de um grande galpão de armazenagem. Parecia com o velho Mike há uns vinte anos: forte como um touro, rosto vermelho e cheio e nariz meio adunco. Olhou para Kovac, que vinha na direção do galpão, colocou uma máscara de solda no rosto e voltou a trabalhar no trenó do *snowmobile*. Fagulhas voavam do maçarico como se fossem fogos de artifício, brilhando no galpão sombrio.

— Neil Fallon? — perguntou Kovac por cima do barulho do maçarico, tirando o distintivo de dentro do bolso e mostrando-o de longe, para se proteger das fagulhas. — Kovac. Departamento de Polícia de Minneapolis.

Fallon deu um passo para trás, desligou o maçarico e levantou a máscara. Seu rosto estava branco. — Ele morreu.

Kovac parou a um metro do *snowmobile*. — Alguém te avisou?

— Não. Mas eu sempre soube que um dia viria um policial aqui para me dizer isso. Vocês eram mais próximos dele do que eu. — Tirou uma bandana vermelha do bolso do macacão e limpou o suor do rosto, apesar de a temperatura da tarde estar muito baixa. — Como ele morreu? Do coração? Ou se embebedou e caiu daquela maldita cadeira de rodas?

— Não vim até aqui para falar do seu pai — respondeu Kovac.

Neil olhou-o como se ele estivesse falando em grego.

— Vim falar sobre Andy. Ele morreu. Sinto muito.

— Andy?

— Seu irmão.

— Jesus Cristo, eu sei que ele é meu irmão!

Colocou o maçarico em cima de uma bancada e livrou-se com um gesto brusco das grossas luvas da solda. Tirou a máscara, como se seu rosto estivesse queimando, jogou-a para o lado, e a máscara caiu com um estalo no meio de uma pilha de botijões velhos de gás.

— Ele está morto? — perguntou, com a respiração curta. — Como foi isso? Como ele pode estar morto? Não é possível!

— Parece que foi suicídio. Ou então um acidente.

— Suicídio? — repetiu Fallon. — Porra! — Respirando com mais força, foi até um escaninho de metal enferrujado ao lado de uma bancada, tirou uma garrafa de uísque pela metade e bebeu dois bons goles. Depois, colocou a garrafa na bancada, dobrou o corpo com as mãos nos joelhos e soltou uma série de palavrões. — Andy — disse, cuspindo no chão. — Suicídio. — Cuspiu no chão de novo. — Jesus! — Deu dois passos para fora dali e vomitou no meio da neve.

Cada um reagia a seu modo.

Kovac tirou do bolso do casaco uma tira de chiclete de nicotina. Merda.

— Meu Deus — murmurou Fallon. Voltou para dentro, sentou-se em um banquinho feito de tronco de árvore e colocou a garrafa entre os pés. — Andy!

— Vocês eram próximos? — perguntou Kovac, encostando-se na bancada.

Fallon sacudiu a cabeça e passou os dedos pelo cabelo grosso de cor ferrugem. — Fomos por algum tempo, acho. Ou talvez nunca tenhamos sido. Ele me admirava muito quando éramos pequenos por eu ser mais velho e mais forte. Porque eu enfrentava o velho. Mas ele sempre foi o favorito de Mike de Ferro. E passei muitos anos detestando meu irmão por causa disso.

Falou como se tivesse se livrado desse sentimento há muito tempo, mas Kovac notou um traço de amargura no seu tom de voz. Por experiência, os ressentimentos familiares raramente acabavam de todo, se é que acabavam um dia. Eram apenas postos de lado e ignorados, como se fossem um móvel velho e feio.

— Ele era o típico garotão americano — disse Fallon, mexendo na velha ferida. — O grande atleta. O bom estudante. O seguidor dos passos do velho.

Olhou para o chão com a boca apertada. — Ele era tudo que o velho queria de um filho. Pelo menos era assim que Mike de Ferro pensava. E eu não era nada disso.

Tirou um cigarro e um isqueiro do bolso do macacão, e depois da primeira tragada murmurou: — Eles que se fodam. — Deu uma gargalhada amarga, pegou o uísque e tomou mais um gole.

— Vocês se viam muito?

Fallon sacudiu a cabeça, mas Kovac não teve certeza se ele estava respondendo de forma negativa ou se ainda tentava afastar as más notícias.

— Ele vinha aqui de vez em quando. Gostava de pescar um pouco. Sua tralha de pesca está guardada aqui, e durante o inverno ele trazia o seu barco. Era um intercâmbio entre irmãos. Acho que ele se sentia obrigado a dar uma força a meu negócio. Andy era muito responsável.

— Quando você falou com ele pela última vez?

— Ele esteve aqui no domingo, mas nós não conversamos porque eu estava ocupado. Um sujeito veio comprar um *snowmobile*.

— Quando vocês tiveram uma conversa séria pela última vez?

— Séria? Mais ou menos há um mês, acho...

— Sobre o quê?

Fallon apertou os lábios. — Ele queria me confessar uma coisa... Queria dizer que era gay. Como se eu tivesse interesse em ouvir isso!

— Você não sabia que ele era gay?

— É claro que sabia. Sei disso há muitos anos. Desde o tempo do colégio. Eu percebi, ninguém precisou me dizer. — Deu mais um gole e pegou outro cigarro. — Eu disse isso para o velho, um dia. Há muito tempo. Eu estava com raiva. Estava cansado de ouvir: "Por que você não pode ser como o seu irmão?"

Fallon deu uma gargalhada alta, como se tivesse ouvido uma piada hilariante. — Porra! Ele quase quebrou a minha cara de tanta porrada. Se eu tivesse dito que a Virgem Maria era uma puta, ele não ficaria com tanta raiva. Eu pequei contra o seu filho de ouro. Se ele não estivesse naquela cadeira, teria deixado meu rabo roxo.

— Como Andy estava quando veio aqui revelar-lhe o seu segredo?

Fallon pensou por um instante. — Intenso — disse finalmente. — Acho que estava traumatizado. Tinha contado tudo para o Mike. Deve ter sido uma cena e tanto. Eu gostaria de ter presenciado. Não sei como o velho não teve um derrame.

Fumou mais um cigarro, jogou a guimba no chão e amassou-a com a bota de trabalho. — Mas foi estranho, sabe? Tive pena do Andy... Sou perito em desapontar o velho. Mas ele não era.

— Você o viu depois disso?

— Umas duas vezes. Ele veio pescar aqui, e eu lhe emprestei um dos meus barracões. Tomamos uns tragos juntos. Acho que ele queria que agíssemos como irmãos de novo, mas não tínhamos nada em comum, a não ser o nosso velho. Nada mais.

— Como Mike recebeu a notícia da morte de Andy? — perguntou Fallon com calma, olhando para o chão e soltando fumaça pelo nariz. — Foi ele que te mandou aqui? Mike nunca telefonaria para falar direto comigo. Nunca admitiria que seu filho perfeito no final da contas não fosse tão perfeito como ele esperava. Mike é assim. Quando não está certo, é um verdadeiro idiota!

Pegando a garrafa pelo gargalo, levantou-se e foi até a porta. — Eles que se fodam.

Kovac seguiu-o, enrolado no sobretudo. Estava esfriando, um frio úmido que fazia os ossos doerem. Uma dor de cabeça o incomodava e o nariz latejava.

Fallon foi para o canto do galpão e parou, olhando as feiosas cabines de pesca que alugava no verão. As cabines eram construídas perto da margem do Minnetonka, mas não havia costa nessa época do ano. A neve cobria a terra e o gelo tornava tudo uma coisa só. Como um mar branco estendendo-se pelo horizonte de cor laranja.

— Como ele se matou?

— Andy se enforcou.

— Ah!

Só isso: *Ah!* Ficou mais um tempo ali parado, enquanto o vento soprava uma névoa branca de um lado para outro do lago. Não negou nada nem demonstrou incredulidade. Talvez não conhecesse o irmão tão bem quanto Steve Pierce. Ou talvez tivesse desejado no passado que seu irmão morresse, por isso não tinha tanta dificuldade em aceitar a sua morte.

— Quando éramos crianças, brincávamos de caubói e xerife — disse ele. — Eu era sempre o que acabava enforcado. Eu era sempre o mau. Andy era sempre o xerife. Engraçado como as coisas mudam...

Os dois ficaram calados durante algum tempo. Kovac imaginou que Fallon estivesse se lembrando de cenas antigas. Dois garotinhos com a vida toda pela frente, com chapéus de caubói, andando em cavalinhos de pau. Futuros brilhantes prejudicados por ciúmes, tensões e desapontamentos na idade adulta.

As imagens da infância sumiram da memória de Andy Fallon pendurado em uma viga.

— Posso tomar um trago? — perguntou Kovac, apontando para a garrafa.

Fallon passou-a para ele. — Você não está a trabalho?

— Estou sempre a trabalho. Meu trabalho é tudo o que eu tenho — admitiu Kovac.

Fallon foi andando na direção do lago. — Eles que se fodam.

* * *

Seu vizinho estava no jardim, retirando as lâmpadas queimadas de Natal. Kovac parou perto da porta e o viu tirar uma lâmpada da auréola da Virgem Maria e jogá-la em um saco de lixo.

— Mesmo que metade dessas lâmpadas queime, ainda parece que estamos próximos do sol — disse Kovac.

O vizinho olhou-o com um misto de ofensa e apreensão, apertando o saco de lixo contra o peito. Era um homem pequeno, de cerca de setenta anos, com um ar duro e olhos pequenos. Usava um boné de xadrez vermelho com as abas arriadas como orelhas de cachorro.

— Onde está seu espírito de Natal? — perguntou ele.

— Perdi meu espírito de Natal na quarta noite que não consegui dormir por causa das suas malditas lâmpadas. Não dá para usar um *timer* nessa merda?

— Dá para ver que você não conhece nada disso.

— Só sei que você é meio doido.

— Você quer que eu cause um corte de energia? Isso é que aconteceria se essas lâmpadas fossem ligadas e desligadas. O quarteirão inteiro poderia ficar sem luz.

— Seria muito bom para nós — disse Kovac, subindo na calçada e entrando em casa.

Ligou a televisão para ter companhia, esquentou um resto de lasanha, sentou-se no sofá e começou a comer. Ficou imaginando se Mike Fallon estava sentado na frente da sua enorme televisão naquela noite, tentando ocultar temporariamente sua dor na rotina da vida.

Ao longo da sua carreira na Divisão de Homicídios, Kovac tinha visto muita gente vivendo naquela estranha linha entre a normalidade e a realidade surreal, devido a um crime violento que os deixou destruídos. Via de regra, ele não dava muita atenção a isso. Não era assistente social. Seu trabalho era solucionar crimes e seguir em frente. Mas, naquela noite, pensou nesse problema porque Mike era um policial. E talvez por outras razões também.

Deixando de lado a lasanha e o programa de televisão, foi até sua mesa de trabalho e começou a mexer em uma gaveta em busca da agenda de telefones que ele não via há uns cinco anos. O nome da sua ex-mulher estava anotado ali. Discou o número e esperou, depois desligou quando a secretária eletrônica atendeu. Uma voz de homem. O segundo marido.

O que ele teria dito? *Eu vi um rapaz morto hoje e me lembrei de que tenho uma filha.*

Não. Ele se lembrou de que não tinha ninguém.

Voltou para a sala com o aquário vazio e o âncora do noticiário da NBC, Stone Phillips, na televisão. Mais ou menos como o velho Mike de Ferro sentado na sua espreguiçadeira em frente à grande tela, sozinho no mundo, tendo como companhia apenas memórias amargas e esperanças frustradas. E um filho morto.

Em geral, Kovac acreditava que era mais feliz sem uma vida real. O trabalho era um lugar seguro. Ele sabia o que esperar. Sabia quem era. Sabia onde se encaixava. Sabia o que fazer. Ele nunca tinha sido bom em nada, a não ser no seu trabalho.

Havia destinos piores do que ser um policial de carreira. Em geral, ele gostava desse trabalho, e da política que o envolvia. Era bom nisso. Sem fantasia, sem ostentação. Não da forma espalhafatosa de Ace Wyatt, aparecendo nas manchetes e arreganhando os dentes para qualquer câmera que surgisse à sua frente. Ele era bom da forma apropriada.

— Continue a fazer o que você faz melhor — murmurou, virando as costas para seu jantar, pegando o casaco e saindo.

Steve Pierce morava em um duplex de tijolinhos em uma rua sem graça, bem perto da via expressa de Lowry Hill. O bairro era cheio de yuppies e de gente metida a artista, com dinheiro suficiente para reformar os prédios antigos. Mas aquela área tinha sido dividida em pequenos cantos quando as principais artérias do tráfego de Hennepin e Lyndale foram ampliadas uns anos antes, e continuava fragmentada, não só em termos físicos como também em termos psicológicos.

Os vizinhos de Steve Pierce não tinham enfeites de Natal vistosos sugando o suprimento da Companhia de Energia. Tudo era de bom gosto e moderado. Uma guirlanda aqui, outra ali. Por mais que Kovac detestasse seu vizinho, achou aquele lugar ainda pior. Dava a sensação de que os moradores não se sentiam ligados de forma alguma, nem através da animosidade.

Sentiu-se ambientado na sua rua naquela noite.

Sentou-se no carro, estacionado do outro lado da casa de Pierce, e ficou esperando e pensando. Pensando que Andy Fallon provavelmente não tinha deixado a porta destrancada. Pensando que Steve Pierce parecia saber tudo e ao mesmo tempo nada sobre seu velho companheiro. Pensando que havia mais coisa naquela história e que Steve Pierce não queria contar.

Todo mundo sempre mentia para os policiais. Não só os bandidos e os culpados. Mentir era uma atividade desenvolvida por todos. Gente inocente mentia. Mães de filhos pequenos mentiam. Burocratas mentiam. Avós de cabelo mal pintado mentiam. Todos mentiam para os policiais. A mentira parecia estar inserida no código genético humano.

Steve Pierce estava mentindo. Kovac não tinha dúvida disso. Bastava limitar o campo das mentiras possíveis e ver se algumas eram significativas na morte de Andy Fallon.

Tirou um maço de cigarros mentolados escondido debaixo do banco do carona, cheirou-o e respirou fundo, colocou-o debaixo do banco de novo e saiu do carro.

Pierce atendeu a campainha usando uma calça de moletom e camisa de hóquei, cheirando a bom uísque, e com um cigarro pendurado na boca. Depois que descobriu o corpo de Andy Fallon, sua aparência se deteriorou; ele ficou com aspecto de doente terminal em uma longa luta contra a morte. Pele macilenta e acinzentada, olhos vermelhos. Com o canto da boca deu um sorriso forçado, tirou o cigarro e soltou a fumaça.

— Vejam só. É o espírito do Natal. Trouxe seu cassetete de borracha desta vez? Porque acho que ainda não abusaram de mim o bastante para um dia. Encontro meu melhor amigo morto, entro numa briga com o Hulk Hogan vestido de policial e sou importunado por um detetive de quinta categoria. A lista não é longa o suficiente. Acho que está faltando uma sessãozinha de tortura...

Revirou os olhos e a boca como se estivesse em estado de choque. — Porra! Meu segredo sadomasoquista foi contado!

— Olhe aqui. Hoje também não foi um bom dia para mim — disse Kovac. — Tive de contar para um homem que eu respeito muito que seu filho provavelmente se matou.

— E ele se interessou em ouvir? — perguntou Pierce.

— O quê?

— Mike Fallon. Ele se interessou em ouvir quando você falou do Andy?

Kovac franziu as sobrancelhas. — Ele não teve muita escolha.

Pierce olhou para a rua escura, como se alguma parte sua ainda estivesse presa à fantasia de que Andy Fallon surgiria na sombra e apareceria ali na calçada. Mas o peso da realidade o derrotou, e ele jogou a ponta do cigarro pela porta.

— Preciso de um drinque — disse, afastando-se da porta.

Kovac seguiu-o, dando uma olhada geral no ambiente. Cores fortes e móveis de carvalho de algum estilo antigo que não conseguia identificar. Ele não entendia nada de decoração, mas sabia reconhecer qualidade e preços altos. As paredes do corredor eram cobertas por uma mistura elaborada de fotos artísticas em *passe-partout* branco e molduras finas pretas.

Os dois foram para uma saleta com paredes azul-escuras e poltronas largas de couro marrom, do tom de luvas de beisebol. Pierce foi até um barzinho em um canto da sala e serviu-se de uma dose de Macallan. Cinqüenta dólares a garrafa. Kovac sabia o preço porque tinham lhe pedido para fazer uma vaquinha para dar de presente esse uísque quando o último tenente se aposentou. Ele pessoalmente nunca tinha pago na vida mais do que vinte dólares por uma garrafa de bebida.

— O irmão de Andy disse que ele esteve lá há mais ou menos um mês, e contou que era gay — disse Kovac, encostando-se no bar. Pierce franziu as sobrancelhas e começou a limpar uma poeira imaginária do tampo de pedra-sabão do balcão. — Imagino que o velho não tenha aceitado bem isso, né?

— O que adiantou contar para ele? — A voz de Pierce denotava uma raiva que ele tentava disfarçar. — "É claro, papai, que eu continuo a ser o filho do qual você tanto se orgulhava nos jogos de beisebol" — disse bem alto, com grande sarcasmo. — "Mas eu gosto de fazer por trás, só isso."

Virou o copo de uísque de uma só vez, como se estivesse tomando suco de maçã. — Meu Deus, o que ele esperava? Devia ter deixado as coisas como estavam. Devia ter deixado o velho ver o que queria. É assim que as pessoas realmente gostam de viver.

— Há quanto tempo você sabia que Andy era gay?

— Não sei. Não marquei no calendário — disse Pierce, afastando-se.

— Um mês? Um ano? Dez anos?

— Há algum tempo, que diferença faz isso? — disse, impaciente.

— Ele escondia sua homossexualidade só da família? Todas as outras pessoas sabiam? Todos os seus amigos e colegas de trabalho?

— Andy não era uma bicha escancarada — disse Pierce. — Sua homossexualidade não era da conta de ninguém, a não ser que ele quisesse contar. Éramos colegas de quarto na época da faculdade. Foi então que ele me contou. Não me importei. Para mim dava no mesmo. Com isso eu teria mais gatinhas para mim, certo? Um competidor a menos.

— Por que então ele resolveu contar para a família? — perguntou Kovac. — Para o irmão e para o pai? O que fez com que ele tomasse essa decisão? As pessoas não revelam um segredo assim sem mais nem menos. É preciso que haja alguma razão para isso.

— E essas perguntas vão levar a alguma coisa? Porque, se não vão, prefiro ficar sentado aqui sozinho e beber até perder a consciência.

— Você não me parece o tipo de pessoa que faz isso, Steve — disse Kovac, afastando-se do bar e encostando-se em uma das poltronas largas. Além da cor, a poltrona também cheirava a luva de beisebol, o que provavelmente tinha um preço extra.

Pierce ficou imóvel ao sentir-se examinado por Kovac. As pessoas mentiam até com a linguagem corporal, ou pelo menos tentavam mentir. Mas isso em geral trazia menos resultado do que a mentira verbal.

— Seu amigo deu um grande passo ao se declarar homossexual — disse Kovac. — E se deu mal, pelo menos com o pai. Esse tipo de rejeição pode criar grandes problemas! Andy era muito ligado ao pai, queria agradá-lo...

— Não.

— Ele escreveu a palavra "desculpe" no espelho. Por que faria isso se estivesse só brincando, fazendo uma experiência?

— Eu não sei. Só sei que ele não teria se matado.

— Ou talvez a palavra no espelho não tenha sido escrita por Andy — sugeriu Kovac. — Talvez ele estivesse com um namorado em casa. Talvez os dois estivessem fazendo uma brincadeira e alguma coisa saiu errada... O namorado ficou assustado... Você, por acaso, sabe o nome de algum dos companheiros dele?

— Não.

— Nenhum? Vocês eram grandes amigos, não é? Que coisa estranha!

— Eu não estava interessado na vida sexual de Andy. Não tinha nada a ver comigo. — Tomou outro gole de uísque e ficou olhando fixamente para uma tomada do outro lado da sala.

— Hoje de manhã você disse que Andy não estava saindo com ninguém. Como se *estivesse* interessado.

— Isso me faz lembrar que nós tivemos essa conversa antes, detetive. Não estou interessado em repetir a experiência.

Kovac esticou os dedos. — Ei, você parece ter alguma coisa guardada dentro do peito, Steve. Estou te dando a oportunidade de se livrar disso, entendeu?

— Sei que não tenho nada importante a dizer.

Kovac passou a mão no bigode e no queixo. — Tem certeza?

Ouviu-se um barulho de chave na porta da frente e Pierce teve um motivo para sair dali. Kovac seguiu-o pelo corredor. Uma loura estonteante entrou e começou a tirar as botas curtas, colocando umas quentinhas na mesa do hall.

Frango com molho de alho e carne. O estômago de Kovac deu voltas, e lembrou-se da lasanha que tinha deixado na mesa de centro com um entusiasmo que ela não merecia.

— Eu já disse que não estou com vontade de comer, Joss.

— Você precisa comer alguma coisa, querido — disse a loura, carinhosamente, tirando o casaco. Suas feições eram lindas e os olhos, imensos. O cabelo sedoso e dourado ia até os ombros. — Pensei que o cheiro da comida pudesse melhorar seu apetite.

Pendurou o casaco no cabideiro de carvalho do hall, uma peça certamente muito antiga e caríssima. Ao virar-se, deu de cara com Kovac. Ficou tensa e com um ar infeliz, como se fosse uma rainha que encontrasse um camponês desconhecido nos seus aposentos e o olhasse com superioridade e desprezo. Mesmo descalça ela era mais alta do que Pierce, e parecia atlética. Vestia-se de forma conservadora, com roupas de alto padrão — tecidos caros, estilo tradicional; calças de lã de um tom castanho e blazer azul-marinho, suéter de gola rulê parecendo incrivelmente macio.

Kovac mostrou sua credencial. — Kovac. Homicídios. Estou aqui para falar sobre Andy Fallon. Desculpe interromper sua noite, senhorita.

— Homicídio? — perguntou ela, surpresa, arregalando os olhos castanhos como os de Bambi. — Mas Andy não foi assassinado.

— Precisamos ter tanta certeza disso quanto você, senhorita...

— Jocelyn Daring — disse ela, sem estender-lhe a mão. — Sou noiva de Steven.

— E filha do chefe dele — aventurou Kovac.

— Você está sendo inconveniente, Kovac — avisou Pierce.

— Desculpe. Você vai ouvir muita inconveniência da minha parte. Acho que não recebi uma boa educação.

O olhar de Jocelyn Daring era tão frio que podia ter congelado um café quente. Mas Kovac não se importou. Estava pensando que Steve Pierce era uma pessoa de sucesso na Daring-Landis, e que as pessoas de sucesso na Daring-Landis provavelmente precisavam ser convencionais e sem segredos.

Jocelyn pôs a mão no braço de Pierce, num gesto que Kovac considerou possessivo e tranqüilizador, e olhou fixamente para ele. — Há realmente alguma razão para o senhor estar aqui, detetive? Steven sofreu um choque terrível hoje. Gostaríamos de ficar sozinhos para digerir esse sofrimento. Além do mais, se Andy cometeu suicídio não é culpa de Steven.

Pierce não olhou para a noiva. Ficou olhando para o corredor e para a porta aberta da saleta — ou para outra dimensão. Não era difícil imaginar o que ele estava vendo. A questão era o que isso significava para ele, e se o peso da emoção que o pressionava tinha alguma coisa a ver com culpa. Se tinha, que tipo de culpa.

— Eu precisava fazer umas perguntas, só isso — disse Kovac. — Tentar ter uma visão clara de Andy, como ele era, como eram seus amigos, o que fez com que ele pulasse do precipício, se é que fez isso voluntariamente. Tentar descobrir se ultimamente ele teve alguma decepção, algum fim de relacionamento, algum tipo de contratempo pessoal.

Jocelyn Daring abriu a bolsa fina que tinha colocado na mesa ao lado das quentinhas e tirou um cartão de visitas. Seus dedos eram longos e elegantes, as unhas brilhavam como pérolas. O brilhante no seu dedo anelar esquerdo era fantástico.

— Se o senhor tiver mais perguntas a fazer, seria melhor telefonar antes — sugeriu.

Kovac pegou o cartão e arqueou as sobrancelhas. — Advogada?

— Steven contou como o senhor o tratou hoje de manhã, detetive. Não vou deixar que isso aconteça de novo. O senhor entendeu?

Pierce continuava sem olhar para ela. Kovac fez que sim. — Entendi. Sou um pouco lento, mas acho que estou começando a ver como as coisas são.

Encaminhou-se para a porta, colocou a mão na maçaneta e olhou para o casal. Jocelyn Daring tinha se colocado na frente de Steve Pierce de novo, entre Kovac e seu noivo-cliente, protegendo-o.

— Você conhecia Andy Fallon, srta. Daring? — perguntou ele.

— Conhecia — disse ela simplesmente. Sem lágrimas. Sem demonstrar qualquer tristeza.

— Meus pêsames pela sua perda — disse Kovac, saindo no ar frio.

7

A casa de Liska, pequena e comum, ficava entre outra meia dúzia de casas iguais, em uma rua sem nome no bairro de St. Paul. "Perto da Grand Avenue" era o que dizia o povo que morava lá, porque a Grand Avenue era grande e bonita, com belas mansões restauradas dos antigos barões da madeira. A mansão do governador ficava na Grand Avenue. Nem mesmo o fato de o governador ter sido lutador profissional de boxe interferia na fama do bairro. St. Paul, uma nova versão de Uptown, o coração da área da Grand Avenue, era um lugar da moda, cheio de butiques e restaurantes chiques.

O bairro de Liska era muito semelhante ao de Andy Fallon — longe o suficiente da área chique, o que permitia que ela conseguisse se manter ali com seu salário. Teoricamente, o ex-companheiro de Liska pagava pensão para os filhos, o que facilitava as despesas da mãe solteira. Mas o que Speed Hatcher tinha de pagar, conforme o acordo judicial, e o que ele na realidade pagava eram coisas diferentes.

Foi o preço que Liska pagou por se casar com um policial da Divisão de Entorpecentes. Eles viviam no limite da linha a maior parte do tempo: a linha que separava o que eram no trabalho e o que eram na vida real, em geral muito mal conduzida. Para Speed, essa linha não existia mais.

Pensando bem, Liska sabia que tinha percebido nele traços de rusticidade desde o início, quando ambos usavam uniformes. Admitia que isso foi uma das coisas que a havia atraído. Isso, um sorriso deslumbrante e uma bela bunda. Mas se a rusticidade era uma característica desejável em um amante, não era em um pai. O sorriso fez com que ela o aceitasse de volta muitas vezes. A bunda, como descobriu, era seriamente comprometida. Muitas outras mulheres queriam passar a mão nela.

Liska misturou as fotos de Andy Fallon e ficou pensando se os amantes dele tinham se sentido da mesma forma. Fallon era arrasador quando estava vivo. O tipo de homem que fazia com que as mulheres lamentassem a atração pelo mesmo sexo.

Espalhou as fotos na mesa de centro da sala, segurando um exemplar do jornal *St. Paul Pioneer Press* para cobri-las caso um dos meninos entrasse ali, embora fosse tarde e Kyle e R.J. já estivessem na cama há uma hora. Não era novidade um ou outro aparecer de pijama, com cara de choro, e aninhar-se no sofá enquanto ela tentava ver televisão ou ler um livro.

Uma parte de Liska esperava que isso acontecesse agora, para que pudesse esquecer por algum tempo as fotos e tentar agir como um ser humano normal. Estava com dor de cabeça e seu rosto latejava de tanto ranger os dentes. Tinha sido interpelada pelo tenente Leonard enquanto esperava Kovac aparecer, mas ele não apareceu. Jamal Jackson estava tumultuando, dizendo que ia processá-la por brutalidade. Não tinha prova nenhuma a seu favor, mas isso não o impediria de arranjar um advogado nojento que tornaria a vida dela um inferno até o caso ser retirado. O relatório iria para sua ficha profissional, fossem as acusações comprovadas ou não. Então um representante da corregedoria investigaria o seu caso enquanto ela tentava investigar o caso deles.

Ótimo. Se o incidente tivesse ocorrido uma semana atrás, talvez ela tivesse conhecido Andy Fallon antes da tragédia.

Liska examinou as fotografias, sem se sentir chocada ou enojada como uma pessoa comum se sentiria. Tinha se tornado uma mulher durona depois da reação instintiva do início da sua carreira. Via as fotos como uma policial buscando possíveis soluções. A certa altura lhe ocorreu que Andy Fallon tinha sido um dia um menino de doze anos, como Kyle, seu filho mais velho.

Um tremor de medo passou-lhe pelo corpo, deixando-a fragilizada devido ao cansaço. Sua preocupação de não passar bastante tempo com os meninos era permanente, e a vida deles era programada em alta velocidade. Dividiam-se entre o colégio, reuniões de escoteiros e o treino de hóquei. Ela vivia sobrecarregada de trabalho: cuidava e fazia as compras da casa, assinava pedidos de autorização, freqüentava as reuniões de pais do colégio e cumpria milhares de outras obrigações de mãe. Todos viviam exaustos, restando-lhes pouca energia no fim do dia para se curtirem. Como ela poderia saber se, por acaso, um deles escapasse a seu controle?

Tinha lido que a experiência de asfixia auto-erótica não era rara entre meninos adolescentes. Todo ano, um grande número de mortes de adolescentes consideradas suicídios eram, na verdade, acidentes auto-eróticos. Aos doze anos, Kyle ainda se interessava mais por videogames do que por meninas, mas a puberdade estava batendo à sua porta. Liska tinha vontade de esgueirar-se e dar cabo daquela puberdade com o seu cassetete.

Tentou não pensar nisso e concentrou-se em Andy Fallon. Se a morte dele foi um acidente, por que a palavra "desculpe" no espelho? Se esse tipo de prática sexual lhe era habitual, Steve Pierce não saberia? Provavelmente não, se os dois fossem só amigos. Mas se fossem mais do que isso... Se Pierce estava mentindo, mentia para proteger a memória de Fallon ou para se proteger?

A quarta edição do *Manual de diagnóstico e estatística de distúrbios mentais* estava em cima da mesa, aberto na página 529, e o título era "Masoquismo Sexual". Incríveis as coisas que as pessoas aprendiam para ter orgasmo. As fantasias iam de estupro a servidão, a palmadas, a serem molhados com urina, a usar fraldas. Na metade da página ela encontrou o que estava procurando:

Uma forma particularmente perigosa de Masoquismo Sexual, chamada "hipoxifilia", implica a excitação sexual por falta de oxigênio... As atividades com falta de oxigênio podem envolver uma só pessoa ou dois parceiros. Devido a defeitos nos equipamentos, erros na colocação do bocal ou ligaduras, ou outros erros, ocorrem, às vezes, mortes acidentais... O Masoquismo Sexual é geralmente crônico, e a pessoa tende a repetir o mesmo ato masoquista.

Uma só pessoa ou dois parceiros. A reação inicial de Pierce à pergunta sobre os hábitos sexuais de Fallon foi de indignação, mas talvez essa indignação tivesse sido demonstrada para encobrir várias outras emoções: constrangimento, medo, culpa. Steve Pierce se dizia heterossexual. Mas talvez estivesse tentando ocultar o fato de que não era, ou que tinha experimentado o outro lado daquela linha. Ou talvez estivesse dizendo a verdade, e Andy Fallon tivesse outros parceiros. Quem seriam?

Era preciso descobrir mais detalhes sobre a vida privada de Andy Fallon. Se ele tivesse tido sorte, ninguém saberia contar coisa alguma. Quem pesquisasse a vida privada de Liska não teria encontrado nada. Ela não conseguia se lembrar do último namoro decente que tinha tido. Nunca saíra com ninguém que não fosse policial, e os policiais eram péssimos namorados, via de regra. Por outro lado, homens com empregos normais a achavam um pouco intimidadora. Uma namorada que andava com um cassetete tático e uma nove milímetros era um pouco demais para o homem médio. Então o que fazer?

Liska sentiu uma presença na porta da frente uma fração de segundo antes de ouvir o leve barulho da fechadura sendo aberta. Seu corpo foi tomada de adrenalina. Levantou-se de um pulo do sofá, os olhos grudados na porta e a mão tentando alcançar o telefone sem fio. Pena que não estivesse armada, pois sua arma ficava trancada na gaveta quando ela estava em casa — uma precaução necessária para a segurança dos meninos e dos amigos deles. Porém, o cassetete nunca ficava longe do seu alcance. Sua mão direita apertou o cabo acolchoado e ela encaixou o pulso em um movimento muito bem praticado para estender ao máximo o bastão de aço.

Escondeu-se atrás da porta que começava a se abrir, e colocou-se em posição com o cassetete.

Um fantoche do personagem Cartman, do *South Park*, enfiou a grande cabeça pela porta e olhou para ela.

— Ei, moça, você ia enfiar isso no meu rabo?

Um misto de alívio e raiva passou pelo corpo de Liska, deixando-a arrepiada.

— Porra, Speed, eu *devia* ter enfiado no seu rabo mesmo! Um dia desses você vai voar porta afora e eu vou te deixar sangrando no degrau da frente. Seria uma boa lição.

— Isso é jeito de falar com o pai dos seus filhos? — perguntou ele, entrando e fechando a porta. Não era a primeira vez que Liska achava que o ex-marido não devia ter a chave da casa. Não queria que ele entrasse e saísse da sua vida e da vida dos meninos à vontade, mas também não queria manter uma relação hostil por causa de Kyle e R.J. Speed era um idiota, mas era o pai deles, e precisavam de um pai.

— Os garotos estão acordados?

— São onze e meia da noite, Speed... Ninguém está acordado a essa hora. Kyle, R.J. e eu vivemos no mundo real, onde as pessoas têm de acordar de manhã.

Ele deu de ombros e fez um ar de inocente. Outras mulheres teriam se entregado àquele homem. Mas Liska estava muito acostumada a essa expressão e à falta de sinceridade por trás dela.

— O que você quer?

Ele deu um risinho, aquele risinho maldoso dos piratas de romance. Devia estar trabalhando em um caso, pensou ela. Embora seu cabelo louro tivesse um corte quase militar, ele não se barbeava há dias. Vestia um casaco imundo e velho do Exército por cima da calça jeans desbotada e um moletom preto velho. Mas mesmo assim tinha um ar bastante sexy. Menos para Liska, que estava imune a ele havia muito tempo.

— Eu poderia dizer que quero você — respondeu ele, andando em direção a Liska.

— Sei — disse ela, sem se impressionar. — E eu poderia te deixar inconsciente. Qual é a razão de você estar aqui?

Speed parou de sorrir de repente.

— Será que não posso passar para deixar um brinquedo para meus filhos? — disse, tirando o fantoche do dedo. — O que está acontecendo com você, Nikki? Precisa ser essa peste sempre?

— Você invade a minha casa às onze horas da noite, me dá um susto medonho e espera que eu fique feliz? Foi isso que aconteceu.

— Eu não invadi a sua casa. Eu tenho a chave.

— É, você tem a chave. E não tem a porra de um telefone? Não pode avisar de vez em quando, em vez de aparecer aqui como um tufão?

Speed não se preocupou em responder. Ele nunca respondia quando não gostava das perguntas. Colocou o fantoche do Cartman em cima da mesinha de centro e pegou uma das fotos de Andy Fallon.

— Esse é o tipo de merda que você deixa por aí para meus filhos verem?

— *Seus* filhos? — disse ela, tirando a foto da mão dele. — Você não fez nada além de fornecer a matéria-prima, e só a metade. Por que eles não são *seus* filhos quando estão doentes, quando precisam de roupas novas ou quando têm problemas?

— Preciso ouvir isso? — perguntou ele, fazendo uma careta.

— Você veio à minha casa. Vai ouvir tudo que eu quiser dizer.

— Papai!

R.J. entrou na sala e atirou-se nos braços do pai, enroscando-se nas pernas dele. Liska abaixou o cassetete, e colocou o jornal em cima dele e das fotos de Fallon, embora ninguém lhe estivesse prestando atenção.

— R.J., meu garotão! — Speed riu e bateu a mão espalmada na mão do filho caçula, livrando-se do abraço do menino e agachando-se a seu lado.

— Quero ser chamado de Rocket agora — disse R.J., esfregando os olhos sonolentos, o cabelo louro formando pequenos tufos no alto da cabeça. O pijama do time dos Vikings de Minnesota, herdado de Kyle, era grande demais para ele. — Quero ter um apelido como você, papai!

— Rocket, gostei — declarou Speed. — É legal, mocinho.

O fantoche de dedo foi descoberto e os dois fizeram uma improvisação de cinco minutos do *South Park*. O pavio de Liska estava cada vez mais curto.

— R.J., já está muito tarde — disse, detestando fazer isso e detestando Speed por torná-la uma chata. Ele entrava e saía da vida dos meninos na hora em que queria, cheio de animação, diversão e aventura. Como ela era a responsável pelas crianças, achava que não lhes oferecia nada disso e tinha de impor disciplina e obrigações. — Vocês têm aula amanhã.

O menino olhou para a mãe com os olhos azuis iguais aos dela, com ar de raiva e desapontamento. — Mas o papai acabou de chegar!

— Então fique chateado com seu pai. Foi ele que achou uma boa idéia vir aqui no meio da noite, quando todo mundo está dormindo.

— *Você* não está dormindo — disse R.J.

— Mas eu não tenho dez anos. Quando você tiver trinta e dois, vai ficar acordado metade da noite trabalhando e tomando remédio. Mas terá de esperar algum tempo até isso acontecer.

— Vou fazer trabalho secreto na Divisão de Entorpecentes como meu papai.

— Você vai para a cama daqui a dois minutos, mocinho.

R.J. e Speed se entreolharam, deixando Liska confusa. Speed deu de ombros. — Sou seu superior, Rocket. É melhor você ir para a cama agora.

— Posso levar o Cartman comigo?

— É claro. — Acariciou o cabelo do filho e transferiu a atenção para a ex-mulher.

Liska abaixou-se para dar um beijo em R.J., mas ele se esquivou e foi conversando com o fantoche pelo corredor, com voz de desenho animado e soltando pum. Quando sumiu de vista, Liska virou-se para Speed com raiva.

— Você é um merda — disse bem baixinho, contendo a vontade de gritar com ele. — Você não veio aqui para ver R.J....

— Rocket.

— ... nem Kyle. E deixou R.J. muito agitado. Agora vai ficar acordado metade da noite.

— Sinto muito.

— Não sente não. Você nunca sente nada — disse ela num tom amargo. — O que você quer, Speed? Aposto que não veio até aqui para pagar o dinheiro que me deve...

Ele respirou fundo. — Semana que vem eu pago, prometo — disse, em um tom contrito, bem ensaiado. — Estou com um problema agora, mas, na semana que vem...

— Pode deixar. Não precisa representar, vamos acabar logo com isso — disse Liska, tirando o jornal de cima das fotos e juntando-as em uma pilha. — O dia foi muito longo. Eu gostaria de ir para a cama agora, se você não se importar.

Speed não disse nada por um instante, depois chegou perto da mesinha e mostrou a fotografia que estava por cima.

— É alguém que eu conheço? — perguntou com calma. — Ouvi dizer que um policial se matou. É ele?

— Parece que sim. Um sujeito da Corregedoria Interna. Acho que você não o conhece.

Os dois tinham começado a carreira como policiais em St. Paul; Speed ficou lá, mas ela atravessou o rio e foi para Minneapolis. Ele conhecia muitos policiais em Minneapolis — a maioria na Divisão de Entorpecentes e alguns na de Homicídios —, mas não havia razão para conhecer Andy Fallon. Ninguém se interessava em conhecer o pessoal da corregedoria.

Speed tirou a foto da mão dela e examinou-a com cuidado. — Um modo horrível de se matar. Acho que os caras da corregedoria não sabem mexer com armas, não é?

— Ninguém imagina o que passa pela cabeça dos outros — disse Liska.

No início do casamento, os dois discutiam detalhes dos seus casos e se ajudavam mutuamente com os problemas de trabalho. Ela se lembrava dessa época da sua vida como Momentos Dourados, um breve período antes que a infidelidade e a rivalidade profissional interferissem no relacionamento.

— Talvez não tenha sido escolha dele — disse Liska.

— Meu Deus, vocês da Homicídios são engraçados. — Jogou a foto na mesinha. — Não é preciso pensar muito, Nikki. Por que você se atormenta olhando essas fotos? O sujeito se matou. Enforcamento é suicídio ou acidente, não assassinato. Acabe com isso e siga em frente.

— Quando o pessoal do IML disser para eu largar o caso, eu largo. Antes disso, não — respondeu ela, mais por teimosia do que por qualquer outra coisa. — É o meu trabalho. É assim que eu sou.

— Mas não precisa trazer seu trabalho para casa.

— Não me acuse de corromper os *seus* filhos — respondeu ela num tom ácido. — Você ouviu R.J. falar que quer trabalhar na Divisão de Entorpecentes. Não pode querer nada pior do que isso.

— É claro que pode. Ele pode querer ser da corregedoria. Olhe como eles acabam...

Liska não olhou para a foto que ele mostrou. Não precisava olhar. — Tudo bem. Já falamos muita bobagem por uma noite. Foi... como sempre. Você sabe onde fica a porta.

Speed não se mexeu, e fez uma cara de adulto. Liska suspirou.

— Vim até aqui para ver como você estava se arrumando — confessou ele — Ouvi dizer que você tinha pegado esse caso, Nikki. Achei que talvez fosse difícil, porque ele era policial e da corregedoria. E também por causa do seu pai e tudo o mais.

— Meu pai não se matou — disse Liska depressa demais, em tom de defesa. O erro fez com que ela se sentisse vulnerável.

— Eu sei disso, mas toda essa coisa da corregedoria...

— Isso não tem nada a ver com a história — disse ela simplesmente.

Speed considerou suas opções. Liska viu que ele estava pensando, tentando decidir como agir. Como agir com ela.

Ele estendeu as mãos. Um amigo, oferecendo uma sugestão. — Ainda assim... Você pode largar o caso logo que o IML disser que foi suicídio. Ou pode cair fora agora. Um caso como esse não precisa de dois detetives. Deixe tudo com o Kojac.

Tática errada. Liska apegou-se à implicância de que não era dura o suficiente para lidar com aquilo. — Que idéia! Eu peguei o caso e vou com ele até o fim.

— Muito bem, eu só... — Deu um suspiro profundo e passou a mão pela cabeça. — Eu ainda me preocupo com você, Nikki, só isso. Nós temos uma história. Isso significa alguma coisa... mesmo para um imbecil como eu.

Liska não disse nada. Não confiava na sua própria voz nem no emaranhado de emoções existentes dentro dela. A preocupação de Speed era inesperada, e ela não estava preparada para se sentir vulnerável e carente.

Ele tirou um cigarro da jaqueta e pendurou-o no lábio.

— Bom — disse num tom carinhoso, levantando a mão para tocar no rosto dela. — Não diga que eu nunca tentei fazer alguma coisa por você.

Liska deu um passo de lado e virou o rosto.

— Tudo bem — continuou, deixando a mão cair —, eu sei onde fica a porta. A gente se vê por aí, Nikki.

Sua mão já estava na maçaneta quando ela conseguiu falar:

— Ah... Speed... obrigada pela sua preocupação. Mas eu estou bem. Posso agüentar. É um caso como outro qualquer.

— Claro. O caso vai ser encerrado daqui a um dia e meio.

Olhou mais uma vez para ela, e Liska teve a impressão de que ele queria dizer mais uma coisa. Mas não disse e foi-se embora.

Liska ouviu o trinco fechar e apagou as luzes. Juntou as fotos de Andy Fallon, encaminhou-se para o quarto para guardá-las na pasta, depois foi ver os meninos, que fingiram estar dormindo. Escovou os dentes e colocou um camisão da Academia Nacional do FBI para dormir. Deitou-se na cama e ficou olhando para o teto, vendo os acontecimentos do passado dançarem diante de seus olhos como um carrossel.

A festa de formatura do ensino fundamental do colégio. Ela com treze anos, sentindo-se mortificada. Constrangida. A culpa fincada no seu estômago como um pedra enorme e pontuda por causa de outras emoções. O pai a seu lado, com o olhar no chão, tão envergonhado quanto ela ao olhar para os outros. Homem troncudo, de olhos azuis penetrantes, com o lado esquerdo do rosto caído, como se todos os nervos tivessem sido cortados com uma tesoura. Todos olhando para os dois — não só por causa do rosto do seu pai, mas pelas histórias que tinham ouvido: as implicações de corrupção no Departamento de Polícia, policiais roubando dinheiro de traficantes, investigação da corregedoria...

Nada daquilo era verdade, Nikki sabia. Ela parecia acreditar mais nisso do que seu pai, o que a deixava com raiva. Ele era inocente. Por que não lutava para provar sua inocência? Por que não cuspia na cara deles? Por que não negava, desafiava, entrava em ação? Em vez disso, andava no meio dos outros de cabeça baixa para esconder a vergonha e a paralisia facial causada pelo estresse. Palavras como *fraco* e *sem espinha dorsal* passavam pela cabeça da sua filha como poeira solta na brisa. Quando pensava em tudo isso, o sentimento de culpa aprofundava-se e o ressentimento aumentava.

A investigação tinha se arrastado por quase dezoito meses, dando em nada no final. Nenhuma acusação foi feita. Todos se esqueceram e perdoaram o que passou. Mas, a essa altura, a saúde de Thomas Liska começou a se deteriorar e, dois anos depois, ele morreu de câncer no pâncreas.

Foi uma noite muito longa.

8

O corpo foi descoberto.

Suicídio. Acidente. Tragédia.

A palavra *assassinato* não foi mencionada.

Só é realmente assassinato, se a ação é imposta por necessidade, se é acompanhada de remorso?

Desculpe...

Há uma sensação de inquietude quando se sabe que outras pessoas estão a par do acontecido, embora não suspeitem de nada. Como se estranhos invadissem o que deveria ser mantido em segredo. A intimidade da morte tinha sido compartilhada só por eles dois. A conseqüência seria um acontecimento público.

Que de certa forma desvaloriza a experiência.

Andy Fallon está olhando para o vazio na fotografia, a última centelha de vida morrendo nos olhos semi-abertos, a língua saindo pelos lábios abertos. A expressão parece assumir uma qualidade acusatória.

Desculpe...

A fotografia, aninhada em uma das mãos, é levada aos lábios e a imagem da máscara mortuária é beijada.

Desculpe...

Mas mesmo quando a desculpa é oferecida, a excitação aumenta.

9

Liska entrou no cubículo com o rosto vermelho de raiva e as bochechas arroxeadas de frio. Kovac observou-a apreensivo porque sabia o que aquele humor significava para a qualidade do seu dia. Mesmo assim não se mexeu quando ela se aproximou e lhe deu um beliscão com toda a força, como se estivesse dando uma martelada.

— Ai!

— *Isso* é por ter me dado bolo ontem à noite — explicou. — Eu fiquei te esperando, e nesse meio-tempo Leonard me deu uma bronca por causa do assalto de Nixon e disse que Jamal Jackson não podia ser preso por isso de forma alguma. Agora ele enfiou na cabeça que Jackson pode alegar detenção ilegal e interpor uma ação contra o departamento.

— Que ação?

— O processo que Jackson está ameaçando interpor. Contra brutalidade. Contra mim.

Kovac revirou os olhos. — Ah, pelo amor de Deus! Nós temos o vídeo dele me atacando. Ele que tente entrar com essa ação. Se Leonard acha que Jackson tem alguma prova, deve estar maluco.

— Eu sei — disse Liska, já mais calma, jogando a bolsa no fundo da gaveta da sua mesa de trabalho e a pasta na cadeira. — Desculpe a minha agressividade. Tive uma noite péssima. Speed apareceu e eu não consegui dormir muito.

— Vou ter de ouvir suas aventuras sexuais?

Liska fechou a cara de novo, e beliscou-o exatamente no mesmo lugar.

— Ai!

Elwood esticou a cabeça imensa pela meia parede do cubículo. — Quer que eu chame a polícia?

— Por quê? — perguntou Liska, tirando o casaco. — Reagir a ofensa virou crime agora?

Kovac esfregou o braço. — Acho que disse a coisa errada.

— De novo — acrescentou Elwood. — Foi ela que fez isso com o seu nariz?

Kovac tentou se olhar na tela apagada do monitor do computador, mesmo sabendo que sua cara estava inchada e avermelhada como a de um velho bêbado. Mas pelo menos não tinha sido quebrada pela enésima vez.

— Abuso físico de homens por mulheres — disse Elwood. — Um dos grandes tabus da sociedade. O Serviço de Vítimas pode provavelmente te encaminhar para um grupo de apoio, Sam. Quer que eu telefone para Kate Conlan?

Kovac jogou uma caneta nele. — Por que não desaparece da minha frente?

Liska se sentou e virou-se para ele de cara emburrada, mas um pouco contrita. — Eu não dormi porque meu cérebro preferiu se manter acordado, pensando no idiota que é o meu ex-marido, entre outros belos assuntos. O que aconteceu com o seu nariz? Mike de Ferro não gostou de ouvir que seu filho era um pervertido sexual?

— Foi um acidente. Ele recebeu mal a notícia. Ele e Andy estavam brigados provavelmente há um mês, quando Andy decidiu contar que era homossexual. Não é fácil para um pai enfrentar isso, imagino. O que você soube lá na corregedoria?

— Eles me deram um gelo. A tenente filha-da-puta me tratou com desprezo e não deu nenhuma informação. Alegou que não quer comprometer a investigação da corregedoria, porque a carreira de alguém pode ser prejudicada.

— Pensei que essa fosse a meta deles.

Liska deu de ombros. — Ela esteve na casa de Fallon no domingo à noite, entre oito e nove e meia, para discutir um caso que o estava preocupando. Disse que ele parecia estar bem quando ela saiu. Mas disse também que Fallon andava deprimido. Não tinha recebido ordem para ir a um psicólogo, mas lhe sugeriram isso.

— Será que ele aceitou a sugestão?

— Informação confidencial.

— Ninguém vai falar até o corpo ser autopsiado — disse Kovac. — Eles todos estão esperando para ouvir a palavra *suicídio*; depois não vão tocar mais no assunto e vão criar caso com qualquer um que quiser saber por que o garoto se matou. Se é que foi isso que aconteceu.

Liska pegou uma caneta esferográfica volumosa com tinta grudada na ponta. Um dos muitos tesouros estranhos do seu cubículo. Os dois tinham se presenteado de brincadeira. O presente de Liska era a caneta e o de Kovac, um dedo falso, muito realista, que parecia ter sido separado da mão com uma serra de metal. Ele gostava de assustar as pessoas deixando o dedo nos fichários em cima da sua mesa. Era a coisa mais esquisita que uma mulher lhe tinha dado na vida — mas, por mais estranho que pareça, ele gostava muito daquele presente. Dois casamentos fracassados com mulheres "normais" e um entusiasmo por uma gatinha que lhe dava imitações de partes do corpo. O que isso significava?

— Você vai assistir à autópsia? — perguntou Liska.

— O que vai adiantar? Já foi ruim o suficiente ver aquele garoto morto. Não preciso vê-lo ser retalhado sem que haja uma boa razão. O irmão dele disse que Andy o procurou há mais ou menos um mês, para revelar o seu segredo. Já tinha contado para Mike, e a coisa ficou feia.

— Esses dois acontecimentos coincidem com a aparente depressão dele.

— É. Está parecendo mesmo suicídio. O pessoal da perícia não surgiu com nenhuma novidade, que eu saiba.

— Não, mas a informação por via indireta é outra — respondeu Liska. — Tippen me disse que o tempo ficou quente ontem à noite no Patrick's . Que eles inventaram todo tipo de brincadeiras sexuais e pornografia gay. Onde você acha que um boato assim pode ter começado?

Kovac franziu as sobrancelhas. — Com os Três Patetas de farda. Onde encontrou Tippen tão cedo?

— No Caribou Café. Ele tem mania de tomar expresso duplo.

— Policiais de verdade devem tomar café aguado na sala de descanso. É uma tradição.

— O Natal é uma tradição — corrigiu Liska. — Café ruim pode ser evitado.

— O que me incomoda em toda essa questão sexual é o seguinte — continuou ela. — E se Andy Fallon *estivesse* envolvido com sadomasoquismo? Digamos que ele e seu companheiro estivessem fazendo truques eróticos com cordas e alguma coisa tenha dado errado. Fallon morre. Seu companheiro entra em pânico e cai fora. Isso é crime, a meu ver. Indiferença depravada, pelo menos.

— Andei pensando nisso também — disse Kovac. — Estive na casa de Steve Pierce na noite passada. Ele parece que tem alguma coisa guardada no peito.

— O que ele disse?

— Nada de mais. Fomos interrompidos pela sua noiva, a adorável srta. Jocelyn Daring, advogada.

Liska levantou as sobrancelhas. — Daring da Daring-Landis?

— Eu fiz essa mesma suposição, e não fui corrigido.

Liska deu um assobio. — Esse é um desvio interessante. Já veio alguma coisa das impressões digitais?

— Não, mas devemos encontrar as impressões de Pierce. Eles eram amigos.

O telefone de Liska tocou e ela virou-se para atender.

Kovac ligou o computador para dar uma olhada no relatório preliminar sobre a morte de Andy Fallon. Mais ou menos uma semana após a autópsia eles receberiam um relatório final do IML. Ele telefonaria para o necrotério antes disso, para saber dos exames toxicológicos e tentar apressar o processo do relatório.

O tenente Leonard apareceu de repente. — Kovac, venha ao meu escritório agora.

Liska ficou de cabeça baixa enquanto falava ao telefone, evitando olhar para os dois. Kovac deu um suspiro e seguiu Leonard.

Uma parede do escritório do tenente era coberta por um imenso calendário pontilhado de bolinhas coloridas. Vermelhas para homicídios, pretas para os casos solucionados. Laranja para assalto a mão armada, azuis para o encerramento do caso. Combate ao crime coordenado por cores. Tudo muito arrumadinho. Essa era a merda que ensinavam para esses sujeitos nas aulas de administração.

Leonard foi para trás da mesa, com as mãos nos quadris e uma cara séria. Vestia um suéter marrom de tweed por cima da camisa e gravata, com mangas compridas demais. Sua figura fez com que Kovac se lembrasse de um macaco que ele tinha quando era garoto.

— Você vai receber um relatório preliminar do IML sobre Fallon no fim do dia.

Kovac sacudiu a cabeça, como se tivesse água no ouvido. — O quê? Tinham me dito que isso levaria uns quatro a cinco dias.

— Alguém fez um pedido. Por ele ser filho de Mike Fallon — acrescentou Leonard. — Mike é um herói no departamento. Ninguém quer que sofra mais do que está sofrendo por causa disso. Com as circunstâncias em volta do suicídio...

Sua boca de lábios finíssimos retorceu-se como um verme. Uma atuação repugnante: suicida nu com tons de perversão sexual.

— É — disse Kovac. — Uma desconsideração e tanto do garoto matar-se dessa forma. Se foi isso que aconteceu. Um constrangimento para todo o departamento.

— Essa é uma consideração secundária, porém válida — disse Leonard, na defensiva. — A mídia está muito feliz de nos ver mal.

— É, estão todos ouriçados. Primeiro os policiais de plantão no centro da cidade em clubes de striptease. Agora isso. Nós nos transformamos em Sodoma e Gomorra.

— Guarde seus comentários para si mesmo, sargento. Não quero ninguém falando com a mídia sobre esse caso. Darei a versão oficial no final da tarde. "A morte prematura do sargento Fallon foi um trágico acidente. Nós choramos sua perda e nossos pensamentos estarão com a sua família." Repetiu as palavras que tinha memorizado, tentando lhes conferir valor e impacto.

— Seco, breve, direto ao ponto — disse Kovac num tom crítico. — Parece bom, desde que seja verdade.

Leonard olhou para ele. — Você tem alguma razão para achar que *não é* verdade, sargento?

— No momento, não. Mas seria bom nos darmos uns dois dias para juntar os fios da meada. Como se faz em uma investigação. E se foi uma brincadeira sexual que deu errado? Poderia haver um ponto de culpabilidade.

— Você tem alguma prova de que havia mais alguém em cena?

— Não.

— E lhe disseram que ele andava depressivo e que estava indo a um psiquiatra?

— Bom... disseram — respondeu Kovac, sabendo que isso era uma meia verdade, pelo menos.

— Ele tinha... *problemas* — disse Leonard, constrangido com o assunto.

— Eu sei que ele era gay, se é isso que você quer dizer.

— Então não mexa mais com esse caso — disse Leonard secamente, interessando-se de repente pela papelada em cima da sua mesa, e abrindo um fichário. — Não temos nada a ganhar com isso. Fallon matou-se por acidente, ou propositalmente. Quanto mais cedo terminarmos, melhor. Você tem outros casos abertos.

— Tenho sim — concordou Kovac. — Meus assassinatos de amanhã.

— Seus o quê?

— Nada, senhor.

— Acabe com isso e volte para o caso do assalto de Nixon. O procurador do condado está me perseguindo com isso! Violência de gangue é assunto prioritário!

Sim, pensou Kovac, voltando para seu cubículo, *baixar as estatísticas dessas gangues para aplacar o conselho da cidade.* A morte estranha e inexplicada de um policial podia ser desconsiderada.

Disse a si mesmo que devia estar contente. Nem ele nem Leonard queriam que o caso Fallon se arrastasse mais ainda, mas por motivos diferentes. Leonard estava se lixando para Mike de Ferro. Provavelmente nem sequer o conhecia. Sua preocupação era com o departamento. Kovac queria abreviar as coisas por causa de Mike — a mesma razão dada por quem pediu urgência no IML. Porém, aquela tensão que ele não queria reconhecer mantinha-se firme na boca do seu estômago, uma sensação tão familiar quanto o carinho de uma amante. Mais ainda considerando que fazia tempo que ele não tinha uma amante.

Liska jogou-lhe o casaco. — Você está precisando de um cigarro, não é, Sam?

— Ei! Estou tentando parar de fumar. Que grande amiga você é.

— Então deve tomar um pouco de ar puro. Para limpar os pulmões.

Aproximou-se e lhe deu uma olhada significativa. Ele seguiu-a quando Liska se dirigiu para a porta.

— O caso Fallon está encerrado — disse ele, vestindo o casaco quando saíram do escritório.

Liska olhou-o como tinha olhado para Leonard, só que de forma mais acintosa.

— A autópsia já foi feita.

— O quê?

— Todos esperam um laudo de suicídio. Só que vão dizer que foi um acidente, em respeito a Mike. Vamos receber um relatório preliminar hoje e uma bênção de Leonard. Ninguém lá de cima quer que Mike ou o departamento fique ainda mais constrangido com detalhes sórdidos.

— Imagino que não — disse Liska, empalidecendo de repente.

Ela não falou mais até os dois chegarem lá fora, e Kovac não pediu explicações. Os dois trabalhavam juntos há muito tempo, e ele a compreendia bem. Uma parceria de trabalho era uma intimidade — não em termos sexuais, mas em termos psicológicos e emocionais. Quanto mais tempo trabalhavam juntos, melhor solucionavam os casos. Sua parceria com Liska era a melhor que ele tinha tido. Os dois se compreendiam e se respeitavam.

Kovac foi andando a seu lado por um labirinto de corredores até finalmente saírem por uma portinha pouco usada no lado norte do prédio. O céu estava azul, o sol brilhava e a neve toldava a visão. Um dia lindo, com um vento frio e enganador. Não havia ninguém mais naqueles degraus, que não pegavam sol, mas pegavam todo o vento. Todos se agrupavam do lado sul, como pássaros do Ártico em busca de calor.

Kovac estremeceu quando o vento frio bateu no seu rosto. Enfiou as mãos nos bolsos do casaco e encolheu os ombros.

— Leonard disse que o caso Fallon estava concluído — comentou Liska.

— Concluído e encerrado.

— Quem conseguiu apressar a autópsia?

— Alguém do primeiro escalão.

Liska olhou para a rua, apertando os maxilares. O vento soprava no seu cabelo curto e umedecia-lhe os olhos. Kovac percebeu que não ia gostar do que ela estava pensando em falar.

— Que merda você está querendo me dizer? — perguntou, irritado. — Aqui está mais frio do que a mãe da minha segunda mulher.

— Acabei de receber um telefonema de alguém que disse que sabe em que Andy Fallon estava trabalhando.

— Essa pessoa tem nome?

— Ainda não. Mas eu o vi ontem nos escritórios da corregedoria. Mais um cliente insatisfeito.

A pressão no estômago de Kovac aumentou. — E em que ele disse que Fallon estava trabalhando?

Liska olhou para ele. — Em um assassinato.

— Assassinato? — perguntou Kovac, incrédulo. — Desde quando um elemento da corregedoria cuida de assassinatos? Não é possível. Os crimes sempre vão para a Divisão de Homicídios, pois o pessoal da corregedoria não consegue nem encontrar seu rabo no escuro. Como Fallon podia estar trabalhando em um assassinato sem a gente saber? Isso é bobagem.

— Ele podia estar investigando se nós achássemos que o caso estava encerrado — disse Liska. — Lembra-se de Eric Curtis?

— *Curtis?* O policial de patrulha que estava de folga? O bandido que o matou está na cadeia. Como era mesmo o nome dele? Vermin?

— Verma. Renaldo Verma.

— Uma série de roubos violentos. Vítimas gays. Quantos ele assaltou? Três ou quatro em dezoito meses.

— Quatro. Duas vítimas morreram. Curtis foi a última vítima.

— O mesmo processo de sempre, certo? Amarrados, espancados e roubados.

— É, mas Eric Curtis era policial — lembrou Liska.

— E daí?

— Era policial, e era gay. Segundo meu homem misterioso, uns meses antes de morrer Curtis queixou-se à corregedoria que estava sendo perseguido no trabalho por ser homossexual.

— E você está tentando me dizer que talvez um policial o tenha matado por causa disso? Meu Deus, Fadinha! Se quiser acreditar nisso, deve se candidatar ao emprego de Fallon.

— Vá se foder, Kojac! Detesto a corregedoria! Detesto o que fazem com as pessoas. Você nem imagina como eu os detesto... Mas Eric Curtis era um policial, era gay, e agora está morto. Andy Fallon estava investigando isso, ele era gay e agora *ele* está morto — disse, sem gostar do que estava dizendo pela expressão do seu rosto. Ainda assim enfrentou a parada e exprimiu sua opinião. Liska era desse jeito: nenhum trabalho era ruim demais ou feio demais. Ela entrava na coisa e fazia o que tinha de ser feito.

— E eu acabei de dizer que o caso Fallon foi encerrado — disse Kovac, olhando para a rua.

— Você também não está gostando disso, Sam — disse Liska com calma. — Sente bem lá no fundo que está errado, não é?

Ele não respondeu imediatamente. Deixou a idéia rolar na sua cabeça como um filme, enquanto o relógio de carrilhão da prefeitura dava as horas e tocava uma música natalina.

— Não — disse finalmente. — Não gosto nada disso.

Os dois ficaram em silêncio por um instante. Os carros passavam pela Fourth Street. O vento zunia pelos túneis criados pelos prédios, balançando as bandeiras do prédio federal do outro lado da rua.

— Andy Fallon provavelmente se matou — disse Liska. — Não havia nada na cena do crime que negasse isso. O sujeito que acabou de me telefonar talvez esteja se lixando para Andy Fallon. Talvez ele tenha um motivo particular para falar sobre o assassinato de Curtis, e ache que vamos entrar nessa pela porta de trás... Mas e se não for isso, Sam? Nós somos tudo que Andy Fallon tem. E Mike. Você me ensinou isso, para quem nós trabalhamos?

— Para a vítima — murmurou ele, ainda com uma sensação ruim na boca do estômago.

Eles trabalhavam sempre para a vítima. Kovac tinha dito isso inúmeras vezes para seus assistentes. As vítimas não podiam falar por si próprias. Cabia ao detetive fazer perguntas pertinentes, investigar e virar tudo do avesso até encontrar a verdade. Às vezes era fácil. E às vezes não era.

— Que mal existe em fazer mais umas perguntas?

— Eu cuido do necrotério — disse Liska, enrolando o casaco no corpo e virando-se para a porta. — Você cuida da corregedoria.

* * *

— Eu já falei com a sua colega, sargento — disse a tenente Savard, mal olhando para ele e separando uma pilha de relatórios na sua mesa. — Caso você não tenha sido informado, a morte de Andy Fallon está sendo considerada suicídio.

— Em tempo recorde — disse Kovac.

A tenente da corregedoria olhou-o de frente naquele momento. Seus olhos verdes mostravam susto. Eram claros e frios, olhando por baixo de sobrancelhas vários tons mais escuros que o louro do seu cabelo. Esse contraste intensificava a seriedade da sua expressão. Kovac imaginou que, com aquele olhar, ela devia provocar medo em muitos policiais.

Mas ele era macaco velho para sentir-se amedrontado. Era insensível a isso. Ou talvez fosse apenas burro.

Sentou-se na cadeira em frente à mesa dela, com os tornozelos cruzados. Ele tivera uma passagem rápida pela corregedoria centenas de anos atrás, quando o departamento era dirigido por um policial de fato, não por algum almofadinha carreirista. Não tinha sentido vergonha de trabalhar lá. Não morria de amores por maus policiais. Mas também não tinha gostado.

Naquele tempo não havia tenentes na força pública com aquele aspecto.

— Muito decente da parte deles retalhar um corpo tão depressa assim, não acha? — perguntou. — Principalmente nessa época do ano, em que o necrotério está cheio até a boca. Os corpos estão sendo empilhados como toras de madeira, meu Deus.

— Foi uma cortesia profissional — disse Savard, laconicamente.

Kovac viu-se observando os lábios dela — eram exatamente como o arco de uma flecha, com uma camada de batom em cima.

— Muito bem. Acho que devo ao velho Mike a mesma cortesia, sabia? Você o conhece? Conhece Mike Fallon?

Seus olhos voltaram-se para os papéis. — Eu o conheço. Falei com ele hoje, por telefone, e apresentei minhas condolências.

— É, você é muito jovem. Não estava por aqui na época de Mike de Ferro. Você deve ter uns... trinta e sete, trinta e oito anos?

Savard olhou para Kovac com uma expressão amarga. — Isso não é da sua conta, sargento. Mas tenho um conselho para lhe dar. Quando tentar adivinhar a idade de uma mulher, erre sempre para menos.

Kovac estremeceu. — Calculei muito mal?

— Não. Você passou de raspão. Eu sou vaidosa. Agora, se me permite... — Levantou uns papéis e colocou-os em ordem, lembrando a Kovac que era hora de sair.

— Tenho só umas duas perguntas a fazer.

— Você não precisa de perguntas nem de respostas. Não tem nada mais a investigar.

— Mas eu tenho Mike. Estou só tentando descobrir algumas coisas para ele. É duro para um pai perder um filho. Se essas perguntas me ajudarem a esclarecer para ele os últimos dias de Andy, vou perguntar. Não é pedir muito, é?

— É como se pedisse informações confidenciais de uma investigação da corregedoria — respondeu Savard, empurrando a cadeira para trás.

Tinha tentado dispensá-lo com frieza. Agora tentaria forçá-lo a sair. Kovac permaneceu sentado por um instante, só para irritar a tenente, só para que ela soubesse que ele não desistia facilmente. Savard deu a volta na mesa para mostrar-lhe a porta. Ele esperou, e quando ela chegou perto da sua cadeira se levantou, deixando-a hesitante. Ela deu um passo para trás, franzindo as sobrancelhas e mostrando sua desaprovação.

— Eu sei sobre o caso Curtis — disse Kovac, blefando.

— Então sabe que não precisa falar comigo, não é mesmo?

Kovac deu um sorriso forçado com o canto da boca. — Você não era das pessoas mais populares por aqui, não é?

— Sou mais do que qualificada para o meu trabalho, sargento Kovac.

Havia um certo tom de diversão na sua voz, mas um tom amargo. Irônico, talvez. Ele não imaginava por quê, nem de onde vinha esse tom, nem por que a tenente permitia que ele notasse. Isso não era importante agora, mas Kovac gravou o detalhe na cabeça caso precisasse usá-lo mais tarde.

Cruzou os braços e sentou-se na borda da mesa quando ela se dirigiu para a porta. Seus olhos verdes indicavam uma irritação incontida. A raiva fez com que ela corasse. Era assim, pensou, que a televisão queria que as tenentes parecessem: refinadas, gentis, com terninhos cinza da moda. Frias, controladas e sexy de forma velada.

Refinada demais para você, Kovac, pensou ele. Uma tenente. Meu Deus. Por que ele olhava para ela?

— Você sabia que Andy Fallon era gay? — perguntou.

— Sua vida pessoal não era da minha conta.

— Não foi isso que eu perguntei.

— Sabia, ele me contou.

— Antes de você ir à casa dele no domingo à noite?

— Você está indo longe demais, sargento. Eu já disse que não vou responder às suas perguntas. Está querendo que eu fale com o seu tenente sobre isso?

— Pode chamar o tenente, mas ele está ocupado, treinando seu discurso para explicar que foi um acidente e que o caso está encerrado.

— Devia estar treinando isso com você.

— Eu já lhe dei a minha opinião, não há ritmo e não se pode dançar sem isso. Ele devia fazer seu trabalho banal de burocrata e esquecer a política.

— Estou certa de que a sua opinião vale muito para ele.

— Eu sei que não vale nada. A sua vale muito mais, se você decidir fazer uma reclamação contra mim. Ele vai me levar a seu escritório e dizer que se eu não fizer o meu trabalho como devo, serei suspenso. Trinta dias sem pagamento. E tudo porque estou tentando fazer uma coisa decente para outro policial. A vida é às vezes muito injusta. Mas o que eu posso fazer? Me enforcar?

Savard fechou a cara. — Não tem graça nenhuma, sargento.

— Eu não pretendia fazer graça. Tenho certeza de que você sabe que eu pretendia chamar a sua atenção de novo para Andy Fallon. Posso mostrar as fotos, se você quiser. — Tirou uma do bolso do paletó e estendeu-a, como se fosse um mágico fazendo um truque. — É difícil ver isso, não é?

O rosto da tenente ficou lívido, dando a impressão de que ela queria bater em Kovac com alguma coisa. — Guarde isso.

Kovac virou a foto e olhou-a, com a frieza de quem já viu centenas de fotos como aquela. — Você o conhecia. Tinha uma ligação com ele. Tem pena de ele estar morto. Pense então como o pai dele deve estar se sentindo.

— Guarde isso — disse ela de novo, sem um vestígio de tremor na voz. — Por favor.

Ele guardou a foto no bolso do paletó. — Você não tem vontade de tirar as dúvidas de um pai?

— Mike Fallon tem dúvidas de que a morte de Andy foi um acidente? — perguntou ela.

— Mike tem dúvidas de quem Andy era.

Ela afastou-se e ficou em silêncio por um instante, pensando, considerando. — Ninguém conhece ninguém. De verdade. A maior parte das pessoas não se conhece.

Kovac observou-a, intrigado com a súbita mudança para a filosofia. Ela parecia reflexiva e não defensiva.

— Eu sei exatamente quem sou, tenente.

— E quem você é, sargento Kovac?

— Sou exatamente a pessoa para quem você está olhando — respondeu, levantando os braços para os lados. — Sou um policial inflexível e honesto, com um terno barato de uma loja popular. Sou um estereótipo em todos os sentidos. Como mal, bebo demais e fumo, embora esteja tentando deixar o vício e ache que mereça ser valorizado por isso. Não corro maratonas, não faço *tai chi* nem componho óperas nas horas vagas. Quando quero saber uma coisa, pergunto. As pessoas nem sempre gostam disso, mas que se fodam, perdão pela minha linguagem, outro mau hábito que não posso esconder. Além disso... sou teimoso como o diabo.

Savard arqueou as sobrancelhas. — Vou adivinhar. Você é divorciado?

— Duas vezes, mas os meus fracassos não vão me impedir de tentar de novo. Debaixo de um terno barato bate o coração de um romântico incorrigível.

— Há algum outro tipo de romântico?

Kovac preferiu não responder. Com o máximo de ousadia.

— Portanto, quero fazer isso para o Mike. Fazer perguntas sobre o filho dele, tentar construir uma imagem com a qual ele possa viver. Você pode me ajudar?

Savard pensou por um instante, digeriu a pergunta, dissecou-a, pesou os prós e os contras.

— Andy Fallon era um bom investigador — disse finalmente. — Ele sempre trabalhou muito. Às vezes demais.

— O que quer dizer com demais?

— O trabalho era tudo para ele. Ele trabalhava demais e se desesperava com seus fracassos.

— Andy teve um fracasso ultimamente? O caso Curtis?

— O assassino do oficial Curtis está na cadeia, esperando ser julgado.

— Renaldo Verma.

— Se você sabe isso, deve saber que não há um caso sendo investigado neste departamento com relação a Eric Curtis.

— Imagino que não, principalmente porque o investigador está morto.

— O caso foi encerrado antes de Andy.

— Curtis se queixava de perseguição?

Savard não disse nada.

Kovac ficou impaciente. — Olhe aqui, eu posso procurar o contato de oficiais gays e lésbicas. Curtis lhe teria dito tudo antes de vir à corregedoria. Mas, depois, volto aqui, e acho que você já me viu o bastante para saber disso.

— É — disse ela, esperando um instante para responder. — O oficial Curtis apresentou uma queixa pouco tempo antes de morrer. Em razão disso, houve algum interesse da parte da corregedoria quando ele foi assassinado. Mas as provas foram apenas contra Verma, e o caso foi encerrado com a confissão do próprio.

— E os nomes dos oficiais em questão?

— Isso é assunto confidencial.

— Posso descobrir.

— Pode descobrir o que quiser — disse Savard. — Mas não aqui. O caso está encerrado e não vejo razão alguma para que seja reaberto.

— Por que Fallon ficou tão perturbado, se o assassino estava preso?

— Não sei. Andy estava com muita coisa na cabeça nesse último mês. Só mesmo ele podia lhe responder. Ele não confiava em mim. E eu não pretendo especular sobre isso. Ninguém pode saber o que vai no coração de outra pessoa. Há muitas barreiras nesse sentido.

— É claro que você pode. — Kovac olhou dentro dos olhos dela de modo penetrante, tentando quebrar suas barreiras, mas não conseguiu. As barreiras eram espessas. Nenhuma mulher chegaria aonde ela chegou mostrando suas fraquezas.

— Basta estar disposta a varrer toda essa merda — disse ele. — Eu vivo atolado até os joelhos a maior parte do tempo. Nem sinto mais o cheiro da merda.

A tenente não disse nada, mas Kovac teve a impressão de que ela tinha muito a dizer, que as palavras estavam se construindo dentro do seu ser como água por trás de uma represa. Ele podia sentir sua tensão. Mas, no final, ela afastou-se.

— Vá descobrir isso em outro lugar, sargento Kovac — disse, abrindo a porta do escritório. — Eu já disse tudo que tinha a dizer.

Kovac foi andando devagar para a porta. Quando chegou ao lado de Amanda Savard, parou, perto o suficiente para sentir o cheiro sutil do seu perfume. Perto o suficiente para ver sua pulsação debaixo da pele delicada na base da garganta. Perto o suficiente para sentir uma certa eletricidade debaixo da própria pele.

— Não sei por quê, mas acho que não, tenente — disse com calma. — Obrigado pelo seu tempo.

10

Renaldo Verma era um verme viscoso. Franzino, com cara de quem foi viciado em crack por muito tempo, o que era verdade. Difícil imaginar Verma dominando alguém, muito menos um policial. Porém, ele tinha se confessado culpado de assassinato em segundo grau, espancando um homem até a morte com um taco de beisebol. Seu processo criminal ia de viciado em drogas a assaltos e roubos. Agressão e assassinato tinham sido recentemente acrescentados a seu repertório, mas ele já demonstrara ser capaz disso. Tinha se encaixado no modelo de roubo e agressão, com características que ultrapassavam o modo operacional. Os psiquiatras chamavam isso de "assinatura", atos cometidos durante o crime, desnecessários para que o crime fosse completado, mas que preenchiam uma necessidade interna. Com o tempo, ele poderia se tornar um assassino em série, difícil de capturar.

Verma entrou na sala de interrogatórios com um andar arrogante, como se tivesse alguma razão para essa arrogância. Sentou-se em frente a Kovac e imediatamente pegou o maço de cigarros mentolados de cima da mesa. Suas mãos eram compridas e ossudas como as patas de um roedor, e a pele era marcada de lesões semelhantes às chagas da AIDS.

— Não sou obrigado a falar com você sem o meu advogado — disse, soltando fumaça pelo nariz fino e comprido, com duas saliências no alto da ponte. Um bigode fino cobria seu lábio superior como se fosse uma sombra. Sua forma de falar era afetada e um tanto afeminada, com uma linguagem corporal elaborada. Balançava, curvava e torcia a parte superior do corpo quando falava, como se estivesse ouvindo *dance*.

— Então chame seu advogado — disse Kovac, levantando-se. — Mas eu não tenho tempo para essa merda. Quando ele chegar eu já terei ido embora, e quem vai pagar a conta é você.

— Os contribuintes é que vão pagar a conta — disse Verma com um risinho, deixando os ombros caírem. — Que me importa?

— Já vi que você não tá nem aí pra porra nenhuma — disse Kovac. — Então só vai responder ao que eu quero saber, já que quer negociar. Só que é tarde demais para uma negociação. Você já armou com o advogado. Vai para a penitenciária de St. Cloud.

— Eu não vou para lá — disse Verma com confiança, de dedo em riste para Kovac. — Vou para Oak Park Heights. Não vou para aquela laje de granito lá no norte. Aquele lugar é medieval. Vou para Heights. Faz parte do acordo. Tenho amigos em Heights.

Kovac tirou um papel do bolso do paletó, consultou-o como se fosse importante, veio junto o recibo da sua lavanderia, e guardou-o de novo no bolso. — Bom, isso é o que você diz.

Verma apertou os olhos, desconfiado. — O que você quer dizer com isso? Nós fizemos um acordo. O acordo está feito.

Kovac deu de ombros, indiferente. — Quero falar com você sobre o assassinato de Eric Curtis.

— Não fui eu que matei Curtis.

— Sabe quantos idiotas dizem isso? — perguntou Kovac. — Exatamente todos. Será que você não percebeu que não está no Hotel Ritz-Carlton?

— Eu confessei o assassinato do Franz. Mas não tinha intenção de matar o cara.

— É claro que não. Como você podia saber que a cabeça humana não agüenta tanta porrada?

— Eu não *fui lá* para matar o homem — esclareceu Verma, de cara feia.

— Ah, sim. Foi culpa dele estar em casa quando você apareceu para roubá-lo. Que idiota ele é. Você devia ser gratificado por acabar com a vida do sujeito.

Verma levantou-se. — Puta merda, eu não preciso de você no meu pé, Kovac!

— É, estou certo de que tem algum amiguinho na prisão que vai confirmar isso para você. Será que ele vai para St. Cloud também? Ou você vai ter de dar uma cantada em outro?

Verma apontou o cigarro para ele, com as cinzas caindo em cima da mesa. — Eu *não* vou para St. Cloud. Pode perguntar a meu advogado.

— Seu advogado, o defensor público do condado de Hennepin, o servidor mal-pago que trabalha como um burro de carga? O.k., vou procurá-lo. Vou ver se ele ainda se lembra do seu nome. — Kovac levantou-se, deu a volta na mesa e pôs a mão no ombro ossudo de Verma. — Sente-se, sr. Verminoso.

As cinzas do cigarro de Verma caíram na cadeira. Ele amassou o cigarro no tampo da mesa e acendeu outro.

— Não matei nenhum policial.

— Sei, sei. O procurador do condado fez essa acusação só de sacanagem? Só porque queria que um pobre-coitado do escritório dele tivesse mais papelada para cuidar? — Fez uma careta e voltou para a sua cadeira. — Sai fora! Ele te acusou porque você se encaixava no crime, com o mesmo modo operacional que nos outros.

— Então? Nunca ouviu falar em imitação fiel?

— Você não me parece um modelo a ser imitado.

— É mesmo? Então, como eu consegui o acordo? — perguntou Verma. — Não tinham nenhuma prova contra mim nesse assassinato. Nenhuma impressão digital. Nenhuma testemunha.

— Não? Você é o filho-da-puta do Sombra, não é? Então, se não foi você que matou Curtis, por que o relógio dele estava no seu apartamento?

— Isso foi um choque para mim. Não fui eu que botei o relógio lá. A porra do Timex. Por que eu iria roubar isso?

— Sei lá. Talvez sirva para o lugar aonde você vai. Você conhecia Eric Curtis. Ele te prendeu duas vezes por prostituição.

Verma deu de ombros, apertou os lábios e baixou os olhos. — Sem ressentimentos. Na última vez eu me ofereci para dar uma chupada nele. O policial era uma gracinha... Disse: "Outra hora." Eu gostaria que ele tivesse aceitado a minha oferta.

— Então você foi à casa dele cobrar isso. Uma coisa levou à outra...

— Não — disse Verma com firmeza, olhando-o dentro dos olhos enquanto tragava o cigarro. A fumaça foi direto para o peito de Kovac. — Olhe aqui, Kojac, aqueles outros policiais tentaram me culpar pelo assassinato de Curtis, mas não conseguiram. O procurador do condado tentou, mas não conseguiu.

Debruçou-se sobre a mesa com um ar sedutor, e Kovac se retesou.

— Eu sei que você está louco pra botar em mim, mas também não vai conseguir...

— Prefiro enfiar num bocal de lâmpada.

Verma recostou-se de novo na cadeira e deu uma risada louca. — Palavras de um homem que não sabe o que está perdendo...

— Não estou perdendo nada.

Verma deu um risinho abafado e esticou a língua para fora, balançando-a de forma obscena. — Não quer que eu te chupe, Kojac? Ou que enfie a língua no seu cu?

— Puta que pariu. — Kovac afastou sua cadeira da mesa. Tirou um cachecol marrom do bolso do casaco pendurado atrás da cadeira, foi para o outro lado da sala onde estava a câmera de vídeo e cobriu-a.

Verma sentou-se ereto e colocou uma das mãos na garganta. — Ei, homem, por que está fazendo isso?

— Renaldo — disse Kovac baixinho, de olhos arregalados, quando voltou para a mesa —, acho que aquela câmera não está funcionando mais!

Verma tentou se levantar, mas Kovac agarrou-o pelo pescoço e segurou-o com força, pesando o corpo em cima do ombro dele.

— A única coisa que eu quero enfiar no seu cu é o bico do meu sapato — disse com calma. — Pare com essa merda, Verma. Você acha que eu não tenho gente em St. Cloud que me deve favores?

— Eu não vou para... — A pressão aumentou no seu pescoço e ele parou de falar. Seus ombros foram parar junto às orelhas.

— O filho da minha irmã é guarda lá — mentiu Kovac. — É um cara fortão e extremamente saudável. Não é muito brilhante, mas é leal como um cachorro. E tem um gênio horrível.

— O.k.! O.k.!

Kovac soltou-o e foi se sentar.

— Você não pode me culpar por tentar — disse Verma, esticando a mão para pegar o maço de cigarros mentolados. Kovac pegou o maço de cima da mesa, tirou um cigarro, acendeu-o e disse a si mesmo que era uma manobra tática e não intenção de fumar.

— Verminoso...

— O quê? — perguntou ele, mostrando uma exasperação forçada. — O que você quer de mim, Kojac? Quer que eu assuma a morte de Curtis? Vá se foder. O acordo foi feito, mas não fui eu que matei o homem. O procurador do condado não foi à frente porque não encontrou nada. Mas vão pôr isso na minha ficha. Vão dizer que me pegaram e economizarão a verba do Estado gasta em um julgamento. Tudo bem para mim. Não faz mal que os caras de Heights pensem que apaguei um policial. Mas não fui eu. Se você quiser saber quem matou Curtis, pergunte ao sargento Springer, da Homicídios. Ele sabe quem matou o cara.

Kovac deixou as palavras pairarem no ar por um instante, como se não tivesse prestado atenção. Ficou olhando para a frente, fumando, pensando que loucura era sentir prazer em mandar alcatrão e nicotina para dentro dos pulmões.

— É? — disse finalmente, olhando de novo para Verma. — Então por que ele não prendeu o filho-da-puta?

— Porque o filho-da-puta era outro policial.

— É o que você diz.

— Foi o que disse aquele bonitão da corregedoria.

— Eu não sei de quem você está falando — disse Kovac, ficando nervoso.

— Magro e musculoso, bonito como um modelo da Versace. — Fechou os olhos e murmurou para si mesmo: — Hummmm!

— Então o rato da corregedoria disse para você que achava que era um policial que tinha apagado o Curtis?

Verma esticou o lábio inferior e soltou o corpo. Kovac teve vontade de lhe dar um tapa.

— Eu achei que sim — disse ele. — Sobre o que mais ele falou?

Verma deu de ombros. — Coisas ligadas ao crime. Umas coisas sobre o que aconteceu depois do crime. Sobre a investigação, uma porrada geral.

— E o que você disse?

— Por que não pergunta pra ele?

— Porque estou perguntando pra você. Devia se dar por feliz, Renaldo. Você está fora do alcance da corregedoria.

— Eu disse que não tinha matado o Curtis, e não me importa quantos policiais queiram ouvir outra coisa. Nem ele. Nem Springer. Nem o guarda.

— Que guarda?

— O que fez isso comigo — disse ele, apontando para as duas protuberâncias no nariz. — Disse que eu estava resistindo.

— Eu peço desculpas a você pelo departamento — disse Kovac, sem remorso. — Esse guarda tem nome?

— Eu chamava aquele imbecil de Bombado, e ele não gostava. Seu colega chamava o cara de Fedor, mas com *esse* ele não se importava — queixou-se Verma, levantando a mão em sinal de desaprovação. — Acho que, além do cheiro do corpo dele, era o diminutivo de alguma coisa. Eu li o nome no seu peito logo antes de ele me acertar. Ogden.

— Ogden — repetiu Kovac, vindo de repente uma cena à sua cabeça: Steve Pierce lutando no chão da cozinha de Andy Fallon com um touro humano. O brutamontes caindo, com sangue escorrendo do nariz.

Ogden.

— Verma conseguiu um acordo porque seu pessoal fez cagada — disse Chris Logan laconicamente, mexendo na papelada em cima da mesa. — Vá falar com Cal Springer sobre o conjunto de provas. Pergunte se ele sabe algo sobre os detalhes de um mandado de busca.

— Havia alguma coisa truncada na prova? — Kovac ficou de pé junto à porta do pequeno escritório do promotor Logan, que tinha de estar no tribunal dentro de cinco minutos.

Logan praguejava, ainda olhando para a bagunça na sua mesa, com uma das mãos no quadril. Era um tipo atlético e alto, por volta de trinta anos, bonitão e muito mal-humorado. Um cara durão, formado em direito, de pavio curto.

Um bom promotor. O braço direito de Ted Sabin, tendo em vista que o procurador do condado raramente ia ao tribunal pessoalmente.

— Deu tudo errado — disse Logan.

Puxou a cesta de lixo ao lado da mesa e começou a vasculhar os papéis amassados, papéis de bala, sacolas rasgadas de quentinhas das lanchonetes da rodoviária que se ligava ao centro cívico. Encontrou um chumaço amarelo do tamanho de uma bola de beisebol, abriu-o e procurou ler o que estava escrito. Depois de um instante, deu um suspiro de alívio e virou os olhos para o alto. Enfiou o papel na pasta e dirigiu-se para a porta.

Kovac foi andando a seu lado.

— Estão me esperando no tribunal — disse Logan, abrindo caminho entre os que passavam pelo corredor em frente às salas da procuradoria do condado.

— Eu também não tenho muito tempo — disse Kovac, imaginando se Savard tinha cumprido a ameaça de ligar para o chefe dele. Era durona demais, não dava para saber ao certo se estava blefando ou não. Fazia muito tempo que Leonard não lhe chamava a atenção.

Entraram em um elevador vazio, e Kovac barrou a entrada dos demais mostrando sua credencial.

— Assunto policial, minha gente. Desculpe — disse, apertando o botão de FECHAR PORTA com a mão livre.

Logan parecia infeliz, mas ele era assim a maior parte do tempo.

— Tudo que tínhamos era circunstancial — disse. — Associação anterior, motivos, modo operacional de Verma. Mas não temos testemunhas colocando Verma em cena, nem perto da cena, e não houve evidência pericial. Nenhuma impressão digital. Nenhuma fibra. Nenhum fluido corporal. Verma tinha se masturbado em outras cenas do crime. Não com Curtis. Não sabemos por quê. Talvez alguma coisa o tenha feito sair antes. Talvez ele não tenha conseguido uma ereção. Quem sabe? Pode ter sido um monte de coisas.

— Então, qual foi a do relógio? — perguntou Kovac quando o elevador parou e as portas se abriram diante de uma multidão.

O corredor em frente às salas do tribunal estava permanentemente cheio de espertalhões, rábulas, gente fracassada, amedrontada e confusa. Todos prontos a se alimentarem da máquina do sistema judicial do condado de Hennepin.

— Algum guarda idiota disse que encontrou o relógio na cômoda de Verma, mas a coisa não cheirava bem — disse Logan, dirigindo-se para uma das portas do tribunal. — A velha história de O. J. Simpson e a porra da luva ensangüentada de novo. Não conseguimos saber a verdade. E à luz das últimas ações judiciais contra o seu departamento, Sabin não quis nem tentar.

— Embora a vítima fosse um policial — disse Kovac, enojado.

Logan deu de ombros e dirigiu-se para a mesa dos advogados localizada na área mais ventilada da sala. — Não podíamos ganhar esse caso. A cidade não queria outra ação judicial. O que adiantava pressioná-lo mais? Conseguimos que Verma confessasse que matou Franz. Ele vai cumprir pena.

— Por assassinato em segundo grau.

— Acusado de agressão intencional, roubo seguido de morte. Não é pouca coisa. Além do mais, ele matou Franz com o bastão de beisebol do próprio Franz. Uma arma surgida no momento oportuno. Como podíamos alegar premeditação?

— Pensou-se em algum momento que Verma não tinha apagado Curtis? Que talvez ele estivesse sendo realmente levado de roldão?

— Houve alguns boatos de que Curtis tinha sido perseguido por outros policiais de patrulha por ser gay. Mas isso não evidenciou o assassinato, e o caso circunstancial apontou para VERMA em grandes letras maiúsculas.

Kovac suspirou e olhou em volta da sala. O meirinho estava conversando com o escrevente. A advogada de defesa, uma mulher atarracada, de cabelo grisalho preso num coque e óculos de aros enormes, colocou sua pasta imensa na mesa do advogado de defesa e dirigiu-se para Logan com um sorriso desanimado no rosto.

— Última chance para um acordo, Chris.

— Sonha, Phyllis — disse Logan, tirando um arquivo que mais parecia uma Bíblia da sua pasta. — Sem colher de chá para bichas pornográficas.

— É uma pena que você não sinta o mesmo por criminosos — disse Kovac, afastando-se.

* * *

— Por que você foi falar com Verma? — perguntou Liska, tirando uma batata frita de um saco plástico vermelho que Kovac trazia. Como ela se atrasou, ele tinha feito apenas o próprio pedido. — Aquele mentiroso de merda — acrescentou.

— Você esteve com ele?

— Não. — Ela pegou outra batata e a mergulhou no ketchup. — Mas são todos uns mentirosos de merda. Essa é a minha generalização do dia.

— Quer comer alguma coisa? — perguntou ele, chamando a garçonete.

— Não, eu como do seu prato.

— Nem pensar. Você já me deve noventa e duas mil batatas fritas. Nunca pede um prato só seu.

— Essa comida engorda muito.

— O quê? Então se estiver no meu prato engorda menos?

Ela deu um sorriso. — Isso mesmo. Além do mais, você vai ganhar peso porque está deixando de fumar. Eu estou te fazendo um favor. Por que você foi ver o Verma?

Kovac pôs o hambúrguer no prato, perdendo o apetite. Tinha escolhido o Patrick's por hábito, e se arrependeu, pois o lugar vivia coalhado de policiais, como sempre. Tinha pedido uma mesa nos fundos e ficou sentado num canto. Sentiu-se deixado para escanteio. Não gostou do que Verma tinha dito nem do que Logan tinha insinuado; não gostou de saber que se fosse abordar essa faceta da vida de Andy Fallon, a maioria dos outros elementos seria de policiais, e havia muita chance de nem todos serem bons policiais.

— Porque se a corregedoria estava envolvida no caso Curtis, eu queria saber a razão desse envolvimento. Mas Savard não me disse — respondeu ele bem baixinho. — Talvez eles estivessem investigando o assassinato real, como o sujeito disse. Ou talvez estivessem examinando a investigação. Eu queria ter uma idéia dessas coisas antes de questionar Springer.

— Cal Springer não encontraria bosta num pasto — disse Liska, pedindo uma Coca para a desleixada garçonete. — Mas eu nunca ouvi dizer que ele fosse corrupto.

— Ele é um idiota — declarou Kovac. — Um filho-da-puta presunçoso. Passa mais tempo tentando organizar encontros sociais do que cuidando dos seus casos. Mas esse caso Curtis parecia complicado. Nem mesmo

Springer poderia complicar ainda mais as coisas. Verma disse que não foi ele que matou o Curtis.

Liska fez uma careta. — Não! Um homem inocente na cadeia!

— É, ele é puro como a neve — disse Kovac num tom sarcástico. — Mas o problema é o seguinte: ele alega que um policial plantou o relógio de Eric Curtis na casa dele. Ogden.

Liska franziu as sobrancelhas. — Ogden? Aquele cara de ontem?

— Aquele mesmo. Uma alegação como essa envolveria a corregedoria. Logan me disse que a situação estava tão podre que Sabin não quis se envolver. E Ted Sabin não é do tipo que sente cheiro de sangue na água e depois cai fora. Especialmente considerando que Curtis era um policial.

— Curtis era um policial *gay* — lembrou Liska. — Que foi vítima de um criminoso que perseguia abertamente os gays. Você acha que o prefeito e seus asseclas iam querer a mídia metida nisso?

Kovac concordou com um movimento das sobrancelhas.

— Verma também disse que foi um policial que matou o Curtis.

— Então por que nós nunca ouvimos falar disso? — perguntou Liska, claramente perturbada por ter sido deixada de fora.

— É uma boa pergunta. A corregedoria só se envolveu no último mês. Verma está em cana há pelo menos dois meses. Talvez ninguém soubesse que eles estavam ligados. Springer não espalharia de jeito nenhum as notícias se soubesse. A podridão seria tanta que ele seria incapaz de falar. — Kovac riu ao pensar nisso. — Ah! A corregedoria atrás de Cal Springer. É engraçado.

Liska não achou graça, Kovac nem notou.

— Talvez ninguém soubesse até Andy Fallon contar — disse ela.

— Você tem como entrar em contato com seu homem misterioso para conseguirmos mais detalhes?

Liska fechou a cara. — Ele tem de me telefonar. Não me deu o telefone hoje de manhã. Parecia nervoso.

— A corregedoria deve ter o nome e o telefone dele, pelo que você ouviu ontem.

— Mas eles não nos dariam nenhuma informação. Nem adianta pedir. Nosso caso está oficialmente encerrado.

— Estará encerrado quando eu sair dele — respondeu Kovac, percebendo, sem grande entusiasmo, que estava monopolizando a situação. O caso era seu. Ele não queria que ninguém lhe dissesse o que fazer e quando parar. Trabalhava em um caso até ficar satisfeito. E estava muito longe de se sentir satisfeito no momento.

— Não vai ser tão simples dessa vez — disse Liska. — Sabe quem solicitou que a autópsia de Andy Fallon fosse feita antes das outras no necrotério?

Kovac franziu as sobrancelhas. — Não vou gostar quando souber, não é?

— É claro que não.

Ele deu um suspiro e empurrou o prato para perto dela. — Que merda! Quem foi?

Liska separou a parte do hambúrguer que estava comida, pegou o sanduíche e deu uma grande mordida, enchendo o canto da boca de ketchup. Limpou a boca e olhou dentro dos olhos dele.

— Ace Wyatt.

Kovac deu um grunhido. — Aquele chupador de pica.

— Como um favor para o Mike.

— É. Dando ordens. Para nós ele não fez favor algum.

Deu um gole na sua cerveja e olhou em volta, lembrando-se da noite anterior, da comemoração da aposentadoria de Ace Wyatt: superfestiva, entupida de gente, quente, enfumaçada. Viu Mike Fallon no chão e a expressão tensa de Ace Wyatt.

Considerou o peso de saber que um homem lhe devia a vida, e de não deixar que esse homem se esquecesse disso. A obrigação não acabava nunca. Ace Wyatt continuava a salvar Mike Fallon, pedindo favores. Era provavelmente a influência de Wyatt que tinha feito a morte de Andy Fallon ser considerada acidental e não suicídio, poupando Mike dessa carga e liberando o seguro de vida de Andy.

— Você viu os laudos? — perguntou. — Stone os tinha em mãos?

— Não foi Stone quem fez a autópsia. Foi Upshaw.

— Upshaw? Quem é esse cara?

— Um cara novo. Bem simpático, se você gosta do tipo que vive com as mãos enfiadas em um cadáver o dia inteiro. Eu passo a vez, obrigada — disse ela, comendo o último pedaço do hambúrguer.

— Você notou alguma outra coisa nele? Percebeu se ele só tem metade do cérebro?

— Pelo menos metade, eu diria. Ele não estava falando besteira. Mas, se conhece bem essa merda ou não, é cedo demais para dizer.

— Ótimo.

— O laudo preliminar diz que Fallon morreu de asfixia. Nenhum outro ferimento significativo no corpo. Nenhum sinal de luta.

— Ele tinha feito sexo?

— Upshaw disse que não encontrou sêmen onde não devia haver. Então, se uma brincadeira deu errado, eles estavam praticando sexo seguro ou guardando o grande lance para o final. Ou talvez não houvesse nenhum envolvimento sexual.

— Encontraram drogas?

— O relatório ainda não foi feito, mas eu conversei com Barkin. Ele disse que Fallon tinha um nível baixo de álcool na corrente sangüínea. E um barbitúrico, alguma coisa tipo zolpidem, que é uma pílula para dormir conhecida pelo nome comercial Stilnox. Isso seria mais coerente com suicídio do que uma brincadeira sexual, embora as quantidades não fossem letais, nem mesmo combinadas. Muita gente se droga para morrer. Se tivessem encontrado Rohipnol ou alguma coisa assim, a história seria outra. Ninguém planeja um auto-estupro, a não ser talvez um masoquista solitário.

Kovac franziu as sobrancelhas ao lembrar que isso não estava esclarecido.

— Alguém verificou o armário de remédios de Andy Fallon?

— Não havia razão para isso naquele dia.

— Eu quero saber.

— Você não vai conseguir um mandado de busca.

— Para que eu preciso de um mandado? Quem vai se opor a isso?

Liska deu de ombros e tomou um gole de Coca com o canudo, olhando em volta da sala. Recostou-se na cadeira, com o rosto impassível, mas os olhos de repente alertas.

— O que foi? — perguntou Kovac.

— Lá vem Cal Springer. Com ar de quem comeu muita pimenta e não consegue peidar.

Springer atravessou a multidão como se fosse uma figura de madeira, com os músculos tensos de raiva, o rosto vermelho de ódio ou de frio, ou ambos. Seu rosto era comprido e chato, nariz adunco e cabelo castanho-acinzentado despenteado. Seu olhar parou em Kovac e ele foi andando em sua direção, dando um encontrão na garçonete. Ela derrubou uma cerveja e praguejou, e Springer teve de pedir-lhe desculpas.

Kovac sacudiu a cabeça. — Ei, Cal, ouvi dizer que você põe as mulheres em nocaute, mas não sabia que era literalmente.

Springer apontou o dedo para ele. — O que você foi fazer com Renaldo Verma?

— Dançamos tango e fumamos um cigarro.

— O advogado dele veio em cima de mim hoje à tarde. Ninguém falou desse encontro com ele. Nem comigo.

— Ninguém tinha de falar com ele. Verma concordou em me ver. Ele podia ter chamado o advogado se quisesse. E desde quando eu tenho de pedir permissão para limpar meu rabo?

— Esse caso é meu.

— E está encerrado. Você está fora. Qual o problema?

Springer olhou em volta, como alguém prestes a revelar segredos. — Não foi encerrado.

— Por causa da corregedoria? — perguntou Kovac, alto.

Springer parecia doente.

— Eles não têm um caso contra você, têm? — perguntou Liska. — Quer dizer, não foi você que plantou aquele relógio, foi, Cal?

— Eu não fiz nada.

— Bem condizente com suas técnicas normais de investigação — disse Kovac. — Se isso for um crime, é melhor preparar seu rabo para o que vem pela frente.

Springer olhou para ele com ódio. — Eu fiz uma investigação limpa. Trabalhei nesse caso segundo as regras. Verma não tem o direito de vir em cima de mim. Nem a corregedoria.

— Então por que está gastando seu tempo tentando me enrolar de novo? — perguntou Kovac.

Springer respirou fundo e prendeu a respiração por uns segundos, como se estivesse tentando tirar uma coisa do corpo com força. — Fique fora dessa, Kovac. Está encerrado. O caso foi completamente fechado.

— Bom, você tem de se decidir, Cal. Está encerrado ou não? — disse Kovac, observando-o. Viu que Liska observava Springer também, embora sua expressão estivesse um pouco tensa, como se estivesse aflita de ver Cal Springer tão nervoso

— A tenente da corregedoria me disse que não há nada em curso com relação ao assassinato de Curtis — disse Kovac. — Pelo menos não hoje. Seu investigador está morto.

— Eu sei — murmurou Springer, olhando para o lado e empalidecendo. — Eu ouvi dizer. Suicídio. Um horror.

— Assim eles dizem.

Springer olhou para ele de novo. — O que isso quer dizer?

Kovac deu de ombros. — Nada. Modo de falar.

Springer considerou a resposta e suas opções. No final, deixou os ombros caírem e soltou o ar dos pulmões.

— Olhe aqui, não quero a corregedoria na minha cola. Estou me candidatando a delegado da União.

— Ter a corregedoria na sua cola vai fazer de você o candidato favorito.

— Só se sujeitos como você se importarem em votar. Tenho planos de vida maiores do que os seus, Kovac. Por favor, não vá estragar os meus planos.

Kovac viu Springer afastar-se e dar um encontrão na mesma garçonete, com a cabeça nitidamente longe.

— Segundo as regras do livro — debochou Kovac. — Que livro será esse? *Investigação prática de homicídios para babacas*?

Liska não respondeu. Estava virada de lado, vendo Springer ir embora, mas seu olhar estava muito longe dali. *Talvez anos-luz*, pensou ele. Inclinou-se na mesa e bateu no ombro dela.

— Ei, essa foi boa. Merece reconhecimento.

— Deixe o homem em paz, Sam — disse ela, virando-se. — Springer é honesto. Não merece o que a corregedoria pode fazer com ele.

— Se ele souber de alguma coisa eu quero ser informado.

— Vou tentar.

Kovac observou-a e ela desviou o olhar. Parecia uma menina de catorze anos que guardava o segredo de que o capitão do time bebia todas e fumava. Ela pegou a última batata frita e mergulhou-a no ketchup.

— Algum problema com você? — perguntou Kovac.

A boca de Liska retorceu-se num sorriso forçado. — É claro. Meus hormônios. Pode fazer alguma coisa a respeito?

— Se os seus hormônios foram despertados por causa de Cal Springer, vou te dar uma ducha de água fria.

— Por favor. Eu acabei de comer. O dia foi longo. Depois de uma noite longa. É melhor eu ir para casa.

— Pensei que você não quisesse nada com a corregedoria.

— E não quero — disse Liska, juntando suas coisas. — Mas isso não vai me impedir de tentar saber alguma coisa com o Springer. Ele também não quer nada com a corregedoria.

— Você é quem sabe. — Liska tinha direito a um ou dois segredos, pensou, embora não gostasse da idéia.

Levantou-se, jogou umas notas em cima da mesa e tirou o casaco do cabide ao lado. — Vou ver o que Andy Fallon tinha no seu armário de remédios.

— Sam Kovac, o Detetive Vinte e Quatro Horas.

— O que mais posso fazer com o meu tempo?

— Nada, aparentemente. Você não quer nada mais da sua vida? — perguntou ela, levantando-se do banco.

— Não. — Ele ignorou a imagem de Amanda Savard que surgiu na sua mente. Era ridículo até mesmo considerar essa fantasia. — Quando a gente não quer nada, não fica desapontado se não consegue.

11

O estacionamento coberto tinha o nome de um policial que havia sido assassinado a sangue-frio em uma pizzaria na Lake Street. Essa idéia sempre vinha à cabeça de Liska quando era tarde e ela ia sozinha pegar o carro, ou quando estava cansada e via o futuro com um olhar distorcido. Naquela noite, estava especialmente impressionada. A hora do rush tinha passado, o estacionamento parecia deserto e o seu humor estava sombrio. Kovac tinha voltado ao escritório para pegar a chave da casa de Fallon, e ela recusara seu oferecimento de companhia até ali.

O cabelo da sua nuca estava arrepiado. Parou abruptamente e se virou, olhando pelo espaço sombrio. Ruídos diversos ecoavam no labirinto de concreto, tornando difícil identificar sua origem. A batida da porta de um carro era às vezes surda, às vezes forte. O arrastar de pés podia vir do fundo do estacionamento ou logo atrás dela. Os estacionamentos eram procurados por assaltantes e estupradores. Os vagabundos, na maioria bêbados e doentes mentais, gostavam de abrigar-se nesses locais e usar os banheiros públicos quando eram enxotados de lugares como a biblioteca do centro da cidade.

Liska sentia o ar que respirava queimar seus pulmões enquanto esperava e observava, virando-se lentamente, uma das mãos dentro do casaco, segurando o cabo da arma no coldre na sua cintura.

Não viu ninguém, não ouviu nada significativo. Talvez estivesse apenas nervosa, mas tinha razão de sobra para isso. Passara o dia fazendo perguntas sobre a morte de dois policiais. Sentia-se como se tivessem colocado um travesseiro no seu rosto e lhe dado uma surra com uma barra de ferro. Queria ir para casa, ver seus filhos, vestir uma roupa confortável, passar umas horas sem pensar que tinha se voluntariado para investigar a merda que acontecia na corregedoria.

— Foi só um susto — murmurou para si mesma, soltando a arma e pegando as chaves do carro.

Agora teria de encontrar uma forma de conseguir informações de Cal Springer. Meu Deus. Sem vomitar. Ordens superiores.

Era difícil imaginar Springer ligado a alguma sujeira. Ele raramente era convidado para um almoço, que dirá para uma conspiração, mas não havia como negar o cheiro do medo nele. Um cheiro que lhe fazia lembrar seu pai. Ela detestava isso.

Por que não ouvi os conselhos da minha mãe?, pensou. "Aprenda um ofício, Nikki. Cosmética. Nutrição. Sonhe alto. Arranje um bom emprego. Conheça o homem dos seus sonhos."

Seu carro, um Saturn azul-escuro que lhe servia de escritório ambulante e táxi era o último da fila, encostado na parede, em um lugar escuro demais naquela noite escura. Virado para a frente, pronto para uma saída rápida. Ela apertou o botão da trava elétrica e ficou esperando. Nada aconteceu. As portas não foram destrancadas. As luzes não acenderam. O carro vinha dando problema há semanas, às vezes funcionava, às vezes não. Ela, por outro lado, parecia estar *sempre* funcionando e não tinha tempo de mandar consertar o carro. Os problemas não eram graves, não mereciam preocupação. Até a hora em que ela se viu sozinha no estacionamento.

Uma batida surda e um som arranhado deixaram-na congelada durante um segundo. Em outro nível do estacionamento ela ouviu o rangido da mudança de um carro sendo forçada em uma direção. Naquele nível, sentiu uma presença. Outra pessoa. Essa percepção fez seus nervos vibrarem. Ela não entrou na racionalização boba da maioria das mulheres em uma situação aflitiva. Os instintos eram para ser confiados acima dos ensinamentos de uma sociedade supostamente gentil. Quando achava que alguma coisa estava errada, estava mesmo.

— Ei! Quem está aí? — perguntou, virando-se lentamente, com uma voz de mulher durona. Uma voz que dizia "se vier até aqui, leva um chute no rabo". Seus batimentos cardíacos estavam a mil por minuto.

Deu a volta no carro com a chave na mão esquerda, deixando a mão direita livre para tirar a arma do coldre. Com a ponta da chave, procurou a fechadura, mas não a encontrou na primeira nem na segunda vez. Olhava para o alto, da esquerda para a direita, da direita para a esquerda, farejando alguma coisa. Alguém. O lado sombreado de uma coluna de concreto parecia um pouco grosso demais, um pouco distorcido.

Liska piscou e tentou refocalizar. Estava escuro demais. Talvez fosse alguma coisa, ou talvez não fosse nada.

A chave entrou na fechadura. Encostou-se no Saturn, fechou a porta, apertou o botão da trava elétrica e nada. Xingou o carro e ligou o motor, apertou o botão de novo, e dessa vez foi gratificada com o som das portas sendo travadas. Seu olhar continuava na coluna, a uns quinze metros de distância. Não constatou nenhum movimento, mas continuou com a sensação de que havia alguém por ali, observando-a.

Hora de ir embora.

Jogou sua pasta no banco do carona, no meio de um monte de badulaques, uma bagunça ainda pior do que o normal, esparramados pelo chão. Correspondência solta, uma sacola do Burger King, revistas, um pé de tênis de um dos meninos, uns bonecos de plástico... e muito vidro quebrado.

Mais centenas de batimentos cardíacos extras.

A janela do carona tinha se reduzido a milhares de cacos espalhados pelo banco e pelo chão, misturados com a correspondência, a sacola do Burger King, as revistas, o pé de tênis de R.J. e os bonecos de plástico. Era provavelmente trabalho de algum drogado, disse para si mesma. Provavelmente o fantasma escondido nas sombras, esperando que ela fosse embora para poder quebrar outra janela em busca de alguma coisa valiosa para roubar. Era uma explicação provável.

Ligou o motor e passou a primeira no carro. Desceria até o térreo e chamaria uma viatura na área bem iluminada, próxima à cabine de telefone.

Uma luz vermelha apareceu no painel, mostrando que o carro precisava ser abastecido logo.

— Que tal você cuidar de *mim* agora? — murmurou, tirando o carro da vaga.

Os faróis iluminaram a coluna. Nada. Ninguém. Tentou livrar-se daquela suspeita, mas a tensão não diminuía.

Olhou pelo retrovisor ao passar pela coluna e percebeu alguma coisa. Um homem pela metade, ao lado de um Ford sedã a pouca distância, perto de onde ela havia estacionado.

Nada estranho ver uma pessoa em um estacionamento público. Todo carro teria um motorista mais cedo ou mais tarde. Em geral, eles abriam as portas e acendiam as luzes. Mas esse motorista não fez isso. Saiu da sua linha de visão. Liska olhou por trás do ombro, com a mão direita na arma no banco ao lado: uma Sig Sauer pequena, do tamanho da sua mão, mas capaz de estourar os miolos de um touro.

De onde o homem teria vindo? Havia observado bem e prestado atenção a todos os ruídos a ponto de exaurir os olhos e os ouvidos. Ninguém teria passado por trás dela sem o seu conhecimento.

— Ei!

A voz soou como uma bala. Liska virou a cabeça para a direita e viu um homem vindo em sua direção, com a cabeça e a parte superior do corpo visíveis pela moldura da janela.

— Ei! — gritou ele de novo. Seu rosto era anguloso, como que talhado por canivete. Espinhoso, sujo, com dentes amarelos e uma barba nojenta. Olhos escuros e selvagens. — Me dá cinco pratas aí!

Liska engatou e os pneus guincharam no concreto. O homem gritou de raiva, agarrando-se com as mãos grossas no banco do carona pelo encosto de cabeça. Liska pegou a arma e encostou-a na cabeça dele.

— Saia do meu carro! Eu sou da polícia!

O homem abriu a boca e deu um grito de raiva, que ecoou por todo o estacionamento.

Liska manteve a Sig juntinho da boca do homem. — Solte o banco, seu idiota!

Com uma das mãos, virou a roda para a esquerda e apertou os freios, fazendo o Saturn derrapar. A traseira bateu em uma minivan, o bêbado teve de largar o encosto de cabeça e foi atirado para fora da janela.

Liska parou o carro, abriu a porta e correu em volta do capô, de arma na mão. O bêbado estava encolhido junto à porta traseira de um Cadillac imundo da década de 1970, absolutamente imóvel, de olhos fechados. *Que merda, era só o que faltava ter matado alguém!*, pensou. O atendente da cabine do estacionamento subiu a rampa; um sujeito gordo, mal uniformizado, com uma parca aberta, pequena demais para o seu barrigão de cerveja.

— Puxa, dona! — exclamou, com a respiração entrecortada. Estava muito quente e o homem suava em bicas, o cabelo castanho grudado na cabeça grande. Ao ver a arma de Liska, seus olhos se esbugalharam e ele levantou os braços.

— Polícia — disse Liska. — Aquele homem está preso. Há algum segurança de plantão por aqui?

— Hummm... ele deu uma saída...

— Ótimo. Está num inferninho aqui perto, não é?

O atendente abriu e fechou a boca umas duas vezes. Liska foi ver se o bêbado dava sinal de vida. Respirava com regularidade e o pulso estava bom. Tirou um par de algemas do bolso do casaco e prendeu os pulsos do homem.

— Você tem um celular? — perguntou, olhando para o atendente.

— Tenho, dona.

— Telefone para o 190. Precisamos de um policial e de uma ambulância.

Ele estava prestes a discar o número. — Tudo bem, dona. Mas pensei que tivesse dito que era da polícia.

— Telefone logo.

O bêbado abriu o olho empapado de sangue e tentou olhar para Liska. — Você é um garoto, passa pra cá cinco dólares — disse ele.

Liska olhou-o. — Você tem o direito de permanecer em silêncio. Use o seu direito.

Prendeu a outra algema na maçaneta da porta de trás do Cadillac, voltou para o Saturn e tirou do porta-luvas uma imensa lanterna de patrulha Maglite de mais de um quilo. O atendente continuava com as mãos para o alto quando ela novamente saiu do carro.

Liska olhou para ele. — Por que ainda não telefonou?

— Eu não queria fazer movimentos bruscos.

— Ah, pelo amor de Deus!

Ela acendeu a Maglite com a mão esquerda, colocou a arma no bolso e subiu a rampa.

— Aonde a senhora vai? — perguntou o atendente.

— Vou procurar o bicho-papão. Telefone para onde eu mandei, seu imbecil.

Eram quase dez horas quando Liska chegou à porta de sua casa, exausta e irritada. Irritou-se mais ainda ao ver o carro de Speed bloqueando a entrada da garagem. Na verdade, não se importava em não entrar na garagem entupida de tralhas. Mas era uma questão de princípio.

Sentou-se no Saturn, congelando, pois a calefação não era suficiente para aquecer o carro com o vidro quebrado. Não tinha encontrado vestígio do seu fantasma no estacionamento. Os guardas tinham levado o bêbado em custódia — Edward Gedes — e seguido a ambulância até o Hospital Central de Minneapolis, onde matariam o tempo bebendo café e paquerando as enfermeiras da emergência enquanto esperavam Edward ser examinado. Não havia muitas acusações contra ele, a não ser o fato de, provavelmente, ter sido o responsável pela janela quebrada, mas Liska não sabia ao certo. Seu instinto dizia que não era isso que tinha acontecido. Talvez Edward tivesse quebrado a janela e esperado que ela chegasse para pular para dentro que nem um gato, mas não acreditava muito nisso.

Não faltava nada no carro, até porque ela nunca levava coisas de valor. Ninguém quebraria o vidro para roubar um pé de tênis nem o boneco Jesse Ventura de R.J. O porta-luvas não tinha sido revistado. O som estava intacto. Preferia que tivesse sido roubado para haver uma explicação para a janela quebrada. A única coisa que tinha sido mexida era sua correspondência jogada ali. Quem tivesse se proposto a invadir o carro numa garagem pública tinha agora seu endereço.

O fantasma das sombras.

Por que seu carro entre todos os outros do estacionamento?

Liska juntou suas coisas e entrou em casa. Ninguém a viu entrar. Uma guerra estava sendo travada na sala. Em um canto tinham armado uma barraca com um cobertor. As cadeiras da sala de jantar tinham sido levadas para lá e estavam de cabeça para baixo, ao lado da árvore de Natal, simulando um forte. Os rostos dos meninos estavam pintados e eles corriam em volta de pijama, brandindo sabres de plástico e fazendo um barulho ensurdecedor. Seu ex-marido estava agachado por trás da espreguiçadeira, com um roupão por cima das roupas, uma gravata preta rasgada em volta da cabeça e uma espada de samurai na mão.

— Bem-vinda, mamãe — disse Liska, jogando a bolsa na mesa da sala de jantar. — Como foi o seu dia? Mais ou menos — perguntou e respondeu para si mesma. — Mas obrigada por perguntarem. Estou contente por chegar em casa e ver tudo em paz, na mais perfeita ordem, e me sentir querida por todos.

Kyle reagiu primeiro. Parou de correr, deu um sorriso e ficou olhando da mãe para o pai. Dois anos mais velho do que R.J., ele se lembrava das hostilidades no fim do casamento dos pais e era muito sensível à tensão que havia permanecido entre os dois.

— Oi, mamãe — disse, pondo de lado o brinquedo, como se estivesse sem graça de ser apanhado se divertindo. Tinha o ar carente do pai, mas com uma seriedade que faltava aos genes de Speed.

— Oi, garotão — disse Liska, pondo o cabelo dele para trás e beijando-o na testa. Kyle olhou para o chão.

R.J. grunhia como um porco e corria em círculos, balançando o sabre no ar, recusando-se terminantemente a reconhecer a presença da mãe. A raiva subiu-lhe à cabeça quando ela olhou para o ex-marido.

— Oi, Speed, que bom te encontrar aqui. De novo. Você está agindo quase como um pai. Onde está Heather?

— Eu a mandei para casa — disse ele, levantando-se. — Por que pagar uma baby-sitter sem necessidade? Estou com tempo livre esta noite.

— É muita gentileza sua pensar na minha situação financeira — disse Liska, com vontade de acrescentar: *Especialmente considerando que você nunca se importou em contribuir para a causa*. Mas mordeu a língua em consideração aos meninos.

— Está na hora de dormir, meninos — disse, bancando a durona de novo e ressentindo-se com Speed por ter de fazer isso. — Vão lavar o rosto e escovar os dentes, por favor.

Kyle começou a sair da sala. R.J. olhou para ela com os olhos arregalados, depois deu um grito de arrepiar os cabelos e pulou no ar, balançando os braços e as pernas como se fosse um ninja.

Kyle agarrou-o pelo braço. — Pare com isso, Rocket — disse com voz séria. Liska não o repreendeu.

— Você pode não ter de trabalhar — disse para Speed depois que os meninos saíram da sala —, mas seus filhos têm de ir para o colégio amanhã e precisam dormir.

— Uma noite que eles vão para a cama tarde não vai fazer diferença, Nikki.

— Não.

Mas por que você tinha de aparecer hoje?, ela quis dizer, mas ficou quieta por medo de cair no choro. Estava muito cansada para enfrentar Speed naquela noite, e o hambúrguer de Kovac tinha sido ingerido há muito tempo. Esfregou as mãos no rosto e afastou-se dele. Atravessou a sala de jantar e foi para a cozinha procurar nos armários alguma coisa para comer.

Dava para ver Speed fazendo pose no portal. Ele tinha tirado o roupão de banho, deixando à mostra a camiseta preta do Aerosmith colada no peito e na barriga reta. As mangas curtas marcavam os braços musculosos. Tirou a gravata rasgada da cabeça e afofou o cabelo curto, ajeitando-o em cachos.

— Quer conversar sobre isso? — perguntou.

— Desde quando a gente conversa sobre alguma coisa?

Ele deu de ombros. — Podemos começar hoje.

— Não quero começar nada hoje.

Tirou uma caixa de sacos de lixo transparentes do armário e examinou a resistência e a durabilidade deles. — Isso serve por enquanto.

— Serve para quê?

— Quebraram o vidro da porta do meu carro hoje à noite. Foi desagradável, com muito vento, a cem por hora na via expressa.

— Malditos drogados! Roubaram alguma coisa?

— Não.

— Só quebraram o vidro?

— E vasculharam minha correspondência sem importância que estava no banco do carona.

— Tem certeza de que era tudo sem importância? Não havia extratos de cartões de crédito? Nem contas de celular? Nada do gênero?

— Nada.

— Eles não tocaram no som?

— Como assim? Meu carro é um Saturn, com rádio original. Quem ia querer isso?

Speed franziu as sobrancelhas. — Não é uma boa coisa eles não terem levado nada.

— Também acho. — Puxou a gaveta da bagunça e procurou um rolo de fita-crepe. — Eu queria que tivessem levado o carro todo. A parte elétrica está falhando. Acho que o carro está com alguma doença terminal.

— Você está trabalhando em alguma coisa que dê margem a alguém te perseguir? — perguntou Speed, chegando ao balcão onde ela dobrava compulsivamente o saco de lixo para diminuí-lo o máximo possível.

Liska lembrou-se de Cal Springer, da corregedoria, do guarda Ogden e dos dois policiais mortos. Sacudiu a cabeça e olhou para o saco. — Nada em especial.

Ele está muito perto de mim, pensou. *Eu não o quero tão perto assim. Não esta noite.*

— Ouvi dizer que o IML deu o laudo do sujeito da corregedoria — disse ele. — Acidente, não é?

Liska deu de ombros e rasgou uma tira da fita. — O seguro paga se for acidente.

— Você acha que foi alguma outra coisa?

— Não importa o que acho. Leonard disse que o caso está encerrado.

— Importa se você continuar a mexer no caso. O que você está pensando? Que ele morreu por causa de uma investigação? Que algum policial corrupto o linchou? Isso é forçar muito a barra, Nikki. O que poderia estar acontecendo no Departamento de Polícia de Minneapolis para levar alguém a chegar a esse ponto?

— Eu não acho nada — disse ela, impaciente. — E não estou nem aí para o que se passa na corregedoria. Tô cagando. A tenente deu alta para o caso.

— Então está encerrado. Você está fora. Isso é um alívio.

— É claro — disse, sem convicção, percebendo que Speed esperava que ela dissesse mais alguma coisa.

— Nikki...

Havia um tom de frustração na sua voz, e talvez um pouco de desejo. Talvez mais do que um pouco. Ou talvez fosse ela que quisesse pensar assim.

Speed levantou-lhe o queixo e ela olhou para cima, prendendo a respiração. Muita coisa no relacionamento deles tinha se deteriorado nos últimos anos, mas nunca em termos físicos. Ele sempre a excitou fisicamente e, para seu eterno desespero, provavelmente sempre a excitaria. A química não ligava para ciúmes, rivalidades ou infidelidades.

— Vocês vão se beijar?

— R.J. — disse Liska, sentindo a respiração pesada de Speed. — Não se faz esse tipo de pergunta. É falta de educação.

— E daí?

Ele não tinha tirado ainda toda a pintura de camuflagem do rosto. Liska abaixou-se e lhe deu um beijo na testa.

— Daí que eu te amo. Hora de ir para a cama.

— Mas o papai...

— Ele está de saída — disse, olhando para Speed.

R.J. fechou a cara. — Você *sempre* faz o papai ir embora...

— Vamos lá, Rocket — disse Speed, pegando R.J. pelos ombros. — Eu vou te pôr na cama e contar a história do murro que dei no idiota do Baxter.

Liska viu-os sair da cozinha e teve vontade de segui-los. Não porque quisesse dar a impressão de que eles eram uma família normal. Queria segui-los porque tinha ciúmes da ligação de Speed com os meninos. Mas isso não era uma coisa saudável. Como não era saudável sua necessidade de carinho do ex-marido.

Pegou a fita-crepe e o saco de lixo e foi lá para fora, contente de sentir o ar frio da noite.

— Que chique — murmurou, enquanto prendia o saco de lixo no vidro quebrado. — Nada como uma fita-crepe para dar classe a um carro.

A vizinhança estava quieta. O céu era claro e com muito mais estrelas do que o normal nessa parte da cidade. O vizinho de um lado trabalhava na United Way. Do outro lado morava um casal aposentado há quinze anos. Nenhum deles jamais tinha visto um sujeito morto pendendo de uma viga. Ali, no meio das duas casas vizinhas, sentiu-se de repente sozinha, alijada das pessoas normais pelas experiências que tivera e que teria na vida. Inclusive naquela noite, pela violência que lhe tinha sido dirigida.

Alguém que ela não sabia quem era e não podia identificar se tinha seu endereço.

Olhou para a rua. Um carro passando... um par de olhos observando no escuro... um som estranho do lado de fora da janela do seu quarto...

Vulnerabilidade não era uma sensação familiar nem bem-vinda, mas passou pelo seu corpo dando-lhe um calafrio. A antecipação do medo. Uma espécie de fraqueza. Uma sensação de fragilidade. Uma sensação de isolamento.

Liska teve vontade de chutar alguém.

— Sozinha finalmente.

Levou um susto e virou-se, reconhecendo a voz uma fração de segundo antes de ver a pessoa. — Porra, Speed! Como você ainda está vivo?

— Isso é que eu não sei. Você devia ter me matado há muito tempo — disse ele, rindo no escuro.

— Você teve sorte de eu não estar armada.

— Provavelmente eu continuo com sorte por você não estar armada.

Enfiou as mãos nos bolsos da sua jaqueta velha e tirou um maço de Marlboro e um isqueiro, e acendeu um cigarro.

— Eu não atiraria em você agora — disse Liska. — Quero que esta noite termine logo. Se atirasse em você, teria de ficar acordada até de madrugada, falando sobre os acontecimentos. Não vale a pena.

— Puxa, obrigado.

— Estou cansada, Speed. Você pode ir embora agora?

Ele deu uma grande tragada no cigarro, soltou a fumaça e olhou para a rua quando um sedã escuro passou. Liska observou o carro com os cantos dos olhos e cobriu-se melhor com o casaco.

— Vai mandar consertar esse vidro amanhã? — perguntou Speed, fazendo voar cinzas do cigarro enquanto gesticulava.

— Estou telefonando mentalmente para eles enquanto falamos aqui.

— É que esse saco plástico chama a atenção.

— Obrigada por se preocupar com a minha segurança.

— Você é a mãe dos meus filhos.

— Isso conta muito a meu favor, não é?

— Ei. — Olhou dentro dos olhos dela e jogou o cigarro na neve. — Não vai dizer que você se arrepende de ter tido filhos.

Liska olhou para ele. — Lógico que não. Nem por um segundo.

— Mas se arrepende de ter se casado comigo.

— Por que você está fazendo isso? — perguntou ela, aborrecida. — É um pouco tarde para arrependimentos e barganhas, Speed. Nosso casamento morreu há muito tempo.

Speed tirou as chaves do bolso e escolheu a que precisava. — Arrependimento é uma perda de tempo. Viver o momento é o certo. A gente nunca sabe quanto tempo terá de vida.

— E com essa observação alegre... — Liska virou-se para entrar em casa.

Ele pegou-a pelo braço quando ela passou, com a intenção de beijá-la. Liska percebeu isso nos olhos dele e sentiu a tensão do seu corpo, mas não estava a fim. Ele também deve ter percebido e sentido isso.

— Se cuida, Nikki — disse num tom carinhoso. — Você é valente demais para seu próprio bem.

— Sou o que preciso ser.

Ele deu um sorriso triste e soltou-a. — É, pena que eu nunca fui o que você precisava...

— Eu não diria nunca — disse ela, olhando para o chão.

Só levantou o olhar quando Speed já estava virando a esquina. Ficou ali até o brilho vermelho das lanternas traseiras do carro dele desaparecerem. *Estava sozinha de novo*, pensou, olhando para o vidro remendado. Ou pelo menos esperava estar.

Subiu os degraus dos fundos da casa e entrou. Trancou a porta e apagou as luzes. Quando entrava no quarto, sozinha, um sedã escuro passou pela rua... pela segunda vez.

12

A casa de Andy Fallon estava toda às escuras; a única claridade provinha das luzes na varanda do vizinho, que se refletiam na sua porta da frente, interditada pela fita amarela da polícia.

Kovac soltou a fita e entrou com a chave que tinha. Havia sempre uma sensação de violação ao entrar em uma casa que havia sido esquadrinhada por um grupo da perícia. A casa foi examinada minuciosamente, por mais de dez estranhos, sem o beneplácito do proprietário. Vasculharam artigos pessoais e violaram a privacidade do local. Deram pareceres e fizeram observações. Tudo isso pairava no ar com um odor fétido. Mesmo assim, Kovac tentou voltar lá depois do acontecido, tentou entrar nos quartos para sentir quem a vítima era antes de se tornar um cadáver.

Começou pela sala de estar, com a árvore de Natal, uma árvore artificial decorada com pequenas luzes claras e uma guirlanda de contas vermelhas. Uma árvore bonita, com aroma de pinheiro. Ajoelhado, verificou as etiquetas nos presentes embrulhados e anotou os nomes. A maioria era de Andy Fallon, para ser entregue a Kirk, Aaron, Jessica... Ele iria checar os primeiros nomes no caderno de endereços de Fallon para tentar descobrir os seus amigos. E faria o mesmo com os cartões de Natal colocados em uma cesta em cima da mesinha de centro.

Passando para a sala de televisão, examinou os títulos das lombadas das fitas de vídeo. *Milagre na Rua 34*, *Duas Semanas de Prazer*, *A Felicidade não se Compra* — um filme que começava com um homem que queria se matar, mas concluía com o enjoativo final feliz de sempre dos filmes de Hollywood. Nenhum anjo chamado Clarence tinha salvado Andy Fallon do seu destino. Pela experiência de Kovac, nunca havia um anjo por perto quando se precisava.

Quando ia subir as escadas, passou pela sala de jantar, que parecia sem uso, como a maioria das salas de jantar.

O banheiro principal no alto da escada era repleto de artigos masculinos comuns, de uso diário. Não havia toalhas no cesto de roupas sujas. Se houvesse, teriam sido examinadas em busca de cabelos e fluidos corporais, e os detritos teriam sido enviados para comparações de DNA. Se a morte de Fallon tivesse sido um assassinato óbvio — ou considerado um assassinato —, Kovac teria mandado o pessoal da perícia limpar os ralos e a pia, em busca de cabelos. A seu ver, esse tipo de evidência nunca servia de nada, mas era sempre muito bem-vinda pelos promotores. Porém, aquele caso estava encerrado, e ninguém ficaria pescando pêlos pubianos na banheira de Andy Fallon.

Em uma prateleira do armário de remédios via-se um vidro marrom de Zoloft. Antidepressivo, prescrito pelo dr. Seiros. Kovac anotou todas as informações pertinentes e guardou o vidro no lugar. Havia também um vidro de Tylenol e um de melatonina. Nada de Stilnox.

Um cheiro de morte pairava no quarto por cima de uma camada de aromatizador de ambiente. O quarto tinha sido polvilhado para serem tiradas impressões digitais, e um resíduo fino e cinzento permaneceu na cômoda e nas mesinhas-de-cabeceira. Fora isso, era tão bem-arrumado quanto um quarto de hotel. A colcha azul estava impecavelmente estendida na cama de dossel com quatro colunas. Kovac levantou um canto da colcha. Lençóis limpos. Ao contrário do seu pai, Andy Fallon não tinha pilhas de roupas sujas nem garrafas com menos de dois centímetros de uísque evaporado. Seu armário era bem organizado. Dobrava as roupas de baixo e juntava as meias em pares nas gavetas da cômoda.

Em uma das mesinhas-de-cabeceira estava um livro de capa dura sobre a desastrosa viagem de um jovem nas regiões desérticas do Alasca. Provavelmente depressivo o suficiente para exigir uma ou duas doses extras de Zoloft. Na gaveta havia um walkman, meia dúzia de fitas de relaxamento e meditação, uns dois vidrinhos de gotas de limão e mel contra tosse. Na mesinha do outro lado, havia uma quantidade de velas grossas brancas em um recipiente de metal. Dentro da gaveta, espalhavam-se caixas de fósforo de vários restaurantes e bares e um tubo de lubrificante íntimo K-Y.

Kovac fechou a gaveta, olhou em volta do quarto e pensou em Andy Fallon. O bom filho. Meticuloso. Que não dava trabalho. Sempre lutando para atingir o melhor. Viu em cima da cômoda a mesma fotografia que Mike tinha arremessado na sua crise de raiva: a formatura de Andy na academia de polícia. Encostada em um canto, bem protegida. Uma lembrança que Andy Fallon tinha preservado e cuidado todos os dias da sua vida, apesar da tensão entre ele e o seu velho.

Kovac sentiu uma tristeza tomar conta do seu corpo, como se fosse uma chuva lenta drenando sua energia. Talvez por isso ele nunca tivesse tentado ser alguma outra coisa além de policial. Tinha visto muitas famílias dilaceradas como cortinas gastas. Arruinadas por expectativas irreais ou não realizadas. Ninguém está satisfeito com o que tem. Faz parte da natureza humana querer mais, querer coisas melhores, querer o que está fora de alcance.

Inspirou profundamente e fez uma pausa ao sair do quarto. Um leve cheiro de cigarro entrou no seu nariz. A princípio pensou que viesse das suas roupas, depois encheu os pulmões de ar de novo. Não. Era um cheiro de cigarro encoberto por um aromatizador com odor de madeira. Um cheiro sutil, mas real.

Não havia cinzeiros no quarto. Nenhum maço de cigarros pela metade. Nenhuma evidência de cigarro em qualquer parte da casa. O pessoal da perícia não tinha permissão de fumar em serviço.

Steve Pierce fumava. Kovac pensou de novo que Pierce parecia ter alguma coisa oprimindo-lhe o peito. E pensou no olhar de lince da srta. Daring.

Sua atenção voltou-se para a cama. Cuidadosamente arrumada. Lençóis limpos. Ninguém tinha se sentado ali. Não era estranho? Fallon foi encontrado enforcado a poucos metros da cama, de costas para ela. Um homem prestes a cometer suicídio ou levar a cabo brincadeiras sexuais se sentaria para pensar um pouco até enfiar a cabeça na corda e dar o nó.

Kovac ficou no lugar onde o corpo de Fallon tinha sido encontrado e checou a distância até a cama. Só um ou talvez dois pequenos passos de distância. Franziu as sobrancelhas ao ver seu reflexo no espelho de corpo inteiro e a palavra *Desculpe*.

A palavra ainda estava ali. Tinha sido encontrado o pilô provavelmente usado para escrever aquilo. Nada especial. Um pilô preto com tinta indelével deixado em cima da cômoda. Kovac fez uma anotação mental de telefonar para saber se havia impressões digitais nele.

Foi tirada uma série de impressões de Pierce na terça-feira, na cozinha, para se trabalhar por eliminação. Uma operação padrão. Pierce não gostou nada daquilo. Porque sabia que as suas impressões podiam ser encontradas no quarto? Na gaveta da mesinha-de-cabeceira com o lubrificante K-Y dentro? Em uma coluna da cama? No espelho? No pilô de tinta preta?

Não era difícil imaginar a situação: Pierce e Fallon eram amantes secretos e gostavam de fazer brincadeiras soturnas. A brincadeira deu errado, Fallon morreu, Pierce entrou em pânico. Ou talvez não fosse uma coisa tão inocente assim. Talvez Fallon quisesse que Pierce se comprometesse com ele e largasse sua noiva. Talvez Steve Pierce tivesse visto seu futuro promissor na Daring-Landis ir para o brejo quando Fallon ameaçou contar tudo o que havia entre eles. Talvez Steve Pierce tivesse voltado na manhã da terça-feira para checar seus vestígios, depois telefonado para a polícia e feito uma cara de amigo chocado com o que descobriu.

Kovac deu uma última olhada no quarto e desceu. Na cozinha, checou os armários em busca de remédios. Nada. Tampouco copos usados em cima da bancada. A lava-louças tinha funcionado com meia carga: três pratos, uns talheres, alguns copos, canecas de café e dois copos de vinho. Fora da cozinha, havia uma lava-roupas em um canto por trás de portas de veneziana. Dentro da máquina, toalhas e lençóis.

Das duas, uma: ou Andy Fallon queria sua casa em ordem antes de morrer ou alguém a queria em ordem depois da sua morte. A segunda possibilidade mexeu com os nervos de Kovac.

Havia dois quartos no andar térreo, na área debaixo das escadas que davam no segundo andar. O menor era um quarto de hóspedes, sem nenhum interesse especial. O maior tinha sido convertido em escritório, com uma mesa modesta, prateleiras com livros e uns dois armários de arquivo.

Kovac acendeu a luz da mesa e examinou as gavetas com cuidado, para deixar tudo em ordem.

Muitos policiais que ele conhecia guardavam arquivos com casos antigos. Ele próprio tinha vários no seu porão. Se Deus existisse, Andy Fallon teria um arquivo em duplicata da sua investigação sobre o assassinato de Curtis. Se tivesse, possivelmente o caso estaria arquivado na letra *C*, como faria um bom autômato da corregedoria.

O primeiro armário de arquivos continha informações financeiras pessoais e devoluções de impostos. O segundo era a gaveta do arquivo que ele queria. Fichários suspensos, muito bem organizados, com etiquetas marcadas pelo último nome impresso em letras maiúsculas, seguidas de números do caso com oito dígitos. Nenhum tinha o nome Curtis. Nem Ogden. Nem Springer.

Kovac sentou-se na cadeira da mesa de trabalho de Andy Fallon e deixou-a girar. Se a investigação de Curtis fosse uma obsessão dele, haveria um arquivo sobre isso. Os armários de arquivo não estavam trancados. Qualquer um poderia ter tirado alguma coisa e caído fora. Ogden veio à sua cabeça, embora não parecesse que subterfúgio fosse uma característica dele. Bater com a cabeça na parede, sim. Habilidade inteligente com as mãos, não. Mas não havia como dizer quem poderia ter entrado e saído da casa entre a morte de Fallon e a descoberta do seu corpo. Havia muito tempo não considerado, muita gente na vizinhança que cuidava da sua própria vida.

Quebrou a cabeça pensando em uma forma de conseguir o arquivo original da corregedoria, mas não lhe veio nenhuma idéia. Todos os caminhos estavam bloqueados pela encantadora tenente Savard. Não teria acesso ao arquivo sem ela, e ela não tinha qualquer intenção de deixá-lo passar pela sua guarda. Em nenhum sentido.

Podia vê-la claramente por trás da mesa do seu escritório. Um rosto saído diretamente de Hollywood, na época dos filmes em preto e branco e de Veronica Lake. Mas sabia que debaixo desse aspecto havia um mistério digno de qualquer grande detetive, real ou fictício. E esse mistério o atraiu tanto quanto seu aspecto. Teve vontade de entrar naquela porta secreta e descobrir quais eram os motivos para tudo isso.

— Você parece estar querendo alguma coisa, Kovac — murmurou, constrangido e espantado consigo mesmo. — Você e a tenente da corregedoria. É, *isso* poderia acontecer.

Enquanto pensava em uma mulher que não podia ter, percebeu que faltava uma coisa na mesa de Andy Fallon. O computador. O cabo da impressora com o conector largo e cheio de pinos estava ali, como uma cobra de cabeça chata, com a outra ponta ligada a uma impressora jato de tinta. Kovac verificou as gavetas de novo e viu uma caixa com disquetes em branco. Puxou a gaveta dos arquivos de casos e notou que cada fichário continha um disquete. Foi até a estante e encontrou uma coleção de manuais de instrução para telefone/fax, impressora, equipamento de som, e o manual de um laptop IBM ThinkPad.

— Mas onde está o computador? — disse ele alto.

Enquanto considerava as possibilidades, ouviu um som eletrônico agudo vindo de outra parte da casa. Um bipe seguido de um rangido no assoalho. Desligou a luminária de mesa e o escritório mergulhou na escuridão. Ao chegar à porta, pôs automaticamente a mão na Glock que estava dentro do coldre, esperou que seus olhos se adaptassem ao escuro e foi para o corredor.

Por hábito, tinha desligado as luzes ao sair de cada cômodo da casa durante sua busca, para não atrair a atenção dos vizinhos. A única luz agora vinha dos painéis de vidro da porta da frente, mas mesmo com essa iluminação precária avistou uma figura parada ali.

Puxou a Glock e segurou-a com a mão direita, e com a esquerda procurou o interruptor do corredor.

A figura perto da porta da frente levantou a mão junto ao rosto.

Kovac prendeu a respiração e esperou o clique de um gatilho.

— Sou eu — disse uma voz de homem. — Estou dentro da casa. Eu...

— Parado! Polícia! — gritou Kovac, ligando a luz.

O homem levou um susto, deu um grito, arregalou os olhos e logo depois apertou-os para evitar a luz, protegendo o rosto de possíveis balas com a mão livre. Uma voz estridente foi ouvida no celular que estava na sua mão.

— Tudo bem, capitão Wyatt — disse ele, baixando aos poucos a mão livre. O celular continuava apertado no seu ouvido. — É só um policial fazendo seu trabalho.

Kovac olhou bem para o homem, sem largar a arma, porque estava enraivecido e queria demonstrar isso. Reconheceu um dos homens que estavam na festa. O bonitão de cabelo preto, com o cheiro do rabo de Ace na boca.

— Desligue o telefone — disse, irritado.

O bonitão olhou para ele. — Mas é...

— Desligue o maldito telefone, mauricinho. O que está fazendo aqui? A casa está interditada pela polícia para fins de segurança.

O homem de Wyatt desligou o telefone e enfiou-o no bolso de dentro de um casaco chique cor de chumbo. — O capitão Wyatt pediu para eu me encontrar com ele aqui. Pensei que você veria nisso uma razão suficiente para...

— Pois pensou errado, mauricinho — disse Kovac, aproximando-se, ainda de arma na mão. — Eu podia ter estourado sua bela cabeça. A palavra campainha não existe para você?

— Por que eu tocaria a campainha da casa de um homem morto?

— E o que você está fazendo aqui?

— O capitão Wyatt está vindo para cá com Mike Fallon. O sr. Fallon veio separar a roupa para o filho ser enterrado — explicou, como se estivesse falando com um ignorante. — Trabalho para o capitão Wyatt. Gavin Gaines é o meu nome, caso você se canse de me chamar de mauricinho.

Kovac achou o sorriso dele um pouco confiante demais. Não suportava esses imbecis com formação universitária.

— Quer que eu volte à posição anterior? — perguntou Gaines com as mãos de lado. Lá fora ouviu-se uma porta de carro batendo.

— Não banque o engraçadinho — disse Kovac, enfiando a Glock no coldre. — O que você faz exatamente para o Capitão América?

— Sou seu assistente pessoal, relações-públicas e ligação com a mídia.

Tradução: bajulador, menino de recados e puxa-saco.

— Ele vai precisar de você para ajudar o sr. Fallon a entrar na casa. — disse Kovac, abrindo a porta. — Ou isso vai prejudicar sua elegância?

Gaines cerrou os dentes. — Como disse, faço tudo que ele pedir. Vivo para servir o capitão Wyatt.

Os dois foram ajudar Mike, que se pendurou neles como um peso morto. *Pior do que quando ele estava bêbado*, pensou Kovac. De certa forma, o sofrimento tinha aumentado sua massa corporal; o desespero tinha sugado suas forças. Ace Wyatt pegou a cadeira de rodas.

— Sam, ouvi dizer que você quase atirou no meu assessor — disse Wyatt, brincando. Tipo sr. Simpatia.

— Se você está lhe pagando por neurônios, provavelmente merece um troco — disse Kovac. — O bom senso dele não é dos melhores.

— Por que está dizendo isso? Gavin não imaginou que fosse encontrar alguém aqui. Aliás, por que você *está* aqui?

— Estou fazendo a investigação costumeira. Procurando provas.

— Mas você sabe que a morte de Andy foi considerada um acidente — disse Wyatt, baixinho, olhando para Mike Fallon afundado na cadeira de rodas. Gaines estava na outra extremidade, esperando com as mãos cruzadas à sua frente e olhando distraído para a árvore de Natal. Um olhar que provavelmente aprendeu com os agentes fictícios do Serviço Secreto do cinema.

— Já soube — disse Kovac. — Foi muito nobre da sua parte, Ace, apressar as coisas no necrotério.

Wyatt não percebeu o sarcasmo na voz de Kovac. — Qual o sentido de prolongar o sofrimento de Mike? Quem ganharia se a morte de Andy fosse considerada suicídio?

— A companhia de seguro. Eles que se fodam.

— Mike deu tudo o que tinha para o departamento — disse Wyatt. — Suas pernas. Seu filho. O mínimo que eles podem fazer é pagar o seguro de vida e apresentar a coisa de forma melhor.

— E você providenciou isso.

— Minha última grande ação como capitão — disse, com uma versão cansada do seu famoso sorriso. Sua pele parecia amarelada na luz do hall, e as linhas dos cantos dos olhos estavam mais marcadas do que há duas noites. Falta de maquiagem.

A última grande ação dele. *Bem apropriado*, pensou Kovac, considerando que o caso que lhe dera fama no departamento foi o mesmo que derrubou Mike Fallon.

— Onde está o meu menino? — gritou Mike.

Wyatt olhou para o lado.

Kovac agachou-se ao lado da cadeira. — Ele morreu, Mikey. Lembra? Eu contei para você.

Fallon olhou para ele com o rosto abatido e olhos vagos. Mas ele sabia. Sabia que seu filho tinha morrido, sabia que teria de enfrentar isso, lidar com isso, continuar a viver. Mas se pudesse fingir um pouco mais... Um velho como ele tinha esse direito.

— Eu posso me encarregar de separar as roupas se o senhor quiser, capitão — ofereceu Gaines, encaminhando-se para a escada.

— Você quer, Mike? — perguntou Kovac. — Quer que um estranho pegue as roupas que seu filho vai usar na outra vida?

— Ele não vai ter outra vida — murmurou Fallon com voz triste. — Ele se matou. Isso é pecado mortal.

— Você não sabe o que aconteceu, Mikey. Talvez tenha sido um acidente, como disse o IML.

Fallon olhou-o durante uns segundos. — Eu sei. Eu sei o que foi. Eu sei o que ele fez.

Seus olhos encheram-se de lágrimas e ele começou a tremer. — Não consigo perdoar o Andy, Sam — disse baixinho, agarrando o braço de Kovac. — Deus me ajude. Não consigo perdoar o meu filho. Eu o detestava. Eu detestava o que ele estava fazendo!

— Não fale assim, Mike — disse Wyatt. — Você não quer dizer isso.

— Deixe o Mike falar como quiser — interrompeu-o Kovac. — Ele sabe o que quer dizer.

— Por que Andy não fez como eu disse? — murmurou Fallon, falando consigo próprio, ou com Deus, Aquele que guardava a chave do portão do céu para não deixar entrar os gays, os suicidas e todos os outros que não se encaixavam nos limites da sua mente retrógrada. — Por quê?

Kovac tocou na cabeça do velho. Uma bênção de policial para policial. — Vamos lá, Mikey. Vamos fazer o que tem de ser feito.

A cadeira de rodas foi deixada na base da escada, e mais uma vez Kovac e Gaines carregaram Mike Fallon. Wyatt vinha atrás da procissão. Colocaram o velho na beira da cama, de costas para o espelho com a palavra *Desculpe* pela morte do seu filho. Mas não se podia fazer nada com relação ao cheiro que todo policial conhecia muito bem.

Mike Fallon abaixou a cabeça e começou a chorar silenciosamente, atormentando-se ao pensar no que dera errado com seu filho. Gaines foi para a janela e olhou para fora. Wyatt, de pé ao lado da cama, olhou para o espelho e franziu as sobrancelhas.

Kovac entrou no closet e tirou dois ternos de Andy Fallon, pensando quem iria vesti-lo quando chegasse a hora.

— Você quer um desses. Mikey? — perguntou, mostrando um terno azul e outro cinza-escuro.

Fallon não respondeu. Ficou olhando a fotografia de Andy se formando na academia. Durante um décimo de segundo, sentiu-se orgulhoso e feliz.

— Ninguém deve sobreviver aos filhos — disse ele, desoladamente. — Deve morrer antes que os filhos lhe partam o coração.

13

***Ninguém deve** sobreviver aos filhos.*

Ele não devia ter sobrevivido.

Ele não tinha sobrevivido.

Ele vê a cena desdobrar-se diante dos seus olhos, com toda a nitidez, como se duas décadas não tivessem se passado. A noite tranqüila. O rangido dos seus sapatos. O som da sua própria respiração.

A casa parece imensa. Um jato de adrenalina passa pelo seu corpo. A porta de trás está entreaberta.

A cozinha. Luzes fluorescentes muito brancas zumbem debaixo da bancada, como fios de alta voltagem, passando pela escuridão. Salas escuras, luar brilhante atravessando as janelas. Um silêncio apertando-lhe os tímpanos. Segundos passando em câmera lenta.

Mike movimenta-se atleticamente. (O sentimento é muito vivo, embora ele não sinta nada abaixo da cintura há vinte anos. Mas lembra-se da tensão em cada um dos músculos do seu corpo — nas pernas, nas costas, nos dedos da mão esquerda em volta do gatilho, nas contrações do seu coração.)

Então acontece. Surpresa ao ver uma coisa da qual não se lembra bem. Morte em um flash súbito. Uma explosão muito alta. A força da explosão joga-o de costas no chão, e mesmo assim ele atira por reflexo.

Oficial atingido.

Cego. Surdo. Flutuando.

Incredulidade. Pânico. Alívio.

Estou morto.

Ele gostaria de ter ficado assim para sempre.

Olha na escuridão, ouve sua própria respiração, sente sua própria fragilidade, sente sua própria imortalidade, e imagina pela milionésima vez por que não morreu naquela noite. Desejava isso com freqüência, mas nunca fez nada a respeito, nunca teve coragem. Continuou vivo, encharcando-se em amargura, bebida e remédios. Vinte anos no purgatório. Nunca saiu de lá porque não encarou os demônios.

Mas está encarando um agora. Mesmo dopado, ele vê claramente e o reconhece: o Demônio da Verdade. O Anjo da Morte.

O demônio lhe fala calmamente. Ele vê a boca se mover, mas o som parece vir de dentro da sua própria cabeça.

Hora de morrer, Mike. Ninguém deve sobreviver aos filhos.

Olha para seu velho revólver, um .38 com uma marca grande no cabo onde a bala que seccionou sua espinha dorsal tinha raspado no trajeto para o seu corpo. A arma com que disseram que ele matou o assaltante naquela noite, a última da sua carreira.

Ouve um grito de medo, e imagina que deva vir do seu próprio corpo, embora pareça distante. Suas mãos tentam empurrar as rodas da cadeira, como se seu corpo estivesse tentando escapar ao destino que sua cabeça já aceitou. Estranho.

Fica conjecturando se Andy também sentiu isso — o medo aumentando quando o nó apertava sua garganta. Meu Deus, os sentimentos que a imagem liberou dentro dele! Constrangimento, raiva. Culpa, ódio e amor.

— Eu amava o meu filho — diz Mike, com voz ininteligível. Um fio de saliva no canto da boca escorre-lhe pelo queixo. — Eu o amava, mas também o detestava! Ele fez aquilo. Foi culpa dele.

Diz isso como se enfiasse uma faca no peito repetidas vezes. Mas não consegue parar de dizer, de pensar, de odiar Andy, de se odiar. Que tipo de homem odeia seu próprio filho? Grita de novo, um gemido agonizante que sobe e desce como o grito de uma sirene. Só o demônio o ouve. Ele está sozinho no mundo, sozinho na noite. Sozinho com seu demônio, o Anjo da Morte.

Ninguém deve sobreviver aos filhos. Deve morrer antes que os filhos lhe partam o coração. Ou antes que ele parta o coração dos filhos. Você o matou. Você o detestava. Você o matou.

— Mas eu também amava o meu filho. Não está vendo?

Eu vi o que você fez com ele, como você partiu seu coração. Ele fazia tudo para você e você o matou.

— Não, não — diz Mike, sentindo o gosto das lágrimas. Pânico e angústia incham-se como um tumor na base da sua garganta. — Ele não me ouviu. Eu disse a ele. Eu disse a ele... Maldito viado!

O sofrimento arranca um grito terrível das suas entranhas e ele agita os braços diante do demônio, enfurecido como um animal.

Você matou seu filho.

— Como eu podia fazer isso? Meu filho lindo!

Você quer se libertar, Mike? Acabar com o sofrimento?

Acabar com o sofrimento...

A voz é sedutora, tentadora. Ele grita de novo, quase engasgando com o medo que lhe vem à garganta.

Acabar com o sofrimento.

Isso é pecado!

É a sua redenção.

Faça isso, Mike.

Acabe logo com isso.

O cano frio do revólver encosta no seu rosto. Suas lágrimas rolam sobre o metal preto.

Acabe com o sofrimento.

Depois de todos esses anos.

Faça logo isso.

Soluçando, ele abre a boca e fecha os olhos.

O flash é ofuscante. A explosão é ensurdecedora.

Está terminado.

Rolos sinuosos de fumaça sobem no ar silencioso.

O tempo passa. Um momento. Dois. Respeito aos mortos.

Depois outro flash, e o giro de um motor.

O Anjo da Morte escorrega a foto para dentro do bolso, vira-se e vai embora.

14

Ela acordou de um sono irrequieto, repleto de sonhos, e viu o homem ao lado da sua cama, iluminado pela luz granulada que passava pela porta do banheiro. Uma silhueta imensa, sem rosto, com ombros semelhantes a ladeiras de uma montanha.

O pânico explodiu como uma bomba no seu peito. Parte subiu-lhe na garganta, deixando-a sem ar. Rasgando seu estômago como uma granada. Os músculos do seu braço e das pernas entraram em espasmo com o choque.

Corra!

Ele levantou as duas mãos e soltou algo quando ela começou a levantar-se da cama. Ela viu a coisa vindo em câmera lenta: o corpo grosso e sinuoso de uma cobra. As cores eram muito claras: a parte inferior era creme e a superior de um tom marrom e preto.

Batendo os braços, levantou-se e tentou andar para a frente. Por uma fração de segundo, sua cabeça ficou confusa. O mundo ficou todo preto. Ela não conseguia ver nada. Não conseguia sentir. Parecia não ter pés, embora corresse a toda a velocidade.

Alguma coisa atingiu-a no olho direito e na bochecha, com se fosse um malho ligado a seu cérebro. Seu pescoço foi para trás e ela achou que tinha gritado. Depois todos os movimentos pararam e ela percebeu que a coisa que a agredira estava no chão.

Óh meu Deus, eu quebrei o pescoço!

Ele ainda está no quarto.

Eu não consigo me mexer.

Sentiu que sua consciência a deixava. Agarrou-se ao que restava, forçando o cérebro a continuar a pensar.

Se conseguisse mexer as pernas... Conseguiu.

Se conseguisse mexer os braços... Conseguiu.

Puxou os braços para o lado e levantou-se lentamente do chão. Sua cabeça estava pesada como uma bola de boliche, o pescoço frágil como um palito quebrado. Recostou-se, protegeu o rosto com as mãos e sentiu a dor pulsar. Sua percepção ia e vinha. Luz brilhante de néon, depois escuridão. Luz brilhante de néon, depois escuridão.

Não foi real.

Não aconteceu.

Mas não tinha sido exatamente um pesadelo. Talvez uma alucinação. Ela ficou acordada, mas sem consciência. Terrores noturnos, como diziam os especialistas. Eram anos e anos de experiência nisso.

Depois vinha uma onda de desespero. Tinha vontade de chorar, mas não conseguia. O entorpecimento protetor já começara a se instalar. Lutava contra ele, resignada, e levantava-se devagar e sem estabilidade.

Ainda segurando a cabeça, ligou a luminária da cômoda. Não havia ninguém no quarto. A luz refletia o brilho quente do papel de parede listrado, tom sobre tom. A cama estava vazia, a cabeceira curva sem a pilha costumeira de travesseiros. Ela tinha jogado os travesseiros no chão dos dois lados da cama e derrubado o copo d'água da mesa-de-cabeceira. A água derramada escureceu o tapete de cor marfim. O despertador estava no chão, perto do copo vazio: 4:39 da manhã.

Andando com cuidado por causa da dor, foi para a cama e jogou as cobertas de lado. Não havia cobra alguma. Na parte lógica do seu cérebro ela sabia que a cobra nunca tinha existido, mas seus olhos examinavam o chão. Esperava ver a forma escura e esguia desaparecendo debaixo da porta do closet.

Tentou regular a respiração, um exercício tão familiar quanto a respiração natural. Sua cabeça latejava. Parecia que uma faca enfiava-se no seu pescoço. Sentiu uma ânsia de vômito. Aos poucos, foi percebendo que a mão que lhe protegia o rosto estava viscosa, mas sabia que não tinha tempo para avaliar o dano.

Amanda Savard olhou-se no espelho do banheiro, que incluía vagamente o ambiente refletido em torno da sua imagem. Suave, elegante, feminino: o ambiente que havia criado para si para lhe dar uma sensação de segurança e familiaridade. As mesmas palavras em geral descreviam a imagem que ela apresentava ao mundo, mas agora parecia ter perdido cinco assaltos em uma luta de boxe. A área em volta do olho direito estava inchada devido ao impacto da queda, e vermelha onde seu rosto esfregou-se no tapete quando escorregou. Aquela cor brilhava contra a palidez do seu rosto. Amanda passou os dedos em volta dos ferimentos, para ver se havia alguma fratura, sentindo ainda uma terrível dor que dificultava sua respiração.

Como explicaria isso? Como esconderia esses ferimentos? Quem acreditaria nela?

Pegou uma toalha de mão no armário, umedeceu-a com água fria e passou-a nos pontos machucados, tentando não estremecer. Tomou três Tylenol e voltou para a cama. Tirou a camisola suada e vestiu um moletom folgado no corpo e uma calça legging.

A casa estava em silêncio. Tudo normal, segundo o painel do sistema de segurança na parede ao lado da porta do quarto. Seguiu o ritual da noite, verificando os trincos antes de ir para a cama. Mesmo assim, a sensação de perigo permanecia. Amanda sabia, por experiência própria, que a única coisa a fazer era andar pela casa e provar que não havia nenhum intruso ali.

Pegou sua arma na gaveta da mesinha-de-cabeceira e foi para o corredor, andando como uma velhinha de noventa anos. Cômodo por cômodo, com todas as luzes acesas, tudo foi verificado, todas as janelas, todas as trancas. Todas as luzes foram deixadas acesas. A luz era algo bom. A luz espantava os fantasmas das sombras. Esses fantasmas que a assombravam havia tanto tempo ainda conseguiam assustá-la. Eram tão familiares e profundamente odiados.

No escritório, ouviu-se a voz do cantor Kenny Loggins no som colocado na estante de livros. Uma música calma e suave sobre férias e lembranças de casa. As emoções que a música evocava nela eram de vazio, solidão e tristeza, mas mesmo assim ela continuou a ouvi-la.

Gostava da saleta dos fundos da sua casa. Era um lugar aconchegante e seguro, que dava para um jardim privativo, todo pontilhado de comedores de pássaros. Ela morava em Plymouth, um subúrbio entremeado de brejos e matas em volta de um lago. Não era raro o aparecimento de veadinhos farejando os comedores de pássaros, mas, naquela noite, não havia nenhum por perto. No escritório, via-se três fotos emolduradas deles tiradas pela janela. Em uma das fotos, seu próprio reflexo no vidro da janela sobrepunha-se à imagem do animalzinho.

Fechou as cortinas, sentindo-se muito nervosa para expor-se ao mundo externo. Sentiu necessidade de enclausurar-se um pouco. O quarto era seu santuário quando não estava trabalhando. O escritório era seu santuário quando precisava fugir dos fantasmas da vida.

Mas não havia do que fugir naquela noite.

A mesa estava arrumada, as prateleiras estavam organizadas. Contas e papéis arquivados de forma adequada, clipes de papel colocados em uma bandeja magnética e canetas em um copo de madeira. Não havia fotografias, só algumas lembranças, inclusive um distintivo no canto direito da prateleira de cima, que lhe lembrava constantemente por que ela fora trabalhar na polícia. O distintivo ficava sempre ali, mas, naquele dia, ela o tirou do lugar e olhou-o por algum tempo, sentindo o estômago queimar.

Espalhado em cima da mesa, um exemplar do jornal *Minneapolis Star Tribune*, aberto nas páginas que muita gente não lê porque passa direto para as de esportes. O artigo que a interessou vinha no final da página: MORTE CONSIDERADA ACIDENTAL. Não havia nem ao menos uma foto.

Uma pena, pensou. Ele era tão bonito. Mas, para a maioria da população metropolitana, ele merecia apenas aquelas poucas linhas impressas lidas superficialmente e logo esquecidas.

— Não vou te esquecer, Andy — murmurou ela.

Como poderia esquecê-lo? Eu o matei.

Apertou o distintivo na mão até as bordas de metal ferirem seus dedos.

A escuridão ainda cobria a cidade de Minneapolis quando Amanda Savard chegou à prefeitura. A maioria das luzes que brilhavam pelas janelas do escritório em frente à rua tinha ficado acesa a noite inteira. Ninguém aparecia por ali naquela hora, o que lhe facilitava entrar sem ser vista. Quanto menos fosse vista, melhor, embora ela tivesse de estar presente ao enterro que se realizaria à tarde. Pelo menos poderia usar óculos escuros na ocasião.

Mesmo agora, com pouca chance de encontrar outro ser humano, ela estava de óculos escuros, de aros grandes o suficiente para cobrirem a marca que o tombo deixara. No pescoço usava uma echarpe de veludo preto, jogada por trás dos ombros. Sua intenção não era parecer dramática, e sim esconder-se.

Seus passos ecoaram pelo corredor vazio, os saltos das botas batendo no assoalho velho. A distância para a sala 126 lhe pareceu mais longa. Dentro das luvas suas mãos suavam. Agarrou as chaves com força. A adrenalina do sonho nunca desaparecia por completo, e o resíduo deixava-a agitada e exausta, e algumas vezes com uma certa tontura. Suas pernas estavam fracas e a cabeça latejava. Não conseguia virar o pescoço para o lado direito e sentia náuseas.

Enfiou a chave na fechadura, sentindo um arrepio na nuca. Mas o corredor estava vazio, até onde dava para ver. Entrou no escritório da corregedoria, sem acender a luz, e foi direto para seu próprio escritório, onde tinha deixado a luminária da mesa acesa.

Em segurança por uma ou duas horas. Pendurou a echarpe e o casaco no cabide de parede perto da porta e sentou-se à mesa. Tirou os óculos escuros para se ver no espelhinho de bolsa. Como se houvesse chance de ter ocorrido um milagre entre sua casa e o escritório.

As queimaduras em torno do olho direito estavam vermelhas e brilhavam com o gel analgésico. A maquiagem não conseguiu cobrir a área afetada, e não havia como manter o esparadrapo no lugar. Estava tudo inchado, com um tom arroxeado e escuro.

— Que olho mais roxo.

Savard estremeceu ao ouvir aquela voz. Teve vontade de virar-se de costas, mas percebeu que era tarde demais. Foi tomada de constrangimento e vergonha, raiva e ressentimento. Pegou os óculos escuros e colocou-os de novo no rosto.

Kovac estava ao lado da porta, parecendo um personagem de Raymond Chandler: casaco comprido com a gola levantada, mãos enfiadas nos bolsos, e um chapéu de feltro velho puxado por sobre a testa.

— Acho que levar um soco na cara deve ser um risco comum para quem trabalha na corregedoria.

— Se quiser me ver, sargento, marque uma hora — respondeu ela num tom o mais frio possível.

— Eu já te vi.

Alguma coisa na sua forma de falar deixou-a vulnerável. Como se ele tivesse visto mais do que uma mera evidência física do que lhe acontecera, uma coisa mais profunda e mais importante.

— Procurou um médico? — perguntou ele, chegando mais perto. Tirou o chapéu de feltro e colocou-o em cima da mesa, e passou os dedos pelo cabelo curto. Seu olhar bateu direto na queimadura no rosto dela. — Está feio.

— Eu estou bem — disse ela, contente de ter um móvel entre os dois. Foi para o outro extremo da mesa, sob o pretexto de guardar o espelhinho, e enfiou a bolsa na gaveta. Sentiu-se tonta e segurou-se na borda da mesa para equilibrar-se melhor.

— O outro sujeito também deve estar em mau estado, não é?

— Não existe outro sujeito. Eu levei um tombo.

— De onde? De um prédio de três andares?

— Não é da sua conta.

— É da minha conta se alguém te deixou assim.

Ele era pago para proteger e servir, como diziam. Nada pessoal. Ela não queria que fosse.

— Eu já disse que levei um tombo.

Kovac não acreditou, e ela percebeu isso. Ele era um policial dos bons, segundo tinha apurado. Sam Kovac tinha anos de experiência com todo tipo de mentiras. E embora ela não estivesse exatamente mentindo, não estava dizendo toda a verdade.

O olhar de Kovac fixou-se na mão esquerda dela, à procura de um anel. Haveria um marido agressivo no caso? O único anel que Amanda usava estava na mão direita. Uma esmeralda que pertencera às mulheres da família da sua mãe ao longo de cem anos.

— Na verdade, sargento, eu sou a última mulher do mundo que deixaria um homem me fazer isso — disse ela.

Ele pensou em dizer mais alguma coisa, prendeu a respiração, então se conteve.

— Você não veio até aqui para saber como eu estava.

— Encontrei Cal Springer na noite passada. Você vai gostar de saber que ele ainda está trabalhando na sua investigação.

— Não estou interessada em Cal Springer. Já disse que o caso Curtis está encerrado. A investigação estava cheia de erros, mas nenhuma dessas alegações de impropriedade frutificou. Nada que pudesse ter importância no tribunal.

— Incompetência é o forte de Cal, além de ser muito detalhista em termos de impropriedade. E Ogden? Ouvi dizer que ele plantou o relógio de Curtis na casa de Verma.

— Pode provar isso?

— Não. Será que Andy Fallon podia? Ogden estava no local do crime quando fui com a minha assistente à casa de Fallon, na terça-feira.

— Não, ele também não podia provar. Nós encerramos o caso — disse ela, lutando para se manter bem equilibrada. Sua cabeça latejava como se estivesse sendo martelada. — Ele já estava passando para outros processos.

Não por escolha. Por ordem. Por ordem dela.

— Ogden sabia disso?

— Sabia. O que ele estava fazendo na casa de Andy?

— Turismo.

— Que coisa mais mórbida!

— E idiota também, mas ele não parece ser muito brilhante mesmo.

— Você o interrogou? Perguntou o que ele estava fazendo lá?

— Não tenho o direito de interrogar ninguém, tenente. O caso está encerrado. Um trágico acidente. Lembra?

— Não sou dada a me esquecer das coisas.

— Suponho que Ogden e seu colega tenham recebido ordens. Não tenho por que pensar que ele teria algum outro motivo de estar lá. Agora, uma pergunta boba: havia algum problema entre ele e Fallon? Ogden o ameaçou?

— Não que eu saiba. Não havia mais animosidade do que o normal, eu diria.

— Vocês todos estão acostumados a serem odiados.

— E você também, sargento.

— Não o meu próprio pessoal.

Ela não comentou. — Ressentimento está ligado a território. As pessoas que agem mal não gostam de sofrer as conseqüências de suas ações. Maus policiais são piores do que criminosos, pois acham que podem se esconder por trás do distintivo. Quando percebem que não podem...

"Posso checar o arquivo do caso — continuou ela, inspirando longamente e com cuidado. Sentia calor e estava empapada de suor. Precisava se sentar, mas não queria mostrar fraqueza diante dele, nem queria que ele pensasse que ela procuraria o caso no computador naquele momento. — Acho que não vou encontrar nada. De qualquer forma, nós dois sabemos de coração, independentemente do laudo do IML, que Andy provavelmente cometeu suicídio."

— Não deixo meu coração se envolver, tenente. Minhas sensações são dadas pelas minhas tripas.

— Você sabe o que eu quis dizer. Ele não foi assassinado.

— Sei que ele está morto. E sei que não devia estar — disse com teimosia.

— O mundo está cheio de tragédias, sargento Kovac — disse Amanda, respirando muito depressa. — Essa foi a nossa tragédia da semana. Talvez fizesse mais sentido se fosse um crime, mas não foi. O que significa que nós examinamos o caso e seguimos adiante.

— É isso que você está fazendo? — perguntou ele, aproximando-se dela. — Cuidando do caso?

Savard teve a impressão de que ele não estava falando mais de Andy Fallon. Parecia estar examinando as marcas do seu rosto, o que dava para ver por trás dos óculos escuros. Deu um passo para trás, mas perdeu o equilíbrio. Tudo ficou escuro e uma onda de tontura tomou conta da sua cabeça.

Kovac agiu depressa, segurou-a pelos braços e ela apoiou-se no peito dele para não cair.

— Você precisa ver um médico — insistiu ele.

— Não. Eu estou bem. Só preciso me sentar por um instante.

Empurrou-o, mas ele não saiu do lugar. Virou-a, e dessa vez, quando seus joelhos falharam, ela caiu na cadeira. Kovac tirou os óculos escuros do rosto dela e examinou seus olhos inchados.

— Você está me vendo dobrado?

— Um é o suficiente.

— Siga o meu dedo — disse ele, movendo-o para a frente e para trás, depois para cima e para baixo, com um ar sério. Seus olhos eram de um tom castanho enfumaçado, com um ligeiro azul no fundo. Mais interessantes de perto do que a distância, pensou ela, distraída.

— Meu Deus — disse Kovac, examinando a área em volta do olho direito. Sua mão grande tocou no ferimento com todo o cuidado, e o polegar apertou os ossos do rosto dela. — Vai deixar cicatrizes...

— Não será a minha primeira — disse Amanda com suavidade.

Olhou para ela com a mão ainda no seu rosto, mas ela desviou o olhar.

— Você precisa procurar um médico — disse Kovac de novo, sentando-se na mesa dela. — Pode ter sido algo mais sério. É a voz da experiência falando. — Mostrou o ponto com um corte por cima do olho esquerdo. A área em volta estava roxa e amarelada.

— Você teve uma concussão? — perguntou Savard. — Isso explica algumas coisas.

— Minha cabeça é de granito. Talvez você e eu tenhamos alguma coisa em comum, afinal de contas — disse, como se já tivesse pensado no assunto.

— Você deve ter trabalho a fazer, sargento — disse Amanda, levando a cadeira para perto da mesa e esperando que esse movimento não a fizesse cair nem vomitar. Mas Kovac não se mexeu. Ela não gostou da proximidade. Ele podia ter levantado a mão e tocado no seu cabelo, tocado no seu rosto, como tinha feito um instante atrás.

Não queria que ele ficasse por trás da mesa. Aquele espaço era seu. Ele tinha quebrado sua defesa, e devia saber disso.

— Você não quer falar sobre Andy Fallon. Por que, tenente?

Ela fechou os olhos, mas abriu-os em seguida. — Porque ele está morto e eu me sinto responsável.

— Você acha que devia ter previsto isso. Mas, às vezes, isso não é possível. Às vezes a gente está cuidando de uma coisa e a vida nos dá um soco vindo sei lá de onde. — Fingiu dar um soco com a esquerda bem perto do seu olho machucado.

Savard olhou para ele. — Você provavelmente tem um crime real para investigar — disse, pegando o telefone. — Sugiro que vá investigá-lo.

Kovac observou-a enquanto ela discava para pegar suas mensagens. A cara dele não estava boa, mas ela nunca o tinha visto com uma cara melhor. Talvez ele nunca se sentisse feliz.

Outra coisa que nós temos em comum, sargento, pensou.

Ele deu a volta na mesa, relutante, e pegou o chapéu.

— Nem sempre você deve ser corajosa, Amanda — disse com calma.

— É melhor me chamar de tenente Savard.

Kovac apertou os lábios. — É, eu sei. Só queria ver como soava o seu nome. Quando foi ver Andy, no domingo à noite, tomou um copo de vinho?

— Eu não bebo. Tomamos café.

— Hummm. Você sabia que Andy trocou os lençóis e lavou toda a roupa antes de se matar? Estranho, não é?

Savard não disse nada.

— Vejo você no enterro — disse ele, saindo da sala.

Ela ficou observando-o, sem prestar atenção às mensagens da secretária eletrônica.

15

Há quarenta anos os guardas tomavam café da manhã em um lugar chamado Cheap Charlie's, localizado num fim de mundo a nordeste do Metrodome. Decadente, com uma fachada imunda, dos anos 50, o bar tinha virado as costas para o progresso, a recessão, as reformas e tudo o mais que talvez o tivesse mudado durante sua existência. O Cheap Charlie's não tinha necessidade de mudar. Seus clientes eram policiais. As décadas iam e vinham, mas os policiais nunca mudariam. Tradição era tudo para eles.

Mike Fallon provavelmente comia ali enquanto novato, pensou Liska, olhando o bar por trás do saco plástico azul que servia de vidro no seu carro. Teve sorte de conseguir uma vaga na frente do prédio quando uma viatura saiu.

Liska também comia ali quando era novata. A mesma garçonete provavelmente havia servido aos dois, uma mulher chamada Bochecha. No auge da sua vida, antes do advento da fotografia moderna, Bochecha parecia um esquilinho com a boca cheia de nozes. Só bochecha, sem queixo e um nariz de botão. Mais tarde, assumiu um ar grave e sua semelhança com um esquilo desapareceu, mas o apelido permaneceu.

Trabalhava no balcão naquela manhã, uma boneca enrugada, com olhos puxados e cabelo tingido de preto, servindo café e fumando, um desafio a todos os códigos de higiene vigentes. Nenhum policial do bar a repreenderia, e o bar era um mar de guardas e bigodes. Muitos detetives também tomavam o café da manhã ali. Kovac entre eles, alguns dias. Tradição.

Liska foi até o balcão, pegou um tamborete vago ao lado de Elwood Knutson e começou a examinar o ambiente.

— Elwood, pensei que você fosse chique demais para comer aqui.

— E sou — disse ele, olhando um prato de bacon com ovos. — Mas decidi tentar a dieta de proteína e não encontrei um lugar melhor do que este para tomar o café da manhã. Está tão antiquado que virou moda de novo. E você? Qual é a sua desculpa?

— Não tenho uma boa azia há muito tempo.

— Então é aqui mesmo que você deve vir.

— Que sorte — disse ela para si mesma quando viu Ogden. Ele estava sentado num banco nos fundos, com cara de poucos amigos. Dali não dava para ver quem estava a seu lado e por que ele franzia tanto as sobrancelhas.

Elwood não se virou, ficou examinando Liska. — Alguma coisa que eu devia saber?

— Alguma coisa que talvez você saiba. Lembra quando o guarda Curtis foi assassinado no seu dia de folga?

— Lembro. Um entre vários crimes contra gays. Um assassino em série em ação.

— Supostamente. O que você sabe sobre abuso contra gays no departamento?

Elwood mordeu uma fatia de bacon, pensativo. Usava um chapéu marrom de feltro, de copa chata, com a aba levantada na frente.

— Só sei que acho deplorável perseguir ou discriminar alguém por suas preferências sexuais. Quem somos nós para escolher pelos outros? O amor é raro...

— Obrigada. Isso é admirável. Vou mandar seu endereço para a União Americana de Liberdades Civis — disse Liska secamente. — Nós não estamos falando de você, Elwood.

— De quem estamos falando?

Ela olhou discretamente para ver se alguém os estava escutando às escondidas. — Estou falando dos guardas. Como é lá nas trincheiras? Fora a política do Departamento de Polícia, qual é a atitude entre os membros da organização? Ouvi dizer que Curtis se queixou à corregedoria de que estava sendo perseguido. O que aconteceu? Eles ainda estão aceitando *homens de Neandertal* no clube? Pensei que isso tinha acabado depois de Rodney King e os tumultos de Los Angeles.

— Infelizmente, o tipo de trabalho atrai esse tipo de gente — comentou Elwood. — É o distintivo. É como uma moeda brilhante para um macaco.

O guarda que estava ao lado de Liska olhou em volta e fez uma cara feia para Elwood.

— Talvez ele tenha sido um orangotango na vida passada — disse Liska, baixinho. Tomou um gole de café que Bochecha lhe serviu e lembrou-se no mesmo instante de que estava na hora de trocar o óleo do Saturn. — De qualquer forma, sei que a investigação sobre Curtis foi uma grande marmelada.

— Foi Springer. A idéia dele era fazer mesmo uma marmelada.

— É verdade, mas foi um policial que fodeu com aquela investigação, segundo ouvi dizer. Um sujeito burro e grande chamado Ogden. Você o conhece?

— Não freqüentamos os mesmos círculos sociais.

— Eu ficaria mais preocupada se freqüentassem — disse Liska, descendo do tamborete.

Abriu caminho para os fundos do bar, cumprimentando as pessoas sem olhar, com os olhos concentrados em Ogden. Ele ainda não a tinha notado, e a conversa com o homem que ela não conseguia ver se tornava cada vez mais agressiva. Não deu para entender as palavras, mas a raiva era visível. Ela tentou esconder-se por trás dele para saber o que estava ocorrendo, mas a sala do bar era muito estreita. Finalmente, ele a viu e ajeitou-se na cadeira, quase derrubando um copo de suco de laranja.

— Eu tomaria suco de ameixa se fosse você — disse ela. — Ouvi dizer que esses esteróides entopem a gente como se fosse concreto.

— Não sei do que você está falando — disse Ogden. — Eu não uso esteróides.

Liska calou a boca quando viu quem era a companhia de Ogden. Cal Springer. E ele fez uma cara de culpado, como se tivesse sido apanhado com uma puta.

— Ei, Cal. Que companhia interessante você tem. É assim que você não tem problema com a corregedoria? Andando com um sujeito que eles acham que fodeu com o seu caso? Talvez as pessoas estejam erradas a seu respeito. Talvez você seja realmente tão burro quanto parece.

— Por que não vai cuidar da sua vida, Liska?

— Eu não seria uma boa detetive se fizesse isso, não é? Olhe aqui, Cal, não estou pegando no seu pé. Só quero dizer que a coisa cheira mal, nada mais. Você deve pensar nisso se quiser ser um político.

Cal virou-se para a janela. Nenhuma vista. O vidro estava coberto de fumaça, calor e gordura no ar.

— Por onde anda seu companheiro, Cal? Preciso falar com ele.

— Está de férias. Passando duas semanas no Havaí.

— Cara de sorte.

Springer dava a impressão de que preferiria passar duas semanas no inferno que continuar aquela conversa.

Liska virou-se para Ogden e fez uma pergunta direta: — Como você e seu companheiro foram parar na casa de Fallon naquele dia?

Ogden coçou a cabeça chata. Dava para ver o couro cabeludo branco entre os cabelos curtos e finos. — Eu ouvi o chamado do rádio.

— E por acaso estava na vizinhança.

— Isso mesmo.

— Que puta sorte. Bom, é esse tipo de sorte que você tem.

Ogden virou os ombros para trás. — Eu não gosto da sua atitude, Liska.

Liska riu. — *Você* não gosta da *minha* atitude? Sabe o que mais, seu imbecil? Você está uns galhos evolutivos abaixo de mim na árvore policial. Posso cagar na sua cabeça se quiser e ninguém vai fazer algo. Mas se *eu* não gostar da *sua* atitude, e não gosto, *isso* é um problema.

— Por que você estava lá? — repetiu Liska.

— Eu já disse, nós ouvimos o chamado pelo rádio.

— Burgess respondeu primeiro e foi logo para lá.

— Achamos que ele talvez precisasse de ajuda.

— Com um cadáver?

— Ele estava sozinho. Tinha de dar cobertura à área.

— Então você e Rubel entraram de sola. E foi uma feliz coincidência a vítima ser um investigador da corregedoria, que estava na sua cola por causa do caso Curtis.

— Isso mesmo.

Liska sacudiu a cabeça, atônita. — Vocês foram se meter a fogueteiros enquanto eles se faziam de desentendidos? O que vocês pensam? Querem a corregedoria na sua cola de novo?

Ogden olhou em volta, fechando a cara para todos que pudessem estar escutando. — Nós respondemos a um chamado. Como podíamos saber que o corpo era de Fallon?

— Mas depois que descobriram continuaram lá. Deixaram impressões digitais pela casa toda...

— E daí? Ele se matou. Não foi morto por ninguém.

— Vocês não podiam saber isso. E ainda não sabem. E você *nunca* pode atender um chamado, a não ser que esteja uniformizado.

— O IML declarou que foi suicídio. Não foi assassinato.

— Também não era um evento esportivo, mas você não conseguiu resistir, não é? Levou uma câmera para tirar fotos com o resto dos machões?

Ogden levantou-se do banco. Liska tentou ficar parada ali, mas teve de dar um passo para trás. Uma veia grande em ziguezague apareceu na testa dele, como se fosse um raio. O olhar estava frio. Um tremor de medo passou instintivamente pelo corpo dela, deixando-a assustada. O medo não era um companheiro comum.

— Não vou responder à sua pergunta, Liska — disse ele num tom ao mesmo tempo calmo e tenso.

Liska olhou-o dentro dos olhos, sabendo que estava cutucando uma fera com vara curta. Talvez não fosse das táticas mais inteligentes, mas foi a que tinha escolhido, e agora não havia nada a fazer senão sobreviver a ela. — Se você foder com mais um crime meu, não vai precisar prestar contas a ninguém, Ogden. Porque não vai mais usar um distintivo.

A veia dele pulsava como nos filmes de horror, e uma vermelhidão subiu-lhe do colarinho apertado para o rosto.

— Ei, Fedor, vamos dançar um rock-and-roll.

Liska sabia que era o companheiro de Ogden, Rubel, vindo em sua direção. Mesmo assim, não se afastou dele. Não queria lhe dar as costas. Ele não conseguia parar de olhar para ela. Sua raiva aumentava a cada respiração. Ela podia ver e sentir isso.

Lembrou-se das fotos do assassinato de Curtis. Fúria. Destruição. Um crânio humano esmagado como uma abóbora.

Todos em volta olhavam para os dois. Cal Springer levantou-se do banco e foi para a porta, quase dando um encontrão em Rubel.

— Qual é, Fedor? Vamos nessa — disse Rubel.

Ogden olhou finalmente para ele, e a tensão desapareceu como que por encanto. Liska sentiu o ar sair dos seus pulmões. Rubel olhou-a de relance por trás de uns óculos espelhados.

Ele era, com certeza, o mais bem-apessoado dos dois. Cabelo escuro, queixo quadrado, forte como o *Davi* de Michelangelo por causa dos esteróides. Era o cérebro do par, ela imaginou, quando Rubel levou o companheiro para a porta, livrando-o da confusão, como tinha feito naquele dia na casa de Fallon.

Liska seguiu-os até a calçada. Os dois se dirigiram para o estacionamento na esquina do outro lado da rua.

— Ei, Rubel! Preciso falar com você também. Sozinho. Apareça no escritório do Departamento de Investigação Criminal quando terminar seu turno.

Ele não respondeu. Sua expressão não mudou. Ele e Ogden foram embora, a largura dos ombros dos dois tomando toda a calçada.

Se a morte de Andy Fallon não tivesse sido considerada acidente ou suicídio, Ogden estaria no primeiro lugar na lista de suspeitos. Foi uma burrice ele ter aparecido na casa de Fallon? Talvez não. Atendendo um chamado de enforcamento, ele teve a grande oportunidade de legitimar suas impressões digitais deixadas pela casa toda.

Como era possível forçar um homem a se enforcar?

Ela sentiu um calafrio, sabendo que não era de frio, e sim por estar tentando descobrir os podres de outro policial.

A campainha da porta do Cheap Charlie's tocou atrás dela.

— Pode me chamar de maníaca por detalhes, Elwood, mas eu tive a impressão de que não estamos investigando casos encerrados.

Viu os dois entrarem em um carro de polícia. Rubel na direção. Ogden brincando com a pistola. Os amortecedores afundaram quando Ogden sentou-se no banco do carona.

— Para quem trabalhamos, Elwood?

— Em termos técnicos ou figurativos?

— Para quem trabalhamos, Elwood?

Kovac tinha ensinado a todos a resposta.

— Para a vítima.

— Meu chefe não me notificou oficialmente para eu terminar meus trabalhos — disse ela sem o costumeiro humor.

Elwood deu um suspiro. — Fadinha, para alguém tão determinada a ir adiante, você se expõe demais.

— É — disse ela, tirando as chaves do carro do bolso do casaco. — Eu sou uma contradição. Ênfase no contra.

16

O mundo está cheio de tragédias, sargento Kovac.

A voz de Savard ficou na sua cabeça até a casa de Mike Fallon. O tom era sexy, acompanhado de luz e sombra naquele rosto teatral e suave, os olhos cheios de mistério.

Isso era verdade. Amanda Savard era um enigma, e ele sempre se sentiu atraído por enigmas. Em geral os decifrava com facilidade, mas sabia, por instinto, que esse seria mais difícil do que a maioria, e que a probabilidade de qualquer tipo de recompensa seria pouca. Amanda não gostaria que ele tentasse, isso era certo.

É melhor me chamar de tenente Savard.

— Amanda — disse ele em tom de desafio. Ela não gostaria que ele dissesse o seu nome quando estivesse sozinho nem na sua presença. Talvez até menos quando estivesse sozinho, pois não poderia controlá-lo. E controle era o seu forte. Não imaginava por quê, não imaginava a razão de ela ter se tornado a mulher que era. — Qual é a sua tragédia, Amanda?

Ela não usava aliança. Não havia fotos de um homem significativo no seu escritório. Não parecia o tipo de mulher que se entregasse a um sujeito que lhe deixava com o olho roxo.

Kovac não tinha acreditado na história do tombo. O lugar do ferimento era muito suspeito. Quem é que levava um tombo e machucava o rosto? A reação natural ao cair é esticar as mãos para proteger exatamente o rosto, onde ela tinha os ferimentos. Não havia marca alguma nas suas mãos.

A idéia de alguém bater em uma mulher o deixava furioso. A idéia de aquela mulher em especial desculpar isso o deixava desconcertado.

Kovac deixou a questão de lado quando chegou à casa de Mike Fallon. Não havia nenhum carro estacionado em frente, e ninguém atendeu a campainha.

Pegou o celular e discou o número de Mike no pedacinho de papel que ele lhe dera. Nenhuma resposta. Havia a possibilidade de Mike estar dormindo, dopado com tranqüilizantes ou bêbado. A única coisa que Kovac realmente queria era ficar uns minutos sozinho na casa.

Foi até a garagem e viu que o carro estava lá. Foi para os fundos e pegou a chave que era guardada debaixo do capacho.

A casa estava silenciosa. Nenhum som distante da televisão, do rádio ou de água correndo no banheiro. O velho provavelmente estava morto para o mundo. Ainda tinha uns cinco a dez minutos antes de começar o dia em que iria enterrar seu filho.

Kovac foi até o balcão da cozinha coberto pelos remédios que mantinham Mike Fallon vivo, de uma forma ou de outra, e olhou os vidros. Prilosec, Darvocet, Stilnox.

Stilnox, o barbitúrico encontrado no sangue de Andy Fallon. Examinou o vidro, com o coração apertado. Levantou a tampa à prova de crianças e olhou dentro. Vazio. O vidro era de trinta pílulas, a serem tomadas uma por noite, quando necessário. Data de compra: 7 de novembro.

Provavelmente era uma coincidência que pai e filho tomassem o mesmo remédio para se dopar. Stilnox era uma prescrição comum para fazer dormir. Mas o estranho é que não havia Stilnox na casa de Andy Fallon. Se ele tivesse tomado o remédio na noite da sua morte, onde estaria o vidro? Não estava no armário de remédios, nem no lixo, nem na mesinha-de-cabeceira. O vidro de Mike estava vazio, mas talvez ele tivesse tomado todas as pílulas conforme a prescrição. Por outro lado, se "quando necessário" significava uma a duas vezes por semana, ainda haveria muitas pílulas no vidro.

Todas as possibilidades passaram pela cabeça de Kovac, aleatoriamente, sem censura. Nenhuma delas era agradável, mas isso fazia parte do seu trabalho. Não podia confiar, descontar nem filtrar as possibilidades selecionando as negativas, como a maioria das pessoas fazia. E não se sentia mal por isso. Não se deprimia como acontecia com os outros na sua área de trabalho. No mundo, a verdade é que as pessoas, ainda que fossem decentes, agiam mal com os outros, até mesmo com seus próprios filhos.

Ainda assim ele não conseguia imaginar Mike Fallon atuando diretamente na morte do seu filho. As limitações físicas do velho tornavam isso impossível. Considerou que Andy poderia ter tirado as pílulas do armário do pai, o que não lhe pareceu provável, ou conseguido o remédio com um amigo. Pensou de novo nos lençóis e toalhas na máquina de lavar, e na louça limpa na lavadora de pratos de Andy.

— Ei, Mike! Você está acordado? Sou eu, Kovac!

Nenhuma resposta.

Colocou o vidro de remédio no balcão e saiu da cozinha. O silêncio que pairava na casa não o agradou, deu-lhe uma sensação de vazio. Talvez Neil já tivesse vindo pegar Mike, mas faltavam horas para o enterro. Talvez outros parentes de Mike o estivessem consolando, oferecendo-lhe um café ou dizendo coisas que são ditas nesses momentos. Mas parecia pouco provável. Ele sempre viu Mike Fallon sozinho na vida. Isolado primeiro pela sua dureza, depois pela sua amargura. Era difícil imaginar alguém amando aquele homem, como nas famílias onde as pessoas se aproximam umas das outras. Não que Kovac tivesse muita experiência disso. Sua própria família vivia espalhada aos quatro ventos. Ele não tinha contato com ninguém.

Olhou por toda a casa de Mike Fallon e pensou se estava olhando o seu próprio futuro.

— Mike? Sou eu, Kovac — chamou de novo, atravessando o corredor que dava nos quartos.

A primeira coisa que sentiu foi o cheiro. Não muito forte, mas incontestável. O medo atingiu-o no meio do peito. Seu coração bateu com força, como um punho cerrado socando uma porta.

Começou a praguejar e tirou a arma do coldre. Com o pé, abriu a porta do quarto de hóspedes. Nada. Ninguém. Só as duas camas com colchas de chenile, e um quadro em sépia de Jesus pendurado na parede, com uma moldura barata.

— Mike?

Foi para o quarto de Mike, já sabendo o que acontecera. As imagens do que encontraria do outro lado da porta rolavam na sua cabeça. Ainda assim girou a maçaneta, com cuidado. Inspirou profundamente e empurrou a porta com o pé.

O quarto estava na mesma desordem que na última vez em que ele esteve lá. Os porta-retratos que Fallon tinha quebrado continuavam empilhados onde Kovac os deixara. A cama não tinha sido feita. O copo de geléia com um resto de uísque continuava na mesinha-de-cabeceira. As roupas sujas continuavam espalhadas pelo chão.

Kovac olhou o quarto vazio, sem saber o que fazer por um instante, tentando livrar-se das imagens que rolavam na sua cabeça. O cheiro ali era mais forte. Sangue, fezes e urina. E um cheiro metálico, de pólvora. A porta do banheiro estava fechada.

Ele bateu, chamou por Fallon de novo, mas tão baixo que mal se ouvia. Girou a maçaneta e abriu a porta.

A cortina do boxe estava empapada de fragmentos de substância ensangüentada e de cabelo, como se alguém tivesse dado à luz ali.

Mike de Ferro estava sentado na cadeira de rodas, só de cueca, com a cabeça e os ombros jogados para trás e os braços caídos dos lados. As pernas inúteis, compridas e cabeludas estavam viradas para o lado. A boca aberta e os olhos arregalados, como se ele tivesse percebido no instante final que a realidade da morte era surpreendentemente diferente do que ele tinha imaginado.

— Oh, Mike — disse Kovac num tom amigo.

Por hábito de muitos anos, entrou no banheiro com cuidado, examinando os detalhes automaticamente, embora outro lado seu considerasse sua própria perda. Mike Fallon criara um padrão, tornara-se uma lenda viva. Como um pai, em vários sentidos. Melhor ainda do que um pai, pensou ele, considerando as relações tensas entre Mike e seus próprios filhos. Tinha sido bastante difícil ver o velho irritado, zangado e patético. Mas vê-lo morto, só de cuecas, era uma indignidade.

A parte posterior do crânio tinha voado longe, restando parte do couro cabeludo e o cabelo grisalho ensangüentado. O chão estava coberto de fragmentos de ossos e massa cefálica. Um velho revólver calibre .38 encontrava-se no chão, à direita de Fallon, jogado ali quando seu corpo estremeceu no espasmo da morte.

Mike Fallon de Ferro, mais um policial que tirava a vida com as próprias mãos com a arma que usava para proteger o cidadão. Deus sabia quantos faziam isso todo ano. Passavam a vida fazendo parte de uma irmandade, mas morriam sozinhos, pois não sabiam como lidar com o estresse e tinham medo de dizer isso a alguém. Mesmo que já estivessem aposentados. O policial era um policial até morrer.

Tinha chegado o dia de Mike Fallon. O dia em que seu filho seria enterrado.

Ninguém deve sobreviver aos filhos, Kovac. Deve morrer antes que os filhos lhe partam o coração.

Kovac encostou dois dedos na garganta do velho. Uma mera formalidade, embora tivesse visto gente sobreviver a esses ferimentos. Ou, melhor, tivesse visto o coração de algumas pessoas continuar a bater por algum tempo porque a lesão tinha atingido alguma parte do cérebro menos importante. Mas não era realmente uma sobrevivência.

Fallon estava frio. A rigidez já havia chegado ao rosto e à garganta, mas ainda não aos membros inferiores. Baseado nisso, Kovac calculou que a morte ocorrera cinco a seis horas antes. Mais ou menos às duas ou três da madrugada. As horas mais solitárias da noite. As horas que parecem não ter fim quando a pessoa está acordada, olhando no escuro as realidades mais soturnas da vida.

Saiu do banheiro, saiu da casa e ficou na varanda de trás, olhando para o nada. Fumou um cigarro, deixando os dedos duros de frio. As luvas estavam no bolso, mas ele não as usou. Às vezes era bom sentir dor. A dor física era uma afirmação da vida, o reconhecimento de um sofrimento mais profundo.

Sentiu vontade de tomar um copo de uísque para brindar o velho, mas isso teria de esperar. Terminou o cigarro e pegou o celular.

— Aqui é Kovac, da Homicídios. Mandem o pessoal da perícia examinar um corpo. Mandem um pessoal classe A, ele era um dos nossos.

* * *

Ele estava sentado num degrau da frente da casa, enrolado num sobretudo, fumando um segundo cigarro quando Liska apareceu.

— Meu Deus, Fadinha, o que está fazendo? Quer chocar a vizinhança toda? — perguntou quando ela saiu do Saturn, com o vidro da janela substituído pelo saco plástico.

— Você acha que aquele comandante idiota que faz a ronda no bairro vai avisar os policiais? — perguntou ela, subindo na calçada.

— Provavelmente vai te pegar na esquina. Atire primeiro, pergunte depois. A América na aurora do novo milênio.

— Se eu tiver sorte, vai acertar o meu tanque de gasolina e acabar com o ferro-velho. Eu bem mereço um descanso nesta semana.

— Você e eu — disse Kovac. Fez um gesto com a cabeça, indicando o carro dela, quando Liska subiu os degraus cobertos de neve em vez de usar a rampa limpa para cadeira de rodas. — Então, o que aconteceu?

Ela deu de ombros. — Outra vítima do declínio moral. Num estacionamento.

— O mundo está indo para as cucuias em ritmo acelerado.

— Isso mantém nossos pagamentos.

— Levaram alguma coisa?

— Que eu tenha notado, não. Não havia nada de importante para levar, a não ser meu endereço na correspondência que estava no banco do carona.

Kovac franziu as sobrancelhas. — Não estou gostando disso.

— Bom... Sua mãe nunca disse que você teria hemorróidas se sentasse no concreto frio?

— Não. — Ele levantou-se de repente. — Disse que eu ficaria cego se me masturbasse.

— Não precisava dessa cena na minha cabeça...

— Ruim é o que você vai ver lá dentro — disse ele, amassando o cigarro e jogando a guimba por trás de um arbusto junto à varanda.

Os dois ficaram em silêncio por um instante, sentindo uma estranha tensão no ar.

— Sinto muito, Sam. Sei o quanto ele significava para você.

Kovac deu um suspiro. — São sempre os mais durões que se matam.

Liska lhe deu uma cutucada. — Ei, se fizer isso comigo eu faço você voltar à vida só para poder te matar.

Ele tentou sorrir, mas não conseguiu. Ficou olhando em volta, e viu na frente da janela da casa do vizinho umas esculturas de madeira dos três Reis Magos montados em camelos para visitar o Menino Jesus. Um cachorro schnauzer rosnava para um dos camelos.

— Eu não sou tão durão assim, Fadinha — confessou, sentindo que se sua velha armadura tinha enferrujado e desabado, camada por camada, deixando-o exposto. O que era pior? Ser duro demais para sentir, distante demais para ser tocado, ou ser aberto para sentir o toque da vida e das emoções dos outros, aberto para se magoar com esse contato? Uma maldita escolha para um dia como aquele. *É como escolher entre ser esfaqueado ou espancado,* pensou.

— Que bom. — Liska pôs a mão nas costas dele e encostou a cabeça no seu ombro por um instante. Aquele contato o confortou, dando a sensação de uma coisa fria sobre uma queimadura.

É melhor ser aberto, decidiu, refletindo sobre seu questionamento. *Mesmo que eu seja mais magoado do que confortado*. Passou o braço pelos ombros da colega e apertou-a. — Obrigado.

— De nada. Sei que tenho reputação de durona — brincou ela, impassível, dando um passo para o lado. — Por falar em reputação... Adivinha quem estava tomando café da manhã hoje no ponto das celebridades Chez Chuck?

Kovac esperou.

— Cal Springer e Bruce Ogden.

— Não brinca.

— Companheiros estranhos, não é?

— E eles ficaram contentes de te ver?

— Contentes como se tivessem piolhos na cabeça. Acho que não foi um encontro programado. Cal suava como um frade num puteiro, e deu o fora na primeira oportunidade.

— Ele está muito nervoso para um homem acima de qualquer suspeita.

— Também acho. E Ogden... — Ela olhou para a rua, como se pudesse encontrar alguém para fazer uma comparação. Um caminhão de lixo estava passando. — Aquele sujeito é como um barril de nitroglicerina com um detonador falsificado. Eu adoraria revistar a ficha dele.

— Savard me disse que vai checar os arquivos de Fallon sobre a investigação de Curtis. Vai ver se ele fez alguma anotação sobre Ogden, se Ogden o ameaçou, esse tipo de coisa.

— Mas não vai deixar você ver o arquivo.

— Não.

— Você está perdendo o tato, Sam.

Ele abafou uma risada. — Que tato? Espero que ela fique tão cheia de mim que queira me ver pelas costas. Terapia de aversão.

— Bom, confesso que se não fosse tão durona Ogden teria me dado medo hoje de manhã. Ele ficou ali olhando para mim, e eu só conseguia pensar em Curtis espancado até a morte por um bastão de beisebol.

Kovac virou a cabeça. — Você está pensando que foi Ogden que perseguiu Curtis e deu cabo dele, porque Curtis foi se queixar na corregedoria. Mas Ogden nunca teria tido acesso à investigação de Curtis se soubessem que ele o tinha perseguido no passado. Essa merda só acontece no cinema.

— É — disse ela com um suspiro. — Se você fosse Mel Gibson e eu Jodie Foster, isso poderia acontecer.

— Mel Gibson é baixinho.

— O.k., se você fosse... Bruce Willis.

— Bruce Willis é baixinho e careca.

— Al Pacino?

— Al Pacino parece que foi arrastado por um trator numa estrada de brita.

Liska revirou os olhos. — Meu Deus... Harrison Ford?

— Harrison Ford está ficando meio velho.

— E você também — disse Liska, apontando para a rua de novo. — Onde está o pessoal da perícia? — perguntou, dando uns pulinhos para espantar o frio. Ela não usava chapéu e as bordas das suas orelhas brilhavam.

— Numa situação doméstica grave — disse Kovac. — Uma esposa disse que se cansou de ser estuprada pelo marido quando ficava quase desmaiada de tanto beber, durante nove anos. Ela o agrediu no peito, no rosto e nos bagos com uma garrafa quebrada de vodca.

— Puxa. Homicídio absoluto.

— E dos bons. De qualquer forma, vão chegar daqui a pouco.

— Então eu vou tirar fotos. — Ela estendeu a mão para pegar a chave do carro dele e buscar a Polaroid.

Segundo as regras, toda morte violenta era processada como homicídio.

Kovac entrou na casa com ela e começou a fazer anotações. A rotina dava um certo conforto, desde que ele não se lembrasse de que a vítima tinha sido seu mentor em certa época da sua vida. Liska não contou nenhuma das piadas de humor negro que costumava contar diante de uma morte horrível. Durante uns minutos, o único som que se ouviu foi o clique da câmera tirando fotos ininterruptamente. Quando Kovac percebeu que o ruído tinha terminado, levantou os olhos do seu bloco de anotações.

Liska estava agachada na frente de Fallon, olhando para ele como se esperasse uma resposta à pergunta que tinha feito telepaticamente.

— O que foi? — perguntou Kovac.

Ela não respondeu. Levantou-se e olhou de uma parede para outra do banheiro estreito, depois por cima do ombro e para trás. Suas sobrancelhas se levantaram e ele apertou os lábios. — Por que ele entrou de ré com a cadeira?

— Hein?

— Este banheiro é estreito, e além disso tem um vaso sanitário e uma pia. Por que ele entrou de ré? Deve ter tido alguma razão...

Kovac considerou o velho e a pergunta. — Se ele entrasse de frente, quem abrisse a porta daria com a parte esfacelada da sua cabeça. Talvez ele quisesse manter um pouco de dignidade.

— Então devia ter tido a consideração de se vestir, não acha? Aquela cueca não dizia exatamente "me respeitem".

— Os suicidas nem sempre são coerentes. Quem enfia um .38 na boca não está no seu juízo normal. E você sabe tão bem quanto eu que muita gente se mata no banheiro. Até parece que eles é que iriam limpar a merda pela casa.

Liska não disse nada. Sua atenção tinha passado para o chão imundo, que devia ter sido branco vinte anos atrás. Por trás de Fallon, o chão estava coberto de sangue misturado com fragmentos de ossos e de massa cefálica parecendo macarrão cozido demais. Na frente dele, nada. A cortina do box estava um lixo, mas a porta por onde eles tinham entrado estava limpa.

Quem entrasse ou saísse do banheiro passava sem se sujar. Sem pisar em sangue nem deixar impressões digitais.

— Se ele fosse um bilionário, com uma esposa jovem e bonita, eu diria que era um caso de paixão, Fadinha — disse Kovac. — Mas Mike era um velho amargurado, numa cadeira de rodas, que tinha acabado de perder o filho favorito. O que lhe restaria para viver? Ele estava arrasado, não se perdoou por não ter perdoado Andy. Então veio para cá, ficou imóvel na cadeira e acabou com a vida. E preparou um cenário de morte limpo, para que nenhum de nós entrasse aqui pisando no seu cérebro.

Liska apontou a câmera para o .38 no chão e tirou uma última foto.

— Essa é a velha arma que ele usava em serviço — disse Kovac. — Se dermos uma vistoria no quarto vamos encontrar uma caixa de sapatos no fundo do armário, onde os policiais das antigas costumavam guardar sua arma. — Deu um sorriso de lado e continuou: — É assim que eu guardo a minha, se um dia você quiser roubá-la de mim. Somos seres patéticos em termos de padrões e hábitos. Alguns mais patéticos do que outros — comentou, olhando o corpo de Fallon.

— Você está mais amargo do que nunca, Kojak — disse Liska, passando-lhe as fotos.

Ele guardou-as no bolso de dentro do sobretudo. — Como posso ver isso e não me sentir assim?

Do outro lado da casa ouviu-se o barulho surdo de uma porta se fechando. Kovac afastou-se do corpo e desceu para o hall.

— Já não é sem tempo — gritou, mas parou de repente ao ver Neil Fallon no portal entre a sala de estar e a sala de jantar.

Seu aspecto era lastimável. Cabelo espetado para cima, o lado direito do rosto arroxeado e o lábio rachado. O terno marrom estava todo amassado e a gravata barata puxada de lado; o botão de cima da camisa branca não abotoava porque o colarinho era uns dois números menor do que devia ser. De certo a camisa tinha sido comprada há algum tempo e ele nunca teve ocasião de usá-la.

Neil inspirou rapidamente algumas vezes e ajeitou o corpo.

— Meu Deus, nem *isso* eu posso fazer? — disse, com um misto de choque e raiva. — Não posso nem levar meu pai para a maldita agência funerária? Ele tinha de pedir a ajuda dos outros numa hora dessa também? Aquele filho-da-puta...

— Ele está morto, Neil — disse Kovac secamente. — Parece que se suicidou com um tiro. Sinto muito.

Fallon ficou olhando para ele, depois sacudiu a cabeça, espantado. — Você é o Anjo da Morte, não é?

— Só o mensageiro.

Fallon virou-se como se estivesse indo embora, mas ficou ali, com as mãos nos quadris, com os ombros largos se levantando e abaixando.

Kovac esperou, pensando em fumar mais um cigarro e tomar o uísque que queria tomar há algum tempo. Lembrou-se da garrafa de Old Crow que Neil tinha no galpão quando da morte do seu irmão, lembrou-se de que estava frio e que eles tinham dividido a garrafa olhando a neve cair sobre o lago gelado. Parecia que tudo tinha acontecido havia mais de um ano.

— Quando você falou com Mike pela última vez? — perguntou, caindo na rotina de sempre.

— Na noite passada. Por telefone.

— Que horas eram?

Fallon começou a rir, uma risada áspera e absurda. — Você não tem jeito, Kovac — disse, andando em círculos no outro extremo da sala de jantar. — Meu irmão e meu velho morrem com espaço de uma semana e você me vem com esses interrogatórios. Você é demais. Eu não vi meu velho mais do que cinco vezes nos últimos dez anos, e você acha que talvez eu o tenha matado. Por que eu faria isso?

— Não foi por isso que perguntei. Mas, já que puxou o assunto, vou precisar registrar onde você estava hoje entre meia-noite e quatro da madrugada.

— Vá se foder.

— Sem essa... Onde você estava?

— Eu estava em casa, na cama.

— Você tem uma mulher ou uma namorada que possa confirmar isso?

— Tenho uma mulher. Mas nós somos separados.

Fallon olhou em volta, como que procurando uma pessoa neutra para testemunhar o que estava acontecendo, mas não havia ninguém. Deu mais uns passos e sacudiu a cabeça, visivelmente irritado e frustrado.

Aproximou-se de Kovac, balançando o dedo no ar e contorcendo o rosto numa careta. — Eu detestava aquele velho filho-da-puta! Eu detestava aquela peste de homem!

Lágrimas escorreram dos seus olhos fechados e rolaram-lhe pelo rosto. — Mas ele era o meu pai. E agora está morto. Eu não preciso de merda nenhuma sua.

Parou de andar e abaixou-se, com a cabeça nos joelhos, como se tivesse levado um soco no estômago. Deu um grito surdo do fundo da garganta. — Meu Deus, eu vou vomitar.

Kovac tentou bloquear a passagem para o banheiro, mas Fallon foi para a cozinha e saiu porta afora.

Kovac o seguiu, mas parou quando o pessoal da perícia apareceu na porta da frente. Melhor assim. Quando pudesse falar com Neil Fallon na varanda de trás, seus problemas gastrointestinais já teriam sido resolvidos. Fallon ficou debruçado no parapeito, olhando para o jardim, dando um gole em uma garrafa estreita de metal. Sua pele estava acinzentada, os olhos vermelhos. Ele não percebeu a presença de Kovac, e apontou para um carvalho pelado do outro lado do jardim.

— Aquela era a árvore do enforcamento — disse sem emoção. — Quando eu e Andy éramos garotos.

— E brincavam de caubói.

— E de piratas, de Tarzan, de qualquer coisa. Ele devia ter vindo se enforcar aqui. Andy pendurado no jardim e Mike de Ferro com os miolos estourados dentro de casa. Eu podia ter estacionado meu carro e me divertido com isso.

— Como estava a voz de Mike ao telefone ontem à noite?

— De imbecil, como sempre. "Eu vou para o maldito enterro às dez horas." — A imitação não era nada lisonjeira, mas bem exata. — "É bom você chegar a tempo." Aquele filho-da-puta... — murmurou, limpando o nariz que escorria com a mão enluvada.

— A que horas foi isso? Estou tentando reconstituir o que aconteceu e a que horas — explicou Kovac. — Precisamos disso para fins burocráticos.

Fallon olhou para a árvore e deu de ombros. — Eu não sei. Não prestei atenção. Por volta das nove horas, talvez.

— Não pode ter sido. Eu o encontrei na casa do seu irmão por volta das nove.

Fallon olhou para ele. — O que você estava fazendo lá?

— Dando uma espiada. Há umas duas coisas soltas que precisam ser alinhavadas.

— Que coisas? Andy se enforcou. Como pode ter dúvida sobre isso?

— Gosto de saber a razão das coisas. É um hábito engraçado meu. Quero saber em que ele estava trabalhando, o que estava acontecendo na sua vida pessoal, coisas assim. Preencher as lacunas, ter uma visão geral. Entendeu?

Se Fallon entendeu, não gostou. Afastou-se e deu mais um gole na garrafinha.

— Estou acostumado a ver gente morrer. Traficantes de droga matam por dinheiro. Drogados matam por droga. Maridos e mulheres matam por ódio. Há um método para a loucura. Quando alguém como o seu irmão se mata, um sujeito com tudo na vida, preciso tentar entender o motivo dele.

— Boa sorte.

— O que aconteceu com o seu rosto?

Fallon tentou desviar a atenção. Pôs a mão no ferimento, como se quisesse sumir com ele. — Nada. Uma pequena discussão no estacionamento com um cliente na noite passada.

— Sobre o quê?

— Ele fez uma observação. Eu me ofendi e falei algo sobre as suas preferências sexuais. Ele me deu um soco, e teve sorte.

— Isso é agressão. Você chamou a polícia?

Fallon deu uma risada nervosa. — Essa é boa. Ele *era* um policial.

— Um policial? Policial de rua?

— Mas não estava uniformizado.

— Como você soube que ele era da polícia?

— Ora essa. Eu sinto cheiro de policial a distância.

— Sabe o nome dele? O número do seu distintivo?

— Até parece que depois que eu levei um chute no rabo pedi o número do distintivo dele. De qualquer forma, não preciso dessa besteira de apresentar queixa. Era uma idiota qualquer que conhecia Andy. Ele começou a criar caso e nós caímos na porrada.

— Como ele era?

— Como a maioria dos policiais do mundo — disse Fallon, impaciente. Enfiou a garrafinha no bolso do casaco, tirou um maço de cigarros e seguiu o ritual de tirar as luvas com dificuldade e sentir os dedos duros de frio — ou de tensão. Praguejou, acendeu um cigarro e deu umas baforadas.

— Olhe aqui, antes eu não tivesse dito nada. Não quero mexer nisso. Eu tinha bebido um pouco demais. Fico com a língua solta quando bebo.

— Era um sujeito grande? Pequeno? Branco? Negro? Velho? Jovem?

Fallon franziu as sobrancelhas, nervoso. Parecia que a sua pele não cabia direito no rosto. Evitou olhar para Kovac. — Eu nem sei se reconheceria a cara se visse de novo. Não me marcou. Não foi importante.

— Podia significar muita coisa. Seu irmão trabalhava na corregedoria. Fez inimigos ligados a seu trabalho.

— Mas ele se matou. Foi isso que aconteceu, não é? Ele se enforcou. O caso está encerrado.

— Todo mundo parece querer que tenha sido isso.

— E você não?

— Eu quero a verdade, qualquer que ela seja.

Neil Fallon riu, depois acalmou-se e olhou de novo para o jardim, voltando no tempo. — Então pegou a família errada, Kovac. Os Fallon nunca foram muito chegados à verdade a respeito de nada. Mentimos para nós mesmos, sobre nós mesmos e sobre nossas vidas. É a melhor coisa que sabemos fazer.

— O que quer dizer?

— Nada. Somos uma típica família americana, é isso. Pelo menos éramos, antes de dois terços da família cometerem suicídio.

— Será que alguém mais da sua redondeza poderia identificar o sujeito da noite passada? — perguntou Kovac, mais preocupado no momento com a possibilidade de Ogden ter ido até o bar e a loja de pesca de Neil Fallon de que com o desmoronamento da família Fallon.

— Eu estava trabalhando sozinho.

— Outros clientes?

— Talvez. Meu Deus, eu devia ter dito que dei um encontrão em uma porta.

— Não seria a primeira pessoa a tentar isso hoje — disse Kovac. — Então, foi antes ou depois da briga que você falou com Mike?

Fallon soltou a fumaça pelo nariz, aborrecido. — Depois, acho. Que diferença pode fazer?

— Seu pai estava muito dopado quando eu o vi. Com sedativos ou coisa parecida. Se você falou com ele depois disso, acho que ele devia estar melhor.

— Acho que sim. Quando era para me dar uma bronca, ele sempre se aprumava — disse Fallon, com amargura. — Nada era bastante bom para ele. Nada compensaria para ele.

— Compensaria o quê?

— O fato de eu não ser como ele. De não ser como o Andy. Você deve ter pensado que depois que ele descobriu que Andy era viado... Bom, agora ele está morto, então que diferença faz? Está terminado. Finalmente.

Olhou mais uma vez para o carvalho, jogou o cigarro na neve e checou as horas. — Tenho de ir para a agência funerária. Talvez consiga enterrar um antes que o outro esfrie.

Deu uma olhada de lado para Kovac quando foi abrir a porta. — Não é nada pessoal, mas espero nunca mais te ver, Kovac.

Kovac não disse nada. Ficou na varanda, olhando para a árvore de enforcamento dos irmãos Fallon, imaginando dois garotos com a vida à sua frente, brincando de mocinho e bandido, os laços de fraternidade cruzando pelos seus caminhos na vida, moldando suas forças, fraquezas e ressentimentos.

Se há uma coisa da qual ninguém jamais se recupera é a infância. Se há um laço que não pode ser quebrado para sempre é o laço de família.

Kovac ficou virando esses pensamentos na cabeça como um urso virando pedras para ver que tipo de pista podia encontrar. Pensou nos Fallon, nos ciúmes, nos desapontamentos e na raiva entre eles. Pensou no policial sem rosto com quem Neil Fallon tinha se atracado no estacionamento da loja de pesca.

Ogden seria tão burro assim de ir até lá? Por quê? Talvez *burro* não fosse a palavra certa. O que ele tinha a ganhar? Talvez essa fosse a pergunta.

Mesmo enquanto ponderava sobre isso, Kovac não pôde deixar de pensar que Neil Fallon não tinha pedido para ver o pai. A família da vítima, em geral, pedia. A maioria das pessoas recusava-se a acreditar nas más notícias até ver o corpo com seus próprios olhos. Neil Fallon não pediu para ver. E não se dirigiu para o banheiro quando disse que ia vomitar. Foi direto para a porta dos fundos da casa.

Talvez precisasse de um pouco de ar puro. Talvez não tivesse pedido para ver o pai morto porque não era o tipo de pessoa que precisava da impressão visual para tornar a morte real, ou talvez porque não tivesse estômago para essas coisas.

Ou talvez devessem fazer os testes de resíduo de pólvora nas mãos de Neil Fallon.

A porta dos fundos se abriu e Liska enfiou a cabeça por ela. — Os abutres chegaram.

Kovac deu um gemido. Tinha levado algum tempo descrevendo a cena do crime pelo celular, mas a equipe da perícia teria sido chamada pelo rádio e todo repórter da área metropolitana tinha um rastreador. A notícia de uma morte nunca deixava de atingir os abutres. Segundo a imprensa, o povo tinha o direito de saber das tragédias ocorridas com estranhos.

— Quer que eu cuide deles? — perguntou Liska.

— Não, eu dou uma declaração — disse, pensando na vida de Mike Fallon, na tristeza, na perda, no amor desiludido e nas chances perdidas. — É isso aí? A vida não vale nada, e então a gente morre.

Liska levantou as sobrancelhas e falou num tom sarcástico: — É. Dá uma boa manchete de jornal.

Quando ia entrando, Kovac lhe perguntou:

— Ei, Fadinha, quando você viu Ogden hoje de manhã ele parecia ter saído de uma briga?

— Não. Por quê?

— Na próxima vez que vir esse cara, pergunte o que ele foi fazer no bar de Neil Fallon na noite passada. Talvez você consiga um aumento.

Liska olhou com ar infeliz. — Ele foi ao bar de Fallon?

— Talvez. Fallon disse que um policial foi lá, começou a criar caso e os dois se atracaram no estacionamento.

— Ele descreveu Ogden?

— Não. Soltou a bomba e depois deu o fora. Ele age como se tivesse medo de alguma coisa. Como vingança, talvez.

— Por que Ogden iria até lá? Qual seria sua intenção? Mesmo que, ou *especialmente* se tivesse alguma coisa a ver com o assassinato de Andy Fallon ou de Curtis, por que iria criar um tumulto com Neil Fallon? Nem Ogden seria tão burro assim!

— É o que eu penso. E a próxima pergunta lógica é por que então Neil Fallon mentiria se isso não aconteceu?

— Neil Fallon, o filho do homem sentado no banheiro sem o tampo da cabeça?

Neil Fallon, que era um poço de ressentimentos antigos. Neil Fallon que tinha um humor do Cão. Neil Fallon que se ressentia do irmão e detestava o pai, mesmo depois da morte dos dois.

— Vamos fazer umas pesquisas sobre o sr. Fallon — disse Kovac. — Ponha Elwood no caso, se ele não estiver muito ocupado. Vou conversar com uns clientes de Fallon para saber se alguém mais viu esse policial fantasma.

— Tudo bem.

Kovac deu uma última olhada na árvore do enforcamento. — Certifique-se se o pessoal do IML protegeu as mãos de Mike. Talvez a gente esteja diante de um crime, nunca se sabe.

17

Não seria o enterro de um policial como os que são mostrados no noticiário da noite. A igreja não estava lotada de policiais de várias patentes vindos de toda parte do país. Não houve uma caravana infindável de viaturas até o cemitério. Ninguém tocou "Amazing Grace" na gaita-de-foles. Andy Fallon não tinha morrido cumprindo seu dever. Sua morte não tinha sido heróica.

Aquele lugar nem parecia uma igreja, pensou Kovac quando saiu do carro e foi caminhando para o prédio baixo de tijolinhos. Como a maioria das igrejas construídas nos anos 70, parecia mais um prédio municipal. Só a cruz de ferro fina e estilizada mostrava que era uma igreja. Isso e o anúncio iluminado perto do bulevar:

ADVENTO DE SÃO MIGUEL:
ESPERANDO UM MILAGRE?
MISSA DURANTE A SEMANA: 7h da manhã
SÁBADO: 5h da tarde
DOMINGO: 9 e 11h da manhã

Como se milagres fossem realizados regularmente naquelas horas programadas. O carro fúnebre perto da entrada lateral. Não haveria nenhum milagre para Andy Fallon. Talvez se ele tivesse ido ali no sábado, às cinco...

O vento açoitava o casaco de Kovac em volta das pernas. Ele abaixou a cabeça para o chapéu não voar. Os acompanhantes do enterro começaram a aparecer dos quatro cantos do estacionamento. Policiais e mais policiais. Três civis juntos — um homem e duas mulheres por volta dos vinte anos. Os policiais estavam à paisana; Kovac não os conhecia, mas podia farejá-los ao longe, como Neil Fallon. Dava logo para saber, pelos carros, pelo comportamento, pelos olhos, pelos bigodes.

A marcha fúnebre de sempre estava sendo tocada num órgão quando eles entraram na igreja. Kovac disse para si, mais uma vez, que não queria um enterro assim quando morresse. Seus companheiros podiam lhe fazer uma homenagem no Patrick's, e Liska podia se encarregar das suas cinzas. Quem sabe jogá-las nos degraus da prefeitura, para se juntarem a milhares de cinzas de cigarros fumados ali diariamente pelos policiais. Parecia coerente. Ele não queria de jeito algum que as pessoas se aglomerassem em uma igreja, olhando umas para as outras, ouvindo a terrível música do órgão e sentindo o cheiro das gladíolas.

Colocou o chapéu no cabide, mas não tirou o casaco, e ficou observando os três civis aproximarem-se de outro grupo de civis. Mais tarde ele iria abordá-los. Depois. Depois que todos tivessem seguido o enterro. Ficou imaginando se algum deles tinha sido íntimo o suficiente de Andy Fallon para compartilhar suas práticas sexuais.

Impossível dizer. Segundo sua experiência, as pessoas de aspecto mais normal podiam envolver-se nas maiores merdas. Os amigos de Andy Fallon pareciam a elite da sua geração. Bem-vestidos, cabelos bem cortados, rostos pálidos de dor por baixo de bochechas rosadas pelo vento. Não dava para ver quem era gay, quem era hétero, quem mantinha práticas sexuais sadomasoquistas.

As portas se abriram de novo para dar passagem a Steve Pierce e Jocelyn Daring. Formavam um belo casal, com casacos de cashmere caros. Jocelyn parecia uma estatueta de porcelana, com seu cabelo louro puxado para trás e com um laço de veludo preto. Podia não estar sentindo a perda do melhor amigo do seu noivo, mas sabia como se vestir para a ocasião. Estava com um ar meio emburrado. Pierce, a seu lado, perto do cabide de casacos, parecia uma múmia. Não a ajudou a tirar o casaco. Ela falou alguma coisa e ele respondeu laconicamente. Kovac não conseguiu ouvir as palavras, mas o tom dele era duro e a noiva ficou mais emburrada ainda. Os dois não se tocaram quando entraram na igreja.

Não era um casal feliz.

Kovac foi até as portas de vidro e ficou observando os presentes reunidos. Os bancos da igreja, com espaldares cromados e assento de plástico preto, eram presos uns aos outros. Não havia genuflexórios nem imagens horríveis da Virgem ou de santos adornados com cabelo de verdade. Não havia nada que intimidasse ali, nenhuma sensação prevalecente de Deus resplandecendo sobre o Seu rebanho aterrorizado. Era tudo diferente da infância de Kovac, quando comer hambúrguer na Sexta-feira da Paixão era um passe certo para o inferno. Temia e respeitava a igreja da sua juventude. Aquele lugar era tão inofensivo quanto uma palestra numa biblioteca pública.

Pierce e Daring tinham se sentado na lateral da nave, mais ou menos no meio da igreja. Pierce levantou-se abruptamente e foi andando para a saída, seguido pelo olhar da sua noiva. Mantendo os olhos baixos, tirou um cigarro e um isqueiro do bolso do casaco. Kovac afastou-se da porta, e ele não o viu quando passou pelo átrio e saiu.

Kovac saiu também e ficou a um metro de distância dele no largo degrau de concreto. Pierce não olhou para ele.

— Eu vivo dizendo que vou parar de fumar — disse Kovac, tirando um cigarro mentolado do maço, prendendo-o nos lábios e acendendo-o. — Mas sabe do que mais? Eu não consigo. Gosto de fumar. Todo mundo tenta fazer com que eu me sinta culpado, e eu entro nessa. Fico achando que mereço ter um câncer de pulmão. Então digo que vou parar, mas não paro nunca.

Pierce olhou-o com o canto dos olhos e acendeu também um cigarro com um isqueiro de aço escovado semelhante a uma bala gigantesca. Suas mãos tremiam. Olhou para a rua e soltou a fumaça lentamente.

— Acho que isso faz parte da natureza humana — continuou Kovac, arrependido de não ter pegado o chapéu no cabide quando saiu. Dava para sentir todo o calor do corpo saindo pelo alto da sua cabeça. — Todos nós nos culpamos de um monte de merda que temos na cabeça. Como se isso nos tornasse pessoas melhores. Como se houvesse alguma lei contra ser como somos.

— Há muitas leis contra isso — disse Pierce, ainda olhando para a rua.

— Depende de quem seja a pessoa.

Kovac deixou a frase pairar no ar por um tempo. Esperou. Pierce tinha aberto uma fresta da porta. — Se for uma prostituta ou um traficante de drogas, isso é claro. Ou será que você quis dizer uma coisa menos óbvia?

Pierce soltou um pouco mais de fumaça.

— E se o homem for gay? — sugeriu Kovac.

Pierce deu de ombros e engoliu em seco, o pomo-de-adão subindo e descendo. — Depende da pessoa a quem você pergunta.

— Eu estou te perguntando. Você acha que o homem deve se sentir culpado? Acha que deve esconder que é gay?

— Depende da pessoa. Depende das circunstâncias.

— Se ele estiver noivo da filha do patrão, por exemplo — disse Kovac.

O alvo tinha acertado bem no meio do peito de Pierce, que deu um passo para trás.

— Creio que já disse que não sou gay. — Olhou de um lado para outro, vendo se não havia ninguém por perto.

— Disse sim.

— Então é claro que você não acreditou em mim — respondeu Pierce, irritado.

Kovac deu uma tragada no cigarro. Tinha todo o tempo do mundo.

— Gostaria de perguntar à minha noiva? Gostaria que fôssemos filmados fazendo sexo? — perguntou, ainda mais irritado. — Alguma exigência em termos de posições?

Kovac não respondeu.

— Gostaria de ver uma lista das minhas ex-namoradas?

Kovac olhou para ele, deixando que toda aquela raiva se soltasse. Mas a raiva estava visivelmente tomando conta de Steve, uma espécie de excitação frenética que ele tinha dificuldade de conter.

— Eu trabalho na polícia há muitos anos, Steve — disse Kovac, finalmente. — Sei quando alguém está escondendo alguma coisa de mim. Você está carregando muito peso extra.

As veias dos olhos de Pierce pareciam que iam estourar. — Acabei de perder meu melhor amigo desde o tempo da faculdade. Eu o encontrei morto em casa. Nós éramos como irmãos. Você acha que um homem não pode chorar a morte do outro sem ser gay? É assim na sua vida, sargento? Você tem medo do que os outros possam pensar a seu respeito se souberem a verdade?

— Eu não ligo porra nenhuma para o que os outros pensam de mim — disse Kovac, com calma. — Não tenho nada para esconder. Não estou tentando impressionar ninguém. Já vi muita gente carregar pedra todo dia até o peso ficar insuportável e elas não agüentarem mais. Você tem uma chance de descarregar um pouco do seu peso.

— Eu não preciso disso.

— Andy vai ser enterrado hoje. Se você souber de alguma coisa, isso não vai para o caixão com ele, Steve. Vai ficar em volta do seu pescoço até você se livrar do peso.

— Eu não sei de nada. — Deu uma gargalhada seca, que saiu junto com o rolo de fumaça do cigarro e a respiração quente no ar frio. — Não sei de bosta nenhuma.

— Se você estava lá naquela noite...

— Eu não sei com quem Andy estava transando, sargento — disse Pierce, com voz amarga, fazendo com que as pessoas que entravam na igreja virassem a cabeça para ele. — Só sei que não era comigo.

A corda continuava no seu pescoço. Seu rosto estava vermelho como o cabelo. Os olhos azuis se apertaram e se encheram de veneno e lágrimas. Ele jogou fora o cigarro e amassou-o com a ponta do sapato caro. — Agora, se me permite, eu sou um dos que vão carregar o caixão. Tenho de cuidar do corpo do meu amigo.

Kovac deixou-o passar e terminou seu cigarro, sabendo que muita gente acharia uma crueldade o que fez. Mas ele não pensava assim. Lembrou-se de Andy Fallon pendurado em uma viga. O que ele fez foi pela vítima. A vítima estava morta, não havia muitas coisas mais cruéis do que a morte.

Amassou o cigarro, pegou as duas guimbas e colocou-as em um vaso de planta perto da porta. Pelo vidro viu o caixão ser empurrado sobre rodas até o átrio de um hall lateral. Os que iam carregar o caixão receberam instruções de um homem da agência funerária.

Neil Fallon estava em um canto, lívido. Ace Wyatt pôs a mão no ombro do agente funerário e lhe disse alguma coisa baixinho. Gaines, o superassistente, andava por perto, pronto para puxar o saco de alguém.

— Vai entrar, sargento? Ou vai ficar olhando?

Kovac concentrou a atenção na figura delicada que apareceu a seu lado, de óculos. Era Amanda Savard, com seu ar de Veronica Lake. Óculos escuros glamourosos e echarpe de veludo em volta do pescoço. Não era uma sofisticação, pensou, era um disfarce. Duas coisas muito diferentes.

— Como vai a cabeça? — perguntou.

— Nada está me incomodando, a não ser o meu orgulho.

— É mesmo. O que é uma pequena concussão para uma mulher durona como você?

— Constrangedor. Eu gostaria que você mudasse de assunto.

Ele quase riu. — Você não me conhece, tenente.

— Não conheço mesmo — disse ela, segurando a maçaneta da porta com a mão enluvada. — Vamos deixar as coisas como estão.

Era o mesmo que içar uma bandeira vermelha. *Será que ela sabia?*, pensou Kovac. *E se sabia, qual era o seu jogo?*

Você e a tenente da corregedoria. É, Kovac.

— Eu não vou largar o osso — disse ele, fazendo-a olhar por trás do ombro. — É bom você saber disso.

Com um ar impenetrável, ela não fez comentário algum e entrou na igreja. Kovac seguiu-a. Louco por uma punição. O caixão e os acompanhantes do enterro seguiam pela nave. O organista tocava mais uma canção fúnebre.

Savard escolheu um banco nos fundos, em uma fileira vazia. Não tomou conhecimento de Kovac quando ele se sentou a seu lado. Não cantou os hinos que todos cantavam, não fez as orações em conjunto nem participou dos responsórios. Não tirou os óculos escuros, não abaixou a echarpe nem desabotoou o casaco. Como se estivesse oculta em um casulo, com camadas de roupa isolando-a dos pensamentos do mundo exterior. Enrolada nos seus próprios pensamentos sobre Andy Fallon.

Kovac observou-a com os cantos dos olhos, achando-se um idiota de brincar com o destino dessa forma, de instigá-la. Uma palavra da sua parte e ele seria suspenso. Por outro lado, não era uma má idéia parecer estar momentaneamente se entendendo com um membro da corregedoria. Não que alguém naquela multidão fosse se importar com isso.

Todos estavam pensativos, não apenas Amanda Savard. Ninguém prestava atenção ao padre, que não tinha conhecido Andy Fallon e só podia falar dele de informações dadas por alguém. Aliás, como na maioria dos enterros, não importava o que o sacerdote tinha para dizer. O que importava era o conjunto de lembranças na cabeça de cada um, os livros de recordações mentais e emocionais das experiências com aquele que não mais existia.

Kovac examinava as pessoas, imaginando quais delas escondiam lembranças de intimidades com Andy Fallon, lembranças de paixões partilhadas, de perversões partilhadas. Qual delas teria ajudado Andy Fallon a pôr a corda ao pescoço, depois entrado em pânico quando as coisas deram errado? Qual delas sabia a peça que faltava no quebra-cabeça do estado de espírito de Andy Fallon? Teria ele se matado mesmo?

Será que alguma delas realmente queria saber? O caso tinha sido encerrado. O padre fingia que a palavra *suicídio* nunca fora mencionada junto ao nome de Andy Fallon. Mais um pouco e Andy Fallon estaria debaixo da terra, seria uma memória distante.

Chegou o momento dos pronunciamentos. Neil Fallon remexeu-se no banco, olhando furtivamente de um lado para outro, como que para ver se alguém notava que ele não se levantava para falar no enterro do seu próprio irmão. Steve Pierce olhava para baixo, como se estivesse com dificuldade de respirar. Kovac sentiu uma pressão semelhante no peito enquanto esperava. Os psicólogos e psiquiatras chamavam essas situações carregadas de emoção de "estressantes de precipitação", gatilhos de ações, gatilhos de confissões, de testemunhos. Mas ali, em Minnesota, as pessoas falavam abertamente sobre suas emoções. O momento passou sem maiores dramas.

Savard levantou-se, tirou o casaco, e — ainda com os óculos escuros — foi andando com a elegância e a imponência de uma rainha para a frente da igreja. O padre deu-lhe lugar no atril para que ela se pronunciasse.

— Eu sou a tenente Amanda Savard — disse, num tom ao mesmo tempo calmo e autoritário. — Andy trabalhava para mim. Era um ótimo oficial, um investigador dedicado e talentoso e uma pessoa maravilhosa. Nós nos enriquecemos tendo convivido com ele, e nos empobrecemos com a sua morte prematura. Muito obrigada.

Simples. Eloqüente. Amanda voltou para o banco de cabeça baixa. Misteriosa. Kovac levantou-se e saiu para o lado, para deixá-la passar até o seu lugar. Todos olharam, provavelmente para Savard. Provavelmente imaginando como um sujeito como ele estava sentado ao lado de uma mulher como ela.

Kovac olhou para trás em silêncio, com um ar desafiador. Steve Pierce lançou-lhe um olhar rápido, depois se virou. Ace Wyatt levantou-se e ajeitou os punhos da camisa enquanto caminhava para o atril.

— Jesus Cristo. Será que alguém acredita nesse cara? Ele faz qualquer negócio para aparecer numa foto — disse baixinho, persignando-se, quando a mulher sentada duas fileiras à frente olhou-o de cara feia.

Savard levantou a sobrancelha para ele.

— Ele pularia de uma janela do décimo andar cantando o Hino Nacional se isso lhe desse publicidade.

Savard deu um risinho de lado. — O capitão Wyatt é meu conhecido há muito tempo.

Kovac estremeceu. — E eu tive de entrar logo nesse assunto, não é?

— De cabeça.

— É assim que eu faço com quase tudo. É por isso que estou desse jeito.

— Conheci Andy Fallon quando ele era menino — começou Wyatt, com todo o talento dramático de um ator de teatro. O fato de estar prestes a se tornar uma estrela da televisão nacional era a comprovação dos padrões em declínio do público televisivo americano. — Não conheci Andy Fallon intimamente na idade adulta, mas sei que era um homem de coragem, integridade e determinação. Sei disso porque tinha muito contato com seu pai, Mike Fallon de Ferro. Nós todos conhecemos Mike de Ferro. Nós todos respeitávamos esse homem e suas opiniões, e temíamos sua ira quando saíamos da linha. O melhor oficial de polícia que eu já conheci. E é com grande pesar que informo sobre o falecimento de Mike Fallon na noite passada.

Um suspiro geral pairou sobre a multidão. Savard remexeu-se no assento e empalideceu de súbito. Sua respiração acelerou-se.

— Desesperado com a morte do filho... — Wyatt continuou.

Kovac inclinou-se: — Você está bem, tenente?

— Desculpe — disse ela, ficando de pé abruptamente.

Kovac levantou-se para deixá-la passar, e ela quase empurrou-o contra o banco. Sua vontade era sair correndo pela nave, sair da igreja e continuar correndo. Mas se conteve. Ninguém olhou-a quando ela passou, pois a atenção coletiva voltava-se para o pronunciamento de Wyatt. Ninguém parecia ouvir os batimentos do seu coração nem o fluxo do sangue correndo pelas suas veias.

Amanda empurrou a porta de vidro que dava no átrio e dirigiu-se para o toalete feminino. À luz mortiça, o toalete era perfumado com um purificador de ar barato. A voz de Ace Wyatt continuava na sua cabeça, dando-lhe uma sensação de pânico. Percebeu que a voz vinha de um alto-falante pendurado na parede.

Tirou a echarpe e os óculos escuros, e quase chorou quando a haste dos óculos encostou no ferimento do rosto. Seus olhos se apertaram para evitar que as lágrimas descessem aos borbotões, e ficou tateando até encontrar a torneira. A água desceu com toda a força, espirrando na sua roupa. Mas isso não importava. Colocou as mãos em concha e lavou o rosto.

Sentiu-se tonta, com as pernas bambas. Segurou-se na pia de porcelana com uma das mãos e na parede com a outra. Tentou controlar as náuseas, pedindo a Deus para superar aquilo, ignorando seu conveniente assomo de fé em um poder supremo no qual ela deixara de crer há muito tempo.

— Por favor, por favor, por favor — repetia, com a cabeça quase dentro da pia. Na sua imaginação, via Andy Fallon olhando-a com ar de acusação e de raiva. Ele estava morto. E agora Mike Fallon.

Desesperado com a morte do filho...

— Tenente? — disse Kovac, do outro lado da porta. — Amanda? Você está aí? Está bem?

Savard tentou erguer o corpo e respirar fundo para falar com uma voz firme. Mas não conseguiu.

— Es... estou — disse, num tom muito fraco. — Estou bem. Obrigada.

A porta se abriu e Kovac entrou sem hesitação, ignorando as outras mulheres que poderiam estar lá dentro. Seu olhar era penetrante.

— Eu estou bem, sargento Kovac.

— É, dá para ver que está bem mesmo. Até melhor do que estava hoje de manhã, amparando-se na mesa. É muito freqüente essa sua necessidade urgente de tomar uma ducha toda vestida? — perguntou, olhando para o cabelo encharcado nos lados do rosto e para a roupa molhada de Amanda.

— Fiquei um pouco tonta — explicou ela, levando a mão à testa. Respirou pela boca e fechou os olhos por um instante.

Kovac pôs a mão no seu ombro e ela enrijeceu o corpo, dizendo a si mesma que devia se esquivar, dizendo a si mesma que não devia. Olhou para ele através do reflexo no espelho e viu preocupação naqueles olhos escuros.

Viu a si mesma e espantou-se com seu ar de vulnerabilidade naquele instante, um rosto pálido e cansado.

— Vamos, tenente — disse ele com carinho —, vamos procurar um médico.

— Não. Ela devia ter lhe dito para tirar as mãos do seu ombro, mas aquela mão era pesada, sólida, forte e confortante, embora não pudesse apoiar-se nela como queria e como precisava. Sentiu um arrepio. Não devia querer nem precisar de nada, pelo menos não daquele homem.

Olhou para o reflexo da mão no seu ombro. Grande, larga, de unhas curtas. Mãos de trabalhador, pensou, apesar de o trabalho de Kovac ser feito com a cabeça e não com as mãos. Seus dedos a apertaram por um instante.

— Bom, pelo menos vamos sair daqui — disse ele. — Esse maldito purificador de ar faz o estômago de qualquer um enjoar.

— Eu sei me cuidar — declarou Savard. — É verdade. Mesmo assim, obrigada.

— Vamos — disse ele de novo, virando-se para a porta e puxando-a. Anos de prática conduzindo bêbados, vítimas e pessoas em vários estados de choque tornavam essa tarefa fácil para ele. — Eu deixei seu casaco no hall.

Amanda desvencilhou-se da mão de Kovac, voltou até a pia para pegar os óculos escuros e colocou-os no rosto. A echarpe de veludo estava meio molhada, mesmo assim ela enrolou-a no pescoço e ajeitou-a com charme, observada por Kovac.

— Pensei que você só conhecesse Mike Fallon de nome — disse.

— Verdade. Mas é claro que eu tinha falado com ele antes. Sobre Andy.

— Mas sua reação à notícia da morte dele pareceu muito extremada.

— Eu já disse que tive uma tontura. O anúncio da morte de Mike Fallon não teve muito a ver com isso. É claro que foi uma tragédia...

— O mundo está cheio de tragédias, ouvi dizer.

— É.

Satisfeita com o efeito da echarpe, passou à frente de Kovac e seguiu no seu próprio passo. Sem mostrar fraqueza. Era tarde demais para isso.

Ele tinha deixado o casaco de Amanda em cima de uma mesa entulhada de folhetos. Ela começou a vesti-lo, mas sentiu tanta dor no pescoço e nas costas que teve de parar depois de enfiar a mão em uma das mangas. Kovac ajudou-a a vestir a outra manga, prendendo Amanda entre o corpo dele e a mesa.

— Estou vendo. Você está ótima. Podia ter vestido o casaco sozinha.

Savard deu um passo para o lado, passou por trás dele e dirigiu-se para o átrio. O órgão tinha recomeçado, e pairava no ar um cheiro agridoce de incenso.

— Não vou deixar você sair daqui de carro, tenente — disse Kovac, alcançando-a. — Se está tonta, não vai poder dirigir.

— Eu estou bem, já passou.

— Vou te dar uma carona. Estou indo para a delegacia.

— Eu vou para casa.

— Então te deixo em casa.

— É fora de mão para você.

Kovac abriu a porta para ela. — Tudo bem, ao longo do caminho eu terei oportunidade de te fazer umas perguntas.

— Meu Deus, você não pára nunca? — perguntou ela entre dentes.

— Não, nunca. Já disse que não largo o osso. Só depois de conseguir o que quero.

Cobriu-lhe a mão com a sua, e ela tentou desvencilhar-se, com o coração batendo forte e os olhos arregalados por trás dos óculos. — O que acha que está fazendo?

Kovac olhou-a por um segundo, lendo sabe Deus o que na sua expressão. Mesmo com a echarpe e os óculos ela sentiu-se nua na frente dele.

— As chaves.

Ao dizer isso, os músculos da mão dela relaxaram e ele pegou o chaveiro. Um grande erro tático. Ela não queria que Kovac a levasse em casa. Não queria que ele entrasse na sua casa. Não queria que ele participasse assim. Estava acostumada a uma posição de poder, mas, embora fosse superior a ele em termos hierárquicos, Kovac tinha mais tempo de serviço e mais experiência do que ela. Ao lembrar-se disso, sentiu-se sua subalterna, como se fosse uma meninazinha fingindo fazer um trabalho muito importante.

— Se tiver alguma pergunta a fazer, faça-a agora — disse ela, cruzando os braços. O vento estava cortante. A temperatura tinha caído muito enquanto estavam na igreja. O sol já se escondia no céu de inverno. — E depois devolva minhas chaves, sargento.

— Alguma vez Andy Fallon falou sobre o irmão?

— Não.

— Alguma vez mencionou estar saindo... ficando com alguém ou estar vivendo problemas particulares?

— Já te disse... a vida particular dele não é da minha conta. Por que você insiste nisso, sargento?

Kovac tentou fazer um ar inocente, mas em vão. Seu ar de cansaço dava-lhe um aspecto envelhecido para sua idade. — Eu sou pago para investigar — respondeu.

— Para investigar *crimes*. E não houve crime algum, que eu saiba.

— Mike Fallon ficou sem metade da cabeça. Quero ter certeza de que não foi ninguém que fez o trabalho por ele.

Savard olhou-o por trás dos óculos escuros. — Por que acha que alguém mataria Mike Fallon? O capitão Wyatt disse que ele tirou a própria vida.

— O capitão Wyatt falou prematuramente. A investigação está em andamento. O corpo ainda não tinha enrijecido quando eu saí da casa dele e vim para cá.

— Não faria sentido alguém matar Mike Fallon.

— Quem disse que as coisas têm de fazer sentido? A pessoa fica com raiva, perde a cabeça e pronto. Bum. Comete um crime. A pessoa tem um ressentimento durante muito tempo, fica de saco cheio e manda brasa. *Bang!*, e alguém morre. Eu vejo isso todo santo dia, tenente.

— O sr. Fallon estava mal de saúde. Tinha perdido o filho. Suponho que os sinais do cenário de morte indicaram suicídio. Não parece mais lógico que ele tenha enfiado uma bala na cabeça do que outra pessoa tenha feito isso?

— É claro. Mas um assassino esperto poderia pensar assim também.

— Deve haver poucos homicídios ultimamente — disse Savard —, já que um dos melhores detetives do departamento se detém tanto tempo em casos de suicídio.

— Quanto mais gente eu conheço envolvida com Andy e Mike Fallon, menos considero essas mortes como suicídios. Você conhecia Andy e diz que gostava dele. E quer que eu me afaste mesmo achando que há a possibilidade de outra pessoa ter colocado a corda no pescoço dele? Quer que eu vire as costas mesmo achando que talvez Mike não tenha enfiado o .38 na boca por conta própria? Que tipo de policial eu seria se fizesse isso?

As portas da igreja se abriram e todos começaram a sair, enrolados por casacos e apressando-se para chegar logo ao estacionamento, a fim de se protegerem do frio. Kovac avistou Steve Pierce e Jocelyn Daring. Ela tentando passar o braço no braço do noivo, e ele rejeitando-a. Logo depois veio Ace Wyatt com seu assecla. Parecia impermeável ao frio, com os ombros para trás e a cara de fora. O olhar que deu para Kovac mais parecia um míssil.

— Sam — disse, com a voz de seriado de televisão —, ouvi dizer que foi você quem encontrou o Mike. Meu Deus, que tragédia.

— A morte dele ou o fato de eu ter encontrado o corpo?

— Ambos, creio eu. Pobre Mike. Não agüentou o tranco. Acho que se sentiu tremendamente culpado pela morte de Andy, pelos problemas não resolvidos entre eles. Muito ruim...

Olhou para Savard e fez um gesto com a cabeça. — Amanda, que bom te ver, apesar da ocasião.

— Capitão. — Apesar dos óculos, Kovac pôde ver que ela olhava para além de Wyatt, não para ele. — Uma notícia terrível sobre Mike Fallon. Senti muito quando ouvi isso. Sei que vocês eram amigos.

— Pobre Mike — disse ele com voz grave, olhando para o lado. Fez um instante de silêncio, como que em sinal de respeito, e voltou a falar: — Estou vendo que você conhece o Sam.

— Melhor do que eu gostaria — disse ela, tirando as chaves da mão de Kovac. — Com licença, cavalheiros...

— Eu estava dizendo à tenente que achei estranho Mike parecer tão perturbado na noite passada por Andy ter se matado, dizer que suicídio era um pecado mortal e tudo o mais, e voltar para casa e dar um tiro na cabeça — disse Kovac, retendo Savard por mais algum tempo. — Não faz sentido, não é?

— Quem disse que as coisas têm de fazer sentido? — perguntou Savard com sarcasmo.

— Amanda tem razão — disse Wyatt. — Mike não estava no seu juízo perfeito, não é?

— Estava bastante coerente quando eu o vi — replicou Kovac. — E você, Ace? Foi você quem o levou para casa. Como ele estava quando vocês se despediram?

Gaines olhou o relógio. — Capitão...

Wyatt fez uma careta. — Eu sei, Gavin. A reunião com o pessoal de relações públicas.

— E perder a cerimônia do enterro? — perguntou Kovac. *Lá se vai uma boa foto.* Mas teve o bom senso de não dizer isso.

— O enterro foi adiado — informou Gaines. — Houve algum tipo de problema com os equipamentos.

— Ah! Dificuldade técnica FF — disse Kovac. — Um Frio de Foder para cavar o buraco. Desculpe a linguagem, tenente.

— Não há desculpa possível para você, sargento Kovac — disse ela secamente. — E aproveito a ocasião para me despedir.

Deu um adeus com a mão e foi saindo para o estacionamento coberto de neve. Kovac deixou-a ir, percebendo que tentar detê-la agora, com testemunhas à volta, seria ultrapassar uma linha da qual ele já se aproximara demais. Limitou-se a vê-la distanciar-se.

— Sam, você não pode estar falando sério quando diz que acha que Mike foi assassinado — disse Wyatt.

— Eu sou um policial de homicídios — disse Kovac, colocando o chapéu na cabeça. — Acho sempre que as pessoas foram assassinadas. É minha forma natural de pensar. Que horas eram quando você deixou Mike em casa?

Gaines interrompeu o papo. — Capitão, se o senhor quiser ir à reunião, eu cuido disso.

— Você também mastiga por ele e limpa o rabo dele? — perguntou Kovac, recebendo de volta um olhar frio.

— Você está atrasando o capitão para uma reunião importante, sargento Kovac — disse Gaines, colocando-se sutilmente entre os dois. — Eu estava com o sr. Fallon e o capitão na noite passada. Posso responder às suas perguntas tão bem quanto o capitão Wyatt.

— Não é preciso, Gavin — disse Wyatt. — Quando você voltar aqui com o carro, Sam e eu teremos terminado nossa conversa.

Kovac olhou-o com ar de superioridade. — É, mauricinho, vá correndo ligar o carro. Podemos conversar mais tarde, para você dar sua versão dos fatos. Vai querer que esse dia chegue logo.

Gaines não gostava de ser ridicularizado nem gostava de ser dispensado. Seus olhos azuis ficaram frios como o concreto do chão e fechou a cara. Mas atendeu às ordens de Wyatt e foi buscar o Lincoln Continental preto.

— Seu cão de guarda é muito elegante, Ace — disse Kovac.

— Gavin é meu braço direito. Ambicioso, dedicado e de uma lealdade a toda prova. Eu não estaria onde estou sem ele. Seu futuro é brilhante. Às vezes ele é dedicado em excesso, mas eu diria o mesmo de você, Sam. A não ser que esteja mal informado, e não estou, não houve nada na morte de Mike que sugerisse assassinato.

Kovac enfiou as mãos nos bolsos do casaco e suspirou. — Ele era um dos nossos, Ace. Mike era especial. Talvez a lenda fosse mais especial do que o homem, mais importante, mas mesmo assim... Acho que devo a ele uma boa investigação. Sabe o que eu quero dizer? Deve saber, considerando sua própria ligação com Mike.

— É difícil pensar que a porta está se fechando nesse capítulo das nossas vidas. Difícil acreditar que ele se foi — disse Wyatt com calma, olhando para o estacionamento ao ver a nuvem de vapor frio vinda do cano de descarga do Lincoln.

Wyatt devia estar muito aliviado, pensou Kovac. A noite do assassinato de Thorne, anos atrás, tinha sido um momento decisivo na vida de Ace Wyatt e Mike Fallon. Naquela noite a vida deles virou do avesso, mudou por completo, ligando-se para sempre ao momento em que Mike Fallon ficou aleijado e Ace Wyatt se tornou um herói. Com a morte de Mike, Wyatt viu-se livre do peso daquele fardo, sentindo-se ao mesmo tempo aliviado e confuso. Como poderia haver um Ace Wyatt sem Mike Fallon de contrapeso?

— Eram mais ou menos dez e meia quando deixamos Mike em casa — disse Wyatt. — Ele estava quieto, sofrendo muito. Eu não tinha idéia dos seus planos, senão teria tentado tirar isso da sua cabeça. — Deu um riso de lado quando o carro chegou. — Mas talvez continuar vivo fosse uma tragédia ainda maior. Ele sofreu durante muitos anos. Agora está tudo terminado. Deixe-o em paz, Sam.

Gaines saiu do carro e deu a volta para abrir a porta do carona. Wyatt entrou sem dar mais uma palavra, e o Lincoln sumiu em uma nuvem de vapor. O Cavaleiro Solitário e Tonto viajando ao cair da noite.

Kovac ficou mais um pouco ali, o último a ir embora dentre todos aqueles que vieram se despedir de Andy Fallon. Até mesmo o padre já tinha desaparecido.

— Cavaleiro Solitário — disse entre dentes, olhando para o estacionamento gelado, com as mãos nos bolsos e os ombros curvados para a frente por causa do vento.

18

— **Neil Fallon** é fichado na polícia.

Kovac estava tirando o casaco e parou de repente. — Que rapidez.

— Servimos bem para servir sempre — disse Elwood, examinando o cubículo.

Liska sentou-se na cadeira, com um ar matreiro iluminando-lhe o rosto. *Ela era incrível quando farejava um caso*, pensou. Parecia uma viciada. Sua empolgação era tão intensa que ficava a poucos passos do gozo sexual. Kovac não se lembrava de ter sentido algum dia tanto entusiasmo assim no trabalho, e o trabalho era o grande amor da sua vida. Talvez estivesse precisando de um tratamento hormonal.

— Segundo sua ficha, ele foi delinqüente juvenil; o arquivo é confidencial, é claro, mas eu fiz uma solicitação para dar uma olhada — disse Liska. — Fallon serviu o Exército durante sete anos. Solicitei também sua folha de serviço. No ano em que pediu baixa foi preso por agressão. Pediram de três a cinco anos. Cumpriu pena de dezoito meses.

— Como foi?

— Entrou numa briga num bar. Deixou o sujeito em coma durante uma semana.

— O mau gênio de Neil.

Kovac acabou de tirar o casaco e pendurou-o no cabide, pensando sobre aquilo. O escritório estava movimentado como sempre, em atividade constante. Telefones tocavam, alguém ria. Um marginal dos seus vinte anos, de cabelo oxigenado e espetado, calça abaixada quase mostrando o rego, era levado algemado para a sala de interrogatórios. Na época de Mike Fallon ele teria levado um chute no rabo só pela sua indumentária esquisita.

— E como conseguiu uma licença para servir bebida alcoólica, tendo sido acusado de delito grave? — perguntou Kovac, afundando-se na sua cadeira.

— Não conseguiu — respondeu Elwood.

— Aproxime-se, pelo amor de Deus — reclamou Kovac. — Estou ficando com o pescoço duro.

Liska riu e empurrou a cadeira dele com o bico da bota. — Você devia estar contente com essa sensação.

— Muito engraçado...

Elwood deu a volta no cubículo com um fax na mão. — A licença do bar foi emitida pela municipalidade de Excelsior em nome de Cheryl Brewster, que uns meses depois se tornou Cheryl Fallon.

— Ah, a esposa estranha — disse Kovac.

— A futura ex-esposa — corrigiu Liska. — Telefonei para a casa dela. É enfermeira. Trabalha no turno da noite em Fairview Ridgedale. Disse que está se divorciando, o que não lhe podia acontecer numa época mais conveniente. Bêbado, cruel e filho-da-puta foram os termos que ela empregou para se referir ao marido.

— Porra, e eu achei que ele era uma cara agradável — disse Kovac. — Então é a esposa que tem a licença do bar. O que vai acontecer quando ela cair fora?

— Ele vai se ferrar, só isso — disse Liska. — Eles podem vender o bar com a licença, se o novo proprietário for aprovado pelos regulamentos de Excelsior. Neil pode arranjar outro testa-de-ferro, mas isso ainda não aconteceu. Cheryl disse que ele quer comprar o resto do negócio e se esquecer da licença do bar, mas, ao que parece, também não tem grana para isso. Mesmo que tivesse, ela disse que ele não conseguiria sobreviver sem o bar, então...

— Eu perguntei se ela achava que ele tentaria arranjar dinheiro emprestado com a família. Ela riu e falou que Mike não daria um centavo para Neil e muito menos para ele comprar o negócio, apesar de ter bastante grana — continuou Liska.

— Isso é chamado "motivo" no linguajar dos detetives — disse Elwood.

— Será que ele comentou com Andy? — perguntou Kovac.

— Ele disse a Cheryl que ia ver se Andy queria investir, mas ela não sabe qual foi o resultado da conversa — disse Liska. — Podemos perguntar a Pierce. Imagino que ele deve ter aconselhado Andy em termos financeiros.

— Mas se Pierce soubesse que o irmão de Andy podia ter algo a ver com a morte dele, por que não disse nada? — perguntou Elwood.

Kovac meneou a cabeça. — Por que não abrir o jogo em vez de agir como se tivesse um peso nos ombros?

— Vamos checar as anotações dos depoimentos dos vizinhos de Fallon. Vamos ver quem não foi procurado e dar uns telefonemas. Talvez algum deles possa reconhecer um carro ou saber se Andy andava saindo com alguém. Elwood, você tem tempo para olhar o caderno de telefones dele e fazer contato com seus amigos?

— Deixa comigo.

— De todo jeito, nós teremos de fazer novas perguntas na vizinhança — disse Liska.

— Por quê?

— Na primeira vez, nossos dois homens eram Ogden e Rubel.

Kovac deu um suspiro. — Ótimo. Só falta isso. Ogden dizer aos outros que eles não viram nada.

— Se uma testemunha viu alguém além dele ou de Rubel, talvez Neil Fallon ou Pierce, até mesmo Ogden, com sua inteligência brilhante, saberia que tinha de nos informar — disse Liska.

— Nossa esperança é que os guardas não tenham visto esse alguém.

— Quem não viu quem? — perguntou Leonard, parando abruptamente ao lado deles.

Kovac fingiu estar procurando uma ficha na mesa, e cobriu as anotações que tinha feito a respeito da morte de Andy Fallon.

— O sujeito que deu a surra em Nixon — disse. — O capanga de Deene Combs. Nossa esperança é que o pessoal dele não tenha ameaçado alguém que saiba alguma coisa sobre isso.

— Você falou de novo com aquela mulher? Aquela que o motorista de táxi viu entrando no prédio quando aconteceu o crime?

— Cinco vezes.

— Fale com ela mais uma vez. Ela é a chave da questão. Nós sabemos que ela sabe algo.

— Não vai adiantar — disse Kovac —, ela vai levar esse segredo para o túmulo.

— Se Nixon não vai dedurar o sujeito, Chamiqua Jones não vai fazer isso por ele — comentou Liska.

Leonard franziu as sobrancelhas. — Fale com ela de novo. Vá ao trabalho dela. Hoje. Não quero que esses bandidos pensem que podem fazer por aí o que lhes der na cabeça.

Kovac olhou para Liska, que olhou para o chão. A opinião geral com relação ao assalto a Nixon é que Wyan Nixon tinha passado a perna no chefe, Deene Combs, em uma negociação boba de droga e levado uma surra do dito chefe como exemplo. Mas ninguém abria o bico, nem mesmo Nixon. O procurador do condado, que queria mostrar publicamente uma linha mais dura contra os traficantes de droga, tinha se empenhado para que o condado apresentasse queixa se Nixon não apresentasse. Mas sem uma testemunha não havia caso, e o motorista de táxi não tinha visto o bastante para fazer uma descrição detalhada do agressor.

— É um buraco negro — disse Kovac. — Ninguém vai testemunhar nada. De que adianta?

Leonard fechou a cara. — Mas é o seu trabalho, Kovac.

— Eu sei qual é o meu trabalho.

— Sabe? Ao que parece, você tem redefinido os parâmetros.

— Eu não sei do que você está falando.

— O caso Fallon está encerrado. Deixe isso pra lá.

— Você soube do Mike? — perguntou Kovac, pensando quem o teria dedurado para Leonard. Certamente Savard. Ela não queria que ele a importunasse, que ficasse muito por perto, ameaçando quebrar a segurança das paredes que ela própria levantara à sua volta. Wyatt não se importava porra nenhuma com o que ocorria no mundinho de Kovac. Só se importava com seus eventos de relações públicas.

Leonard ficou confuso. — Se eu soube que ele se matou?

— Eu não tenho certeza do que aconteceu.

— Ele enfiou uma bala na cabeça.

— É o que parece.

— Há controvérsias, tenente — disse Liska. — O posicionamento do corpo, por exemplo.

— Você está dizendo que o cenário foi preparado?

— Não preparado, mas um pouco conveniente demais. E ele não deixou nenhum bilhete.

— Isso não quer dizer nada. Muitos suicidas não deixam bilhetes.

— O filho mais velho dele tem uns problemas... e ficha na polícia.

— Quero investigar isso mais um pouco — disse Kovac. — Talvez Mike tenha estourado os miolos, mas e se não foi isso que aconteceu? Nós lhe devemos alguma investigação. Considerar de imediato que foi um suicídio é um caminho muito fácil.

— Vamos ver o que o IML tem a dizer — disse Leonard de má vontade, infeliz com a idéia de transformar uma conclusão lógica em uma investigação criminal, especialmente neste caso, com Wyatt e seus asseclas por perto. — Enquanto isso, vá ver Chamiqua Jones. Quero que o escritório da procuradoria do condado me deixe em paz com relação a Nixon.

— Prefiro enfiar uma porção de agulhas no meu corpo do que ir ao shopping na época do Natal.

Kovac olhou para Liska, por trás do volante do Caprice na hora do rush na 494. — Onde está seu espírito consumista?

— Morrendo de falta de oxigênio no fundo da minha conta bancária. Você tem idéia do que as crianças pedem de Natal hoje em dia?

— Armas semi-automáticas?

— R.J. me deu uma lista com mais de mil itens da loja de brinquedos Toys 'R' Us.

— Tente ver o lado bom das coisas, Fadinha! Ele não mandou a lista de dentro de um centro de detenção juvenil.

— Quem disse que a educação universitária de um filho custa um milhão de dólares não levou em conta o Natal.

Kovac mudou de faixa para se ver livre dos ziguezagues de um sujeito careca e de mãos largas que dirigia um Geo verde. Placa de Iowa.

— Aposto como são fazendeiros — resmungou. — Não sabem dirigir sem um campo de milho dos dois lados.

Atravessou duas faixas para chegar à saída desejada. Liska sempre reclamava quando ele estava dirigindo, mas dessa vez não disse nada; estava concentrada nos feriados que a deixavam oprimida.

Kovac lembrou-se do Natal em que sua primeira mulher foi embora de casa. Ele mandou presentes para a filha. Bichinhos de pelúcia. Uma boneca de pano. Merdas assim. Coisas que achou que uma menina gostaria. Mas as caixas dos presentes foram devolvidas intactas. Levou os embrulhos para um ponto de distribuição de brinquedos para crianças, depois bebeu até cair duro. Acabou entrando numa briga com um Papai Noel do Exército da Salvação no centro da cidade, e foi suspenso sem vencimentos por trinta dias.

— É o seu filho — disse Kovac. — Dê ao garoto uma coisa que ele realmente queira e pare de reclamar. É só dinheiro.

Liska olhou para ele.

— O que ele realmente quer? — perguntou, sentindo-se constrangido com o olhar dela.

— Quer que eu e Speed voltemos a viver juntos.

— Meu Deus. E há alguma possibilidade de isso acontecer?

Ela ficou em silêncio por algum tempo enquanto o carro subia a rampa do estacionamento do shopping. Kovac olhou para ela de novo.

— O inferno congelou? — perguntou ela em defesa. — Eu perdi essa notícia?

— Ele é um idiota.

— Eu não preciso que você me diga isso.

— Mas estou dizendo assim mesmo.

Kovac estacionou e guardou de cabeça o andar e o número da fileira onde tinha deixado o carro. Uma das 12.750 vagas do shopping. Era melhor não se perderem ali.

O América era um shopping gigantesco, elegante, um labirinto de quatro andares, com corredores largos, entupidos de gente frenética entrando e saindo das lojas. O maior shopping dos Estados Unidos — quinhentas lojas em um espaço comercial de cerca de duzentos e cinqüenta mil metros quadrados — e mesmo assim com número insuficiente de lojas para aqueles que procuravam o presente perfeito, que muitas vezes era devolvido dois dias depois do Natal. A natureza humana.

O barulho do parque de diversões do Snoopy no centro do shopping era constante; o ronco monótono da montanha-russa e a água que deslizava pelo escorrega, tudo pontilhado de gritos estridentes dos clientes. Um coro de colégio estava se reunindo em uma arquibancada montada na entrada da Macy's, meninos andando de um lado para outro, meninas olhando as vitrines da Lerner's e o diretor do colégio tentando juntá-los aos gritos, sem muito resultado.

Passaram pelo Centro de Imaginação da Lego, de três andares, com a Torre do Relógio Lego, de oito metros de altura, o imenso Dinossauro Lego, a Estação Espacial Lego, e um dirigível com 138.240 blocos pairando no ar.

Kovac virou na Old Navy e olhou uma vitrine com calças, camisetas e horríveis coletes acolchoados.

— Olhe essa merda.

— Roupas da década de 1970 — disse Liska. — Camisetas que parecem ter encolhido na máquina de lavar, mas que fazem sucesso.

— Achei tudo feio assim que olhei. Essas roupas me fazem lembrar os velhos tempos do colégio.

Mostrou sua credencial para uma vendedora com piercing no lábio, óculos de gatinho e cabelo avermelhado, que parecia ter sido cortado por uma criança de cinco anos com tesoura escolar. — Eu gostaria de falar com a gerente.

— Eu sou a gerente. É sobre o sujeito que se esconde atrás das araras para mostrar suas partes íntimas para as mulheres?

— Não.

— Vocês deviam fazer alguma coisa com ele.

— Vou colocá-lo na minha lista. Chamiqua Jones está trabalhando hoje?

— Está. — Os olhos da garota pareciam enormes por trás dos óculos. — O que ela fez? Pelo menos não andou mostrando o pênis para ninguém.

— Nós só queremos fazer-lhe algumas perguntas — disse Liska. — Ela não fez nada.

A garota Olhos de Gato pareceu um tanto cética, mas não fez nenhum comentário quando os levou para os provadores.

Chamiqua Jones tinha pouco mais de vinte anos, mas parecia ter pouco mais de quarenta, redonda como um tonel de cinqüenta litros e com um penteado que lembrava uma esponja de aço. Ficava de guarda na entrada dos provadores, vigiando os clientes e os gatunos de lojas.

— Por aquela porta ali, querida — disse para uma cliente, sacudindo a cabeça e dizendo para si mesma depois que a cliente passou: "Até parece que sua bunda gorda vai entrar nessa calça."

Olhou para Kovac e Liska, entrou num dos provadores e pegou várias calças jeans deixadas ali.

— Você de novo.

— Oi, Chamiqua.

— Eu não quero confusão aqui no trabalho, Kovac.

— Puxa, eu estava com saudade e é assim que sou recebido? Sinto que vamos nos tornar bons companheiros.

Jones não sorriu. — Você vai me encher o saco, isso sim.

— Ainda não tem nada a dizer sobre Nixon? — perguntou Liska.

— O presidente? Não. Nada. Eu não tinha nascido naquela época. Ouvi dizer que era um vigarista, mas eles todos são, não é?

— As testemunhas disseram que você presenciou o assalto, Chamiqua.

— Aquele motorista de táxi de cabelo esquisito? — perguntou ela, levando as calças jeans para uma mesa. — Ele está mentindo. Eu não presenciei nenhum assalto. Já disse isso.

— Não viu um homem pular em cima de Wyan Nixon e bater nele com uma barra de ferro?

— Não, moça. Tudo sobre Wyan Nixon é sempre *má* notícia. Especialmente para mim.

Dobrou as calças com movimentos rápidos e experientes. Suas mãos eram gorduchas, com dedos curtos e a pele esticada, fazendo lembrar balões de ar em forma de bichinhos. Ela lançou um olhar a uns seis metros de distância para um rapaz troncudo, com um boné elástico branco na cabeça como se fosse uma camisinha protegendo o crânio. Kovac nunca o tinha visto antes, mas não havia dúvida de que era um segurança musculoso, pesando perto de cem quilos. Devia ter dezesseis ou dezessete anos, mas não agia como adolescente. Estava perto de umas araras com coletes acolchoados para frio polar, virando-os sem olhar, concentrado na figura de Chamiqua Jones.

— Estou muito ocupada agora — disse ela, destrancando uma cabine com a chave de um chaveiro verde brilhante pendurado no pulso.

Kovac virou as costas para o cara musculoso. — Podemos te oferecer proteção, Chamiqua. O procurador do condado quer ver Deene Combs atrás das grades.

— Proteção? Para quê? Para eu me enfiar num ônibus e ficar vivendo em um hotel pulguento em Gary, Indiana? Vão me esconder? — Sacudiu a cabeça e voltou da mesa com outra pilha de roupas. — Sou uma pessoa decente, Kovac. Tenho dois empregos para poder criar três filhos ótimos. Quero viver para ver os três terminarem os estudos, muito obrigada. Wyan Nixon que cuide do seu próprio rabo preto. Eu cuido do meu.

— Se o procurador do condado for um filho-da-puta, pode te acusar de encobrir o crime — disse Liska, jogando verde. — Obstrução da justiça, falta de cooperação...

Jones estendeu-lhe as mãos e olhou para o Boné de Camisinha. — Então pode me algemar e me levar. Não tenho nada a dizer sobre Wyan Nixon nem Deene Combs. Eu não vi nada.

Kovac sacudiu a cabeça. — Hoje não. A gente se vê mais tarde, Chamiqua.

— Espero que não.

— Ninguém me quer hoje... — brincou Kovac.

Liska tirou um cartão de visitas e colocou-o em cima da pilha de roupas dobradas. — Se mudar de idéia, me procure.

Jones rasgou o cartão quando eles se afastaram.

— Ela não deixa de ter razão — disse Kovac, dando uma olhada para o Boné de Camisinha ao passar por ele.

— Está protegendo os filhos — disse Liska. — Eu faria o mesmo. Além do mais, não vai poder fazer nada contra Deene Combs. Você sabe que não foi ele próprio que deu a surra em Nixon. Ela pode entregar um cara fortão, que nem aquele ali, que tenha feito o serviço, e acabar sendo morta. E para quê? Há milhares de outros caras prontos para fazer o mesmo que ele fez.

— É. Vamos deixar isso de lado. Um bandido dá uma surra em outro bandido. É um bandido a menos nas ruas por algum tempo. Quem se importa? Ninguém se importa.

— Mas alguém tem de se importar — disse Liska. — Nós temos de nos importar.

Kovac olhou para ela. — Porque somos os que se interpõem entre a sociedade e a anarquia?

Liska fez uma careta. — Por favor. Porque nossa atuação conta muito para uma promoção. Que se dane a sociedade. Vou ter de pagar a faculdade dos meus filhos.

Kovac riu. — Fadinha, você nunca deixa de ver as coisas para proveito próprio.

— Alguém tem de evitar que você fique mal-humorado.

— Eu nunca estou mal-humorado.

— Você está sempre mal-humorado.

— Eu não sou mal-humorado, sou amargo — corrigiu ele, quando os dois passaram pelo Rainforest Café, com sons de trovões e chuva vindos do sistema de alto-falante e um dos papagaios da vitrine gritando como um garnisé. Todo mundo parava para ver a cena.

— Essa é a diferença. Mau humor é uma atitude passiva. Amargura é ativa. Ser mal-humorado é como ter um hobby.

— Todo mundo tem um hobby. O meu é uma busca mercenária de dinheiro fácil.

Liska parou na entrada de uma loja de eletrônicos ao ver um cartaz de corpo quase inteiro de Ace Wyatt, com o braço protetor em volta de uma caixa cheia de fitas de vídeo com o título *Pró-Ativo: Dicas de um Profissional da Polícia para Você Não se Tornar uma Vítima*. Colocou os óculos escuros e fez uma pose ao lado do cartaz.

— Que tal? Nós não ficamos bem juntos? — perguntou, rindo. — Você não acha que ele precisa de uma assistente jovem para ampliar sua área de ação? Eu usaria um biquíni se fosse preciso.

Kovac fechou a cara. — Por que não vai até o terceiro andar daqui e arranja um emprego no pub? Ou então pode rodar bolsinha na Hennepin Avenue.

— Eu sou mercenária, não prostituta. Existe uma diferença.

— Não existe não.

— Existe sim. A mercenária não usa a vagina.

— Meu Deus — disse Kovac, corando. — Você não fica constrangida com coisa alguma?

Liska riu. — Com o quê? Com a minha boca ou a minha busca aparentemente desavergonhada para chegar a uma promoção?

— Eu fui criado para não falar nessas.... coisas — disse ele, ainda mais vermelho, quando começaram a descer o corredor.

— Vaginas?

Kovac virou-se para ela, furioso, quando viu as pessoas que passavam olharem espantadas para os dois.

— Isso talvez explique por que você não tem uma à sua disposição — disse Liska. — Você precisa se abrir, Sam. Precisa fazer contato com seu lado feminino.

— Se eu fizesse contato com meu próprio lado feminino, não precisaria... de uma... à minha disposição.

— Bem pensado. E poderia ter seu próprio programa de televisão: Detetive de Homicídios Hermafrodita. Pense só no sucesso que seria. Você poderia acabar com seus ciúmes de Ace Wyatt.

— Eu não tenho ciúmes de Ace Wyatt.

— Até parece. E eu sou a Mamãe Noel.

— Você está encantada com o assessor dele. É isso que está querendo — disse Kovac.

Liska revirou os olhos. — Gaines? Por favor! Ele é gay.

— Gay ou enrustido?

— Dá no mesmo.

Kovac riu. — Fadinha, você é mulher demais para ele, de qualquer forma. Aquele sujeito é um bocó. E Ace Wyatt um idiota. Eles se merecem.

— É, todo esse serviço comunitário, ajudando as pessoas, trabalhando com as vítimas... Quanta besteira.

Kovac fechou a cara. — Toda essa publicidade, todas essas promoções, todo esse dinheiro de Hollywood. Ace Wyatt nunca fez nada que não beneficiasse Ace Wyatt.

— Ele salvou a vida de Mike Fallon.

— E se tornou uma lenda.

— É, tenho certeza de que isso foi premeditado.

Kovac fez uma careta.

— Tudo bem. Ele fez uma coisa decente e altruísta na vida — concordou quando eles empurraram as portas de saída e sentiram o ar frio da rua. — Mas isso não quer dizer que ele não seja um idiota.

— As pessoas são complexas.

— Isso sei eu — disse Kovac concordando. — Por isso é que eu detesto as pessoas. Com um psicopata, pelo menos a gente sabe onde está pisando.

19

O turno tinha mudado e Leonard já não estava mais lá quando eles chegaram ao escritório; portanto, não tiveram de falar do insucesso com Chamiqua Jones. Liska pensou e descartou a idéia de dar uns telefonemas. Tinha a impressão de que todos à sua volta a observariam e tentariam ouvir o que ela dizia, já que as perguntas que tinha a fazer referiam-se a outros policiais.

Ela sempre se considerou durona, capaz de fazer tudo que fosse preciso no trabalho, mas teria preferido qualquer outro tipo de caso que não esse, com exceção do assassinato de uma criança. Nada era pior do que trabalhar com um assassino de criança. Enquanto juntava suas coisas e saía do escritório, foi pensando que, se para ser promovida tivesse de passar pela corregedoria, ela tomaria outro caminho.

A caminhada até o maldito estacionamento foi fria, com o vento açoitando-lhe o rosto e as orelhas. O percurso de carro até sua casa não seria muito melhor. Liska não tinha tido tempo de marcar uma hora para trocar o vidro. Uma pena o vidro quebrado diminuir as chances de o carro ser roubado. Seu seguro pelo menos teria pago o valor de um carro substituto.

O mesmo atendente gordo estava na cabine. Ele a reconheceu e pôs a cabeça para dentro com medo de ser visto. Liska revirou os olhos e mexeu no cinto para sentir o peso do seu cassetete metálico. Tinha pensado em estacionar em outro lugar, mas, por fim, resolveu retornar à cena do crime. Voltaria para o carro, mas de olho vivo para um possível assaltante. Se tivesse sorte, controlaria o medo e faria uma prisão de uma só tacada, apesar de parecer pouco provável que seu homem misterioso ainda andasse por ali. A não ser que a tivesse escolhido especificamente como alvo.

Nada roubado. Nada mexido, a não ser sua correspondência...

Uma viatura tinha sido instruída para dar plantão no imenso labirinto de concreto naquele dia. A intenção da presença da polícia era assustar os marginais, que tinham o hábito de atravessar a rua para urinar nos cantos das rampas do estacionamento municipal e tentar abrir as portas dos carros em busca de algum trocado.

O Saturn estava estacionado em uma fileira quase vazia, virado para a frente. O saco plástico na janela continuava intacto. Ninguém tinha forçado nenhum dos outros carros. Liska passou pelo seu e foi examinar a área. Aquela rampa do estacionamento estava quieta, meio deserta. Voltou para o Saturn e entrou. Trancou as portas, ligou o motor e o aquecimento interno, e tirou o celular da bolsa. Discou o número do elemento de ligação com os oficiais gays e lésbicas, e enquanto chamava viu que a luz do painel de MOTOR estava acesa.

Droga de carro. Teria de pensar em arranjar outro. Talvez em janeiro, se as suas finanças sobrevivessem ao Natal. Talvez passasse para um utilitário esportivo. O espaço extra seria bom para acomodar os meninos com sua tralha de hóquei. Se conseguisse fazer com que Speed pagasse o que lhe devia...

— Alô?

— É David Dungen que está falando?

— Ele mesmo.

— David, aqui é a sargento Liska, da Homicídios. Se for possível, eu gostaria de lhe fazer umas perguntas.

Fez-se uma pausa. — A respeito de quê?

— Eric Curtis.

— Sobre o crime? Esse caso está encerrado.

— Eu sei disso. Estou examinando um ponto relacionado a isso.

— Já falou com a corregedoria?

— Você sabe como eles são. Não querem desfazer o laço bonito que deram, e não têm boa vontade para dar informações.

— Há uma razão para isso — disse Dungen. — Essas questões são delicadas. Não posso dar informações a qualquer um que me faça perguntas.

— Eu não sou qualquer um. Sou da Divisão de Homicídios. Não estou fazendo perguntas por uma curiosidade mórbida.

— Isso tem a ver com outro caso?

— Vou ser honesta com você, David. — É sempre bom usar o primeiro nome. Ele é meu colega. Pode me dizer alguma coisa. — É uma pescaria. Se eu conseguir alguma coisa, posso levar para o meu tenente...

Dungen calou-se por um instante, e finalmente falou: — Vou precisar do número do seu distintivo.

— Eu dou, mas não quero nada escrito sobre isso. Compreendeu?

Mais uma pausa. — Por quê?

— Porque alguém em breve vai arquivar isso, se é que você me entende. Estou averigüando umas coisas a respeito de Curtis porque alguém me pediu pessoalmente. Não sei o que poderá sair daí. Não posso ir a meu chefe com suspeitas e sentimentos estranhos. Preciso de uma coisa real.

Ele ficou calado durante tanto tempo que Liska achou que a ligação tinha caído.

— Qual é o seu número? — perguntou finalmente.

Liska respirou fundo, dando um suspiro de alívio. O cheiro do exaustor estava forte. Ela rasgou o plástico da janela, mas deixou o motor ligado. Estava frio demais para desligá-lo. Deu a Dungen o número do seu distintivo e seu telefone, e pediu a Deus que ele não ligasse para Leonard para confirmar.

— Tudo bem. Que informação você deseja?

— Eu sei que Curtis tinha se queixado na corregedoria de que estava sendo perseguido por alguém do trabalho. O que você sabe a respeito disso?

— Ele recebeu umas cartas ofensivas, no estilo bilhete de resgate, com letras cortadas de revistas. "Todos os bichas devem morrer. Por causa disso é que Deus inventou a AIDS." Esse tipo de coisa. As frases usuais do homófobo com má gramática e má escrita.

— Tinha de ser um policial — disse Liska secamente.

— Era um policial. Sem dúvida. Duas cartas foram colocadas no escaninho dele. Outra foi encontrada no carro, depois do seu plantão. O mensageiro quebrou o vidro da janela do carona para jogar a carta lá dentro.

Liska olhou para sua janela de plástico azul e sentiu um arrepio. — Curtis tinha idéia de quem era?

— Ele disse que não. Tinha terminado um relacionamento uns meses antes, mas jurou que não era do seu ex.

— E o ex trabalhava no departamento?

— Trabalhava, mas não era um homossexual assumido. Essa foi uma das razões de o caso deles terminar. Curtis queria que ele dissesse abertamente quem era.

— Curtis era homossexual assumido.

— É, mas muito discreto. Não desses militantes ardentes. Mas estava cansado de viver uma mentira. Queria que o mundo fosse um lugar onde as pessoas pudessem ser quem eram, sem medo de represálias. Por ironia, foi morto por um gay.

— Você sabe quem era o ex?

— Não. Sei que Curtis mudou seus companheiros de patrulha algumas vezes, mas isso não quer dizer necessariamente nada. Não suspeitava de nenhum dos colegas. De qualquer forma, isso não era da minha conta. Eu não sou um investigador. Minha obrigação era ouvir a queixa dele e agir como elemento de ligação com a corregedoria e o seu supervisor.

— Você se lembra dos nomes dos companheiros de patrulha dele?

— Ele estava patrulhando com um sujeito chamado Ben Engle na época. Quanto aos outros, não me lembro agora... Ele não se queixou de Engle. Ao que parece, os dois se davam muito bem.

— Quando Curtis foi encontrado morto, você achou que era o assassino quem mandava as cartas?

— Bem, é claro que esse foi meu primeiro medo. Foi terrível. Nós, isto é, os oficiais gays, todos tínhamos sofrido perseguição e preconceito de um grau ou de outro. Há muitos sujeitos aqui com pouco cérebro e pescoço grosso e vermelho. Todos esses levantadores de peso vieram à minha cabeça. Mas assassinato levaria tudo para um nível novo e muito feio. Era assustador pensar nisso. Mas não foi o que aconteceu, graças a Deus.

— Você acredita que Curtis foi assassinado por Renaldo Verma?

— Acredito. Você não?

— Muita gente não está convencida disso.

— Ah... — disse ele, como se tivesse se ligado naquela hora. — Você deve ter falado com Ken Ibsen.

Aquele nome não significava nada para Liska, mas imaginou que fosse o Homem da Parca Fosforescente. Dungen interpretou seu silêncio como uma resposta afirmativa.

— Nunca houve um teórico de conspiração melhor do que Oliver Stone — disse.

— Você acha que ele é bicha?

— Acho que ele é a Rainha do Teatro. Não consegue ficar no palco o tempo que deseja no clube em que trabalha. Já abriu processos por discriminação e assédio sexual. Conhecia Eric Curtis, ou diz que o conhecia, e isso lhe deu uma razão para fazer alegações no departamento. E agora vem falar com você porque a corregedoria se cansou de ouvir as teorias dele — acrescentou Dungen.

— Na verdade, ele me procurou porque o oficial da corregedoria com o qual estava trabalhando foi encontrado morto.

— Andy Fallon. É, isso foi muito mau.

— Você conhecia Fallon?

— Falei com ele a respeito da sua investigação. Mas não o conhecia pessoalmente.

— Ele era gay.

— Isso não é um clube, sargento. Nós não jogamos juntos — disse Dungen. — Suponho que o sr. Ibsen tenha encontrado uma forma de incorporar a morte de Fallon à sua teoria mais recente. É tudo parte de uma conspiração maior para encobrir a ameaça de AIDS no Departamento de Polícia.

— Curtis tinha AIDS?

— Ele era HIV positivo. Você não sabia disso?

— Eu sou nova no jogo. Ainda tenho de juntar alguns pauzinhos — disse Liska, com uma parte da cabeça reconfigurando o campo do jogo, levando em consideração essa nova bomba. — Era HIV positivo e mesmo assim fazia trabalho de rua?

— Ele não tinha contado para o seu supervisor. Contou primeiro para mim. Tinha medo de perder o emprego. Eu disse que isso não aconteceria.

O departamento não pode discriminar um oficial por um problema de saúde. Pelo menos é o que diz a lei. Curtis seria tirado do trabalho de rua e orientado para outro posto. Obviamente é um risco muito grande ter um oficial com HIV positivo nas ruas lidando com acidentes e feridos, situações em que o próprio oficial pode se ferir e correr o risco de infectar alguém.

— Na época em que Curtis estava sendo perseguido, quem mais sabia que ele era HIV positivo? Outros guardas sabiam?

— Tenho para mim que ele não contou a ninguém. Eu disse que ele tinha obrigação de avisar a todos com quem tivera contato íntimo. Mas não sei se ele fez isso. O assassino não sabia. Quem seria burro de matar um sujeito com HIV positivo com um bastão de beisebol?

A cena do crime passou pela cabeça de Liska. Sangue por todo lado, jorrando nas paredes, no teto, nas luminárias; espalhando-se à volta enquanto o assassino atacava Eric Curtis com o taco.

Quem se exporia a um contato com sangue contaminado?

Alguém que não conhecesse a transmissão da doença ou alguém que não se importasse. Alguém com arrogância suficiente para acreditar na sua própria imortalidade. Alguém que já estivesse infectado.

— Qual foi a última vez que Fallon conversou com você sobre o caso? — perguntou ela, esfregando o polegar na têmpora direita, onde uma dor de cabeça estava se instalando. Levantou o vidro da janela, achando que estava entrando mais fumaça do que oxigênio por ali. — Recentemente?

— Não. O caso estava encerrado. O sujeito fez um acordo. Por que tantas perguntas, sargento? — perguntou Dungen, desconfiado. — Pensei que Andy Fallon tivesse cometido suicídio.

— É — disse Liska. — Estou só tentando saber por quê, só isso. Obrigada por sua cooperação, David.

Um dos grandes truques de entrevistar as pessoas era saber quando parar. Liska desligou o telefone e pensou mais uma vez se aquilo acabaria chegando aos ouvidos de Leonard. Só essa mera idéia lhe deu náuseas. Ou talvez as náuseas tivessem sido provocadas pelo monóxido de carbono, pensou brincando. Sentiu-se um pouco tonta.

Desligou o motor e saiu do carro, respirou fundo o ar frio e encostou-se no Saturn.

— Sargento Liska.

A voz atravessou-a como se fosse uma lâmina. Liska virou-se abruptamente e viu Rubel a uns seis metros de distância. Ela não tinha ouvido o elevador nem passos na escada. Dava a impressão de que ele surgira ali como que por encanto.

— Fui até o seu escritório, mas você já tinha saído.

— Seu plantão já terminou há algum tempo, não é?

Ele veio andando em direção a ela com passos cada vez maiores. Mesmo sem os óculos espelhados parecia não ter expressão alguma. — Trabalho burocrático.

— E me encontrou aqui... como?

Ele mostrou um Ford Explorer preto em frente ao Saturn. — Coincidência.

Coincidência o cacete!, pensou Liska. De todas as vagas em todos os estacionamentos no centro de Minneapolis...

— Mundo pequeno — disse ela secamente. Encostou-se de novo no carro para ele não perceber que as suas pernas estavam bambas, e enfiou as mãos nos bolsos do casaco, enroscando os dedos no cabo do cassetete de metal.

— O que queria falar comigo? — perguntou Rubel, parando a mais ou menos um metro de distância. Um pouco mais perto do que ela gostaria, e ele provavelmente sabia disso.

— Ao que parece, seu companheiro Fedor não o informou. Por favor.

Rubel não disse nada.

— Você sabia que a corregedoria estava atrás de Ogden por ele ter destruído a evidência na investigação sobre Curtis...

— Isso já passou.

— Mas você atendeu o chamado de um crime na casa do investigador. De quem foi essa brilhante idéia?

— O chamado veio pelo rádio. Nós estávamos nas proximidades.

— Você atrai as coincidências regularmente.

— Nós não podíamos saber que o corpo era de Fallon.

— Mas você soube assim que chegou ao local. Devia ter tirado Ogden de lá. Parece que você tem a mania de livrar a cara dele. Por que não o levou embora assim que chegou à casa de Fallon?

Rubel olhou-a durante algum tempo. A cabeça de Liska latejava com os batimentos do seu pulso. As náuseas aumentaram.

— Se você suspeita de alguma impropriedade da nossa parte — disse finalmente —, por que não vai falar com a corregedoria sobre isso?

— É o que quer que eu faça?

— Você não vai falar porque o caso está encerrado. Fallon se matou.

— Isso não quer dizer que esteja tudo terminado. Não quer dizer que eu não vá falar com seu supervisor...

— Pode ir.

— Há quanto tempo você vem patrulhando com Ogden?

— Três meses.

— Com quem ele estava patrulhando antes?

— Com Larry Porter, que saiu do departamento. Foi trabalhar no Departamento de Polícia de Plymouth. Você podia ter perguntado tudo isso ao nosso supervisor. Se quisesse falar com ele...

Disse isso com certo ar de desprezo, como se soubesse que ela não faria isso, com medo de que a coisa chegasse aos ouvidos de Leonard.

— Estou tentando te dar uma chance, Rubel — disse ela, irritada. — Não quero inimizade com os guardas. Nós precisamos de vocês. Mas não queremos que vocês criem problema nas cenas dos crimes. Um caso pode ser desvendado ou não, dependendo da cena. E se descobrirem que alguém matou Andy Fallon? Você acha que um advogado de defesa não vai nos fazer de idiotas quando souber que Ogden estava por lá?

— Você já falou o que queria — disse Rubel com toda a calma. — Isso não vai acontecer de novo.

E foi andando para o seu carro.

— Seu companheiro é um babaca, Rubel. Se ele tem o tipo de problemas que eu acho que tem, seria melhor você cair fora disso.

Rubel olhou por cima do ombro. — Eu sei o que é melhor para mim, sargento. — Olhou para o carro dela e disse: — É bom você trocar o vidro dessa janela. Eu posso rebocá-lo por causa disso.

Liska só se acalmou quando ele entrou no carro. Estava arrepiada dos pés à cabeça. O Explorer começou a roncar, soltando fumaça pelo cano de descarga. Finalmente Rubel foi-se embora, deixando-a sozinha de novo.

Ela não sabia quem era mais perigoso: se Ogden com seus destampatórios ou Rubel com sua sinistra calma. Que dupla os dois faziam.

Respirando fundo pela primeira vez depois do susto que levou, afastou-se do Saturn e deu uma caminhada por ali, para ver se sacudia a estranha fraqueza nos músculos, braços e pernas. Olhou para o saco de lixo na janela do carro e pensou se estava sendo paranóica quando Rubel disse que aquele vidro tinha de ser trocado. Ele não teria de arrombar o carro para pegar seu endereço na correspondência que estava lá. Os policiais tinham várias formas de conseguir essas informações com a maior facilidade.

Então alguém poderia ter quebrado o vidro por outra razão. Por raiva. Para assustá-la. Para plantar alguma coisa que levantasse suspeita sobre alguém, como o bêbado que tinha tentado pular dentro do seu carro, caso viesse a ser cometido um crime contra ela. Nenhuma dessas opções servia.

Ao olhar melhor para a janela, viu uma coisa pendurada na traseira do Saturn. Devia ser um pedaço de neve suja grudada ali. Outra razão para ela detestar o inverno era a neve nojenta que se acumulava por trás dos pneus e endurecia como granito se não fosse retirada.

Mas quando foi atrás do carro para chutar aquela nojeira, percebeu que não era o que parecia. A coisa que ela tinha visto não estava pendurada atrás do pneu, e sim no cano de descarga.

As náuseas subiram-lhe pelo esôfago e ela dobrou o corpo. A dor nas têmporas intensificou-se. Tonta, teve de agarrar-se no porta-malas quando se agachou para tentar descobrir o que havia ali.

Um trapo branco imundo tinha sido enfiado no cano de descarga.

Seu corpo empapou-se de suor frio.

Para todos os efeitos, alguém tinha tentado matá-la.

O celular no seu bolso começou a tocar. Tremendo, Liska levantou-se, encostou-se no carro e atendeu o telefone.

— Liska, da Homicídios.

— Sargento Liska, nós precisamos nos encontrar.

A voz era familiar. Dessa vez ele tinha um nome: Ken Ibsen.

— Onde e quando?

20

— **Ei, Ruiva, eu** gostaria de fazer umas perguntas sobre asfixia auto-erótica.

Kate Conlan olhou para Kovac. *Rene Russo devia ser bonita assim nos seus melhores dias*, ele pensou. Kate pôs uma mecha de cabelo atrás da orelha e deu um sorriso forçado no canto da boca sexy.

— Obrigada por ter pensado em mim, Sam — disse ela, afastando-se da porta. — John e eu estávamos justamente falando sobre jogos sexuais bizarros.

— Me poupe disso.

— Você não tocou a campainha? Passe o casaco para cá.

Ele entrou no hall e esfregou os sapatos no capacho. — A casa está linda.

— Obrigada. Eu gosto de morar aqui no subúrbio. É bom ter espaço sobrando. E, além disso, ninguém tentou me matar, nem morri de uma doença horrível contraída no porão.

Referia-se à vantagem de não ter formigas devastadoras. *Aquelas irritantes assassinas em série.* A verdade era que ela própria quase se tornara uma vítima em vez de continuar a trabalhar como advogada das vítimas. Kovac tinha ido à cena do crime naquele dia, com John Quinn, e acabou intoxicado com a fumaça. Quinn acabou ficando com a garota.

A história da minha vida.

— Você é incrível, Ruiva.

— Entre no meu santuário — disse ela, levando-o para um amplo hall com chão de madeira envernizada e tapetes orientais vermelhos. Um enorme gato peludo desceu de cima de uma mesa no hall e segurou-se em Kovac quando ele passou.

— Ei, Thor.

O gato deu um miado estridente, pulou no chão e foi andando na frente pelo corredor com o imenso rabo esticado no ar.

Entraram em uma saleta com lambri de pinho-de-riga e paredes pintadas de um verde-escuro. Num canto das portas duplas que davam para fora, uma árvore de Natal. Um fogo crepitava numa lareira de pedra. Um filhote grande de labrador caramelo dormia em uma almofada ao lado da lareira. Thor, o gato, aproximou-se do cachorro e olhou-o com desconfiança e desdém.

Em um lado da sala havia um par de mesas idênticas, equipadas com computador, telefone e fax, e os habituais objetos de escritório. John Quinn estava sentado a uma delas, em frente aos monitores.

— Olhe quem o gato trouxe para cá — disse Kate.

Quinn tirou os óculos e riu. — Sam, que bom te ver.

— Não ache tanto assim — disse Kate secamente. — Sam quer falar sobre a vida sexual dele. Os prazeres das aventuras auto-eróticas.

Kovac corou. — Eu não estou *tão* desesperado assim.

Quinn aproximou-se e apertou-lhe a mão. Forte e atlético, parecia mais moço agora do que quando eles se conheceram no caso Cremator, há mais de um ano. Passava uma tranqüilidade que não tinha naquela época, e seus olhos escuros não demonstravam mais a angústia de então. Isso era aparentemente o que o amor e o contentamento podiam fazer com uma pessoa.

Depois de Cremator, Quinn saiu do FBI, onde era figura de proa. Muitos casos, muitas mortes, muito estresse haviam lhe tirado o couro. O birô tinha a fama de soltar seus melhores nomes na briga, e foi o que fizeram com Quinn — com seu assentimento. Mas quando Kate quase morreu nas mãos de um assassino ele acordou. Largou o birô e dedicou-se à consultoria e às aulas particulares — e a viver com Kate. Uma bela troca.

— Sente-se — disse, mostrando duas poltronas largas em frente à lareira. — Em que você está trabalhando, Sam?

— Em um aparente suicídio, que foi considerado acidente, mas pode ser outra coisa.

— O sujeito da corregedoria? — perguntou Kate, passando um copo de uísque para Kovac. Sentou-se na poltrona bem junto de Quinn e colocou os pés sobre a mesinha de centro.

— Ele mesmo.

— Foi encontrado pendurado em uma viga, não é? — perguntou Quinn. — Estava nu?

— Estava.

— Alguma evidência de atividade masturbatória?

— Não.

— Fantasia, modificação de comportamento, acorrentamento?

— Não, mas havia um espelho de corpo inteiro no quarto, onde ele podia ver seu reflexo — disse Kovac. — Alguém escreveu a palavra *Desculpe* no espelho com uma tinta escura.

Quinn franziu as sobrancelhas.

— Havia algum tipo de acolchoado protetor entre a corda e a garganta dele? — perguntou Kate. Ela própria tinha trabalhado no FBI no antigo Departamento de Ciências Comportamentais, em outra vida, como dizia.

— Não.

Kate ficou séria. Quinn levantou-se da poltrona e foi até uma estante de livros do outro lado da sala.

— A maioria dos praticantes da asfixia auto-erótica, os mais sofisticados e experientes, não se arrisca a ficar com uma marca de corda na garganta — disse Kate. — Como iriam explicar isso aos colegas de trabalho, à família e aos amigos?

Kovac meteu a mão no bolso do paletó. — Eu trouxe umas fotos.

Colocou as fotos na mesinha de centro e Kate olhou-as sem dizer nada, tomando seu gim-tônica.

— Vocês encontraram alguma fita de vídeo com temas sexuais? — perguntou Quinn, voltando para a poltrona com uns livros na mão e uma fita cassete.

— *Holiday Inn* — disse Kovac. — Suponho que se possa argumentar que isso é cheio de subliteratura homossexual latente ou alguma merda dessas.

— É um pouco mais sutil do que eu estava pensando — disse Quinn, ligando a televisão e colocando a fita no vídeo.

— Nenhuma pornografia... gay, hétero ou outra qualquer. A propósito, a vítima era gay, se é que isso importa.

— Não importa. Não há dados sugerindo que a parafilia seja um hobby mais praticado por gays do que por heterossexuais — disse Quinn. — Eu perguntei se foram encontradas fitas de vídeo porque muita gente dada a esse tipo de coisa se filma em vídeo para poder se divertir mais tarde.

Sentou-se na poltrona ao lado de Kate e apertou o controle remoto do vídeo. Kovac inclinou-se para a frente com os braços nas coxas e os olhos na tela, evitando olhar para a mão de Kate, colocada com naturalidade na barriga do marido.

O filme que apareceu na tela era sórdido, triste e patético. Rodado em casa, filmava a morte acidental de um homem. Um sujeito gorducho e careca, com o corpo muito peludo, com uma roupa sadomasoquista de couro preto. O cenário era ajeitado com cuidado, e foi checado o elaborado suporte da corda pendurada no que parecia ser uma garagem ou um depósito. O fundo era forrado com panos brancos e com dois manequins estrategicamente colocados de mulheres com roupas de estilo dominador. O homem passou três minutos prendendo um chicote de montaria na mão de uma das vítimas silenciosas. Tocava INXS ao fundo: "Need You Tonight".

Satisfeito com o cenário, foi até um espelho de corpo inteiro e fez sua própria representação, com diálogo e tudo. Proferiu sua própria punição, colocou uma máscara escura na cabeça e enrolou no pescoço uma echarpe de seda preta com várias voltas. Depois foi dançando do espelho até sua forca improvisada, acariciando-se e apresentando-se às manequins. Subiu num tamborete e colocou o laço ao pescoço. Tocou no pênis ereto e tirou um pé e depois o outro do tamborete.

Os dedos do pé quase tocavam o chão, uma posição que ele não poderia manter por muito tempo. O laço se apertou. Ele não tinha percebido ainda que corria perigo. Continuava a brincar com sua fantasia. Depois começou a se desequilibrar. Tentou colocar um pé no tamborete, que escorregou para trás. O laço apertou-lhe o pescoço quando ele tentou puxar o tamborete com o pé. Soltou o pênis para agarrar a corda de segurança, mas tinha se torcido para um lado ao tentar alcançar o tamborete e não conseguiu alcançá-la.

Então foi tarde demais. Bem rápido. Segundos, e sua dança se tornou um filme de horror.

— Viu como tudo pode dar errado depressa? — disse Quinn. — Uns segundos a mais, um pequeno erro de cálculo... e está tudo acabado.

— Meu Deus — disse Kovac. — Não devolva isso acidentalmente para a Blockbuster.

Sabia que o filme era da videoteca de Quinn. A especialidade dele era homicídio sexual.

Os três ficaram ali sentados, observando um homem morrer, como outras pessoas se sentariam para assistir a um vídeo de férias do amigo. Quando o sujeito parou de chutar e os braços se levantaram e caíram de lado pela última vez, Quinn tirou a fita. Do começo ao fim, o enforcamento tinha durado menos de quatro minutos.

— Nem sempre há toda essa cerimônia — disse Quinn. — Mas isso também não é algo raro. Não que essas coisas sejam *comuns*. Em uma estimativa grosseira, há provavelmente mil mortes auto-eróticas confirmadas neste país todo ano, sendo que talvez duas ou três vezes esse número sejam experiências erradas, pseudo-suicídios ou alguma outra coisa.

— Mas esses são só os que erram os cálculos e não escapam com vida, qualquer que seja a parafernália usada — disse Kate. — Não se pode saber quantos realmente praticam a parafilia e não se dão mal. Você não conheceu nenhum familiar ou amigo da vítima que tenha sugerido que ele estava envolvido nesse tipo de coisa?

— O irmão dele disse que os dois costumavam brincar de forca quando eram crianças. Brincadeira de caubói, de guerra, coisas assim. Sem perversão. Mas é estranho. Você já viu familiares envolvidos nisso juntos?

— Não há muita coisa que eu não tenha visto, Sam — respondeu Quinn. — Isso não, mas pode certamente acontecer. Eu nunca digo nunca, porque quando penso que não vou me chocar, alguém vem com uma coisa pior do que eu poderia imaginar. Que tal é o irmão dele?

— É um caipirão rude. Não consigo imaginar o cara fazendo sexo pervertido, mas posso estar enganado. Ele tinha muito ressentimento do irmão caçula.

— E os amigos dele? — perguntou Kate.

— Seu melhor amigo diz que Fallon não era pervertido, mas está escondendo algo.

— Quem é esse melhor amigo? — perguntou Kate.

— Um homem supostamente heterossexual, noivo de uma mulher proeminente. A vítima, como eu já disse, era gay. Tinha acabado de revelar isso para a família.

— Você acha que eles podiam ser parceiros? — perguntou Quinn.

— Acho que sim. Isso explicaria a palavra no espelho. As coisas deram errado, o amigo entrou em pânico...

Kate sacudiu a cabeça enquanto examinava as fotos. — Eu não vejo isso como um jogo. Reafirmo que ele teria tomado alguma precaução com o pescoço. Parece mais um suicídio.

— Então por que o espelho? — perguntou Quinn.

— Auto-humilhação.

Enquanto os dois discutiam os detalhes que Kovac tinha examinado várias vezes, ele começou a folhear os livros que Quinn tinha trazido: *DSM-IV*, *Psicologia anormal e a vida moderna*, *O manual da sexologia forense*, *Fatalidades auto-eróticas*. Leitura leve. Ele já tinha lido o capítulo "Modos de Morte" de *Investigação prática de homicídio*, que mostrava fotos e fotos de vários idiotas, mortos por alguma invenção elaborada de cordas, roldanas, mangueiras de aspirador de pó e sacos plásticos de lixo — uma parafernália preparada para orgasmos maiores e melhores. Gente rodeada de jogos sexuais bizarros e pornografia doentia. Gente vivendo em porões imundos sem nenhuma janela. Fracassados.

— Ele não parece se encaixar nesses exemplos — disse Kovac.

— Você nunca vê pessoas das famílias Rockefeller e Kennedy nesses livros — disse Kate. — O que não quer dizer que eles não sejam tão doentes ou piores ainda. Quer dizer apenas que são ricos.

Quinn concordou. — Segundo os estudos, esse comportamento ocorre em todas as camadas socioeconômicas. Mas você tem razão, Sam. O cenário não me parece típico. É arrumado demais. E a ausência da parafernália sexual... O cenário que estamos vendo não se encaixa. Há alguma razão para você achar que não foi suicídio?

— Motivos e suspeitos chegaram a meus ouvidos.

— Matar alguém por enforcamento é raro — disse Quinn. — E é muito difícil cair fora sem deixar vestígio. Algum ferimento de defesa nas mãos ou nos braços?

— Não.

— Contusões na cabeça?

— Não. Eu não tenho o relatório completo da autópsia, mas o médico não mencionou para Liska nenhum ferimento na cabeça — disse Kovac. — O exame toxicológico chegou. Ele tinha tomado um drinque e pílulas para dormir... não uma overdose, só duas pílulas.

— Está com cara de suicídio.

— Mas não há nenhum vidro de remédio em canto algum da sua casa. Se ele tinha uma receita, não mandou aviá-la na farmácia que sempre procurava nem foi prescrita pelo seu psiquiatra.

— Ele estava indo a um psiquiatra?

— Uma pequena depressão. Havia um vidro de Zoloft no armário de remédios. Eu conversei com o médico dele hoje à tarde.

— O médico disse que ele era propenso a suicídio? — perguntou Kate.

— Não, mas não ficou surpreso.

— Então você arranjou um autêntico crime insolúvel — disse Quinn.

— Infelizmente ninguém quer ouvir falar disso. O caso foi encerrado. Estou arriscando a porra do meu emprego por uma vítima que todo mundo quer enterrar. Ele estaria na cova agora se a temperatura não tivesse caído tanto.

Pegou as fotos, guardou-as no bolso do paletó e deu um sorriso amarelo para o casal. — Mas o que eu posso fazer com o resto do meu tempo? Não tenho vida própria ou coisa parecida.

— Recomendo que você viva a sua vida — disse Quinn piscando para Kate, que lhe deu um sorriso amoroso.

Kovac levantou-se. — Muito bem. Vou-me embora antes que vocês dois fiquem constrangidos.

— Acho que nós é que estamos constrangendo você, Sam — disse Kate, levantando-se da poltrona.

— Isso é verdade também.

Quinn e Kate foram levá-lo até a porta. Sua última imagem de antes de a porta se fechar foi a dos dois virando-se para entrar na linda casa, de braços dados. *E não adianta dizer que isso não lhe dava inveja*, pensou quando ligou o carro.

Kovac detestava admitir a idéia, gostaria de poder mentir para si próprio, mas a verdade é que foi meio apaixonado por Kate Conlan durante cinco anos e nunca deu um passo nesse sentido porque não teve coragem de tentar. Não arriscou nada, não perdeu nada. O que uma mulher como ela veria num homem como ele?

Nunca saberia a resposta. Enfrentar essa realidade deixou-o com uma sensação de vazio no fundo da alma. Não havia como escapar, sentado ali no escuro. Nunca tinha se sentido tão sozinho.

De repente, o rosto de Amanda Savard veio-lhe à cabeça. Linda, cansada, assombrada por alguma coisa que ele não imaginava qual fosse. Queria dizer a si mesmo que ela era apenas uma parte do quebra-cabeça, que esse era seu único interesse por ela. Mas não havia mentiras possíveis naquela noite. A verdade estava bem ali, sob a superfície. Ele desejava Amanda Savard.

A noite parecia mais perto da terra ali do que na cidade. A casa de Kate e Quinn localizava-se tecnicamente em Plymouth, mas ficava mais no campo do que no subúrbio. O percurso até lá era feito por uma estrada vicinal isolada. Havia um pequeno lago praticamente nos fundos da casa deles. Poucas luzes, pouco trânsito. Nenhuma distração que o impedisse de examinar de perto o que estava sentindo naquela noite, sentado ali no carro do lado da estrada.

Talvez houvesse uma vantagem, afinal, de ter um vizinho que iluminava o jardim como se fosse um hotel barato de Las Vegas.

21

Ken Ibsen não conseguia livrar-se da sensação de que alguém o estava observando, mas isso não era novidade. Desde o início dessa confusão, ele tinha a sensação de que um maléfico olho gigante pairava sobre a sua cabeça, seguindo todos os seus movimentos. E o pior de tudo era que ele não tinha contribuído em nada para isso. Esforçava-se para ser um cidadão consciente e um bom amigo, e o que recebeu em troca foi ridicularização e perseguição. Eric estava morto. O homem errado tinha sido preso por esse crime, e ninguém se importava que não fosse ele o culpado — aparentemente nem mesmo o preso. O mundo tinha enlouquecido por completo.

Andy Fallon foi a única pessoa que se interessou em saber a verdade do que acontecera com Eric, e agora ele também estava morto. Ken se considerava um homem de sorte por estar vivo. Talvez não fosse tão terrível pensarem que ele era um maluco com mania conspiratória.

Mas Liska parecia muito interessada na verdade.

E onde estava ela?

Tinha combinado encontrar-se com ele às dez e meia. Depois do seu primeiro programa. Ele teria de estar de volta ao palco às onze e meia. Olhou o relógio delicado que usava por cima da luva branca e deu um suspiro, deixando sair a fumaça do cigarro. Dez e cinqüenta e cinco. Era uma caminhada fria de cinco minutos até o clube, e ele teria de retocar o batom...

Antes tivesse dito para Liska encontrá-lo nos bastidores, mas não queria que outros ouvidos escutassem a conversa. E o estacionamento atrás do Boys Will Be Girls vivia cheio de encontros clandestinos, mesmo no frio. Ele não queria que Liska ouvisse o sujeito do carro vizinho sendo chupado enquanto tentava falar com ela sobre o ódio organizado contra os gays no Departamento de Polícia de Minneapolis. Credibilidade era uma coisa importante. Já era ruim o suficiente estar se encontrando com ela todo fantasiado.

Esperava que ela pudesse vê-lo através da maquiagem e da máscara, mas não era esse o problema das pessoas? Os julgamentos, em geral, baseavam-se nos valores convencionais e nos estereótipos. A maioria das pessoas daquele café, ao vê-lo vestido de mulher, diria que ele era um travesti ou transexual, termos comumente usados pelos heterossexuais. Mas ele não era nada disso. Todos tinham idéias preconcebidas sobre sua forma de andar, sua forma de falar, suas preferências, suas aversões, seus talentos. Algumas dessas idéias eram corretas, mas a maioria não.

Na verdade, ele era gay, com uma voz excepcional e talentosíssimo para a mímica. Um ator sério, com um trabalho ridículo porque pagavam bem. Gostava de jogar sinuca e vestir jeans. Tinha um cachorro Weimaraner, que não era vestido com roupinhas ridículas. Preferia carne a quiche, e não suportava a Bette Midler.

A maioria das pessoas é absolutamente estereotipada.

Ficou ali tomando seu café, com as pernas cruzadas, olhando para o homem mais velho que o observava do outro lado da sala. Só para chatear, mordeu o lábio e mandou um beijo para o coroa imbecil.

Não se sentia muito em evidência vestido como Marilyn Monroe, sentia-se protegido por baixo da peruca louro-platinada e por trás da maquiagem espessa de palco. Tinha voltado para o café pela porta de trás e sentado numa mesa de canto nos fundos, para que os outros clientes não o notassem. Não havia muita gente. Estava frio demais para sair à noite no meio da semana. Isso convinha ao plano de Ken — um local público com um público pequeno.

Agora só faltava Liska.

Tomou mais um pouco de café e ficou vigiando a porta.

* * *

Liska praguejou ao parar em outro sinal vermelho. Estava atrasada. Estava trêmula. Justamente naquela noite não tinha conseguido uma baby-sitter para ficar até mais tarde com os meninos. Passou uma hora e meia ao telefone, ligando para um bando de gente, ouvindo Kyle queixar-se de que ela tinha prometido ajudá-lo com o dever de matemática e R.J. expressar sua irritação espalhando seus heróis de plástico em cima da mesa e depois jogando tudo pelo chão.

Finalmente, resolveu telefonar para Speed. Com má vontade. Detestando a idéia. Não havia nada pior do que ter de depender abertamente dele para o que quer que fosse. Em especial quando se tratava dos meninos. Ela queria ser independente, *tinha* de ser independente, *era* independente. Mas sentia-se insuficiente, um fracasso, uma péssima mãe. Sentia que se as circunstâncias fossem opostas, Speed teria feito exatamente a mesma coisa, sem pestanejar. Não teria nem se dado ao trabalho de ligar para várias baby-sitters, nem se sentido insuficiente.

Teve a sensação de que uma bola enorme e quente lhe descia pela garganta e que as lágrimas lhe queimavam os olhos. Conseguira localizar Speed pelo celular na academia de ginástica, entre um bando de policiais, e ele se queixou porque teve de interromper seus exercícios. Liska não acreditou que ele tivesse interrompido os exercícios ou deixado de tomar sua ducha, pois levou um tempão para chegar à casa dela. Cretino. Agora ela estava atrasada.

O sinal abriu e Liska acelerou, ultrapassou um Cadillac e entrou na próxima direita às pressas. Não sabia quanto tempo Ibsen esperaria. Dramático como era, estava bancando o informante cauteloso, recusando-se a conversar com ela por telefone, insistindo em vê-la pessoalmente. Ela queria crer que ele tinha alguma coisa importante a lhe dizer. Mas como estava mal-humorada, tendia mais a crer que ele acabaria dizendo a mesma coisa que Dungen já havia dito, que ela estava arriscando sua carreira e provando que era uma grande idiota.

Mesmo assim, por baixo desse grande cinismo, acreditava que estava mexendo em uma verdadeira casa de marimbondos e não num caso morto, e que Ken Ibsen fazia parte disso. Se ele pudesse esperar mais cinco minutos, talvez ela descobrisse qual era o papel dele no drama.

* * *

Ela não viria, disse Ibsen para si mesmo várias vezes nos últimos dez minutos. Nesse meio-tempo, distraiu-se dobrando um guardanapo, desenhando sua própria caricatura fantasiado, escrevendo frases soltas.

Talvez Liska não acreditasse nele. Talvez tivesse falado com aquela víbora do David Dungen e ele a tivesse envenenado contra ele. Dungen, o traidor. Dungen, o marionete dos figurões do departamento. Ele não tinha nada a oferecer, a não ser um corpo quente de gay, disposto a ocupar o posto simbólico de elemento de ligação. O Departamento de Polícia de Minneapolis não se importava com os problemas dos seus oficiais gays.

É claro que Ken não sabia disso por experiência própria, mas mesmo assim tinha certeza de que era verdade. Eric aludira a isso várias vezes. O posto de elemento de ligação fora criado para fazer vista grossa para os problemas dos gays. Portanto, o departamento não se preocupou *realmente* com a perseguição que Eric sofreu. Portanto, escreveu Ken no guardanapo, sublinhando a palavra, o departamento devia ser considerado responsável em um processo criminal.

Mas a Corte não reconhecia o seu direito de entrar com uma ação. Ele não tinha parentesco sangüíneo com Eric Curtis. Os dois não tinham se casado — casamento entre o mesmo sexo era (inconstitucionalmente, no seu modo de pensar) contra a lei. Portanto, a Corte não o ouviria.

Os policiais de Neandertal podiam ameaçar as pessoas por suas preferências particulares, mas os indivíduos não podiam expressar seu amor... Não que ele e Eric estivessem apaixonados. Eles eram amigos. Bem... conhecidos, com potencial para serem amigos. Ninguém poderia saber o que eles se tornariam.

A campainha da entrada do café tocou e Ken olhou do seu lugar, esperançoso, mas não era Liska. O novo cliente era um sujeito mal-arrumado, com uma jaqueta surrada do Exército.

Ela não viria.

Onze e dezoito.

Apagou o cigarro, enfiou o guardanapo todo escrito no bolso do casaco longo de pele de leopardo falsa, e saiu pela porta dos fundos.

Não gostava de passar por aquelas vielas. Bêbados, drogados e marginais andavam por aquele labirinto de ruas escuras para evitar os guardas. E ele estava caminhando ali por essa mesma razão. Tinha sido incomodado pela polícia mais de uma vez por descer a rua com aquelas vestimentas. Como se qualquer puta comum pudesse fazer o tipo de trabalho que ele fazia. Idiotas! É claro que, para eles, qualquer homem com peruca loura e vestido era uma prostituta. Além disso, ele não era exatamente benquisto entre os colegas da polícia em razão da sua diligente busca da verdade com relação à morte de Eric.

Estava muito escuro e amedrontador naquela viela. Os prédios criavam uma sinistra garganta de concreto. A escuridão era quebrada de forma intermitente pelas lâmpadas mortiças nas portas dos fundos dos vários negócios escusos da área. Toda lata de lixo, toda caixa vazia era um esconderijo em potencial para um predador ou um roedor.

Como se os seus pensamentos tivessem evocado o próprio diabo, uma figura surgiu de repente junto a uma lata de lixo a uns dez metros de distância. A ponta de um cigarro aceso brilhava, um olho do mal na escuridão.

Ken escorregou no chão coberto de gelo e teve de apoiar-se na lateral de um prédio. Xingou quando sentiu que uma das suas unhas postiças caiu. Teria de se apresentar de luvas no próximo número. Não teria tempo para retocar as unhas. Maldita Liska.

A figura no fundo da viela não se mexeu. Estava junto a um salão de tatuagem. O tipo de lugar onde os clientes pegavam AIDS e hepatite das agulhas sujas.

Ken enfiou a mão no bolso do casaco para pegar o spray paralisante e continuou andando, mantendo-se do outro lado da calçada, o mais distante possível da figura ameaçadora.

Prendia a respiração a cada passo. Ele corria todo dia para manter uma boa forma e andava melhor de salto alto do que muitas mulheres, mas não queria tentar correr com aqueles sapatos.

Sentiu o olhar do espectro sobre ele. Esperou que os olhos ficassem vermelhos, como os de um lobo.

Chegou perto da porta do salão de tatuagem, pronto para entrar, segurando a lata de spray paralisante com a mão suada, apesar de todo o frio. Seu coração parecia pular no peito por trás dos seios postiços.

Meu Deus, ele não queria morrer com aquelas roupas! Na sua cabeça via as fotografias da cena do crime sendo passadas de mão em mão. Ken morto. Uma gargalhada rouca seguiu-o quando ele escorregou e derrapou. Caiu em cima do tornozelo direito, esparramando-se no chão de forma cômica. Sentiu uma dor incrível, como se estivesse sendo martelado nos joelhos, no cotovelo, no quadril e no queixo. Soltou um grito desesperado e fraco, abafado pelos tijolos e pelo concreto.

Tentou levantar-se, agarrando-se em qualquer coisa que lhe servisse de apoio. Segurou num latão de lixo e conseguiu ficar de pé, ainda escorregando e sem firmeza. As meias de náilon estavam rasgadas, deixando passar o frio e a umidade da noite. Ouviu as costuras se abrirem quando as pernas se esparramaram e esticaram as costuras do vestido.

Levantou a cabeça para olhar para trás. Ainda rindo, o espectro virou-se e entrou no salão de tatuagem. *Idiota.*

Ken encostou-se no latão de lixo, respirando com dificuldade, sentindo o ar seco descendo pela sua garganta.

Maldita Liska. Pensou em lhe mandar a conta da tinturaria.

Mancando, desceu a viela de novo. Um sapato tinha perdido o salto, e seu tornozelo estava torcido. Pôs a mão na boca e no queixo, e a luva branca ficou toda suja e manchada de sangue. Porra! Se precisasse levar pontos, seu patrão teria um ataque de nervos. Os dois quarteirões adiante pareciam muito mais longos do que no início da noite. E com os consertos que ele teria de fazer, não haveria como se apresentar no palco para o último número.

O final da viela estava perto. Não havia trânsito do lado da rua. Um único carro preto estava estacionado junto à calçada próxima. Dava para ver o porta-malas e nada mais. Ele estava distraído, mas, ao perceber uma figura masculina escura e grande na entrada da viela, teve uma premonição instantânea.

Eu vou morrer esta noite.

O porta-malas do carro se abriu e a luz iluminou um rosto com uma máscara escura de esqui. O homem enfiou a mão na mala e pegou uma barra de ferro.

Ken Ibsen parou e ficou imóvel, uma situação ao mesmo tempo real e surreal. Depois, virou-se lentamente, pensando em voltar por onde tinha vindo. Seria o melhor a fazer. Dos males, o menor. Mas não havia como voltar. E não havia mal menor. Outra figura escura e sem rosto bloqueou-lhe a passagem. Uma silhueta gigantesca com uma coisa na mão.

Ibsen viu o mal emanar deles quando se aproximaram, vindos dos dois lados. O medo atingiu-o como um raio; ele gritou e tirou o spray paralisante do bolso, tentando apertar o botão da tampa. O agressor com a barra de ferro fez um movimento rápido e o braço de Ken caiu para o lado, quebrado e inútil. A lata de spray espatifou-se no chão.

Pensou em correr, mas a barra de ferro atingiu-o no joelho, quebrando o osso como se fosse um bloco de gelo.

Pensou em gritar, mas sentiu o queixo esmigalhar-se e os dentes voarem-lhe da boca como chicletes.

Então pensou: *Eu não quero morrer com essas roupas*, e tudo ficou escuro.

Liska parou o Saturn junto da calçada, em uma área de estacionamento proibido, a meio quarteirão do café onde Ibsen marcara o encontro. Estava atrasada. O maldito Speed levou muito tempo para chegar.

Os poucos clientes sentavam-se em grupos de dois e de três, espalhados o máximo possível uns dos outros, entretidos nas suas próprias conversas. Ninguém notou quando ela entrou. Foi direto para o bar, onde o único empregado à vista estava distraído, lendo um livro didático, grosso como as *Páginas Amarelas*.

— O que está estudando? — perguntou, tirando sua credencial da bolsa.

O barman olhou-a através de uns óculos da moda. Seus olhos eram castanhos e expressivos, e o rosto fino e elegante parecia uma dessas pinturas de Jesus Cristo. — Estou aprendendo que o meu pai gasta muito dinheiro com a minha educação para eu aprender a fazer *cappuccino* — respondeu, olhando a credencial dela. — Você veio me prender por eu estar personificando um estudante de medicina?

— Não. Vim me encontrar com uma pessoa aqui. Um homem baixo, magro, de cabelo louro-platinado.

O estudante de medicina sacudiu a cabeça. — Não vi ninguém assim. Vi só um travesti com roupa de Marilyn Monroe. Ele parecia estar esperando alguém, mas acabou saindo. Espero que não seja um encontro marcado com um estranho.

— Não. Há quanto tempo Marilyn Monroe saiu?

— Há dez ou quinze minutos. Saiu pelos fundos. Ele trabalha no Boys Will Be Girls. Às vezes aparece aqui, entre um espetáculo e outro. Senão eu não saberia nada sobre isso — acrescentou depressa.

— Um travesti — disse Liska para si mesma, virando-se. — A noite está ficando cada vez melhor.

Seu grande informante andava vestido de Marilyn Monroe. Pregadores e banqueiros raramente eram informantes de crimes, lembrou. A não ser que fossem pervertidos ou ladrões, sem que ninguém soubesse.

E sua mãe ainda lhe perguntava por que ela não saía mais com rapazes.

Foi até o corredor, passou pelos banheiros e dirigiu-se para a porta dos fundos do café. O estudante de medicina seguiu-a como um cachorrinho.

— Você conhece alguém no necrotério público? — perguntou. — Porque do jeito que as coisas estão, penso que patologia seria a melhor especialidade para mim.

— É claro que conheço gente lá — respondeu Liska. — Não é um mau trabalho se você agüentar o cheiro.

Empurrou a porta e olhou para fora. A viela era escura, úmida e imunda. *Devia haver ratos e órfãos esfarrapados para completar o quadro*, pensou. Nesse momento, notou um mendigo em cima de alguma coisa, a uns dez metros de distância. Ele estava iluminado por uma luz vinda da porta dos fundos de algum outro prédio. Levou um susto e olhou para ela, como se fosse um coiote apanhado revirando o lixo — pensando em correr, mas sem querer largar o tesouro. O mendigo mexeu-se o suficiente para que a luz mortiça incidisse sobre o seu achado, e os detalhes da cena começaram a se registrar na cabeça de Liska: um sapato de mulher, uma perna de fora, cabelo louro.

— Ei, você aí! — gritou, puxando a arma e correndo para perto do latão de lixo para se proteger. — Polícia! Afaste-se do corpo!

— Ligue para o 190! — disse para o estudante de medicina. — Peça um policial e uma ambulância. Diga a eles que houve um assalto. Depressa.

O coiote correu. Liska reagiu imediatamente, correndo, gritando, de arma na mão, imaginando se ele tinha uma arma, se iria virar-se para atirar nela. O homem tropeçou e caiu, perdendo segundos preciosos para se pôr de pé de novo. Ela atirou-se em cima dele, jogou-o no chão e colocou o joelho nas suas costas; agarrou-o pela gola do casaco e pelo cabelo seboso com a mão esquerda e com a direita apontou a arma.

— Você está preso, seu filho-da-puta! Parado!

— Eu não fiz nada!

O cheiro de uísque barato e de diarréia emanou do seu corpo. Ele tentou se erguer, mas Liska lhe deu uma coronhada forte na cabeça. — Eu disse para não se mexer!

— Mas eu não fiz nada!

— Se eu ganhasse um dólar para cada idiota que dissesse isso, teria hoje uma mansão e um mordomo chamado Raul.

— Pergunte ao Beano! Eu estava com uns outros caras!

— Cala a boca!

Outros caras.

Olhou por cima do seu ombro para a vítima. Não conseguiu ver direito suas feições nem podia dizer se ela estava respirando. Algemou as mãos de "coiote" por trás das costas.

— Fique aqui. Não se levante. Não se mexa!

— Mas eu não fiz nada! — insistiu ele.

— Se disser isso de novo eu te dou um tiro! *Cala a boca!*

O homem começou a chorar quando ela se virou para examinar a vítima.

— Moça, você está bem? — perguntou Liska. Uma pergunta idiota feita simplesmente para extrair uma resposta. Um gemido, um soluço, qualquer coisa.

Agachou-se ao lado do corpo e revirou o cabelo louro-platinado emaranhado para tentar sentir-lhe a pulsação na garganta. De início pensou que estava vendo a parte posterior do crânio — uma pasta ensangüentada com ossos achatados, sem feições. Depois ouviu um som horrível, uma respiração rasa e estremecida da vítima, e viu bolhas de sangue vindas do que devia ter sido uma boca.

— Ó meu Deus — disse baixinho, segurando o pulso fraco com as pontas dos dedos trêmulos. Com a outra mão pôs o cabelo da vítima para trás, com cuidado. Era uma peruca, que facilmente saiu, deixando ver o cabelo curto platinado cheio de sangue pingando de uma fratura no crânio. Ken Ibsen.

Ele estava ali no chão como uma boneca de trapo descartada, os membros dobrados em ângulos esquisitos. Em uma das mãos apertava um pedaço de papel — um guardanapo. Liska tirou-o dos dedos retorcidos e segurou-o a fim de ver se conseguia ler alguma coisa naquela luz mortiça. Uns rabiscos. Provavelmente o que tinha feito enquanto esperava que ela aparecesse. Palavras soltas e uns desenhos. Uma frase chamou a sua atenção: *morte injusta.*

O estudante de medicina apareceu, arfando. — Eles já estão vindo.

Assim que disse isso, ouviu-se uma sirene não muito longe.

— Eu trouxe uma lanterna — disse, dirigindo a luz para o rosto da vítima.

A lanterna caiu no chão e balançou. O estudante virou-se e vomitou, e começou a reconsiderar se medicina seria uma boa carreira mesmo.

22

Ela sentiu que ele estava atrás dela antes de se virar. Essa percepção subiu-lhe à cabeça como uma onda, instalando-se no fundo da garganta, ameaçando sair da sua boca em um grito. O medo enrijeceu-lhe os músculos das costas, fazendo com que ela tivesse dificuldade de se virar. Como se estivesse em uma camisa-de-força.

Ele estava na sombra da sala de visitas, e o luar que atravessava as janelas tornava sua forma mais clara, mas mesmo assim ela não conseguia ver suas feições. Ele não falou. Não se mexeu enquanto era observado. Será que achava que poderia se tornar invisível com aquela imobilidade? Ela achava isso quando era criança: *Se eu puder ficar imóvel, ninguém vai me ver.*

Por outro lado, imaginou que se fingisse que não o via, talvez ele desaparecesse.

Foi andando, tentando não se apressar, e entrou na sala de jantar. Não ouviu nenhum passo. Teria ouvido os sapatos dele no assoalho de madeira, mas não ouviu nada. Porém, quando olhou por cima do ombro, lá estava ele. Na sombra do hall, olhando para a sala.

Prendeu a respiração e teve a sensação de que alguém a estava estrangulando. Depois percebeu, em pânico, que *estava* mesmo. As mãos grandes apertaram sua garganta por trás, os dedos pressionavam os pequenos ossos vitais. Ela agarrou as mãos do homem e tentou se libertar. Ele puxou-a para trás e tentou empurrá-la para o chão. A adrenalina tomou conta do seu corpo, e ela livrou-se das garras dele de repente, fazendo entrar ar nos seus pulmões. Saiu correndo, olhando por trás do ombro, e o viu claramente: Andy Fallon, com o rosto roxo e inchado, os olhos opacos e a língua pendurada.

Então acordou. Tinha pulado do sofá, e voltou à consciência quando seus pés bateram no chão. Cambaleou e caiu por cima do baú que servia de mesa de centro. Pôs a mão na garganta, arranhando-se quando seus dedos tentaram abrir o zíper da gola alta do suéter. O suéter de algodão macio que tinha colocado para se sentir protegida e segura estava empapado de suor.

Lágrimas rolaram-lhe pelo rosto quando percebeu o que tinha acontecido, quando pensou quantas vezes tinha passado por isso, e se isso nunca teria fim. Caiu de joelhos no chão e levou as mãos ao rosto, respirando com dificuldade à medida que tocava nos pontos atingidos.

Estava esgotada. Em termos físicos, mentais e emocionais. Cansada de não conseguir dormir, cansada do estresse, cansada dos pesadelos e cansada de sentir-se culpada. Meu Deus, quanta coisa.

Por um instante, imaginou que seria bom ter alguém para ajudá-la a carregar seu fardo na vida. Uma fantasia boba. Ela era destinada a viver sozinha, quisesse ou não. Esse era o problema: o destino não perguntava sua opinião, não considerava o que você podia querer ou precisar. Então deixou-se ficar ali durante a noite, tremendo de tensão e do suor que esfriava sua pele. Tentou não chorar já que não adiantava. Chorar era uma perda de energia que ela não podia se dar ao luxo — uma das poucas coisas que seu pai lhe ensinara.

Fechou os olhos e começou a fazer exercícios respiratórios para desacelerar os batimentos cardíacos e acalmar os nervos. De repente, veio à sua lembrança uma mão forte no seu ombro, uma força sólida a seu lado. Viu os olhos escuros de Sam Kovac olhando-a pelo espelho no toalete feminino. Podia sentir sua preocupação, ouvir essa preocupação no seu tom de voz. Por um segundo imaginou o que poderia ter acontecido se tivesse se virado e encostado a cabeça no seu ombro, e deixado que ele a abraçasse.

Kovac era uma rocha, uma âncora. Parecia tão sólido que ela duvidava que alguma coisa pudesse derrubá-lo. Não que quisesse descobrir isso. Ele era o último homem que ela permitiria que a visse por dentro e que tentasse domar as serpentes da sua cabeça. Seu destino era lutar contra as serpentes sozinha, e lutaria. Vinha fazendo isso há muito tempo. É que naquela noite... naquela noite sentiu-se muito cansada, e muito sozinha...

Deu um suspiro e forçou-se a se levantar. Fez a revista obrigatória nos quartos do andar de baixo, percorrendo a silenciosa casa como um zumbi, sem ver realmente nada, ligeiramente consciente de que estava procurando alguma coisa que não podia ser vista. Terminou a busca na sala de estar, olhando durante muito tempo as fotos nas paredes que tinha tirado ao longo dos anos. Fotos em preto e branco, paisagens e naturezas-mortas. Lindas, vazias, tristes e perfeitas. Uma projeção do ego da fotógrafa, diria um terapeuta.

O tempo passou sem ser notado. Ela não sabia dizer se estava ali há cinco minutos ou há uma hora quando a campainha tocou. O som assustou-a tanto que ficou na dúvida se tinha voltado ao local dos sonhos e estava agora tentando sair deles, ou se aquilo fazia parte do próximo pesadelo e ela não estava realmente acordada.

A campainha tocou de novo. Seu coração batia forte quando ela foi até a porta para olhar pelo olho mágico. Era Kovac. Sem ter certeza se a imagem dele era real ou fruto da sua imaginação, abriu a porta.

— As luzes estavam acesas — disse ele, para explicar por que estava ali.

Savard olhou para ele.

— Supus que você estivesse acordada. Suposição certa?

Ela mexeu no cabelo para esconder o machucado em volta do olho, mas parou. Olhou para baixo para ver se estava vestida. — Eu... caí no sono no sofá.

— Sinto muito, então, se te acordei.

— O que você deseja, sargento?

Ele mudou o peso do corpo de um pé para outro, com as mãos dentro dos bolsos e os ombros caídos. — Sair desse frio seria um bom começo.

Protegendo-se do frio da noite, Savard voltou para o hall e ele a seguiu. Observou seu reflexo no espelho acima da mesa de entrada e ficou impressionada. Olheiras escuras, pele pálida, cabelo despenteado. Parecia acabada e perdida. Perseguida. Preferia que ele a *tivesse* apanhado nua, pois assim não estaria prestando tanta atenção a seu rosto nem fazendo conjecturas sobre seu estado mental.

— Estou atrapalhando alguma coisa? Você está com alguém? — perguntou ele sem rodeios.

Não, a menos que os demônios contem, pensou ela. — O que você está fazendo aqui?

— Eu estava por perto.

Amanda viu o reflexo dele no espelho, olhando-a e examinando-a. Virou-se de repente, e a dor no ombro e no pescoço lhe deu um tremor. — Plymouth fica fora da sua jurisdição.

— Estou de folga. Tenho uns amigos aqui. John Quinn. Você o conhece?

— Ouvi falar.

— Fui lhe fazer umas perguntas sobre seu garoto, Andy. Ainda não sei ao certo se ele morreu sozinho ou por escolha própria. Pode ter sido um acidente — admitiu. — Mas, se foi um acidente, e ele não estava sozinho, alguém o deixou ali morto, e eu quero saber quem foi, porque esse alguém terá de dar explicações, não é?

Savard passou a mão pelo *top* que ficou todo amassado enquanto ela dormia, e com a outra mão ajeitou o cabelo. Detestava a idéia de estar sendo vista assim. *Vulnerável.* A palavra pulsou na sua cabeça como um nervo que tivesse sido martelado.

— O que o sr. Quinn disse? — perguntou, sem conseguir encarar Kovac. Como se ele não pudesse ver toda a sua desarrumação se os dois não se olhassem de frente. *Se eu puder ficar imóvel, ninguém vai me ver...*

— Ele deu umas idéias — disse Kovac, postando-se bem à sua frente. — Nem sempre eu aceito o que esses estudiosos dizem. Às vezes as pessoas fazem coisas só por serem corruptas. E às vezes seu passado pode persegui-las a ponto de fazê-las agir de certa forma.

— Traçar um perfil é técnica usada para caçar assassinos em série — disse Savard. — Mas você não está lidando com um assassino em série. Aliás, não está lidando com assassino algum.

— A família Fallon talvez seja diferente, dois deles morreram no espaço de uma semana. De qualquer forma, quando saí da casa de Quinn me lembrei de você, tenente.

— Com relação a quê?

— No enterro, eu me esqueci de perguntar se você tinha procurado o arquivo desse caso. A investigação de Fallon sobre o problema Curtis-Ogden.

— Vai querer me dizer agora que Ogden era o amante secreto de Andy, e que é um potencial assassino em série? Você está me confundindo, sargento.

— Só estou tentando juntar todos os fatos para ter um quadro o mais claro possível. Aprendi há muito tempo que quando um investigador tem uma visão limitada de um aspecto de um caso acaba não vendo partes cruciais do quebra-cabeça. Como podemos saber onde as coisas se encaixam se não pudermos ver o quadro todo? Então, você procurou?

Amanda olhou para a porta do seu escritório, com vontade de se trancar lá dentro. — Não. Não tive oportunidade.

Kovac chegou mais perto de novo. — Podemos nos sentar? Você está com cara de quem está precisando disso, tenente. Sem nenhuma ofensa.

— Se nos sentarmos, estarei dizendo que não me importo se você ficar aqui por muito tempo. E eu me importo.

Ele não prestou atenção ao insulto. — Então pelo menos você se senta. Está parecendo um pouco fraca.

Pela terceira vez naquele dia, ele a segurou, e ela não reclamou. Guiou-a pelos ombros até o sofá, em estilo Windsor, encostado na parede. Ela parecia pequena como uma criança, frágil e insegura. Podia ter lhe dito para ir embora, mas um lado seu não queria que ele fosse. Raiva, frustração e vergonha mesclavam-se dentro dela com necessidades que poucas vezes pensou que tinha.

— Vasculhei a casa de Andy — disse Kovac. — Procurei no escritório dele uma cópia do arquivo relativo ao caso Curtis-Ogden. Queria ver o que ele estava investigando, qual poderia ser sua visão das coisas, queria ver se ele tinha sido ameaçado, descobrir alguma coisa que me desse uma idéia da sua vida, do seu estado de espírito. Mas não encontrei o arquivo nem o computador dele. Um laptop IBM. Sabe onde foi parar? Sabe se ele o levou para seu outro escritório no centro?

— Não sei. Acho que não. Talvez ele o tenha deixado no carro. Talvez o tenha perdido. Talvez esteja na loja. Talvez tenha sido roubado.

— Talvez tenha sido roubado por alguém que não quisesse que certas coisas gravadas em disquete fossem vistas por alguém como eu. — Pegou uma pequena escultura de madeira do Papai Noel e examinou-a.

Savard deu um suspiro. — Vou verificar o arquivo de manhã. Só isso, sargento?

— Não.

Kovac colocou o Papai Noel na mesa e aproximou-se dela. Levantou-lhe o queixo e olhou dentro dos seus olhos. — Como você está se sentindo?

Estou sentindo meu pulso na garganta. Estou sentindo a cabeça leve. Estou me sentindo vulnerável. Meu Deus, havia uma palavra para isso.

— Eu estou bem. Estou cansada. Gostaria de ir para a cama.

Ele passou a ponta do dedo em frente a seus olhos, o mesmo que tinha feito no escritório dela naquela manhã. Para cima e para baixo. Para um lado e para outro, ainda segurando seu queixo com a mão esquerda.

— Sem ofensa, tenente — disse com um tom suave —, mas para uma mulher bonita você está com uma cara péssima.

Savard levantou as sobrancelhas. — Por que eu me ofenderia com isso?

Ele não respondeu. Estava olhando a queimadura no seu rosto... ainda segurando seu queixo... Quando fixou o olhar na sua boca, seu coração disparou.

— Você sabe que é bonita — murmurou.

Ela virou o rosto de lado, sem conseguir respirar. — É melhor ir embora agora, sargento.

— É melhor mesmo — admitiu ele. — Antes que você providencie para eu ser suspenso pelo elogio que fiz. Mas, primeiro, quero uma coisa.

Juntando o que lhe restava de força, Savard conseguiu colocar a máscara imperiosa que fazia parte da sua expressão diária. Mas Kovac não se deixou impressionar de forma alguma.

— Por favor, me chame de Sam — disse, com um sorriso no canto da boca. — Só para eu ouvir o meu nome na sua boca.

Eu não posso querer isso, pensou ela, com um nó no estômago. *Não posso querer esse homem. Não posso precisar dele.*

— É melhor ir embora agora... sargento Kovac.

Ele não se moveu, e ela prendeu a respiração, tentando, em vão, saber o que lhe passava pela cabeça. Finalmente, ele soltou seu rosto, deu um passo para trás e ajeitou o corpo.

— Se você encontrar alguma coisa com relação àquele arquivo, me avise.

Amanda levantou-se, ainda um pouco tonta, cobrindo o peito com as mãos. Kovac parou na porta.

— Boa-noite... Amanda — disse, dando de ombros, ainda com o sorriso nos lábios. — Qual é o problema de mais uma suspensão para um burro velho como eu?

Um ar frio entrou no hall quando ele saiu. Savard trancou a porta e encostou-se nela, pensando no calor dos dedos dele na sua pele. E os seus olhos encheram-se de lágrimas.

Subiu devagar as escadas. O abajur da mesinha do seu quarto já estava aceso, e permaneceria aceso a noite inteira. Vestiu uma camisola e foi para a cama. Tomou um gole da água que estava na mesa-de-cabeceira e engoliu uma pílula para dormir. Depois deitou-se com cuidado sobre o lado esquerdo, abraçando outro travesseiro, e esperou o sono chegar com os olhos bem abertos, sentindo uma verdadeira dor de solidão no centro do seu ser.

Boa-noite... Sam...

23

Liska gostaria que tudo aquilo fosse um pesadelo. Que o informante fosse um travesti em coma, que ela tivesse passado metade da noite congelando em uma viela imunda, que o carro de Speed estivesse na frente da sua casa, esperando.

Estacionou junto à calçada, tentando lembrar-se das regras de emergência para a neve, certa de que seu carro seria destruído por um trator de neve e que ela ainda por cima receberia uma multa. *Foda-se!*, pensou, saindo do carro e caminhando com dificuldade até a porta de casa. Pelo menos receberia dinheiro do seguro e compraria um carro novo. Um Chevette usado, talvez, considerando o caminho que sua carreira estaria seguindo no futuro próximo.

O abajur da mesa estava aceso e a televisão ligada num programa esotérico. Speed e R.J. dormiam lado a lado na espreguiçadeira, inconfundivelmente pai e filho. O cabelo dos dois chegava a ter um redemoinho do mesmo lado. R.J. usava um pijama do Homem-Aranha. A mão do fantoche Cartman estava enfiada debaixo do braço.

Liska ficou olhando para eles, detestando as emoções que aquela cena lhe suscitava. Saudade, remorso, necessidade. Que injustiça sentir isso naquela noite, depois de tudo que aconteceu. Levou a mão à boca e lutou contra seus sentimentos, como se fossem demônios.

Foda-se. Ela não sabia se tinha falado em voz alta ou se tinha só pensado em dizer isso, não sabia se estava xingando o ex-marido ou a si própria.

Speed abriu um olho, olhou para ela e depois para o filho. Levantou-se com cuidado da espreguiçadeira e cobriu R.J. com a manta do sofá.

— Foi tão ruim assim? — perguntou com jeito quando se aproximou.

Estava se referindo àquele momento, à forma como ela olhou para os dois, à forma como ela tinha se sentido vendo-o dormir ali. Mas Liska interpretou a pergunta de forma diferente, aplicando-a ao horror que tinha passado. — Meu travesti informante foi levado para um CTI, com uma cara que só Picasso gostaria de ver. Segundo duas testemunhas, uma das quais foi apanhada tentando roubar coisas de valor do corpo, ele foi atacado por ninjas com canos de chumbo.

— Ninjas não usam canos de chumbo.

— Por favor, não faça gracinha, Speed. Não estou a fim disso agora.

— Pensei que você gostasse das minhas gracinhas. É uma das minhas maiores qualidades.

Liska olhou para o lado.

— Ei, qual é? Não pode ter sido tão ruim assim.

— Não foi ruim, foi muito pior — disse ela baixinho.

— Quer falar sobre o assunto?

Tradução: Quer se apoiar em mim, confiar em mim, deixar eu te ajudar com toda essa carga?

Quero, mas não vou me permitir isso.

— Nikki — murmurou ele, chegando mais perto. Tocou no seu rosto com a mão quente, passou os dedos pelo seu cabelo curto e puxou-a com o outro braço. — Você não tem de ser durona sempre.

— Tenho sim.

— Não nesta noite — disse, beijando-a na testa.

Liska ficou arrepiada quando sentiu a necessidade de prender-se a ele, de se deixar amparar.

— Qual foi a pior parte? — perguntou ele.

Saber que você vai acabar me largando. Tenho medo de estar errada e você não, mas não vou te dar a chance de provar isso porque estou cansada de ser magoada por você.

Liska reteve as lágrimas e disse: — Pensar que ele acabou desse jeito porque não cheguei lá a tempo.

— O cara era um informante, Nik. Levou uma surra por causa disso, não por sua causa.

— Mas se eu estivesse lá...

— Ele levaria uma surra em outra hora.

— Não sei se ele vai sobreviver. Não sei se vai querer viver. Você devia ter visto como ele ficou arrebentado, Speed. Uma coisa horrível.

— Não faça isso com você, Nikki. Você já devia ter aprendido.

O policial aprendia cedo a não se permitir esse tipo de emoção. O caminho para a loucura era coberto de culpa. Kovac lhe disse exatamente isso quando ela telefonou para contar a cena de Ibsen. Mesmo assim, era difícil não pôr a culpa em si mesma. Ibsen tinha ficado lá à sua espera.

— Todos os ossos do rosto dele devem ter sido esmigalhados. O braço, a clavícula, as costelas e um joelho foram quebrados. E lhe enfiaram o cano de cobre no ânus.

— Jesus!

Liska respirou fundo e fez a confissão que estava presa na sua garganta.

— O pior de tudo é que acho que eram policiais.

Speed ficou imóvel. Ela sentiu o coração dele bater por baixo da sua mão. — Meu Deus, Nikki, em que você foi se meter? Mexendo com outros policiais...

— Espero que não seja verdade — disse ela. — Não quero fazer parte disso. Somos considerados bons policiais. Eu não quero ser aquela a provar o contrário.

A idéia lhe era tão abominável que parecia um vírus no seu sangue, e ela estremeceu ao sentir essa intrusão. Speed apertou-a nos braços, e ela não reagiu. Porque estava no meio da noite e se sentia sozinha. Porque era só por um instante. Porque o cheiro dele lhe era familiar. Porque quando ele fosse embora teria de carregar aquele peso sozinha.

— Eu detesto isso — disse ela baixinho, sabendo que não se referia só àquele caso. Detestava sentir-se carente, detestava ter de ser sempre valente, detestava as contradições, detestava as lágrimas que lhe queimavam os olhos e os conflitos que sentia ali nos braços do ex-marido.

— Por que você acha que eram policiais? — perguntou Speed, num tom carinhoso como o murmúrio de um amante.

— Porque ele ia se encontrar comigo para falar sobre um policial corrupto.

— Talvez tenha sido um crime comum. Os travestis são impopulares em certos círculos.

Ela se afastou e olhou para ele. — Ah, tá... e o Papai Noel e o Coelhinho da Páscoa existem.

Liska afastou-se dele e foi ajeitar o cobertor em cima do filho e desligar a televisão.

— Tudo isso é ainda sobre o sujeito da corregedoria que morreu? — perguntou ele.

— Em parte — disse ela quase rindo. — É sobre um caso encerrado com um assassino preso, e um caso encerrado de suicídio-violência-acidente. É estranho que alguém seja espancado quase até a morte por isso, não é?

— Quem você está procurando?

— Um guarda. Ninguém que você conheça — respondeu, virando-se e lançando um olhar inquiridor de policial. Speed estava sem sapatos, com uma calça jeans caída abaixo da barriga reta, e uma camiseta que deixava ver um físico invejável. Seu instinto policial voltou à tona. — Ou talvez conheça. Ao que parece, você andou levantando peso ultimamente. O sujeito a quem eu me refiro é levantador de peso.

— Ele freqüenta a academia da delegacia de St. Paul?

— Você está trabalhando na delegacia como um policial comum?

— Lá é de graça. Eu já tenho obrigações demais para pagar com o meu salário.

— Não consigo imaginar quais sejam essas obrigações. Nunca vejo nenhuma evidência delas.

Speed abriu a boca para replicar, mas Liska levantou a mão, pedindo que ele ficasse quieto. R.J. estava logo ali. Estava dormindo, mas não se podia garantir a profundidade do seu sono ou os sons que podiam penetrar no seu subconsciente. Ela tentava não brigar com Speed na frente dos meninos. Muitas vezes não conseguia, mas tentava.

— Desculpe. Eu passei dos limites. Meu pavio está um pouco curto demais esta noite, sabe? O que eu queria dizer é que conheço muitos policiais de ambas as academias de ginástica, da Universidade e Steele. Pensei que talvez você tivesse visto esse sujeito lá.

Ele parou por um instante, tentando esquecer a ofensa. Dava para ver pela expressão do seu rosto. R.J. fazia a mesma coisa quando achava que tinha sido ofendido. Liska podia vê-lo mentalmente revivendo cada desfeita, cada observação dura para reforçar seu sentimento de afronta.

— Eu já pedi desculpa.

— Estou tentando, Nikki — disse ele, com ar de mártir. — Estou tentando ajudar no que posso com os meninos. Já disse que vou receber uma grana daqui a pouco...

— Eu sei.

— Mas você tem de dar sempre suas indiretas, não é? Por que, Nikki? Por que me odeia tanto assim? Ou por que tem medo de ainda sentir alguma coisa por mim?

Ele acertou em cheio, pensou Liska. — É só um hábito.

— Quebre esse hábito — disse num tom carinhoso, com os olhos grudados nos dela. Chegou mais perto, levantou a mão e acariciou seu rosto. — Eu gosto de você, Nikki. Não tenho medo de dizer isso, mesmo que você tenha.

Abaixou a cabeça e encostou os lábios nos dela, um beijo leve e demorado, mas sem repetição. O coração de Liska estava aos pulos.

— Cuidado, Nikki — disse ele, dando um passo para trás.

Com o caso ou com você?, ela teve vontade de perguntar. Depois pensou: *Com ambos.*

— Você pode fazer sérios inimigos quando se vira contra um dos nossos.

— Se esse sujeito é o que eu penso, ele não é "um dos nossos".

Era assim que ela via as coisas, pensou, quando Speed dirigiu-se para a porta de entrada, calçou as botas e vestiu o casaco. Se Ogden fosse um assassino, se fosse o tipo de animal que surrava um homem, estuprava um homem com um cano de cobre, então o fato de ele ter um distintivo de policial seria o pior tipo de ofensa.

— O que você tem contra ele? Alguma coisa sólida?

Ela sacudiu a cabeça. — Pressentimentos, suspeitas. Aquele travesti devia ter alguma coisa para me contar. Acho que o policial é um viciado. Se eu não puder fazer nada, talvez possa entregá-lo à Divisão de Entorpecentes — disse, dando um sorriso de lado ao dirigir-se para a porta.

— Se o cara estiver usando esteróides, seu humor é imprevisível. E ele é perigoso.

— Isso não é novidade para mim. De qualquer forma, obrigada por cuidar dos meninos. E obrigada pelo carinho comigo.

— Agradecimento não é bem o que eu quero... — disse Speed, pegando-a desprevenida. Ela mal teve tempo de registrar o olhar que ele lhe lançou antes de abraçá-la e beijá-la. Dessa vez não de forma suave. Um beijo quente, ávido e intenso. Seus lábios estavam marcados quando ele a largou.

Um minuto depois, ele saiu. Liska ouviu a batida da porta do carro e o motor sendo ligado. Só então tocou os lábios com os dedos.

— Isso é pior do que uma praga — disse para si mesma.

Colocou mais uma manta em cima de R.J., tentando não acordá-lo, baixou a intensidade da luz e foi para a cama, sem grande esperança de dormir ou de sonhar.

O relógio marcava 3:19 quando o telefone tocou.

— Alô?

O silêncio do outro lado era de parar a respiração. Ou talvez sua respiração já estivesse parada.

Então ela ouviu um murmúrio que a deixou toda arrepiada. — Não mexa em casa de marimbondos.

24

As fotografias encontram-se em cima de uma mesa de trabalho estreita, iluminadas por um facho de luz amarela vindo do abajur. Fora essa luz, a sala está em total escuridão. E em silêncio.

As fotografias estão enfileiradas. Vida explodindo. Sangue jorrando. Ossos fraturados. Natureza-morta. Sem vida. Um estudo sobre destruição. Um testemunho da fragilidade do corpo humano. Abstrato. Violento. Triste e patético.

Muito fácil de ser realizado.

Um mal necessário, mas que ainda assim... devia ser impossível. O conceito devia ir contra o fundamento moral de que a execução não teria sido possível.

Execução.

A palavra traz uma torrente de emoções. Remorso, ódio, alívio, excitação. Medo. Medo do que foi feito, da manifestação de excitação naquele instante final. Medo de que uma coisa humana, uma coisa civilizada, uma coisa vulnerável pudesse ser substituída... ou tivesse sido substituída há muito tempo.

Mas se isso fosse verdade o sono teria vindo com facilidade em vez de negar-se a vir.

25

***Observação: Autópsia** não é uma boa forma de começar o dia.*

Essa idéia passou pela cabeça de Kovac quando ele se sentou à mesa de trabalho, com uma caneca de café requentado na mão. Liska não se encontrava em lugar algum. O escritório estava temporariamente calmo. Tinha conseguido entrar mais ou menos sem ser visto, e estava contente por isso. Precisava de uns minutos para refletir, para se reorganizar. Pegou as fotos do cenário da morte de Mike Fallon e espalhou-as em cima da papelada que vinha negligenciando nos últimos dias.

Sua consciência estava tomada de uma irrequietude aflitiva, indefinida, malformada, uma sombra. Ele podia ter considerado esse caso um suicídio dramático e terminar com tudo, deixando pendente apenas o laudo oficial do IML. Mas restava essa sensação estranha e o fato de Neil Fallon começar a mostrar aos poucos suas facetas podres que nem uma cebola velha.

Kovac olhou as fotos por alto, sem focalizar nenhuma, esperando ver algo que tivesse deixado escapar. Ao mesmo tempo esperando não ver nada. A idéia de Mike de Ferro ter resolvido acabar com a própria vida era definitivamente preferível à outra alternativa.

Visto sob esse prisma, podia quase pensar nas fotos como uma arte abstrata e não como imagens de um homem que ele conhecera durante vinte anos. É claro que era mais fácil olhar as fotos do que assistir à autópsia e ver seu amigo pessoal retalhado e dissecado.

Maggie Stone, a médica-legista do condado de Hennepin, é quem tinha feito a autópsia. Apesar de excentricidades como portar armas escondidas e mudar a cor do cabelo a cada seis meses, Stone era ótima. Quando declarava uma coisa, estava sempre certa. Kovac a conhecia há anos. Tinham um tipo de relação que permitia que ele lhe pedisse uns favores, como fazer a autópsia de um velho amigo de madrugada. Stone não pestanejou um instante. Para quem passava a vida retalhando corpos dos mortos para extrair seus órgãos internos e seus segredos, nada era chocante.

Kovac presenciou a autópsia, sem atrapalhar, enquanto Stone e seu assistente, Lars, movimentavam-se em torno da mesa de aço inoxidável, fazendo seu trabalho. Uma maldita forma de começar a manhã.

Liska apareceu no cubículo com um ar soturno, com o rosto pálido apesar de ter vindo de fora, onde a temperatura teimava em manter-se em torno de dez graus abaixo de zero. Não deu uma palavra enquanto colocava a bolsa na gaveta e tirava o casaco.

— Como está seu informante?

— Parece que vai sobreviver. Mais ou menos. Acabei de sair do hospital.

— Ele está consciente?

— Não. Mas como não está mais enroscado do que um feto, eles têm esperança de não ter havido lesão craniana. Os ossos fraturados se restabelecem, e uma colostomia não é uma coisa assim tão horrível, é? — disse num tom sarcástico. — E ficar parecido com o Homem-Elefante?

— Você não teve culpa, Fadinha — disse Kovac com calma.

Liska não olhou para ele. — Eu sei. Estou trabalhando essa idéia. É que quando vi Ibsen de novo... — Respirou fundo e expirou. — Se eu tivesse chegado lá a tempo.

— Sentir-se culpada não vai mudar nada, garota. Ele fez suas próprias escolhas, e você agiu da melhor forma possível.

Ela assentiu. — Mesmo assim é frustrante, só isso. Mas eu vou sair dessa.

— Eu sei que vai. E você sabe que estou aqui se precisar de mim.

Liska olhou para ele com afeição e agradecimento, e seus olhos encheram-se de lágrimas. — Obrigada.

— É para isso que servem os parceiros. Um apóia o outro.

— Não me faça chorar, Sam — disse ela num tom de brincadeira. — Senão vou ter de te magoar.

— Cuidado. Pode ser que eu goste disso. Eu sou um sujeito solitário. Então, você vai cuidar do caso?

— Tenho de falar com Leonard — disse ela, fazendo uma careta. — Ibsen era meu informante. Eu estava lá na cena do crime. Fui eu que recebi o telefonema de alguém me dizendo para não mexer em casa de marimbondos.

— Esse telefonema foi uma grande burrice. Se fosse um assalto comum, você nunca receberia um telefonema naquele mesmo dia.

Liska concordou. — Uma burrice e tanto. Agora tenho algum fato para levar para a corregedoria, e vou poder ter acesso aos arquivos sobre a investigação de Curtis. Por que alguém me avisaria para eu me afastar de um caso encerrado se não houvesse uma ótima razão para o caso ser reaberto?

— Você conseguiu rastrear o telefonema?

— O número era de um telefone público lá no fim do mundo. Pelo menos o Garganta Profunda mostrou afinal que tem um pouco de massa cinzenta. Não tenho esperança de encontrar uma testemunha do telefonema.

— E Ogden e Rubel têm bons álibis?

Liska fez um ar de desprezo. — Que álibi? Eles estavam jogando sinuca no porão da casa de Rubel. E sabe quem estava com eles? Cal Springer.

— Muito conveniente.

— Ele provavelmente juraria que estava na lua naquela hora se os dois tivessem dito isso, ele é um bosta. Devem ter fotos de Cal transando com uma cabra — disse com ar de nojo. — De qualquer forma, Castleton está encarregado do assalto de Ibsen. Ele e o supervisor do turno disseram que eu serei bem-vinda como assistente se Leonard concordar.

— Leonard vai te crucificar por você estar se envolvendo com problemas da corregedoria.

Liska deu de ombros. — Eu não tenho culpa de o sujeito ter dito que só falaria comigo. Segundo o que ouvi, o resto do departamento dera bilhete azul para ele. Ninguém queria ouvir falar das suas teorias conspiratórias sobre AIDS

— Quem tem AIDS?

— Eric Curtis era HIV positivo. Um detalhe interessante, não é? Que homófobo daria uma surra mortal em um gay, sabendo que corria perigo de ser atingido por sangue contaminado?

Kovac franziu as sobrancelhas ao se lembrar da visita ao homem considerado assassino de Curtis. — Disseram que Verma tem AIDS.

— Mas se Verma matou Curtis, quem me ameaçou por telefone? Ele está na prisão.

Os dois se entreolharam por um instante, e Kovac girou sua cadeira.

— Eu ainda acho que foi Ogden — disse ele.

— Eu também. Estou apostando nisso.

— Cuidado.

Ela meneou a cabeça. — Como foi a autópsia de Mike?

— Nenhuma grande novidade até agora. Nada debaixo das suas unhas a não ser sujeira. Havia umas queimaduras nas palmas das mãos, mas não ferimentos que demonstrassem algum tipo de defesa. A pele não estava rachada, e nós sabemos que ele tinha levado um tombo recentemente, que pode explicar algumas marcas. Em razão disso, Stone não pôde confirmar se a descoloração era uma queimadura mesmo. As mãos estavam muito brancas por causa da posição do corpo.

— E os resíduos de pólvora?

— Nas duas mãos. O que não quer dizer que alguém não o tenha forçado a enfiar a arma na boca, mas também não podemos provar isso.

— Então não chegamos a nada — disse Liska. — Stone vai considerar que foi suicídio.

— Ela não vai fazer nada até receber todos os exames do laboratório, e prometeu me mostrar tudo que foi registrado, sem contar que há *extravio* da papelada a toda hora. Sacou?

Liska deu um risinho. — Acho que a dra. Stone não se importaria de ser *extraviada* por você. Sacou?

Kovac sentiu que estava corando. Quem estava na sua cabeça era Amanda Savard, não Maggie Stone. Seu olhar de vulnerabilidade quando ele segurou o seu queixo. Kovac fechou a cara em tom de brincadeira. — Eu não vou para a cama com uma mulher que ganha a vida retalhando os outros. De qualquer forma, ela vai nos fazer ganhar tempo, mas vamos precisar de um milagre agora. Eu também pedi que ela desse uma olhada na autópsia de Andy Fallon. Quem sabe Upshaw não tenha feito um bom trabalho.

— Você precisa de um milagre? — perguntou Elwood ao passar pelo cubículo. Usava um suéter grosso por cima da camisa com gravata, que lhe dava um ar de mamute peludo.

— Eu venderia minha alma por isso — disse Kovac.

— Seria uma grande contradição, pois milagres são associados a poderes superiores elevados — disse Elwood. — E a gente só vende a alma para o diabo.

— Pode mandar lembranças minhas a ele se não desembuchar logo o que você descobriu.

— Uma vizinha viu a caminhonete de Neil Fallon estacionada na frente da casa de Mike na quarta-feira à noite. À uma hora e nove minutos, para ser mais preciso. Chequei os relatos dos vizinhos que foram interrogados ontem pelos guardas. Eles bateram na casa dela, mas a proprietária estava fora. Foi a faxineira que abriu a porta. Então eu telefonei, e ela atendeu.

Kovac levantou-se da cadeira.

— Essa foi boa.

— Eles viram a caminhonete parar na porta mas não ouviram o tiro? — perguntou Liska, intrigada.

— A mulher tem insônia e usa aparelho auditivo — disse Elwood. — Está com oitenta e três anos. Mas é bem alerta.

— E que tal a vista dela?

— Ótima, principalmente com o binóculo Bausch and Lomb que está sempre em cima da sua mesa de centro.

— E a luz?

— Holofotes nos cantos da casa. Ela é a observadora mestra da vizinhança. Não reconheceu a caminhonete, mas anotou o número da placa.

— Será que ela quer ficar com meu emprego quando Leonard me demitir?

— Ela viu Neil sair? — perguntou Kovac.

— À uma hora e trinta e dois.

— Mais cedo do que a hora estimada da morte de Mike, mas tudo bem.

Kovac tirou as fotos de Mike Fallon de uma gaveta e tentou ajeitar a gravata usando a tela do computador como espelho.

— Mande buscar Neil Fallon para ser interrogado — disse para Elwood. — Vou dar a notícia para Leonard.

— Que diabo vocês querem? — perguntou Neil Fallon.

Dois guardas foram à sua loja para escoltá-lo à delegacia. Seu macacão imundo parecia o mesmo que ele usava no dia em que Kovac contou que seu irmão tinha morrido. Suas mãos estavam pretas de sujeira e graxa.

— Meu Deus, meu irmão e meu pai morreram e... e... vocês me arrastam para cá como se eu fosse um criminoso filho-da-puta! — disse Fallon, irritado, andando de um lado para outro na apertada sala de interrogatórios. A mesma sala em que Jamal Jackson dera uma paulada na cabeça de Kovac. — Sem nenhuma explicação. Sem nenhum pedido de desculpas...

— Você *é* um criminoso filho-da-puta — disse Kovac calmamente. — Nós sabemos que esteve preso por agressão, Neil. Acha que não iríamos checar sua ficha? Então, que tal *me* dar uma explicação e pedir desculpas?

Kovac estava de braços cruzados, de costas para a parede, ao lado do espelho de dois lados, observando a reação de Fallon. Liska estava em frente a ele, do outro lado da sala, e Elwood na porta. Ninguém se sentou nas cadeiras da mesinha redonda. A luz vermelha brilhou na câmera de vídeo.

Fallon olhou para ele. — Isso aconteceu há muito tempo, e foi uma bobagem. Um acidente.

— Você bateu acidentalmente em um cara e deixou-o em coma numa briga num bar? — perguntou Liska. — Como aconteceu?

— Nós brigamos, ele caiu e bateu com a cabeça no chão.

Kovac olhou para Elwood. — Não foi isso que Caim disse sobre Abel?

— Acho que sim.

— Que tal se desculpar por ter mentido para mim ontem, Neil? — perguntou Kovac. — Que tal explicar o que estava fazendo na casa do seu pai à uma hora da manhã no dia em que ele morreu?

Fallon perdeu o ar de repente. Tentou manter a expressão de raiva, mas dava para ver que ele estava confuso, desconfiado e amedrontado. — Do que você está falando? Eu... eu não sei do que você está falando.

— Pare com isso — disse Liska. — Uma vizinha do seu pai viu sua caminhonete na frente da casa dele à uma hora da manhã.

— Você disse ontem que seu último contato com ele foi por telefone naquela noite — disse Kovac pausadamente.

Fallon olhou em volta, como se estivesse procurando uma explicação para dar.

— Por que mentiu para mim, Neil? Ficou sem graça de não conseguir convencer seu velho a emprestar o dinheiro que você precisava para pagar à sua ex-mulher? Se é que foi isso que você falou nos vinte e três minutos de telefonema que deu do seu bar às onze e sete da noite.

Fallon inspirou rapidamente, depois de novo, como um asmático à beira de uma crise. E esfregou o pescoço com a mão imunda.

Kovac mudou de posição. — Você está com ar de quem vai dizer "que merda", Neil. Não acha, Fadinha?

— Que merda — disse ela. — É hora do espasmo do seu esfíncter, Neil.

— Você achou que eu não ligaria para a companhia telefônica para pedir que rastreassem seus telefonemas? — perguntou Kovac. — Você deve me achar muito burro, Neil.

— Por que você faria isso? — perguntou Neil, nervoso. — Eu não sou suspeito de nada. Meu Deus, meu pai se matou...

— E eu estou cansado de ouvir você me lembrar disso. Fui eu que encontrei seu pai com os miolos estourados. Acha que precisa me lembrar disso a toda hora? Não é uma estratégia eficiente, Neil.

— Quando uma pessoa morre de forma violenta como Mike, há sempre uma investigação — continuou Kovac. — E sabe quem são as primeiras pessoas investigadas? Os familiares. Porque ninguém tem motivo melhor para acabar com a vida de alguém do que um parente. Você próprio disse que detestava seu pai. Além disso, precisava de dinheiro para pagar à sua futura ex-mulher e Mike não lhe deu. Isso se chama *motivo.*

O medo começou a tomar conta de Neil. Seus movimentos se tornaram desajeitados e o lábio superior ficou molhado de suor. Foi parar no canto da sala, junto à estante de livros embutida. Todas as prateleiras tinham sido retiradas. — Mas ele era o meu velho. Eu não faria isso com ele. Ele era meu pai.

— E passou trinta e tantos anos dizendo que você não era tão bom quanto seu irmão gay. Isso se chama *mágoa reprimida.*

— Meu pai era um cretino — declarou Fallon. — Eu admito isso, mas não o matei. Quanto a Cheryl, aquela puta, não é da conta dela onde vou arranjar o dinheiro. Vou pagar o que devo.

— Senão vai perder o negócio que você se esfolou para manter — disse Liska. — Não há fúria maior do que a de uma mulher amarga e vingativa. Eu sei disso porque sou mulher.

— Eu falei com a sua ex — disse Kovac. — Acho que ela está perdendo a paciência, está pronta para te ferrar. Você pediu dinheiro a seu irmão?

Ele sacudiu a cabeça como se tivesse levado um tabefe na orelha, incrédulo com essa virada brusca na sua vida. Olhou de Liska para Kovac. — Agora vão querer dizer que eu matei meu irmão também?

— Nós não estamos dizendo que você matou ninguém, Neil. Estamos só fazendo perguntas pertinentes ao caso, nada mais. Estamos também mostrando como as coisas se parecem do ponto de vista da polícia.

— Enfie seu ponto de vista no cu, Kovac. Andy não é um caso seu. Está tudo acabado. Ele está morto e enterrado. Cinzas sobre cinzas e pó sobre pó. O cara bateu as botas.

Kovac levantou as sobrancelhas. — E por que razão está tentando me lembrar disso?

— Só estou dizendo que está tudo acabado.

— Mas nós temos de examinar um padrão estabelecido de comportamento, Neil. Um membro da família se mata, isso é uma coisa. Mas dois em uma mesma semana é outra coisa. Você detestava os dois. Está passando uma fase difícil em termos emocionais e financeiros. Nós chamamos esses fatores de *estressores de precipitação*. Estressores que podem tirar um cara da linha. Você tem uma ficha de comportamento violento...

— Eu não matei ninguém.

— O que fazia na casa de Mike àquela hora da noite?

— Fui ver como ele estava — disse Fallon, olhando para o lado. Com um ar distraído, mexeu no rosto, logo abaixo do machucado no alto da bochecha. — Nós tínhamos nos falado antes, e eu não gostei do tom da voz dele.

— Do tom da voz ou do que ele disse? — perguntou Kovac. — Sabemos que você tinha bebido. Você mesmo me disse. Disse que estava bêbado o suficiente para entrar numa briga com um cliente, o cara que pensou que fosse um policial. O seu velho disse alguma coisa que te irritou?

— Não foi assim.

— Então como foi? Vai tentar me dizer agora que sua família era como os personagens de *A grande família*?

— Não, mas...

— Você disse que Mike estava sempre te enchendo o saco. Por que dessa vez foi diferente? Sobre o que vocês falaram?

— Eu disse ontem que ele falou sobre a hora em que queria chegar ao velório.

— É, você me disse ontem. Por que não disse então que não tinha gostado do tom da voz dele? Por que não disse que estava preocupado? Na verdade, se a memória não me falha, você falou que ele era um velho idiota. Por que não contou que tinha ido à casa do seu pai para ver como ele estava?

Fallon virou-se lentamente, a mão esquerda massageando a testa e a direita no quadril. — Ele se matou depois que eu saí — disse, baixando a voz. — Não me interessei pelas necessidades dele, não é? O único filho que lhe restou...

— Do que ele precisava? O que ele disse?

Kovac ficou esperando, observando Neil Fallon andar em círculos. Seus ombros largos curvaram-se como se estivesse com uma forte dor de estômago. O rosto ficou vermelho. Prendeu a respiração, soltou o ar, prendeu a respiração, soltou o ar. Enfiou a mão no bolso do macacão e tirou um maço de Marlboro.

— Desculpe, sr. Fallon — disse Elwood. — Não é permitido fumar neste recinto.

Fallon olhou para ele e tirou um cigarro do maço. — Então me tire daqui.

Kovac aproximou-se devagar. — Acho que aquela conversa não foi sobre as necessidades de Mike, Neil — disse com calma, desviando a atenção do cigarro. — Acho que foi mais sobre as suas próprias necessidades. Acho que você estava bêbado e bravo quando telefonou para ele, e discutiu por causa do dinheiro que necessitava. Depois dessa conversa ficou cada vez mais bravo, pensando no dinheiro que precisava e que seu velho não lhe daria, e lembrando que ele sempre foi louco por Andy e que cagava para você. Então ficou tão louco que entrou na caminhonete e foi dar o troco em pessoa.

— Ele estava meio bêbado, meio dopado com suas pílulas — disse Fallon. — Era o mesmo que falar com as paredes. Não ligou a mínima para o que eu tinha a dizer. Ele nunca ligou.

— Ele não te deu o dinheiro.

Fallon sacudiu a cabeça e riu. — Ele nem ouviu o que eu perguntei. Só queria falar de Andy. Dizer que adorava o Andy. Que Andy o decepcionou. Que Andy resolveu mexer em casa de marimbondos.

Kovac olhou para Liska, que retesou o corpo abruptamente.

— Ele usou essa expressão? — perguntou ela. — Mexer em casa de marimbondos? Por que ele disse isso?

— Não sei. Porque Andy resolveu sair do armário, acho. Se ele não tivesse dito que era bicha, o velho não teria de lidar com isso. "Depois de todos esses anos", ficou dizendo. Como se não fosse justo contar para ele àquela altura. Como se devesse ter contado quando tinha dez anos ou guardado o segredo até ele morrer. Meu Deus.

— Isso deve ter te deixado maluco — disse Kovac. — Você já tinha bebido algumas Tinha brigado com um cliente. Estava ali em pessoa e Andy estava morto, mas Mike continuava falando que Andy era isso e Andy era aquilo.

— Foi o que eu disse a ele. "Andy está morto. Nós não podemos enterrar seu filho e seguir em frente?"

Deu uma tragada no cigarro e soltou a fumaça com força. Seu rosto estava arroxeado. Apertou os olhos para lembrar melhor... ou para reter as lágrimas. Olhou para o espelho de dois lados, sem vê-lo. — Eu falei aos berros na cara dele: "Andy era um viado filho-da-puta e eu estou contente de ele estar morto."

Com essas palavras ditas a plenos pulmões, Neil soltou as emoções que entalavam sua garganta. Cobriu os olhos com a mão esquerda, o cigarro queimando entre seus dedos.

— E o que ele fez?

Fallon estava chorando; as lágrimas escorriam debaixo da sua mão, e ele soluçava, torturado.

— E o que Mike fez quando você disse isso, Neil?

— Ele... ele... bateu em... mim.

— E o que você fez então?

— Ó meu Deus...

— O que você fez então, Neil? — perguntou Kovac com calma, aproximando-se mais dele.

— Eu bati... nele... de volta. Jesus Cristo! — Soluçava com o corpo dobrado, cobrindo o rosto com as mãos. — E agora ele está morto. Os dois estão mortos. Ai, meu Deus!

Kovac tirou o cigarro dele, respirando toda aquela fumaça, louco para fumar também. Com muita pena, apagou o cigarro na mesa, deixando uma marca de queimado no tampo de imitação de madeira.

— Você matou o Mike, Neil? — perguntou baixinho. — Você matou o seu velho?

Fallon sacudiu a cabeça, ainda com as mãos no rosto. — Não.

— Nós podemos testar suas mãos para ver se há resíduos de pólvora nelas — disse Liska.

— Vamos fazer o que chamamos de análise de ativação de nêutrons — explicou Kovac. — Não importa quantas vezes você tenha lavado as mãos desde então. As partículas microscópicas ficam entranhadas na pele durante semanas.

Ele estava blefando, jogando uma cartada para amedrontar Neil. O teste só mostraria se a pessoa tinha tido contato com bário e antimônio — componentes da pólvora — e um milhão de outras misturas, naturais e artificiais. Em termos práticos, mesmo um resultado positivo teria pouco valor para a perícia e menos validade ainda em um tribunal. Já tinha se passado muito tempo entre o incidente e o teste. Os advogados de defesa ganhavam a vida alegando que durante esse tempo podia haver contaminação da evidência. Mas Neil Fallon provavelmente não sabia disso.

Ouviu-se uma batida na porta e Elwood afastou-se dela. O tenente Leonard enfiou a cabeça para dentro, com uma expressão dura no rosto. — Sargento, pode vir falar um instante comigo?

— Estou no meio de um assunto aqui — disse Kovac, impaciente.

Leonard olhou para ele, eloqüente no seu silêncio. Kovac virou-se para Neil Fallon e deu um suspiro abafado. Se ele fosse confessar alguma coisa, esse era o momento; enquanto estava emocionalmente enfraquecido, antes de ter a chance de usar seus escudos e se reorganizar.

Kovac sentiu-se como uma chaleira tirada do fogão enquanto ainda soltava vapor para fazer o chá.

Virou-se para Liska e disse: — Acho que você pode cuidar disso.

— Sargento... — disse Leonard.

Kovac saiu e seguiu-o até a sala ao lado, onde Leonard espiava através do vidro. A sala estava escura. Um teatro com uma janela servindo de tela de cinema. Ace Wyatt estava ao lado da janela, com os braços cruzados, olhando para Neil Fallon pelo painel escuro. Ficou de costas para Kovac mais uns segundos, depois olhou-o com ar de quem tinha muitas outras coisas na cabeça. A mesma expressão que usava nos cartazes que anunciavam seu programa de televisão.

— Por que você está fazendo isso, Sam? — perguntou. — Essa família já não sofreu o suficiente?

— Isso depende. Se descobrirmos que um deles matou os outros dois, a resposta é não.

— A autópsia mostrou alguma coisa que não me foi informada?

— Por que você seria informado? — disse Kovac em tom ameaçador. — Maggie Stone não tem o hábito de passar esse tipo de informação adiante.

Wyatt ignorou a pergunta, acima da curiosidade do policial comum de rua. — Você o está tratando como se soubesse que Mike foi assassinado.

— Temos boas razões para isso — disse Kovac, tirando as fotos do bolso do casaco e espalhando-as no parapeito da janela. — Primeiro, a morte dele ocorreu no banheiro. Muita gente se mata no banheiro, mas deve ter sido difícil para ele entrar de ré com a cadeira. Liska se apegou nisso. Achei que talvez ele quisesse nos apresentar um cenário de morte limpo, mas faz mais sentido que outra pessoa tenha nos apresentado um cenário de morte limpo. Quando foi que Mike se importou com alguém? A arma saiu do armário do seu quarto. Por que ele não se matou lá? Ele não estava preocupado em fazer uma imundície. A casa dele era um chiqueiro.

— Além disso — continuou Kovac —, temos de considerar a ficha criminal de Neil Fallon, a história dos seus problemas com o velho, e o fato de ele ter mentido que não tinha estado na casa.

— Mas a hora em que ele esteve lá e a hora da morte de Mike se contradizem — disse Leonard.

— Outros fatores podem ter mudado o curso do exame — disse Kovac. — Stone vai explicar isso.

— Mas não houve nada conclusivo na autópsia que indicasse assassinato, houve? — perguntou Wyatt.

Kovac levantou um ombro, com os olhos passando das fotos para a sala de interrogatório. Neil Fallon estava sentado, com os cotovelos na mesa e a cabeça entre as mãos. Liska estava debruçada a seu lado.

— Se alguma coisa aconteceu naquela noite é melhor você dizer agora, Neil — disse ela com calma, num tom amigo. — Desafogue o seu peito, solte esse peso que você está carregando.

Fallon sacudiu a cabeça. — Eu não matei o meu pai. — Sua voz parecia fraca e distante na televisão num suporte montado na parede perto da janela. A câmera da sala de interrogatório estava virada para baixo, focalizando as partes envolvidas, fazendo-as parecer pequenas e distorcidas.

— Eu bati nele. Isso eu fiz. Bati na cara dele. No meu próprio pai. Ele estava naquela maldita cadeira de rodas. E agora está morto.

— Vamos fazer a ativação de nêutrons — disse Kovac para Leonard e Wyatt. — Para ver se conseguimos tirar alguma coisa dele.

— E se não conseguirem? — perguntou Leonard.

— Então eu me desculpo pelo inconveniente e a gente pensa em outra coisa.

Wyatt fechou a cara. — Por que não esperar até ouvir a última palavra de Stone? Não faz sentido atormentar esse homem sem necessidade. Mike era um dos nossos...

— E merece que a gente se esforce ao máximo — disse Kovac, se irritando. — Você quer eu dispense isso, Wyatt? Quer falar com Maggie Stone para tentar fazer com que ela considere essa morte acidental também? Manter a coisa abafada para que a lenda de Mike de Ferro não seja atingida? Meu Deus. E se esse maluco matou o seu velho?

— Kovac — disse Leonard.

Kovac olhou-o com raiva. — O quê? Nós somos da Divisão de Homicídios. Estamos aqui para investigar mortes violentas. Mike teve uma morte violenta, e queremos fechar os olhos porque achamos que ele se matou, porque podemos ser nós nas fotos daqui a uns cinco anos. O suicídio faz sentido para nós porque sabemos o que esse trabalho pode fazer conosco, sabemos que pode nos deixar sem nada.

— E talvez seja por isso que você queira achar que foi outra coisa, Sam — disse Wyatt. — Porque se Mike Fallon não se matou, talvez você não se mate também.

— Não. Eu realmente não queria ver nada. Mas Liska me mostrou. Eu podia ter largado isso de mão. Mas ela estava certa quando resolveu fazer indagações como se faz em qualquer outro crime. Há muita coisa envolvida nisso para dizermos apenas que é uma vergonha.

— Eu só estou pensando em mostrar respeito ao único elemento que sobrou da família — disse Wyatt. — Pelo menos até o IML nos dar algum dado concreto.

— Tudo bem. Se você tivesse alguma voz ativa a respeito desse assunto, talvez eu concordasse. Mas a não ser que eu tenha sonhado, participei da sua festa de aposentadoria, Wyatt. Sua opinião sobre minha investigação não me afeta em porra nenhuma.

O rosto de Ace Wyatt ficou roxo.

Leonard interveio: — Você está saindo da linha, Kovac.

— Que linha é essa? A linha dos puxa-sacos? — disse Kovac para si mesmo quando se afastou da dupla. Gaines, o bajulador de Wyatt, estava nos fundos da sala, olhando para ele, sorrindo como um mexeriqueiro de colégio. Kovac olhou-o com desprezo e virou as costas para a janela.

— Se eu saí da linha, me desculpe — disse sem sinceridade. — Minha semana foi um verdadeiro inferno.

— Não — disse Wyatt com um suspiro. — Você tem razão, Sam. Eu não tenho voz ativa aqui. A investigação é sua. Se quiser punir Neil Fallon e abrir um processo contra o departamento porque precisa de um tempo para fazer um tratamento psicológico, não tenho nada com isso. Isso *é* uma vergonha, e eu gostaria que não tivesse de ser assim.

— Bom, eu gostaria que houvesse paz no mundo e que o time dos Vikings ganhasse o Super Bowl antes de eu morrer — disse Kovac. — Você sabe que assassinato é um assunto feio, Ace.

— Se é que ele foi assassinado.

— Se é que foi. E, se foi, vou prender o filho-da-puta que fez isso. Não importa quem seja.

Virou-se de novo para a janela e ficou observando.

— Você é canhoto ou é destro, sr. Fallon? — perguntou Elwood.

— Canhoto.

Elwood colocou um conjunto de vidros e mechas de algodão em cima da mesa. Fallon ficou olhando para aquilo, ajeitando o corpo na cadeira.

— Vamos esfregar seu dedo indicador e o polegar com cinco por cento de solução de ácido nítrico — explicou Liska. — Não vai doer nada.

Kovac deu uma olhada nas fotos do cenário de morte de Mike Fallon.

— Jesus — murmurou, pegando as fotos, olhando-as de perto e colocando-as de lado, uma de cada vez. Seu pulso estava acelerado.

— O que foi? — perguntou Wyatt.

A coisa que ele sabia que estava ali, mas que não tinha conseguido ver. Olhou a última foto.

— Por favor, estenda a mão esquerda, sr. Fallon — disse Elwood, preparando uma mecha de algodão.

Neil Fallon começou a estender a mão, que tremia visivelmente.

Kovac colocou a foto contra a janela. Uma imagem simultânea de pai e filho. Mike Fallon morto, ensangüentado, semidecapitado; a arma que o matara estava no chão, do lado direito da cadeira, aparentemente caída da sua mão quando a vida escoou-se dele.

— Sr. Fallon?

A interrogação na voz de Elwood chamou a atenção de Kovac.

— Sr. Fallon, preciso que o senhor estenda sua mão.

— Não.

Neil Fallon empurrou a cadeira para trás e levantou-se. — Não. Eu não vou fazer isso. Não tenho de fazer isso. Não vou fazer.

— Isso não tem importância, Neil — disse Liska —, se você não atirou no seu pai.

Ele empurrou a cadeira para o lado, que caiu no chão. — Eu não matei ninguém! Se você acha que eu matei, pode me acusar. Eu vou sair daqui. Vocês que se fodam.

Elwood virou-se para a janela.

Kovac olhou a foto quando Neil Fallon saiu, enfurecido, da sala de interrogatório.

— Mike Fallon era canhoto — disse, olhando para Wyatt. — Mike Fallon foi assassinado.

26

— Mike Fallon era canhoto — disse Kovac. — Se tivesse se matado, teria usado a mão esquerda.

Ele fez uma representação do crime para as pessoas que estavam reunidas no escritório de Leonard: Leonard, Liska, Elwood e Chris Logan do escritório do procurador do condado. — Mike apóia a mão esquerda com a direita, enfia o cano da arma na boca e puxa o gatilho. *Bang!* E pronto. Está morto. O coice da arma afasta os braços do corpo. E talvez a arma seja jogada longe. Ou talvez continue na mão dele — a mão esquerda — quando o braço cai para o lado. Mas não há como a arma cair para o lado direito da cadeira de rodas.

— Você tem certeza de que ele era canhoto? — perguntou o promotor Logan. Ele parecia ter sido atingido por um vento do Ártico quando veio do centro cívico, com o cabelo escuro desgrenhado e as bochechas vermelhas. Suas sobrancelhas eram unidas, formando um V acima dos olhos.

— Tenho certeza — disse Kovac. — Não sei por que isso não me ocorreu antes. Acho que foi porque fazia muito sentido Mike ter se matado.

— Mas seu filho saberia que ele era canhoto.

— Neil também é canhoto. Ele ajudou o velho a entrar na outra vida e colocou a arma no chão com a mão esquerda. O que fez com que a arma ficasse à direita de Mike.

Logan franziu as sobrancelhas. — Isso é muito precário. Você tem mais alguma prova? Impressões digitais na arma?

— Não. As impressões de Mike estão na arma, mas estão manchadas. Como se alguém tivesse as mãos por cima da mão dele.

— *Talvez* não seja isso. Talvez as mãos dele estivessem suadas e tenham mudado de posição várias vezes ao segurarem a arma. Talvez as impressões digitais tenham ficado manchadas quando a arma caiu da sua mão depois que ele puxou o gatilho.

— Uma testemunha viu Neil Fallon entrar na casa naquela noite — disse Elwood.

— E Fallon disse que não tinha estado lá — completou Kovac.

— Mas isso foi duas ou três horas antes da morte de Mike, não foi?

Foi a vez de Liska falar. — Neil não se dava com Mike. Tinha muitos ressentimentos e ciúmes. Mike não emprestou o dinheiro que ele precisava. Neil admitiu que discutiu com o pai. Admitiu que bateu nele.

— Mas não admitiu que o matou.

Kovac praguejou: — É isso que a gente tem de fazer agora? Servir todo maldito criminoso em bandeja de prata para vocês? Como se fossem perus de Natal com confissões assinadas no bico?

— Você precisa me trazer mais material. O advogado dele vai tirá-lo daqui em cinco minutos. Você tem apenas um motivo. Tem oportunidade que não corresponde à opinião do IML sobre o ocorrido. Não tem evidência física nem testemunhas. O sujeito mentiu para você. E daí? Todo mundo mente para os policiais.

— Você não tem material suficiente para detê-lo aqui. Eu não tenho material suficiente para levá-lo a julgamento. Ponha-o na cena do crime quando alguém ouviu um tiro. Encontre sangue do velho nos sapatos dele. Alguma coisa. Qualquer coisa.

— Se Neil pôs as mãos sobre a mão de Mike na arma, deixou impressões digitais na pele do velho — disse Liska.

— Será difícil ver isso agora — comentou Kovac. — Stone e Lars apararam as unhas dele e examinaram as mãos para ver se havia ferimentos de defesa...

— Mesmo assim vale a pena falar com eles — insistiu ela. — Tente você com o seu charme, Sam.

Kovac revirou os olhos. — Que tal um mandado de busca na casa de Neil Fallon? Quem sabe encontramos os sapatos sujos de sangue?

— Faça uma declaração juramentada e vá ver o juiz Lundquist com a minha bênção — disse Logan, olhando o relógio. — Sou a favor de prender esse cretino se ele matou o velho. Mas o caso tem de ser satisfatório. Senão será mais a porra de um fiasco para a imprensa se divertir, e eu não quero ser o sujeito em foco pisando no cocô de cachorro.

"Agora tenho de ir embora — anunciou. — Preciso ir ao gabinete do juiz." Abriu a porta e saiu antes que alguém pudesse objetar.

— É difícil atrair um promotor politicamente ambicioso — disse Elwood. — Ele só vai correr os riscos bem calculados que sabe que pode ultrapassar.

— Logan é esperto — disse Leonard. — O departamento não pode sofrer outro fiasco.

Tradução: a gente se fode e o figurão enfia uma mangueira de incêndio no cu de Leonard, concluiu Kovac. Com Ace Wyatt orquestrando a carga por trás dos bastidores. Liska vai ficar na merda. Elwood talvez escape, por estar na periferia do caso.

— Vou preparar a declaração juramentada — disse Kovac.

O bipe de Liska tocou e ela pôs a mão no cinto.

— Vamos pedir uma unidade do xerife para montar guarda na casa de Neil Fallon? — perguntou Elwood. — Eles vão querer fazer a busca. É a jurisdição deles.

Leonard começou a dizer alguma coisa, mas Kovac falou por cima, ignorando a autoridade do tenente de dirigir o caso.

— Chame Tippen. Veja o que ele pode fazer pela gente. Se alguém de lá for entrar na dança, eu prefiro que seja ele.

— Sam, tenho de ir — disse Liska. — Ibsen recuperou a consciência. Você precisa de mim para a busca?

— Não, pode ir.

— O supervisor do turno da noite me telefonou — disse Leonard em voz bem alta, fazendo com que ela parasse na porta. — Eu concordei que você fosse assistente de Castleton no assalto de Ibsen, caso ainda não saiba.

— Obrigada, tenente — disse ela, tentando em vão não parecer encabulada. — Eu ia lhe dizer. Ibsen é meu informante.

— Quando voltar, talvez você possa me dar cinco minutos para contar o que ele andou informando.

— É claro, mais tarde. — Foi se afastando dele e olhando para Kovac com ar comprometedor.

— Boa sorte, Fadinha. Espero que o sujeito possa se lembrar de tudo e que tenha uma visão noturna normal.

— Eu vou me dar por feliz se ele puder, além de babar, articular alguma palavra.

"Recuperou a consciência" foi um exagero. Ibsen tinha um olho parcialmente aberto e gemia. O enfermeiro da equipe do Centro Médico do condado de Hennepin tinha trabalhado bem, enchendo-o de morfina.

Ele parecia pequeno, frágil e patético na cama, coberto de bandagens, preso a um monte de máquinas. Não havia ninguém à sua cabeceira pedindo a Deus que o poupasse. Ninguém foi vê-lo, segundo a equipe do hospital, embora seu chefe no Boys Will Be Girls tivesse sido notificado e avisado os amigos de Ibsen no clube. Aparentemente ele não tinha amigos. Talvez a idéia de ele ter sido espancado daquela forma fosse suficiente para impedir que seus conhecidos se associassem a ele.

— Pode me ouvir, sr. Ibsen? — perguntou Liska pela terceira vez.

A cabeça dele estava virada para ela, e os olhos estavam abertos, mas não focalizavam nada. Havia quem dissesse que a conversa penetrava no cérebro até mesmo de quem estava em coma. E quem era ela para dizer que isso não era verdade?

— Vamos descobrir quem fez isso com o senhor — prometeu ela.

Policiais. Liska sentiu-se mal do estômago só de pensar nisso. Os policiais tinham feito aquele estrago. Os policiais tinham cometido aquele crime, um sacrilégio contra as fardas que usavam. O estrago não acabava em Ken Ibsen. Atingia a imagem de todo o departamento, a confiança do público de que os oficiais eram pagos para protegê-los. Ela detestava Ogden e Rubel por terem traído essa confiança, e por abalarem sua crença na comunidade de policiais, que tinha sido sua segunda família durante a maior parte da sua vida.

Ela não era ingênua. Sabia que nem todos os policiais eram bons. Havia muitos idiotas andando por aí com distintivos da polícia. Mas assassinato e tentativa de assassinato? No fundo do seu ser ela ainda não queria acreditar nisso. Mas Ken Ibsen era a prova viva de que teria de acreditar.

— Eles têm muita explicação para dar — murmurou, afastando-se dali.

Um guarda estava sentado do lado de fora do quarto de Ibsen com uma revista de pesca no colo. Hess era seu nome, segundo o crachá. Deu um sorriso de desprezo para Liska como que dizendo: "É uma mulher", e ela teve vontade de chutar a cadeira dele. Teve vontade de arrancar a revista da sua mão e lhe bater com ela. Mas não podia fazer nada disso.

— De que distrito você vem, Hess?

— Do terceiro.

— Sabe por que te mandaram aqui para o centro?

Ele deu de ombros. — Porque eu estava disponível para vigiar esse cara.

Ele não parecia muito interessado em saber por que alguém da delegacia do centro não tinha ido para lá. Estava contente, no momento, por poder ler aquela revista de material de pesca. Liska tinha pedido para mandarem gente de fora, com medo de que os guardas daquele distrito pudessem pôr Ibsen em risco, como no dia da morte de Andy Fallon que Ogden e Rubel atenderam o chamado e entraram na casa. Mas tinha dúvidas se ter um idiota como Hess na porta adiantava alguma coisa.

— Castleton esteve aqui? — perguntou ela.

— Não.

— Alguma outra pessoa do departamento?

— Não.

— Se alguém além dos médicos e enfermeiras entrar nesse quarto eu quero ser notificada imediatamente.

— Ãhã.

— Se alguém entrar nesse quarto, não importa quem seja, você vai ter de tirar o rabo dessa cadeira e espiar pelo vidro. Eu podia ter matado o cara lá dentro cinco vezes enquanto você estava sentado aí lendo sobre iscas e peixinhos.

Hess emburrou, pois não gostava de receber ordens de mulher, muito menos de uma mulher com idade para ser sua filha.

— E tente fazer um transplante de personalidade enquanto estiver aqui — disse Liska entre dentes enquanto se afastava.

Desceu no elevador até o térreo, pensando em Ogden e Rubel, até onde eles pretendiam chegar, se estavam planejando fazer algo ali no hospital. Parecia um risco muito grande, mas se eles tinham alguma coisa a ver com o assassinato de Eric Curtis, se tinham alguma coisa a ver com a morte de Andy Fallon, se estavam dispostos a fazer com outro ser humano o que tinham feito com Ken Ibsen, não teriam limites.

Mas talvez não quisessem ver Ibsen morto. Vivo, Ibsen era um símbolo mais impressionante ainda, se é que a intenção fosse avisar que ninguém se metesse com eles. Liska imaginou por que tinham esperado até agora para agir. Por que não quando a investigação estava quente? Talvez Ibsen não os preocupasse tanto quanto o interesse dela em reabrir o caso. Afinal de contas, ninguém dera muito crédito a Ibsen até então.

Certo. Isso significava que Ibsen tinha servido de exemplo para ela, e que era realmente por causa dela que ele estava agora numa cama de hospital.

Eles deviam andar vigiando Ibsen para pegá-lo naquela viela, pensou Liska. E provavelmente a estavam vigiando também. Essa dupla parecia ser onisciente. Mas não eram simplesmente uma dupla, lembrou-se. Springer tinha confirmado o álibi deles. Dungen, o elemento de ligação com os oficiais gays, tinha comentado que havia uma onda anti-gay no departamento. Mas quantos policiais estariam dispostos a assaltar e a matar em razão desse sentimento? Ou estariam dispostos a fazer outro tipo de buscas? Ela esperava não ter de descobrir isso.

Saiu do elevador de cabeça baixa, perdida nos seus pensamentos, tentando priorizar as coisas que precisava fazer. Precisava telefonar para o último companheiro de patrulha de Eric Curtis. Como era mesmo seu nome? Engle. E tinha recebido ordem de Castleton para ir à corregedoria conversar sobre Ibsen com eles. Precisava telefonar para Kovac para dar notícias de Ibsen e saber da busca na casa de Neil Fallon. Ele devia estar agora no escritório do juiz Lundquist.

Tirou o celular do bolso e levantou os olhos, procurando um lugar mais sossegado para ficar, e viu Rubel à paisana no hall, a menos de três metros, olhando para ela com um ar inexpressivo. Seu coração gelou quando ela notou que ele tinha alguma coisa na mão, e nesse momento alguém lhe deu um encontrão por trás. Rubel foi andando, com a outra mão enfiada no bolso do casaco.

— O que você está fazendo aqui? — perguntou Liska abruptamente, cortando o caminho dele.

— Vim tomar vacina contra gripe.

— Ibsen está sob escolta.

— O que me importa isso? Ele não tem nada a ver comigo.

— Acho que você tem razão. Era sobre seu companheiro que ele tinha muito o que falar.

Rubel deu de ombros. — Ogden está limpo. Acho que a corregedoria não se interessou pelo que esse sujeito tinha a dizer.

— Mas alguém se interessou. Ele vai falar nos próximos meses através dos poucos dentes que lhe restaram na boca.

— Como eu já disse ao Castleton, não tenho nada a ver com isso. Ogden, Springer e eu estávamos jogando sinuca no meu porão.

— Isso é o mesmo que dizer "o cachorro comeu meu dever de casa".

— Gente inocente não vive pensando em arranjar um álibi — disse ele, olhando por cima do ombro para o lugar de onde tinha vindo. — Com licença, sargento...

— Você, Ogden e seus colegas machões são um bando de anjinhos. — Liska gostaria de ter a mesma altura que Rubel para que ele não a olhasse por cima da sua cabeça.

— Não são os Eric Curtis e Andy Fallons que envergonham o departamento. São os brutamontes que nem vocês, que pensam que têm o direito de acabar com qualquer um que não se encaixe nos seus estreitos moldes de perfeição humana. Vocês é que deviam ser expulsos do departamento. E se eu puder encontrar uma mínima prova contra vocês, vou fazer das suas vidas um inferno.

— Isso está parecendo uma ameaça, sargento.

— É mesmo? Pode se queixar à corregedoria — disse ela, descendo o corredor por onde Rubel tinha passado, sentindo os olhos dele nas suas costas até virar a esquina.

Olhou em volta e viu uma pequena área com cadeiras e algumas pessoas aguardando, desanimadas. Na placa acima da mesa estava escrito LABORATÓRIO.

— É aqui que se toma vacina contra gripe?

— Não, senhora. Aqui é para fazer exame de sangue. A vacina contra gripe é dada na emergência. Volte pelo corredor de onde veio e...

Liska agradeceu e foi embora.

— Eu vou processar o Departamento de Polícia! — esbravejava Neil, caminhando um pouco adiante de Kovac com as pesadas botas rangendo na neve compacta. Estava sem chapéu, e o vento que soprava do lago tinha emaranhado seu cabelo. Com os olhos esbugalhados de raiva e as veias saltadas no pescoço, parecia um louco.

Kovac acendeu um cigarro, deu uma boa tragada e soltou um fio de fumaça que logo desapareceu no ar. Os termômetros deviam estar marcando menos vinte graus agora. — Pode processar, Neil. Só que é jogar fora um dinheiro que você não tem. Mas, para mim, tanto faz.

— Prisão indevida...

— Você não está preso.

— Perseguição...

— Nós temos um mandado. Você está fodido aqui, Neil — disse Kovac com toda a calma. O sol estava fraco, com um tom amarelado, através da névoa formada pela neve que caía. As casas de pescadores que pontilhavam as margens do lago pareciam agrupadas para se aquecer.

Fallon parou, bufando de raiva, vendo pela porta larga os policiais revirarem o material empilhado no galpão. A única prova que havia era de que nenhuma mulher morava ali.

— Eu não matei ninguém — declarou Fallon enfaticamente.

Kovac observou-o com o canto dos olhos. — Então não tem com que se preocupar, meu caro. Vá tomar uma cerveja.

Tippen, da Unidade Especial de Detetives, estava à direita de Kovac, fumando também, olhando a entrada cavernosa do galpão. A gola do seu blusão estava levantada até as orelhas, e seu boné com bordas listradas de vermelho e branco afundava-se na cabeça.

— Pensei que você tivesse parado de fumar — disse para Kovac.

— Eu parei.

— Você está se contradizendo seriamente, Sam.

— É, bem... Alguém já disse que você está parecendo o dr. Seuss com esse chapéu maluco?

— Mas eu não gosto de ovos verdes com presunto, Sam — disse Tippen, num tom inexpressivo. — Onde está Liska?

— Você tem tesão por ela.

— Eu não concordo. Estava apenas perguntando por uma colega.

— A Fadinha está num lugar mais quente do que aqui, trabalhando sob outro ângulo.

— Point Barrow, no Alasca, é mais quente que aqui.

— Sob que ângulo? — perguntou Fallon.

— Não é da sua conta, Neil. Ela tem outros casos.

— Eu não matei o meu pai.

— É o que você afirma — disse Kovac, prestando atenção no galpão. Elwood vinha saindo com um macacão de sarja nos ombros.

O corpo de Fallon estremeceu, como se tivesse levado um choque elétrico. — Não é o que você está pensando.

— E o que é que eu vou pensar, Neil?

— Eu posso explicar.

— O que você acha, Sam? — perguntou Elwood. — Está me parecendo sangue.

O macacão estava imundo. Espalhado por cima da sujeira via-se o que parecia ser sangue seco e fragmentos de pele.

Kovac virou-se para Fallon. — O que eu estou pensando, Neil, é que você está preso. Você tem o direito de permanecer calado...

Cal Springer tinha dito que estava doente. Liska parou na calçada e ficou olhando a vizinhança por um instante, antes de desligar o motor. Cal e a mulher moravam em uma casa igual a inúmeras outras, numa rua sem saída de subúrbio, em Eden Prairie. A casa era o que os corretores chamariam de "levemente contemporânea", ou seja, sem estilo. Qualquer pessoa que chegasse à vizinhança depois de uma noitada nos bares corria o risco de entrar na casa do vizinho e só saber a diferença quando o alarme disparasse.

Mesmo assim era um lugar agradável. Liska ficaria contente se morasse ali. Pensou como Cal tinha conseguido comprar aquela casa. Ele ganhava bem no seu escalão, e com os anos tinha feito umas economias, mas não para isso. E tinha uma filha na St. Olaf, uma faculdade particular e cara perto de Northfield. Talvez a sra. Springer é quem tivesse dinheiro. Era uma coisa a pensar: Cal Springer, sustentado pela mulher.

Liska foi até a porta, tocou a campainha e tapou o olho mágico.

— Quem é? — perguntou Springer por trás da porta. Parecia que a equipe do leão do imposto de renda estava esperando ali para levá-lo acorrentado por viver acima de suas posses.

— Kátia, da Elite Massagens — disse Liska alto. — Vim fazer sua sessão de palmadas das quatro horas, sr. Springer.

— Que merda, Liska! — A porta se abriu e Springer olhou com raiva para ela, depois olhou ao redor. — Você não pode ter um pouco de consideração? Eu moro aqui.

— Ora, ora. Por que eu tentaria deixar você constrangido na frente de estranhos?

Passou por baixo dos braços de Springer e entrou no hall, revestido de um azulejo sem graça, pintura sem graça, e corrimão de madeira sem graça da escada que levava para o segundo andar.

— Sabia que não é bom ter uma escada dando diretamente em uma porta assim? É contra as regras do *feng shui*. Todo o seu *chi* bom sai direto pela porta.

— Eu estou doente — anunciou Springer.

— Deve ser por isso. Falta de *chi*. Dizem que pode ter sido essa a causa da morte de Bruce Lee. Eu li isso na revista *In Style*. — Olhou para Cal da cabeça aos pés, uma atitude típica de policial, observando o cabelo despenteado, a pele cinzenta, as olheiras debaixo dos olhos injetados. Seu aspecto era horrível. — Ou será que está doente porque tem andado com gente como Rubel e Ogden? Companhia estranha para você, Cal, não acha?

— Minhas amizades não são da sua conta.

— São se eu tiver a certeza de que esses dois deixaram um homem em coma de tanta porrada, enquanto você supostamente jogava sinuca com eles.

— Eles não podem ter feito isso — disse Springer, sem olhar para Liska. — Nós estávamos na casa de Rubel.

— É isso que a sra. Springer vai me dizer quando eu perguntar a ela?

— Minha mulher não está em casa.

— Mas uma hora vai chegar.

Liska tentou ficar na frente dele, mas Springer não parou quieto. Usava uma calça larga marrom que tinha visto dias melhores e um moletom cinzento da St. Olaf, com mangas visivelmente encolhidas. Nem suas roupas informais estavam certas.

— O que isso tem a ver com você? — perguntou ele, irritado.

— Estou trabalhando como assistente de Castleton nesse caso de assalto. A vítima ia se encontrar comigo para contar alguma coisa interessante sobre o assassinato de Curtis. Depois que alguém se esforçou tanto para ele ficar calado, estou ainda mais ansiosa para saber o que ele ia me contar. Você sabe como eu sou nessas coisas, Cal. Pareço um terrier caçando um rato. Não sossego enquanto não o alcanço.

Springer produziu um som gutural no fundo da garganta, pôs a mão no estômago e ficou olhando para a porta aberta do lavabo, que ficava debaixo da escada.

— Por que está ligado a esses guardas, Cal? Você é um detetive, pelo amor de Deus. E deve ter uns quinze anos mais do que eles, não é? Sem nenhuma ofensa, por que eles querem andar com você?

— Olhe aqui, eu já disse que não estou me sentindo bem, Liska — respondeu ele, olhando para a porta do lavabo de novo. — Não dá para conversarmos em outra hora?

— Depois de eu ter vindo até esse fim de mundo? — perguntou ela, ofendida. — Você é um mau anfitrião. Mas a sua casa é bonita.

Atravessou o hall e espiou para dentro da sala de estar, com uma lareira de pedra e almofadas bem fofas. A grande árvore de Natal estava decorada com enfeites artesanais e muito papel prateado. — Os impostos aqui devem ser altos como o diabo, não é?

— E o que você tem a ver com isso? — perguntou ele, exasperado.

— Eu não posso morar num lugar assim. Como você pode?

Olhou direto para ele, pegando-o desprevenido por um instante, vendo uma certa tristeza nos seus olhos. Percebeu com toda a clareza naquele momento que Cal Springer vivia tentando chegar a algum lugar de uma forma ou de outra, mas provavelmente não conseguia atingir suas metas.

O barulho na porta da garagem chamou-lhe a atenção, e ele pareceu mais doente do que estava um momento atrás.

— É a minha mulher chegando do trabalho.

— É mesmo? O que ela faz? Neurocirurgia? Que bobagem. Se ela fosse especialista em neurocirurgia teria dado um jeito na sua falta de bom senso.

— Ela é professora — disse Springer, apertando a barriga.

— Ah, isso explica o extravagante estilo de vida. Essas professoras ganham uma baba.

— Nós dois juntos fazemos um bom dinheiro — disse Springer, defendendo-se.

Bom o suficiente para se endividar até a raiz dos cabelos, pensou Liska. — Mas uma promoção não faria mal algum, não é? É claro que depois da merda com Curtis isso está parecendo meio vago. Você acha que se chegar a delegado talvez tenha uma recompensa material, certo?

— Calvin? Cheguei. — A voz suave e doce vinha da cozinha. — Eu trouxe o remédio para sua dor de barriga.

— Nós estamos aqui, Patsy.

— Nós?

Ouviu-se o ruído das sacolas de compras sendo esvaziadas e, logo depois, a sra. Springer entrou no hall, o perfeito estereótipo da professora de meia-idade. Meio gorducha, meio desarrumada, óculos grandes, cabelo desbotado.

— Sou Nikki Liska, sra. Springer — disse Liska, estendendo a mão.

— Do departamento — especificou Cal.

— Acho que já nos encontramos uma vez — disse Liska.

A sra. Springer parecia confusa. Ou talvez apreensiva. — Você veio aqui ver como Cal está? O estômago dele anda horrível.

— Bem, na verdade eu queria fazer umas perguntas a ele.

Springer estava atrás da mulher. A cara achatada parecia feita de cera. Seu foco parecia estar em outra dimensão, onde ele podia ver sua vida se esfarelando como queijo ralado.

A sra. Springer franziu as sobrancelhas. — Perguntas sobre o quê?

— A senhora sabe onde Cal estava na noite passada, por volta das onze e meia?

Os olhos da sra. Springer encheram-se de lágrimas por trás dos óculos grandes, e ela olhou por cima do ombro para o marido. — O que quer dizer tudo isso?

— Responda ao que ela perguntou, Patsy — disse Springer, impaciente. — Não é nada de mais.

Liska esperou, com um peso no peito, lembrando-se da própria mãe quando a corregedoria foi à sua casa para lhe fazer perguntas. Ela conhecia aquela sensação de vulnerabilidade; aquela sensação de traição, de ser atacada pela sua própria gente.

— Calvin estava fora na noite passada — disse Patsy Springer com calma. — Com amigos.

Por trás dela, Springer esfregava uma das mãos no rosto e tentava abafar um suspiro.

— Não — disse Liska com os olhos nele. — Essas pessoas com quem Cal diz que saiu não são amigas, sra. Springer. Espero, para o bem dele, que a senhora tenha me dito uma mentira.

— Já basta, Liska — disse Springer, interpondo-se entre as duas. — Você não pode vir à minha casa e chamar a minha mulher de mentirosa.

Liska agüentou firme, tirou as luvas do bolso do casaco e calçou-as, uma de cada vez.

— Você não estava ouvindo, Cal — disse ela com calma. — É melhor sair dessa antes que seja tarde demais. Nada que eles possam ter contra você é tão ruim quanto o que fizeram.

— Do que ela está falando, Calvin? — A voz da sra. Springer denotava medo agora.

Springer olhou enfurecido para Liska. — Saia da minha casa.

Liska assentiu. Deu uma olhada final na bela casa e uma olhada final para Cal Springer, um homem sendo comido vivo de dentro para fora.

— Pense nisso, Calvin. Você sabe o que eles fizeram com aquele sujeito. Provavelmente sabe mais do que isso. Eles usam o mesmo distintivo que você e eu, e isso está errado. Seja homem e detenha esses dois.

Springer olhou de lado, com a mão na barriga e o suor pingando da sua pele pálida e acinzentada, sem dar uma palavra.

Liska saiu no frio da tarde que terminava, entrou no carro e dirigiu-se para Minneapolis, querendo apenas chegar à sua modesta casa para ficar com seus filhos.

27

— Quais são as possibilidades de esse sangue ser de Mike? — perguntou Tippen, tomando uma cerveja.

Estavam no Patrick's com os colegas que sempre se reuniam depois do primeiro turno, e com os grupos das noites de sexta-feira.

— Quase nenhuma — respondeu Kovac. Tirou um punhado de petiscos do pote que estava em cima da mesa e separou os amendoins e os biscoitinhos crocantes. Desconfiava há muito tempo que petiscos duros, como chips de milho, eram, na verdade, pontinhas de unha. — Ele tinha de estar na frente do velho quando a arma disparou. A sujeira foi para outra direção. Acho que o sangue no macacão é o que Neil Fallon falou: sangue de vísceras dos peixes. Mas isso não quer dizer que ele não tenha matado o velho. E agora que está preso, talvez acabe soltando a história toda.

— Como é fim de semana, só vamos ter o resultado do laboratório na terça ou quarta-feira — disse Elwood. — Se ele tiver alguma coisa a dizer, acho que vai abrir o bico no domingo à noite.

— Confissão sabatiana. — Tippen assentiu com a sabedoria da experiência. — Muito simbólico.

— Muito católico — corrigiu Kovac. — Neil Fallon foi criado no catolicismo, não é um assassino típico. Se matou o velho, não vai agüentar viver com essa culpa por muito tempo.

— Sei não, Sam — disse Tippen. — Nós todos sentimos algum tipo de culpa, não é? Carregamos essa culpa a vida inteira como se fosse um fardo. Uma coisa pesada que não nos deixa alcançar a felicidade. Uma coisa que nos faz lembrar que não somos dignos, que desculpa os nossos fracassos.

— A maioria das pessoas não mata os próprios pais. Uma culpa assim é despejada para fora — disse Kovac. — Com o tempo.

Levantou-se do tamborete, sem vontade de sair dali.

— Aonde você vai? — perguntou Tippen. — É a sua vez de pagar.

Kovac abriu a carteira e deixou umas notas na mesa. — Vou ver se posso apressar o processo para alguém.

Alguém no quarteirão de Steve Pierce estava dando uma festa de Natal. Música, conversas e risadas vinham da luxuosa casa enquanto os convidados chegavam. Kovac debruçou-se no carro e ficou olhando a cena enquanto terminava seu cigarro, depois jogou a guimba na sarjeta e dirigiu-se para a casa de Steve Pierce.

As luzes brilhavam nas janelas do duplex. Seu Lexus estava na pérgola da entrada. Talvez estivesse na festa do vizinho, mas Kovac tinha suas dúvidas. Steve Pierce não participaria de festas de Natal naquele ano. Era muito difícil mostrar-se alegre e animado com o peso da perda, da tristeza e da culpa pendendo-lhe do pescoço. A esperança de Kovac era de que a sua noiva não estivesse lá, pois assim Pierce estaria solitário e vulnerável.

— Ataque quando eles estiverem por baixo — murmurou, antes de tocar a campainha.

Ninguém atendeu, e ele tocou de novo. Mais convidados chegavam no vizinho. Um deles, um sujeito com um cachecol vermelho, saiu correndo pelo jardim, abraçou um boneco de neve e começou a cantar uma canção de Natal.

— Meu Deus, você de novo — disse Pierce ao abrir a porta. — Já ouviu falar de uma coisa chamada telefone?

— Prefiro o toque pessoal, Steve. Mostra como estou interessado.

O aspecto de Pierce estava pior do que na noite seguinte em que encontrou o corpo de Andy Fallon. As roupas eram as mesmas. Cheirava a cigarro, bebida e suor — um tipo de suor de fundo emocional. Um cheiro diferente do suor resultante de trabalho físico, mais ácido e mais forte. Segurava um copo pequeno de uísque e tinha um cigarro pendurado na boca. Parecia que não se barbeava desde o dia do enterro.

— Você está interessado em me mandar para a prisão.

— Só se você cometeu algum crime.

Pierce riu. Estava meio bêbado, mas provavelmente não se deixaria passar do limite para aplacar o sofrimento por completo. Kovac suspeitou que ele pretendia ser ofensivo, e que o uísque lhe permitiria fazer isso em um nível tolerável.

— Neil Fallon está preso. Ao que parece, foi ele que matou o velho. Eu gostaria de saber se você tem alguma coisa a dizer sobre o assunto.

Pierce levantou o copo. — Isso merece um brinde. Entre, sargento — convidou-o, afastando-se da porta.

Kovac seguiu-o. — Um brinde por Neil estar preso ou por Mike estar morto?

— Os dois. Eles se mereciam.

Foram para uma saleta com paredes pintadas de azul-escuro. Kovac fechou a porta para ganhar uns minutos a mais, caso a namorada aparecesse.

— Você conhecia bem o Neil?

Pierce tirou outro copo de um armário que ficava acima do bar, pegou a garrafa do Macallan doze anos, serviu Kovac e encheu de novo seu próprio copo.

— Bem o bastante para saber que ele era um calhorda. Agressivo, ciumento, mesquinho, cruel. Uma lasca do bloco de origem. Eu costumava dizer que Andy devia ter sido trocado na maternidade quando nasceu. Nunca consegui entender como ele podia ser como era no meio daqueles dois pit bulls. Era um rapaz decente, honesto e bom.

Seus olhos se avermelharam, e ele foi até a janela estreita que dava para o lado do terreno. A casa ao lado estava às escuras.

— Andy era muito melhor do que eles — disse, com o senso de injustiça e frustração engrossando-lhe a voz. — Mas estava sempre tentando conquistar os dois.

Kovac deu um gole no uísque, percebendo logo por que se pagava caro por uma garrafa de Macallan. Ouro fundido devia ser bom assim.

— Foi o favorito do seu pai durante muito tempo — disse, com os olhos fixos em Steve, ajeitando-se numa poltrona de couro para ficar num ângulo melhor. — Imagino que tenha sido difícil para ele ser rejeitado pelo velho.

— Andy vivia tentando fazer as pazes com o pai. Como se tivesse alguma razão de se envergonhar. Queria que o velho compreendesse uma coisa que um sujeito assim não compreenderia nem em um milhão de anos. Eu dizia para ele desistir disso, que era impossível mudar a cabeça dos outros, mas ele não me ouvia.

— Como ele pretendia fazer as pazes? O que pensava em dar em troca?

Pierce deu de ombros. — Não havia nada para dar em troca. Esse era o problema. Andy achava que talvez os dois pudessem fazer alguma coisa juntos. Escrever as memórias do velho, ou coisa parecida. Falava sobre isso às vezes, dizia que se conhecesse mais o seu velho talvez pudesse entendê-lo melhor, talvez pudesse encontrar algum ponto em comum com ele. Queria saber detalhes sobre o tiro que o deixou na cadeira de rodas, sobre o momento capital na vida de Mike. Mas o velho não aceitou a idéia. Não gostava de falar sobre o que tinha acontecido. Não gostava de falar sobre seus sentimentos. De certo nem tinha vocabulário para isso. Esclarecimento não faz parte das características de sujeitos como Mike Fallon e Neil.

— E Neil? Ele disse que não sofreu muito impacto quando Andy contou que era gay.

Pierce riu. — É claro. Aquele idiota filho-da-puta. Ele já detestava Andy. Achava que sendo heterossexual teria vantagem com o velho. Não seria mais a ovelha negra da família.

— Andy via muito o irmão?

— Ele tentava fazer coisas de macho com Neil de vez em quando. Caçar, pescar, esse tipo de atividade. Uma completa perda de tempo. Neil não queria compreender Andy nem gente como Andy. Não queria nada de Andy, a não ser dinheiro.

— Ele pediu dinheiro a Andy?

— É claro. Primeiro disse que era uma possibilidade de investimento. Eu dissuadi Andy de dar o dinheiro. Por que fazer um empréstimo para um irmão que não se importava se não o visse nunca mais? Um investimento? Era o mesmo que jogar o dinheiro na latrina e dar descarga.

— O que Andy fez?

— Foi protelando, dizendo que talvez desse o dinheiro mais tarde, esperando que Neil entendesse a indireta. — Deu mais um gole no uísque e continuou: — Oportunidade de investimento.

— Você sabe se eles brigavam muito?

Pierce sacudiu a cabeça. Chupou o cigarro até o filtro e pôs a guimba em um canto do parapeito da janela. — Não. Andy não brigava com ele. Sentia-se muito culpado de ser melhor do que os outros Fallon. Por quê? Você acha que Neil o matou?

— Essa possibilidade continua em aberto.

— Pois eu acho que não. Neil não é inteligente assim. Já teria sido apanhado a essa altura.

— Nós o apanhamos — lembrou-lhe Kovac.

— Mas... você sabe o que eu quero dizer. — Foi para o bar e encheu o copo pela milésima vez. — Neil é um cara lambão, não acha? Teria atirado, esfaqueado, deixado sangue e devastado toda a cena do crime, impressões digitais por todo lado.

— Talvez.

— Ele não se arrependeria. Meu Deus, provavelmente nem sabe *soletrar* a palavra "desculpe". Ele é que devia ter morrido — disse Pierce num tom amargo, bebendo mais uísque para avivar a raiva, pondo combustível nas chamas. — Desculpa sem valor para um ser humano. Não faz sentido uma pessoa boa como Andy...

Seu rosto ficou coberto de lágrimas, e por mais que quisesse se controlar, não conseguiu. Praguejou e jogou a bebida fora. O copo espatifou-se no tampo do bar, sujando toda a área próxima com uísque e cacos de cristal.

— Meu Deus! — gritou, cobrindo a cabeça com os braços como se estivesse se protegendo de golpes de um poder superior que o punia por seus crimes. Cambaleou de um lado para outro, soluçando, soluços secos que rasgavam sua garganta. — Ai, meu Deus!

Kovac esperou, deixou-o soltar seus sentimentos, deu-lhe tempo para olhar o demônio de frente.

Depois de uns minutos, disse: — Você amava o Andy.

Parecia estranho dizer isso a um homem. Mas, depois de presenciar a profundidade da dor de Steve Pierce, achou que se sentiria feliz se outro ser humano — homem ou mulher — gostasse tanto dele assim. Podia também ser que tudo aquilo fosse fruto de culpa.

— Amava sim — admitiu Pierce num sussurro torturado.

Kovac pôs a mão no ombro dele, e Pierce encolheu-se.

— Você tinha um caso com ele.

— Ele queria que eu admitisse isso em público. Mas eu não podia. As pessoas não entenderiam. Não entenderiam. Mesmo quando dizem que sim, não entendem. Eu já vi isso. Sei quais são os comentários por trás. As piadas, as chacotas, a falta de respeito. Eu sei o que acontece. Minha carreira... todo o esforço que eu fiz... Eu... eu... — Engasgou antes de terminar a frase, como se o argumento não fosse convincente nem mesmo para suas próprias lágrimas. Afundou-se em uma das cadeiras de couro com as mãos no rosto. — Ele não entendeu. Eu não podia...

Kovac colocou seu copo na mesa. — Você estava lá, Steve? Na noite em que Andy morreu?

Ele sacudiu a cabeça para a frente e para trás várias vezes, como se estivesse tentando se lembrar.

— Não — disse finalmente. — Eu já te disse que só estive com ele na sexta-feira à noite. As amigas de Jocelyn deram um chá-de-panela para ela. Eu não via Andy há um mês. Nós tínhamos brigado porque ele resolveu contar seu segredo a todo mundo... Nós não ficávamos juntos há muito tempo. Nem estávamos nos falando.

— Ele tinha outro caso?

— Não sei. Talvez. Eu o vi em um bar uma noite, com alguém, mas não sei se era algum envolvimento.

— Você conhecia esse outro sujeito?

— Não.

— Como ele era?

— Parecia um ator. Cabelo preto, um belo sorriso. Não sei realmente o que os dois eram um do outro.

— O que aconteceu quando você foi ver Andy na sexta-feira à noite?

— Nós brigamos. Ele queria que eu contasse a verdade a Joss.

— E você ficou com raiva.

— Fiquei frustrado.

— Há quanto tempo você e Andy estavam envolvidos?

Ele fez um movimento vago com a mão. — Com idas e vindas, desde a faculdade. De início eu pensei que fosse só... experiência... curiosidade. Mas continuei... precisando... viver essa outra vida... e não via uma forma de sair dela. Eu estou noivo da filha de Douglas Daring, pelo amor de Deus. Nós vamos nos casar daqui a um mês. Como eu podia...?

— Você já usou esse argumento antes.

— Cinqüenta vezes. Nós brigávamos, acabávamos tudo por algum tempo, voltávamos, ignorávamos o problema, ele entrava em depressão...

Steve deixou a frase inacabada e sentou-se, afundado na cadeira como um velho, com uma expressão de dor e remorso.

— Ele teria contado para Jocelyn?

— Não. Andy não era esse tipo de pessoa. A responsabilidade era minha. E eu não a aceitei.

— Ele ficou zangado?

— Magoado — disse, fazendo silêncio por alguns minutos. — Eu não quero crer que ele tenha se matado, porque não quero crer que eu possa ter sido o causador disso.

Seus olhos ficaram úmidos de novo, e ele os fechou, apertando as lágrimas entre os cílios.

— Mas acho que fui — murmurou. — Não consegui ser homem o bastante para admitir o que sou, e a pessoa que eu mais amava no mundo talvez tenha morrido por causa disso. Então eu o *matei*. Eu o amava muito e o matei.

Os dois ficaram em silêncio por um instante, ouvindo apenas o som na distância. Uma dessas estações suaves de pseudojazz, que parecia tocar a mesma música continuamente; o mesmo ritmo, o mesmo saxofone tocando baixinho. Kovac suspirou, sem saber o que fazer. Seria melhor não fazer nada. Não adiantava forçar Pierce ainda mais. Esse era o seu segredo, o peso em volta do seu pescoço. Seu castigo seria conviver com isso para o resto da vida.

— Você vai contar para Jocelyn?

— Não.

— É uma mentira infernal para manter em segredo, Steve.

— Não importa.

— Talvez não a você, mas não acha que ela merece a verdade?

— Eu serei um bom marido, e até mesmo um bom pai. Nós fazemos uma bela dupla, não acha? Isso é o que Joss quer: um boneco Ken em tamanho natural para ela vestir e apresentar aos outros, e brincar de mentirinha... Eu sou muito bom em brincar de mentirinha. Fiz isso durante muito tempo na vida.

— Você vai ser acionista da Daring-Landis, e todos vão viver muito infelizes para sempre.

— Ninguém vai notar.

— É a forma americana de viver.

— Você é casado, Kovac?

— Fui casado duas vezes.

— Então é um especialista.

— Em termos de infelicidade. Finalmente descobri que era mais barato e mais fácil ser infeliz sozinho.

Os dois fizeram silêncio.

— Você devia contar para sua noiva, Steve. Por você e por ela.

— Não.

Kovac viu a porta do hall se abrir lentamente, e sentiu um arrepio de medo. Jocelyn Daring estava no portal, ainda de casaco. Ele não sabia há quanto tempo ela estava ali, mas pela sua cara o tempo suficiente para ter ouvido a conversa. As lágrimas misturaram-se à sua maquiagem e escorreram-lhe pelo rosto. Seus lábios estavam sem cor. Pierce olhou para a noiva e não disse nada. Lentamente, ela deu um sorriso trêmulo.

— Seu filho-da-puta! — As palavras saíam como se fossem balas, voando pela sala, esganiçadas, e seus olhos lançavam raios de ódio.

Kovac pegou-a pela cintura quando ela investiu contra Pierce. Jocelyn gritou e debateu-se, batendo com os punhos cerrados na sua testa, abrindo o corte que tinha começado a cicatrizar. Chutando-o, conseguiu se soltar e pegou um castiçal de estanho na ponta da mesa.

— Seu idiota, filho-da-puta! — gritou de novo, atingindo Pierce com o castiçal no lado da cabeça. Ele permaneceu imóvel. — Eu disse para você não falar com ele! Eu disse! Eu disse!

Kovac agarrou-a pelo braço de novo e arrastou-a para trás. Seu corpo estava retesado, ela era forte e alta, e foi tomada de uma fúria sobre-humana.

Pierce não fez nada para se defender. O sangue escorria pelo lado da sua cabeça. Limpou o sangue com as pontas dos dedos e passou um pouco pelo rosto.

— Eu te amava! Eu te amava! — gritou Jocelyn, de forma quase incoerente. — Por que você tinha de contar para ele? Eu podia ter ajeitado as coisas.

A fúria desapareceu e ela caiu no chão aos soluços. Kovac levou-a para uma cadeira e sentou-a lá. Com o corpo flácido, ela escorregou para o chão de novo e enroscou-se como uma bola, batendo com o punho na cadeira. — Eu podia ter ajeitado as coisas... Eu podia ter...

Kovac abaixou-se e tirou o castiçal da mão dela. O sangue do seu corte antigo manchou o suéter dela. Suéter de cashmere azul-bebê.

— Acho que você tem razão, sargento — disse Pierce baixinho, olhando para a mão ensangüentada. — Provavelmente é mais fácil ser infeliz sozinho.

Seu vizinho tinha conseguido adaptar em um terreno baldio próximo um elemento adicional à decoração de Natal: um painel iluminado contando as horas e os minutos para a chegada do Papai Noel.

Kovac ficou olhando o painel por um tempo indeterminado, hipnotizado pela mudança constante de números, imaginando a suspensão que teria se fosse preso por destruição de propriedade privada. Quantos ícones idiotas e vulgares de comercialização dos feriados ele poderia destruir antes de ser apanhado por conduta inconveniente ou coisa pior? Será que conseguiria contestar o delito e manter seu distintivo?

Mas, na verdade, ele não tinha energia para vandalismo, e simplesmente entrou na casa. Nenhuma novidade, a não ser o cheiro forte do lixo que devia ter sido colocado na calçada naquela manhã.

Lar doce lar.

Tirou o casaco, jogou-o nas costas do sofá e foi lavar-se no lavabo do hall e avaliar o dano causado a seu rosto. O corte acima do olho esquerdo estava feio, coberto de sangue coagulado. Devia ter ido ao pronto-socorro para fazer um curativo, mas não foi. Limpou a área com um pano limpo, tremendo, depois lavou as mãos e tomou três comprimidos de Tylenol.

Dirigiu-se para a cozinha, abriu a geladeira, tirou um sanduíche de carne comido pela metade e cheirou-o. Melhor do que o lixo...

Com o sanduíche na mão, encostou-se no balcão e ouviu o silêncio, rememorando a cena na casa de Pierce. Jocelyn Daring enlouquecida de raiva e ciúme, correndo pela sala.

Eu disse para você não falar com ele... Por que você tinha de contar para ele?... Eu te amava. Eu te amava.

Por que você tinha de contar? Frase estranha, ele pensou. Como se a homossexualidade de Pierce já fosse do seu conhecimento, embora Pierce não tivesse lhe contado nem pretendesse contar.

Lembrou-se da noite em que conhecera Jocelyn, sua forma possessiva e protetora com relação a Pierce; do seu olhar opaco quando ele perguntou se ela conhecia Andy Fallon.

Isso é o que Joss quer: um boneco Ken em tamanho natural para ela vestir e apresentar aos outros, e brincar de mentirinha...

Ela era incrivelmente forte. Até agora seus bíceps estavam doendo da força que fez para contê-la.

Pensativo, levou o sanduíche à boca para dar uma dentada, mas o bipe tocou antes que ele o provasse. O painel mostrava o número do celular de Liska. Ligou de volta e esperou.

— Casa da Dor. Fazemos entrega — disse ela do outro lado da linha.

— Vou querer de entrada mais uma pancada na cabeça e um soco nos dentes de sobremesa.

— Desculpe. Não é hora de brincadeira. Mas você vai ficar surpreso. Deene Combs entrou em cena e atacou. Um dos filhos de Chamiqua Jones está morto.

28

— O que aconteceu com você? — perguntou Liska quando Kovac saiu do carro.

— Uma mulher desprezada me atacou.

— Você não tem uma mulher para desprezar.

— Por que isso limitaria minha chance de sofrimento? — perguntou, chegando ao local do crime.

O bairro de Chamiqua Jones era acanhado, as casas uns monstrengos construídos no início do século e mais tarde convertidas em apartamentos. Mas não podia ser considerada uma favela. As famílias que viviam ali eram pobres, mas ajudavam umas às outras da melhor forma possível. As gangues e os traficantes de crack eram inimigos muito piores dessas famílias do que dos branquelos dos subúrbios.

E essa era a razão, pensou Kovac ao juntar-se aos policiais e peritos na cena do crime.

No meio da rua, junto a um monte de neve, via-se um pequeno corpo ainda descoberto. O monte de neve suja estava manchado de sangue. Chamiqua Jones, ao lado, chorava, gritava, sacudia-se. Os amigos e vizinhos tentavam confortá-la.

— As crianças estavam brincando na neve — disse Liska. — Segundo uma delas, um carro com três ou quatro bandidos parou, um deles pôs a cabeça para fora da janela e disse o nome Jones. Quando uma criança virou-se ao ouvir seu nome, ele atirou. Um tirou pegou no rosto e dois no torso.

— Que horror.

— Não foi exatamente uma mensagem sutil.

— De quem é o caso?

— De Tom Michaels.

À menção do seu nome Michaels, que conversava com um dos guardas, olhou para cima e veio imediatamente falar com eles. Era troncudo, nervoso e cheio de energia; usava o cabelo esticado para trás, com uma tonelada de brilhantina para disfarçar seu aspecto muito jovem, o que não adiantava. Ele era um bom policial.

— Sam, eu soube que você e Liska participaram do assalto de Nixon — disse ele. — Achei que gostariam de uma força neste caso.

— Obrigado — disse Kovac. — Alguma identificação do atirador?

Michaels fez uma careta.

Resposta: não. Nem haveria. A menina estava morta porque tinham pedido que sua mãe testemunhasse contra um dos asseclas de Deene Combs. Os líderes comunitários fariam uma manifestação exigindo justiça e pediriam apoio aos cidadãos mais audaciosos, mas ninguém os apoiaria. Não depois disso. E quem os culparia por eles não quererem lutar?

— Eu te disse!

O grito fez com que todas as cabeças se virassem. Chamiqua Jones aproximou-se do grupo como um furacão, focalizando Kovac com os olhos cheios de lágrimas de dor e raiva, de dedo em riste na cara dele.

— Eu disse que eles acabariam me matando! Olhe o que fizeram! Olhe o que fizeram! Mataram a minha filha! Mataram a minha Chantal! O que você vai fazer por mim agora, Kovac?

— Sinto muito, Chamiqua — disse Kovac, sabendo como era imprópria aquela desculpa.

Ela olhou para ele e Liska com ódio. — Sente muito? Minha filha está morta! Eu disse para vocês me deixarem em paz, mas vocês continuaram. Testemunhe, Chamiqua, me disseram. Diga o que você viu, senão vamos sentar seu rabo preto na prisão, você disse. Eu falei o que aconteceria. Eu *falei*!

Começou a bater no peito de Kovac com os punhos, com toda a força. Ele não reagiu. Depois deu um passo para trás e o olhou com raiva, pois sua explosão não tinha adiantado.

— Eu te odeio! — gritou.

Kovac não deu uma só palavra. Chamiqua Jones não se importava se ele estava se sentindo péssimo, desejando que aquilo não tivesse acontecido. Ela não o perdoaria nem o absolveria, não queria entender que ele estava fazendo seu trabalho, estava cumprindo ordens. Não ficaria impressionada se soubesse que ele resolvera trabalhar na polícia porque queria ajudar os outros, queria tentar fazer sua parte para tornar o mundo melhor e mais seguro. Aos olhos de Chamiqua Jones ele era um merda, e ela o odiava.

— Sra. Jones, se eu puder fazer alguma coisa... — começou Liska.

— Você já fez o suficiente — disse Jones com amargura. — Você tem filhos, detetive?

— Tenho dois meninos.

— Então reze para nunca ter de sentir o que eu estou sentindo agora. É isso que você pode fazer.

Virou-se e caminhou para junto do corpo da filha. Ninguém tentou detê-la.

— Que merda — disse Michaels calmamente, observando Jones descobrir o corpo da filha para tocar na sua cabeça ensangüentada. — Se as pessoas reagissem e nos entregassem gente como os Combs, isso não aconteceria. Mas como esse tipo de vingança acontece, ninguém quer reagir.

— Tentamos dizer a Leonard para parar com isso — disse Kovac. — Tentar alguma outra vingança para pegar Combs. Mas Sabin achou que se conseguíssemos prender o sujeito do assalto de Nixon, ele entregaria Combs.

Michaels ajeitou o corpo. — Besteira. Nenhum bandido vai dar uma surra em alguém com uma barra de ferro e depois entregar o chefe para a polícia.

— Você sabe disso e eu também.

— E foi Chamiqua Jones que pagou o pato — disse Liska, sem conseguir tirar os olhos da mãe em prantos.

— Se precisar de nós com relação ao caso Nixon, é só dizer — disse Kovac.

— E vice-versa — disse Michaels.

Kovac pôs a mão no ombro de Liska quando Michaels saiu. — A vida nos suga e a noite é uma criança. Vamos, Fadinha. Vamos tomar uma xícara de café para podermos chorar um no ombro do outro.

— Não, obrigada — disse ela, distraída, olhando para Chamiqua Jones enquanto se afastava. — Eu preciso ir para casa, ver meus meninos.

Kovac levou-a até o carro e ficou vendo-a partir, desejando ter alguém em casa esperando por ele.

Um terrível senso de urgência tomou conta de Liska. Uma sensação de perigo imediato. Ela não conseguia se livrar da idéia de que enquanto dava os pêsames para a mãe de uma criança morta alguma coisa horrível podia ter acontecido com seus próprios filhos. Acelerou o carro, ignorando as leis de trânsito e os limites de velocidade, como se Chamiqua Jones tivesse lhe rogado uma praga. Liska sabia que era uma bobagem, mas...

Sendo da Homicídios, ela via a morte como uma coisa normal. Como a maioria dos policiais, tinha endurecido há muito tempo. Esse era o caminho necessário para manter sua sanidade, engrossar a casca. Mas não havia imunidade que resistisse à visão de uma criança morta. Não havia como escapar das emoções: a raiva e a tristeza ao ver uma vida acabar tão cedo, ao imaginar todas as coisas que a criança nunca experimentaria; a forte sensação de culpa de que a morte poderia ter sido evitada de alguma forma. Os adultos podiam cuidar de si próprios. Muitas vezes as escolhas de vida de um adulto levavam-no a uma situação de grande risco que podia acabar em morte. Mas as crianças não punham a vida em risco. As crianças dependiam dos adultos para se manterem seguras.

Liska sentiu um peso no peito quando virou na Grand Avenue e avistou sua casa. A casa continuava ali. Já era um bom começo. Não tinha sido queimada durante sua ausência. Não importava que a baby-sitter tivesse dito ao telefone uns dez minutos antes que estava tudo bem, quando ela ligou pelo celular.

Estacionou na calçada, saiu do carro e entrou correndo em casa, atrapalhando-se com as chaves.

Os meninos estavam de pijama, deitados de barriga para baixo, vendo televisão, hipnotizados com o videogame que estavam jogando. Liska pôs a bolsa na cadeira, tirou os sapatos e foi até eles sem nem dar um alô para a baby-sitter. Ajoelhou-se entre eles e pegou um em cada braço, ignorando seus protestos.

— Ei!

— Você me fez perder!

— Eu estava ganhando!

— Não estava não!

— Estava sim!

Liska apertou-os bem junto de si e respirou fundo o cheiro dos cabelos recém-lavados e de pipoca de microondas. — Eu amo vocês. Amo muito vocês!

— Você está fria... — disse R.J.

Kyle olhou-a intrigado. — Você me ama o bastante para me deixar dormir na casa do Jason hoje? Ele me convidou.

— Hoje? — disse Liska, apertando-o com mais força e fechando os olhos ao perceber as lágrimas tolas e súbitas de alívio e alegria. — Nem pensar, garotão. Amanhã talvez. Mas não hoje.

A baby-sitter foi para casa. Liska brincou com os garotos até eles não conseguirem mais manter os olhos abertos, depois levou-os para a cama e ficou na porta vendo-os dormir.

Mais calma, depois de confirmar que estava tudo bem, checou os trincos e foi tomar um banho de espuma na banheira, um raro luxo feminino. O calor penetrou nos seus músculos, soltando a tensão, a ansiedade e o sentimento de toxicidade que sempre existiam depois que ela presenciava uma cena de crime, como se o mal estivesse suspenso no ar. Fechou os olhos e descansou a cabeça em uma toalha enrolada, com uma xícara de chá fumegante na borda da banheira. Tentou tirar todos os maus pensamentos da cabeça e deixar-se ficar deitada ali por uns minutos. Que luxo.

Quando estava completamente relaxada, abriu os olhos, secou as mãos e pegou a pilha de correspondências de cima da penteadeira. Nenhuma conta. Nenhuma correspondência inútil. Só uma pequena pilha que parecia ser de cartões de Natal. Mais uma vez ela só conseguiria mandar seus cartões Deus sabia quando.

Havia um cartão da sua tia Cici, de Milwaukee. Um com a fotografia do primo Phil, o pecuarista, e sua família, com os dizeres "Tomou seu leite?". Camisetas. Um lindo cartão da Hallmark de uma colega de faculdade com quem não tinha contato há tanto tempo que ela ainda subscrevia sr. e sra. no envelope. Por que as pessoas insistiam em mandar esses cartões?

O último envelope era endereçado só para ela, subscritado por computador, sem remetente. Estranho. Era obviamente um cartão, com envelope vermelho. Liska abriu-o com a espátula. Um simples cartão de visitas com as palavras Feliz Natal na frente. Alguma coisa caiu de dentro do envelope. Ela praguejou e pegou o quadrado preto que bateu na superfície da banheira.

Uma foto. Não. Três fotos juntas...

Fotos dos seus filhos.

O sangue de Liska gelou-lhe nas veias. Sua pele ficou toda arrepiada. As mãos começaram a tremer. Uma foto tinha sido tirada quando os meninos estavam na fila do ônibus para ir à escola. A segunda era deles brincando com um amigo quando o ônibus escolar foi embora. A terceira, deles entrando em casa. Em cada fotografia havia um círculo em volta da cabeça de cada um dos meninos feito com um marcador preto.

No cartão, a única mensagem era um número de telefone datilografado em preto.

Colocando o cartão e as fotos de lado, Liska saiu da banheira, enrolou o corpo ensopado em uma toalha, e pegou o telefone sem fio. Tremia tanto que errou o número duas vezes. Na terceira tentativa conseguiu fazer a ligação, e ficou esperando. Uma secretária eletrônica atendeu no quarto toque: e a voz gravada quase a matou de susto.

— Oi, aqui é Ken. Eu estou fazendo uma coisa *muito* excitante, não posso atender agora...

É. Ele estava em uma cama de hospital no CTI. Ken Ibsen.

29

As últimas palavras famosas: *Parecia uma boa idéia na época.*

Kovac tocou a campainha antes que mudasse de idéia. Ele soube assim que ela espiou pelo olho mágico na porta da frente. Sentiu sua presença, sua indecisão. Finalmente, ela abriu a porta e olhou para ele.

— Eu tenho um telefone — disse ele. — Tenho vários, aliás, e sei usar todos eles.

— Então por que não usa? — perguntou Savard.

— Você poderia dizer para eu não vir até aqui.

— Eu *teria* dito isso.

— Está vendo?

Ela não o convidou para entrar. Seus olhos se apertaram quando ela notou o corte na testa de Kovac. — Você andou brigando?

Ele tocou na testa com os dedos, lembrando que não tinha limpado o sangue por completo. — Um acidentezinho no meio de uma briga que não era minha.

— Não entendi.

— Nem eu — disse ele, rememorando a cena da casa de Steve Pierce. — Mas não importa.

— Por que você veio aqui?

— Mike Fallon foi assassinado.

Ela arregalou os olhos. — O quê?

— Alguém o matou. O filho dele, Neil, está na prisão, refletindo sobre o saudável poder da confissão.

— Meu Deus — murmurou Savard, abrindo a porta um pouco mais. — O que você tem contra ele?

— Nada de concreto. Se não fosse fim de semana e se ele tivesse um advogado esperto, estaria em casa agora — admitiu. — Por outro lado, ele teve oportunidade, motivo e uma má atitude.

— Você acha que ele o matou?

— Acho que Neil é a prova de que devia haver uma salvaguarda na combinação de genes. Ele é pequeno, cruel, agressivo e amargo porque não se entrosa com as pessoas. Bem, filho de quem é... — acrescentou com um sorriso irônico.

— Pensei que você gostasse de Mike Fallon.

— Eu respeitava o que Mike representava no trabalho. Era um policial à antiga.

Olhou para a rua e viu um carro passando lentamente. Um casal checando os números das casas. Gente normal procurando outra festa de Natal. Provavelmente não tinham vindo de uma cena de crime para aquele bairro.

— Talvez eu tivesse paciência com ele porque quero que alguém tenha paciência comigo quando eu for velho e rabugento como ele era.

— Foi isso que você veio procurar aqui? Compaixão?

Ele deu de ombros. — Eu bem poderia receber um pouco de piedade esta noite.

— Não tenho muito disso por aqui.

Kovac percebeu que ela quase sorriu. Seus olhos estavam mais suaves do que antes.

— Que tal um uísque?

— Também não tenho isso.

— Nem eu tenho. Eu bebo.

— É verdade, você é um perfeito estereótipo. O herói trágico.

— O divorciado duas vezes, fumante, beberão e *workaholic*. Não sei o que há de heróico aí. Isso sim me cheira a fracasso, mas talvez eu tenha padrões pouco realistas.

— Por que você *veio* aqui, sargento? Não sei o que a notícia sobre Mike Fallon tem a ver comigo.

— Aparentemente para ficar aqui fora, no frio, e acabar com a minha auto-estima devido à sua cortante indiferença.

Quase divertida com a situação, ela esboçou um sorriso. — Um pouco de exagero da sua parte, não é?

— Acho uma certa perda de tempo. Especialmente porque andei bebendo. Já tomei bastante daquele uísque do qual falamos.

— Bebeu e dirigiu? Acho que eu estaria cumprindo uma obrigação cívica se te convidasse para tomar uma xícara de café.

— Você estaria prestando um serviço para *mim*. A única coisa que aquece além da conta no meu carro é o radiador.

Savard suspirou e abriu a porta toda.

Kovac aproveitou a oportunidade antes que ela mudasse de idéia, e ganhou a guerra de guerrilha. A casa estava quente e cheirava a madeira queimada e a café. Muito aconchegante. Já sua casa era fria e cheirava a lixo.

— Acho que *você* está começando a sentir alguma afeição por mim, tenente.

— Hummm... a minha cabeça — disse ela, afastando-se.

Kovac tirou os sapatos e seguiu-a, passando por uma sala de jantar formal e chegando à cozinha, rústica. Amanda estava vestida à vontade, com uma roupa solta e esvoaçante. *O tipo de roupa que uma atriz dos velhos tempos de Hollywood usaria*, pensou ele. O cabelo louro-platinado caía em ondas suaves. Uma imagem muito atraente, a não ser pela rigidez das suas costas e pescoço, que denotavam a dor que ela sentia quando se movimentava. Kovac lembrou-se de novo da história do seu tombo. Obviamente ela morava ali sozinha, não havia nenhum namorado passando a noite de sexta-feira na casa.

— Como está se sentindo? — perguntou.

— Eu estou bem.

Tirou uma caneca de cerâmica de um armário e encheu-a com o café que ainda fumegava na cafeteira. A cozinha era discretamente iluminada com luzes amarelas embutidas debaixo dos armários e no teto.

— Imagino que Neil Fallon tenha um álibi.

— Que não se sustentaria num julgamento. As pessoas nunca acreditam que o outro esteja dormindo em casa sozinho. Sempre acham que todos estão fazendo sexo ou cometendo crimes, a não ser elas próprias.

— Leite? Açúcar?

— Nada, obrigado.

— Nenhuma evidência física?

— Nenhuma que eu ache que vá comprovar alguma coisa num teste de laboratório.

— Ele não deixou impressões digitais na arma?

— Não.

— Então, por que achou que foi um crime, sargento? O IML descobriu alguma coisa?

— O cenário. A arma não devia ter caído onde caiu. Não podia, se foi Mike que puxou o gatilho.

Ela passou o café, tomou um gole do seu e ficou pensativa por um instante. — É triste a vida dele ter acabado assim. Seu próprio filho... imagine... — ela disse, olhando para o chão. — Desculpe.

— É. Mas ele teve chance de ajeitar as coisas com Andy, mas não fez nada. E depois disso tudo, degringolou. — Provou o café, um pouco surpreso de não sentir um gosto exótico. Era simplesmente café. — Aparentemente, Andy queria fazer algum trabalho com Mike a respeito do homicídio de Thorne. Escrever a história de Mike ou coisa semelhante.

— Verdade? Foi Mike quem te disse isso?

— Não. Um amigo de Andy. Mike não quis colaborar. Creio que remexer nas lembranças e contá-las eram duas coisas diferentes. Andy falou alguma coisa sobre isso com você?

Savard colocou a caneca na mesa e cruzou os braços, encostando-se no balcão. — Não que eu me lembre. Por que ele falaria?

— Por nada. Achei que talvez ele tivesse comentado alguma coisa, por você ser amiga de Ace Wyatt. Só isso.

— Nós não somos amigos. Ele é apenas um conhecido meu. Temos amigos em comum.

— Tudo bem. De qualquer forma, acho que ele desistiu da idéia. Não encontrei nenhum arquivo, nenhum recorte de jornal, nada do gênero. A não ser que tudo isso esteja no mesmo lugar que a cópia do arquivo de Curtis-Ogden. No mesmo lugar que seu laptop. Onde quer que possa estar.

— O que você acha que ele esperava ganhar remexendo no passado do pai?

Kovac deu de ombros. — Talvez quisesse entender a atitude de Mike nesses vinte anos que se seguiram à noite do tiroteio. Ou talvez estivesse só tentando reconquistar o velho, fingindo ter interesse na vida dele. Você pode saber melhor do que eu se Andy era um puxa-saco.

Ela pensou por um instante. — Ele tinha necessidade de agradar. Tinha necessidade de sucesso. Foi por isso que ficou tão abalado quando o caso Curtis-Ogden foi encerrado. Ele queria ser a pessoa a encerrar o caso, não ver o caso terminado porque Verma fez um acordo.

— Acho que sei como é isso — disse Kovac com um sorriso acanhado. — Eu não devia andar por aí fazendo perguntas sobre a morte de Andy Fallon, ou sobre a sua vida, mas quero saber. Quero me sentir satisfeito. E só vou parar quando achar que é a hora de parar. É assim que eu sou.

— Por isso você é um bom policial.

— Mas isso me cria uma porrada de problemas. Uma vez um capitão me disse que eu sou pago para investigar crimes, não para solucioná-los.

— E o que você disse para ele?

Kovac riu. — Na cara dele? "Sim, senhor." Minha conta bancária não agüentaria uma suspensão. Pelas costas eu o chamei de uma coisa que não posso repetir na frente de um senhorita.

Savard pegou sua xícara de novo e tomou um gole, olhando para ele por baixo dos cílios. Quase divertida com a situação, com um ar ligeiramente especulativo. *Muito sexy*, pensou ele, *para uma senhorita de olho roxo. Mas bonita mesmo assim.*

Ela desviou o olhar para o lado. — A propósito, dei uma olhada no arquivo. Ogden atacou Andy verbalmente várias vezes durante a investigação, mas isso é comum. Fez algumas ameaças vagas, o que também é comum. Então Verma fez seu acordo e o caso foi encerrado. Não houve adendos ao arquivo depois que o caso foi encerrado. Ogden não tinha razão para continuar a ver Andy.

— E o companheiro de Ogden? Rubel?

— Nada sobre ele. Acho que não era esse o nome do seu companheiro na hora do incidente. Acho que era Porter. Larry Porter.

— Se é que importa — acrescentou ela —, pessoalmente acredito que Ogden estava envolvido. Ele plantou o relógio de Curtis no apartamento de

Verma. Só que não conseguimos comprovar isso. Então tivemos de trabalhar baseados no que havia.

— E depois que Verma fez o acordo, o Estado cairia em cima de vocês por perseguirem Ogden. E os oficiais graúdos cairiam em cima de vocês por criarem problema para o Estado — disse Kovac. — Vocês são pagos para investigar, não para solucionar os casos.

— E eu tenho de conviver com a idéia de que Andy talvez tenha se matado em parte por causa disso — disse ela baixinho.

— Talvez — admitiu Kovac. — Ou talvez tenha se matado porque seu amante não assumiu que era gay. Ou porque pensou que seu pai nunca o amaria de novo porque ele *tinha* assumido que era gay. Ou talvez ele não tenha se matado.

— Como você vê — continuou ele —, talvez a culpa não seja absolutamente sua. Mas você se deixa torturar por essa idéia. Fica se mortificando e pensando que talvez ele não se matasse se você tivesse sido mais rápida, mais perspicaz, ou se fosse capaz de ler o futuro nas folhas de chá.

— Acho que é fácil ler meus pensamentos.

— Não é não — disse Kovac com calma, pensando que ela era uma das pessoas mais impenetráveis que ele tinha conhecido. Muito na defesa, muito cautelosa. E por isso o intrigava tanto. Ele queria saber quem ela realmente era e por que se tornara assim. Queria entrar por trás daquelas paredes.

— Eu teria essa mesma reação — continuou ele. — E a minha assistente também. Tento dizer a mim mesmo que essa é a prova de que não nos desligamos inteiramente da raça humana. Embora às vezes eu ache que esse desligamento seria melhor.

O peso da noite tomou conta dele, e as emoções apertaram-lhe o peito. E ele viu a imagem da rua cheia de veículos da polícia e o pequeno corpo da menina deitado na neve manchada de sangue.

Foi até as portas de venezianas que davam em um deque. Uma luz de segurança iluminava uma parte de trás do jardim. A lua brilhava na parte escura, refletindo a neve e dando um tom azulado à paisagem. Uma paisagem de sonho. A propriedade era cercada de árvores para que os vizinhos não olhassem para dentro do jardim.

— Eu perdi uma criança hoje mais cedo — confessou ele. — Filha de uma testemunha de um assalto que eu estava investigando. Uma menina foi morta a tiros para servir de mensagem à vizinhança.

— Mas por que foi sua culpa?

Ele percebeu que Amanda estava chegando mais perto. A luz filtrada que vinha de fora iluminou seu rosto, como um tênue véu que deixava sua pele perolada. *Suavidade*, pensou ele. Pele suave, cabelo suave com ondas suaves, lábios que pareciam suaves como cetim. Ele queria que as paredes em volta dela deixassem de existir.

Kovac sacudiu a cabeça. — Não foi. Não foi exatamente minha culpa. Mas imagine uma situação em que uma criança inocente é morta a tiros na rua. O atirador tem, provavelmente, uns catorze anos e foi encarregado do trabalho porque é menor. Aceitou fazer o serviço, pois é assim que ocorre nos filmes. Atiram em uma criança para assustar as pessoas que acham a vida dura demais, que pensam que só lhes resta esconder-se dos perigos. Fazem isso para assustar a mãe que não pediu para ver um traficante ser espancado até a morte e que se negava a testemunhar porque sua maior preocupação era manter-se viva para criar os filhos e ensiná-los a se manterem fora da violência cotidiana.

— A gente vê tudo isso e sabe que há muita culpa à volta — continuou Ele. — Mas eu também faço parte desse quadro. Minha obrigação é proteger essa gente e não fazer com que morram. Eu tive de ficar lá a noite toda vendo o rosto daquela mãe e pedindo desculpas, como se isso fosse melhorar alguma coisa.

— Culpar-se não melhora nada as coisas — disse Savard.

Ela estava à sua direita. Podia ter segurado a mão dele. Kovac prendeu a respiração como se estivesse ali uma criatura selvagem, que o atacaria a um mínimo movimento seu.

— Nós fazemos o melhor que podemos — disse ela suavemente. — E nos culpamos por isso. Tentei fazer minhas escolhas achando que elas seriam boas para todos. Às vezes alguém sofre ao longo do processo, mas tomei uma decisão por um motivo correto. Isso deve servir de alguma coisa, não é?

Kovac virou-se lentamente, uma parte dele ainda com medo de que ela fugisse. A necessidade de afirmação era tão clara nos seus olhos que dava pena. Uma olhada para dentro da parede.

— Deve. O que há dentro de nós que não deixamos sair?

— Tenho medo de saber — confessou ela, com os olhos cheios de lágrimas.

— Acho que eu também tenho.

Savard olhou-o por um instante, depois sussurrou: — Você é um bom homem, Sam Kovac.

Ele deu um meio sorriso. — Pode dizer isso de novo?

— Você é...

Ele colocou um dedo nos lábios dela, que eram exatamente como imaginara. — Não. Diga o meu nome de novo. Para eu poder saber que som tem.

Pôs as mãos em volta do rosto dela, onde uma única lágrima escorreu, iluminada pela luz prateada. A palavra saiu daqueles lábios trêmulos. — Sam...

Ele inclinou-se e colou os lábios nos dela. Hesitando. Pedindo. Prendendo o ar nos pulmões, mesmo quando um desejo súbito passou pelas suas veias.

As mãos dela se abaixaram aos poucos e pousaram nos seus braços, não para empurrá-lo, mas para ligar-se a ele. Sua boca tremia, não de medo, mas de necessidade. Aceitando, desejando, sua língua tocou na dele.

O beijo prolongou-se. O tempo parou. Ele levantou a boca por um segundo e pronunciou o nome dela. Tomou-a nos braços com todo o cuidado, como se ela fosse feita de vidro. Quando levantou a cabeça de novo e olhou-a nos olhos, ela disse uma única palavra:

— Fique.

A não ser pelas batidas do coração, Kovac ficou absolutamente imóvel. — Tem certeza?

Ela beijou-o de novo. — Fique... Sam... Por favor...

Kovac não perguntou outra vez. Talvez sua vida fosse tão vazia quanto a dele. Talvez suas almas reconhecessem a mesma dor uma na outra. Talvez ela precisasse ser abraçada, e ele precisasse abraçá-la, precisasse cuidar dela. Talvez não importasse por quê.

Amanda levou-o para um quarto no andar de cima, que mantinha o fantasma do seu perfume no ar e nos lençóis. Objetos dela espalhavam-se na cômoda: brincos, um relógio, uma faixa de cabelo de veludo preto. O abajur da mesa-de-cabeceira estava aceso, iluminando sua pele quando ele a despiu. Kovac nunca tinha visto nada tão maravilhoso, nunca tinha se comovido tanto com a doação de uma mulher para ele.

Ela tirou uma camisinha da gaveta da mesa-de-cabeceira e entregou-a; ele rasgou o invólucro e devolveu-o para ela. Nenhum dos dois deu uma palavra. Tudo foi dito com um toque, um olhar, uma respiração entrecortada, um suspiro trêmulo. Amanda ajudou-o a penetrar nela, e ele achou que seu coração ia parar. Os dois movimentaram-se juntos, em perfeita sincronia.

Necessidade. Calor. Paixão. Imersão. Languidez. Premência. Tudo misturado. Com gosto de sal na pele e de café na língua. Com sensação de calor e umidade, de rigidez e suavidade. Ela gozou num crescendo de respiração entrecortada, sem palavras, com sons desesperados de carência. Ele ejaculou como que um raio incidindo sobre seu corpo. Ele estremeceu e se sacudiu, e achou que tinha gritado, mas não sabia ao certo.

Não parou de beijá-la. Mesmo depois. Mesmo quando ela adormeceu nos seus braços, com os lábios nos dele, com o rosto e o cabelo junto a seu rosto. Kovac sentia no coração o medo de aquela oportunidade não ocorrer de novo, e agarrou-se a ela. Então a exaustão tomou conta do seu corpo, e ele fechou os olhos e caiu no sono.

Quando Kovac acordou, achou que tudo fora um sonho. Então percebeu que não.

Amanda.

Ela estava a seu lado, enroscada nele, dormindo tranqüilamente. Ele puxou as cobertas sobre seu ombro nu e ela suspirou. A luz do abajur incidiu no seu rosto, chamando-lhe a atenção para as queimaduras e os ferimentos em volta dos olhos e da maçã do rosto. Seu estômago deu voltas quando ele pensou que podia ter tocado nesses pontos enquanto se amavam, e lhe causado dor. A idéia de machucá-la deixou-o doente. Se um dia ele encontrasse o sujeito que a deixara com aquelas marcas, iria atrás e lhe daria uma surra.

Esfregou a mão no peito, com a sensação de que tinha levado um chute. Meu Deus, ele tinha dormido com uma tenente.

Tinha se apaixonado por uma tenente.

Você sabe bem como pegar as garotas, Kovac.

O que ela iria pensar quando abrisse os olhos? Que tinha cometido um erro? Que tinha perdido a cabeça? Ficaria sem jeito ou zangada? Ele não sabia. O que sabia é que eles haviam compartilhado uma coisa muito especial e que ele não se arrependeria nunca.

Saiu da cama com cuidado, vestiu as calças e foi ao corredor para procurar um banheiro, sem querer que o som da descarga acordasse Amanda. Encontrou um banheiro de hóspedes com toalhas lindas e sabonetes decorativos, provavelmente não para uso. Mas ele usou-os. Viu seu reflexo no espelho: feições duras e um ar cansado, que mostrava a idade e os efeitos de uma vida com mais desencantos do que realizações. *Que diabo uma mulher veria num cara assim?*, pensou.

Lavou-se e voltou para o corredor, sentindo o cheiro de café fervido vindo do andar de baixo. Eles tinham deixado a cafeteira ligada.

Desceu para a cozinha e desligou a cafeteira, servindo-se do café que restara. Segurando a xícara, começou a andar pela casa e a desligar as luzes.

Amanda Savard tinha criado um belo esconderijo para si própria. A mobília era confortável, convidativa. As cores eram calmas e acolhedoras. Mas o estranho é que não havia nada dela ali — nem fotos da família, nem fotos dos amigos, nem dela própria. Havia muitas fotos em preto e branco de lugares vazios. Ele lembrou-se de ter visto algumas dessas no seu escritório, e ficou imaginando o que significavam para ela. Queria ver alguma coisa que falasse da sua vida. Mas talvez sua vida *fosse* aquilo que ele estava vendo. Deus sabia que também não havia muita evidência de quem ele era na sua própria casa. Um estranho teria aprendido muito mais sobre ele no seu cubículo, no trabalho.

Na sala de estar, pegou um atiçador e mexeu nos tições mortos do fogo, quebrando-os e separando-os. Fechou as portas de vidro e foi desligar o abajur na ponta de uma mesa ao lado do sofá. Havia um livro na mesa. Sobre administração do estresse.

Além da sala de estar, além das portas de venezianas, havia outra sala com as luzes acesas e um som tocando baixinho. Parecia a mesma estação de jazz que Steve Pierce estava ouvindo na sua casa.

Entrou para desligar o som. Era o escritório dela. Outro belo oásis, com móveis alegres e fotografias de nada. Ele tinha visto um dia uma mesa toda arrumada assim em uma loja de material de escritório. Aquele tipo de arrumação mostrava uma necessidade de ordem fora de controle. Não havia nenhuma surpresa ali. As prateleiras das estantes acima da mesa tinham uns objetos que o fizeram rir. Uma pequena escultura de uma tigresa rolando com suas crias. Uma coleção de pesos de papel em vidro, que eram mais obras de arte do que objetos utilitários. Um brinquedo para aliviar o estresse, uma bonequinha de borracha que arregalava os olhos quando era apertada. Um distintivo.

Com curiosidade, pegou o distintivo e olhou-o. Era antigo, daqueles que usavam quando ele entrou para a polícia há meio milhão de anos. Certamente antes do tempo de Amanda, o que significava que devia ter pertencido a alguém que significava muito para ela.

Cidade de Minneapolis. Distintivo número 1.428.

A primeira coisa daquela casa que fazia menção ao passado, e relacionava-se com o seu trabalho. Talvez sua vida fosse tão vazia quanto a dele.

Colocou o distintivo de volta no lugar, desligou as luzes e o som e saiu da sala, guiando seus passos pela luz do segundo andar. Subiu as escadas, pensando em enfiar-se debaixo das cobertas ao lado dela, sentir seu calor, seu corpo macio. Fazia tanto tempo que não sentia esse tipo de conforto que não sabia mais como era.

— Não!

O grito veio quando ele estava no meio da escada. Kovac subiu correndo o resto dos degraus e entrou no quarto.

— Não! Não!

— Amanda!

Ela estava sentada no meio da cama, com os olhos bem abertos, os braços balançando, lutando contra alguma coisa que só ela podia ver dentro da sua cabeça.

— Não! Não! Pare!

— Amanda?

Kovac ficou a seu lado na cama, sem saber o que fazer. Era uma visão sinistra. Ela parecendo acordada, mas sem perceber que ele estava ali. Aos poucos, com todo o cuidado, esticou a mão e tocou no seu ombro.

— Amanda? Querida, acorde.

Ao sentir-se tocada, ela deu um pulo e encolheu-se no outro lado da cama com os olhos arregalados. Kovac puxou-a pelo braço com o maior carinho possível e abraçou-a.

— Amanda, sou eu, Sam. Você está acordada?

Ela piscou, parecendo estar enfeitiçada. Levantou o rosto e olhou para ele, tomada de uma confusão de dar pena.

— Tudo bem, querida — disse ele com carinho, sentando-se na beira da cama. — Tudo bem, meu amor, você teve um pesadelo. Está tudo bem agora. Tudo bem.

Puxou-a para junto do peito e ela se enroscou como uma criança. Seu corpo todo tremia. Kovac pegou-a com um braço e colocou o cobertor em volta dela com a outra mão.

— Desculpe — disse ela. — Desculpe.

— Sssshhh... Não há nada para se desculpar. Foi um pesadelo. Você está bem agora. Eu não vou deixar nada te magoar.

— Ah, meu Deus — murmurou ela, infeliz, constrangida.

Kovac continuou segurando-a. — Está tudo bem.

— Não — disse Amanda, afastando-se dele com a cabeça abaixada. — Não está nada bem. Desculpe.

Levantou-se da cama, pegou um robe de seda no meio das cobertas e vestiu-o, como se tivesse vergonha que ele a visse.

— Desculpe — disse, ainda sem olhar para ele.

Kovac não disse nada quando ela saiu do quarto às pressas e entrou no banheiro. Mas de novo teve a sensação de que não haveria uma segunda chance, que aquela seria a única noite dos dois. Ele a tinha visto no auge da vulnerabilidade. Amanda Savard teria muita dificuldade de lidar com isso.

Deu um suspiro profundo e vestiu a camisa. Mesmo sabendo que não ia adiantar nada, bateu na porta do banheiro.

— Amanda? Você está bem?

— Estou, obrigada. Estou ótima.

Ele estremeceu ao ouvir aquele tom formal, uma de suas defesas preferidas, uma forma de manter os outros a distância. Então tomou o outro caminho deliberadamente.

— Querida, não precisa ficar sem jeito. Nessa linha de trabalho nós todos temos pesadelos. Você devia ver um dos meus.

A água correu, depois foi fechada. Não veio nenhum outro som do banheiro. Ele podia imaginá-la olhando-se no espelho, como tinha feito anteriormente, e assustando-se com o que via: as marcas no rosto, a palidez da pele, o seu olhar.

Deu um passo para trás quando a porta se abriu. Ela parou na frente dele com os braços em volta do corpo, e o olhar perdido.

— Não foi uma idéia muito boa...

— Não diga isso — disse Kovac.

Ela fechou os olhos por um segundo e depois continuou: — Acho que estávamos precisando disso, e foi bom, mas, agora...

— Foi mais do que bom — respondeu ele, aproximando-se para que Amanda o olhasse. Mas ela não o olhou.

— Agora quero que você vá embora.

— Não.

— Por favor, não torne isso mais constrangedor do que já é.

— Não há nada constrangedor.

— Eu não transo com gente do trabalho.

— Verdade? Com quem você transa?

— Não é da sua conta.

— Eu acho que é.

Ela suspirou e olhou para longe. — Eu não quero um relacionamento. É melhor dizer isso logo, para pararmos por aqui.

— Eu não quero parar por aqui — retrucou Kovac, pondo as mãos nela, segurando seu braço com todo o carinho. — Amanda, não faça isso.

Ela virou-se de costas e olhou para o chão. — Por favor, vá embora.

Mas não conseguia esconder a emoção que deixava sua voz trêmula. Ele sentiu que aquela voz transmitia dor e tristeza. Sentiu as mesmas coisas por ela no seu próprio coração.

— Por favor... Sam... — disse ela baixinho.

Ele abaixou a cabeça e beijou-a no rosto, depois passou a mão no seu cabelo. — Desculpe.

Amanda fechou os olhos para que suas lágrimas não escorressem. — Por favor...

— Tudo bem. Tudo bem.

Afastou-se dela e foi procurar o resto das suas roupas. Amanda não se mexeu. Quando ele estava pronto, aproximou-se e tocou no rosto dela com as costas da mão.

— Venha trancar a porta. Eu preciso saber que você estará segura.

Ela assentiu e foi levá-lo até a porta.

No hall ele colocou os sapatos e o casaco, e procurou as luvas nos bolsos. Amanda não olhou para ele nem uma vez. Manteve-se ali na porta como um tolo, mas ela não levantou os olhos nem disse nada. Kovac teve vontade de sacudi-la, puxá-la para seus braços e beijá-la. Porém os homens não agiam mais assim, e provavelmente essa não era a forma de conquistar Amanda. Ela precisava de carinho e de tempo; de bastante espaço para não se sentir ameaçada, mas não tanto que pudesse se esconder.

Como se você pensasse realmente que podia se dar bem.

— Você é que decide — disse ele finalmente —, mas não foi um erro, Amanda.

Ela não disse nada e ele saiu, sentindo o vento frio no rosto.

Essa é a sua realidade, Kovac, pensou quando a porta foi fechada e trancada. *No frio, sozinho.*

Não era menos do que ele tinha antes, mas era pior agora, porque tinha sentido o gosto do que poderia ser.

Voltou para a cidade pelas ruas vazias, voltou para uma casa vazia e uma cama vazia, e ficou acordado o resto da noite pensando no vazio da sua vida.

30

Liska parou o carro, mal olhando para o relógio do painel. Sábado de manhã na sua casa era sinônimo de jogo de hóquei dos meninos. Kyle e R.J. começavam o dia no gelo às seis horas da manhã. Ela havia deixado os dois sob os cuidados de um colega seu, que trabalhava na Divisão de Crimes Sexuais do Departamento de Polícia de St. Paul e que também tinha dois meninos que jogavam no mesmo time. Nenhum adulto chegaria a três metros de distância dessas crianças enquanto Milo estivesse por perto.

Não eram nem sete e meia agora e o sol começava a aparecer. A maior parte de Eden Prairie provavelmente ainda dormia, curtindo a ressaca das festas de Natal da noite de sexta-feira. Liska não estava nem aí. Tinha passado os quarenta e cinco minutos do percurso até ali alimentando sua raiva. Não dava a mínima se tivesse de chutar a porta e arrancar Cal Springer da cama. A única coisa que sabia é que ele teria de ouvir o que ela tinha a dizer.

Caminhou, enfurecida, até a porta da bela casa e apertou a campainha várias vezes. No silêncio daquela rua sem saída, podia ouvir a campainha tocar dentro da casa. Os vidros dos carros estacionados durante a noite em frente às casas estavam cobertos de gelo grosso. As árvores pontudas dos jardins estavam brancas de neve. O frio era tanto que doía respirar.

A porta foi aberta e a sra. Springer, de camisola de flanela, ficou olhando para ela de boca aberta.

— Onde ele está? — perguntou Liska, entrando sem ser convidada.

Patsy Springer deu um passo para trás. — Calvin? O quê? O que você quer a essa hora da manhã? Eu não...

Liska lançou um olhar que faria arrepiar os criminosos mais casca-grossa. — Onde ele está?

A voz de Cal veio da cozinha. — Quem é, Pats?

Liska passou por ela, com a mão dentro da bolsa quando seguiu na direção do seu alvo. Cal tomava o café da manhã na mesa de carvalho, com a mesma roupa do dia anterior, um ovo quente à sua frente e uma tigela de cereais. Entrou em pânico quando a viu entrar.

— O que você está fazendo aqui? Esta é a minha casa, Liska...

Ela tirou as fotos da bolsa e jogou-as na mesa, ao lado da tigela. Springer empurrou a cadeira para trás, mas ela agarrou uma mecha do seu cabelo e prendeu-o ali a seu lado, ignorando seu grito de dor.

— Esses são os meus filhos, Cal — disse aos gritos. — Está vendo esses meninos? Está olhando para eles?

— O que houve com você?

— Eu estou enfurecida. Esses meninos são meus filhos. Você sabe quem me mandou essas fotos, Cal? Vou dar dois palpites.

— Eu não sei o que você está fazendo aqui — disse ele, tentando levantar-se de novo.

Liska puxou seu cabelo com mais força ainda. A sra. Springer estava parada no portal do hall com as mãos no peito.

— Essa mulher é maluca, Calvin! Ela é maluca!

— Rubel e Ogden me mandaram essas fotos — disse Liska, pegando uma delas com a mão livre e esfregando-a na cara de Cal Springer. — Eu não posso provar isso, mas sei que foram eles. É com esse tipo de gente que você está lidando, Cal. Com esses canalhas de merda. Gente que ameaça crianças. E você está protegendo os dois, o que o torna igual a eles, pelo que eu saiba.

— Calvin! — gritou sua mulher. — Quer que eu ligue para a polícia?

— Cala a boca, Patsy! — gritou ele de volta.

— Se alguém tocar em um fio de cabelo de um desses meninos é um homem morto. Estou falando sério, Cal. Eu mato o miserável, e ninguém vai encontrar um pedaço sequer do seu corpo. Está me entendendo?

Cal tentou desvencilhar-se dela. Liska puxou-o pelo cabelo e lhe deu um soco na testa com os nós dos dedos.

— Aiiiii!

— Seu filho-da-puta idiota! — gritou, batendo-lhe de novo. — Qual é o seu problema? Como você pode ir para a cama com eles?

Largou-o abruptamente e ele caiu da cadeira, esparramando-se no chão como um caranguejo.

— Você é nojento! — disse Liska.

Pegou o suporte com o ovo quente e jogou em cima dele. Cal levantou os braços para se proteger e caiu para trás, batendo com a cabeça em um armário. Ouviu-se um estrondo como se fosse um tiro, e a sra. Springer deu um grito.

— Você vai falar com Castleton, seu verme asqueroso. Vai dizer onde *não estava* na noite de quinta-feira. E vai à corregedoria. Não há nada que eles gostem mais do que uma posta de merda inútil e lamuriante que nem você. Ou entrega esses caras, ou eu vou fazer da sua vida um inferno que nem mesmo Jó poderia agüentar! Ninguém. *Ninguém* ameaça meus filhos e sai ileso!

Jogou os cereais também em cima dele como uma explosão final, juntou as fotos e enfiou-as na bolsa. Springer ficou parado ali com os cereais escorrendo-lhe pelo rosto.

Liska inspirou profundamente por duas vezes para recobrar o controle e olhou para Patsy Springer. — Sinto muito ter interrompido seu café da manhã — disse, com a voz ainda tremendo de raiva.

A sra. Springer prendeu um grito no fundo da garganta e correu para o canto da cozinha.

— Não precisa me levar até a porta — disse Liska, saindo da casa, tremendo tanto que parecia estar tendo um ataque.

Quando chegou ao Saturn, deu um suspiro.

— Bom — disse em voz alta enquanto ligava o carro —, agora estou me sentindo melhor.

* * *

Por que você tinha de contar para ele? Eu podia ter ajeitado as coisas...

Que diabo Jocelyn Daring quis dizer com isso?

Kovac sentou-se em uma cadeira no canto do quarto de Andy Fallon, com o olhar perdido no espaço. Lembrou-se de Jocelyn Daring entrando no escritório de Pierce e do seu olhar. Da fúria nos seus olhos. Se ele não estivesse ali para detê-la, quem sabe o que ela teria feito com Pierce?

Devia ter prendido Jocelyn pelo que ela *tinha* feito. As leis de Minnesota eram de tolerância zero para com a violência doméstica. Mesmo que a vítima não quisesse apresentar queixa, o Estado apresentava. Mas ele não tomou essa iniciativa. "Circunstâncias atenuantes", argumentaria um advogado. Pobre Jocelyn. Ao ouvir o noivo confessar que tinha uma relação homossexual, perdeu a cabeça por um momento e atacou-o. Por que insultá-la depois dessa injúria?

Porque ela podia decidir terminar o serviço.

Tinha saído da casa de boa vontade, em silêncio, arrastando uma mala cheia até o carro da sua dama de honra que a esperava. Steve Pierce tinha pegado um táxi para ir ao pronto-socorro, explicando que havia escorregado no gelo e machucado a cabeça.

Amor à moda americana.

Amor...

Kovac tentou livrar-se daquele pensamento e concentrar-se no cenário de morte de Andy Fallon. Era em parte por isso que estava ali: para concentrar-se em alguma outra coisa que não a paixão que sentira por uma mulher com patente de tenente e um grave problema na cabeça. Tentava não pensar na origem do pesadelo dela, tentava não pensar que o que tinha acontecido não foi um incidente isolado, e que ela lhe pedira para ir embora porque tinha medo de que aquilo acontecesse de novo e ele quisesse saber por quê. Esses eram os pensamentos que ele queria evitar indo para a casa de Andy Fallon. Pensamentos insistentes, dos quais queria se livrar.

Também não queria pensar em como tinha sido fazer amor com ela, nem na incrível sensação de proteção que ele lhe dera ao abraçá-la depois do pesadelo. Poria sua cabeça para funcionar, a única coisa que ele realmente sabia fazer bem.

O cheiro do corpo invadia o quarto. Kovac enfiou o nariz em uma xícara fumegante de café Caribou e respirou fundo.

Acho que eu estaria cumprindo uma obrigação cívica se te convidasse para tomar uma xícara de café.

Piscou ao lembrar-se de Amanda na porta de entrada da casa, olhando para ele. Precisava pensar em uma loura diferente.

Pergunta: Jocelyn Daring podia ter matado o amante do seu noivo? Sim. Ela teve oportunidade para isso? Ele não sabia e não podia perguntar a ela. O caso estava oficialmente encerrado, ele não tinha direito de interrogar ninguém. Pierce mencionara que estava com ela na noite da morte de Andy Fallon? Se ela teve oportunidade de matá-lo, como agiu? Como conseguiu levar Fallon para a cama? Ninguém tinha sugerido que Andy Fallon jogava nos dois times. Todos falavam muito bem dele, não era de supor que ele fosse para a cama com a namorada do seu amante. Então, havia esse problema.

Kovac pensou nas pílulas de dormir, nos copos de vinho na lavadora de pratos.

Talvez...

Próxima pergunta: Se ela tivesse drogado Andy, poderia tê-lo enforcado? Teria conseguido levantar o corpo de um homem desacordado?

Olhou para a cama, depois para a viga de onde pendia a corda. Levantou-se da cadeira e sentou-se na beira da cama, levantou-se de novo e ficou mais ou menos no lugar onde o corpo tinha sido pendurado. O espelho de corpo inteiro estava posicionado exatamente como antes; a palavra *Desculpe* aparecia escrita na altura da sua barriga. O espelho tinha sido polvilhado para tirarem impressões digitais, mas não foi levado como evidência porque nenhum crime foi cometido. Kovac olhou para o espelho e tentou imaginar Jocelyn Daring na cama por trás dele.

Talvez tivesse sido possível sentar a vítima na beira da cama, passar o laço no seu pescoço e depois içar o corpo com a corda e amarrá-la na coluna do dossel. Talvez. Quanto Andy Fallon pesava? Setenta e cinco quilos? Oitenta quilos? Oitenta quilos sem consciência, sem cooperação. Jocelyn era forte, mas...

Se uma mulher podia ter feito força para conseguir o que ele imaginava, um homem podia ter levantado o corpo com mais facilidade.

Neil teria seguido esse mesmo plano básico? Matado o irmão porque ele não lhe emprestara o dinheiro, porque não era um fracassado que nem ele, porque tinha ciúmes dele, porque queria punir o pai antes de acabar com a vida dele também?

Kovac voltou para a cadeira e sentou-se de novo. Lembrou-se de que o quarto estava todo organizado, que a cama tinha sido arrumada com perfeição. Achou estranho que Andy não tivesse se sentado na cama antes de fazer o que fez. E que houvesse lençóis na máquina de lavar roupas.

Quem lava os lençóis e depois se mata?

Pensou na casa de Neil Fallon quando eles deram a busca, com o tipo de sujeira e desordem que dava aos homens solteiros um mau nome. Pierce tinha dito: *Neil é um cara lambão, não acha?... teria devastado toda a cena do crime, impressões digitais por todo lado...*

Neil Fallon nunca tinha trocado um só lençol na sua vida. Não havia evidência na sua própria casa de que ele soubesse usar uma lavadora de pratos.

Quem, então? Quem mais tinha motivo? A queixa contra Ogden junto à corregedoria estava encerrada. A não ser que Fallon tivesse levantado mais alguma coisa. E eles talvez nunca soubessem disso, a não ser que encontrassem suas anotações pessoais sobre o caso. E como o brutamontes do Ogden conseguiria fazer uma coisa assim com tanta finesse? Não era da sua natureza. Dar uma surra em alguém com um cano de ferro era. Como Ogden teria entrado pela porta da frente? Fallon não o teria deixado entrar. Talvez sob ameaça.

Não havia como negar que Liska tinha mexido em casa de marimbondos à procura de fatos sobre Curtis-Ogden...

Quanto a Steve Pierce, Kovac achava que ele tinha feito sua confissão. Não imaginava Pierce matando o amante a sangue-frio, como Fallon tinha morrido. Se ele amava Andy como parecia, não podia tê-lo humilhado daquela forma. E o jogo sexual não tinha acontecido, segundo Kate Conlan.

Kovac suspirou. "Fale comigo, Andy", disse para si mesmo.

Não era preciso ser Sherlock Holmes para desvendar a maioria dos crimes. Não saber quem era o autor de um crime era uma exceção, e não a regra. A maioria das pessoas era morta por alguém conhecido, por uma razão bem simples.

Os telefonemas para os amigos de Andy que estavam anotados no seu caderno de telefones não tinham dado em nada. Ele não era muito íntimo desses amigos. Tinha vivido uma vida secreta durante muitos anos. Só Pierce é que mencionara que o vira recentemente com outro homem. Outro amante?

A maioria das pessoas era morta por alguém conhecido, por uma razão bem simples.

Vida privada: família, amigos, amantes, ex-amantes.

Vida profissional: colegas de trabalho, inimigos feitos no trabalho ou em razão do trabalho.

Ele não sabia que outros casos Andy tinha no seu arquivo. Savard não informou isso, especialmente porque a morte de Andy não tinha sido considerada homicídio. Ela não parecia preocupada que algum dos casos que ele investigava pudesse abrigar um assassino. E então Kovac voltou ao único caso sobre o qual conhecia um pouco: Curtis-Ogden.

Não. Não era exatamente assim. Segundo Pierce, Andy talvez estivesse investigando o assassinato de Thorne. Mas o que se poderia saber de um caso encerrado vinte anos atrás, além do ressentimento do seu pai?

Isso levou Kovac de volta à idéia de suicídio. Talvez um sujeito como Andy, um sujeito que punha todos os pingos nos *is* e cortava todos os *ts*, um sujeito que precisava de aprovação e controle... Talvez um sujeito assim *trocasse* os lençóis antes de apertar seu próprio pescoço.

A maioria das pessoas era morta por alguém conhecido, por uma razão bem simples. Eles próprios. Suicídio. Depressão.

A morte não era mais simples do que isso.

Era uma pena que ele não conseguisse se convencer dessa idéia.

O escritório da Homicídios estava calmo no sábado. Leonard nunca trabalhava nos fins de semana. Os detetives do turno ficavam basicamente de plantão. As pessoas, às vezes, iam ao escritório consultar papéis. Mas Kovac passava quase todos os sábados ali porque não tinha o que fazer na vida.

Pendurou o casaco e ficou imaginando o que Amanda estaria fazendo naquele sábado. Estaria pensando nele, no que tinha acontecido? Estaria revivendo o momento em que ele fora embora, reescrevendo a cena na cabeça e pedindo-lhe para ficar?

Sentou na sua cadeira e olhou para o telefone.

Não. Não telefonaria. Mas levantou o fone do gancho para checar suas mensagens. Quem sabe?... Não havia nenhuma mensagem. Suspirou e discou um número.

— Registros, Turvey. — A voz do outro lado era fleumática e áspera.

— Russell, seu macaco velho. Por que você não tem uma bosta de vida melhor?

— Ah! Que diabo eu faria com ela? Puta que pariu. Se eu tivesse de conviver com gente normal... — Fez um barulho com a garganta. — Eca, sou mais foder com um macaco.

— É uma boa imagem. — Russell Turvey, sessenta e muitos anos, com a cara do Popeye, cigarro pendurado nos lábios, barriga do tamanho de uma bola de basquete, transando com um macaco.

Turvey riu e tossiu. Seus pulmões faziam um ruído de sacos plásticos recheados de gelatina.

Kovac pegou o maço de cigarros que tinha comprado no meio do caminho e jogou-o no lixo.

— O que você deseja, Sam? Algo legal?

— É claro.

— Que merda. Você não é nada divertido. Está ficando chato com a idade. Ei, foi uma pena o que aconteceu com Mike de Ferro, hein? Ouvi dizer que foi você que encontrou o corpo dele. São sempre esses caras durões que acabam se matando.

— É, mas talvez não tenha sido isso. É o que estou procurando saber.

— Porra! Você deve estar brincando! Quem gastaria uma bala num velhote sujo como aquele?

— Eu te mantenho informado — prometeu Kovac. — Russ, outro dia encontrei um distintivo antigo em um brechó e fiquei curioso para saber de quem era. Você consegue descobrir isso para mim?

— Lógico. Se eu não puder encontrar, sei quem pode. Não tenho nada para fazer aqui a não ser coçar o saco até esfolar.

— Você está me matando com suas cenas, Russell.

— Eca! Venha aqui tirar uma foto para o seu álbum. Qual é o número do distintivo?

— Mil quatrocentos e vinte e oito. Parece ser dos anos 70. Fiquei curioso.

— Vou descobrir.

— Obrigado. Eu fico te devendo.

— Pegue o cretino que apagou o Mike. Assim nós ficamos quites.

— Farei.

— Eu conheço você, Sam. Você vai fazer a porra toda, e algum figurão puxa-saco vai ficar com os louros.

— O mundo é assim, Russ.

— Que nojo. Quero que todos se fodam. — Com isso, Russell desligou o telefone.

Kovac pegou os cigarros no lixo, amassou o maço em dois e jogou-o de volta.

Ligou o computador e passou a próxima hora tentando saber quem era Jocelyn Daring. Em uma fonte, descobriu que ela se formara com louvor na Northwestern, onde tinha se destacado também como jogadora de hóquei. Atlética. Forte — isso ele já sabia. Agressiva — tinha visto com seus próprios olhos. Foi a quarta da turma do curso de direito da Universidade de Minnesota. Ambiciosa. Trabalhadora. Em outra fonte, descobriu que ela dirigia em alta velocidade e que não costumava pagar os estacionamentos. Isso podia sugerir um certo desrespeito às leis... ou pelo menos é o que diriam John Quinn e seus colegas.

Mas Kovac não descobriu nenhuma ficha dela na polícia, nenhuma história nos jornais de Jocelyn criando caso em um restaurante ou coisa parecida. Na verdade, ele não esperava isso. Mesmo que ela tivesse uma história de comportamento irracional, sua família tinha bastante grana para acobertar os acontecimentos.

Já com o clã dos Fallon era diferente. Kovac viu isso quando passou os olhos pelo arquivo que Elwood preparou sobre Neil. As fraquezas da vida de Neil faziam parte do registro público. Prisão por assalto, problemas com o imposto de renda, violações das leis de higiene no bar, problemas com os agentes do Departamento de Recursos Naturais por ultrapassar o limite legal de caça e pesca nas estações estabelecidas.

Ele sempre queria mais do que tinha direito. Um homem que se ressentia da autoridade. O completo oposto do seu irmão — e, sem dúvida, culpava Andy por isso, embora a coisa talvez tivesse acontecido de forma inversa. Andy tinha visto Neil meter os pés pelas mãos e criar casos, e seguiu um caminho diametralmente oposto para agradar seu pai. E fez isso até o final, com a imperdoável exceção de contar para o velho a verdade sobre sua sexualidade.

Pobre garoto. Chegou até a tentar compreender Mike através da experiência de vida dele. O que havia para compreender? Não havia muitas facetas em sujeitos como Mike Fallon. Nesse ponto é que Neil levava vantagem sobre Andy: havia perfeitamente compreendido Mike.

— Eu não tenho nada a dizer para você, Kovac. Só falo na presença do meu advogado!

Neil Fallon olhou-o com raiva e ficou andando agitado pela sala de interrogatórios. Parecia à vontade no macacão de cor laranja da prisão, só que esse era limpo e sem graxa. A calça era comprida demais e ele teve de dobrar as bainhas.

— Não é nada sobre você, Neil — explicou Kovac, sentando-se na cadeira de plástico e cruzando a perna, em uma atitude bem relaxada.

— Então por que você está aqui? Eu não tenho nada pra te dizer.

— Você já falou isso. Então acho que você não tem chance de se ajudar.

— Como eu posso me ajudar se o que você vai perguntar não me diz respeito?

— Boa-fé.

Fallon levantou as sobrancelhas. — Boa-fé? Enfie no cu.

— Para um sujeito que se diz heterossexual, você está interessado demais que eu enfie alguma coisa no cu — observou Kovac.

— Vá se foder! — disse Fallon, andando mais agitado. — Vou processar você, Kovac. Vou processar esse Departamento de Polícia podre.

Kovac suspirou com ar de tédio. — Olhe aqui, Neil, você disse que é inocente. Disse que não mataria o seu pai.

— Eu não matei o velho.

— Então me ajude a compreender umas coisas. É só isso que estou pedindo. Compreensão é a chave da iluminação. O policial é seu amigo — disse, como se estivesse falando com uma criança de quatro anos de idade. — E se não for, você está fodido. Faça com que eu goste de você, Neil.

Fallon encostou-se na parede ao lado da porta e cruzou os braços, pensando.

— Meu advogado disse para eu não falar nada sem ele estar presente.

— Já que você constituiu um advogado, nada do que for dito sem que ele esteja presente poderá ser usado contra você. Você não pode ser prejudicado aqui. Só poderá se beneficiar. Eu nunca quis que nós fôssemos inimigos, Neil. Que diabo, nós bebemos juntos um dia. Você é um sujeito decente e trabalhador. E eu também.

Fallon esperou, esticando o lábio inferior para a frente.

— Eu trouxe uns cigarros — disse Kovac, segurando o maço.

Fallon aproximou-se e pegou-o, fazendo uma careta. — Mas os cigarros estão amassados!

— Mas mesmo assim podem ser fumados.

— Porra... — resmungou Neil, tirando um e tentando endireitá-lo. Kovac lhe passou um isqueiro.

— Estou curioso sobre algumas coisas a respeito de Andy, e acho que você não o matou. Não sei se ele foi morto por alguém. Todo mundo diz que ele andava deprimido. Eu só quero esclarecer umas coisas, só isso.

Por trás da cortina de fumaça, Fallon apertou os olhos e pensou: *Uma pergunta ardilosa.*

— Sou um policial da Homicídios. Desconfio de todos quando alguém morre de repente. Não é nada pessoal. Se o meu velho aparecesse morto, eu desconfiaria da minha mãe, porra. Mas quero esclarecer outra coisa aqui. Digamos que Andy quisesse aproximar-se do seu pai de novo. Quisesse ter uma chance de conquistá-lo, por assim dizer. Então tentaria fazer umas coisas com ele, tentaria conversar com ele, passar um tempo com ele. Talvez comprasse aquela televisão grande da sala...

— Foi Wyatt que comprou a televisão para ele — disse Fallon, com naturalidade, sentando-se e olhando o cigarro torto.

— O quê?

— Ace Wyatt. O anjo da guarda do velho — disse Fallon com sarcasmo. — Foi sempre assim, desde aquele tiroteio. Wyatt ajudava a pagar as contas do hospital, comprava coisas para a casa, para Andy e para mim. Mike sempre disse que os policiais cuidavam uns dos outros. Era uma obrigação, ele dizia. E era mesmo. Wyatt nunca passou um tempo com o velho, nem conosco. Quando entrava na nossa casa, agia como se fosse se encher de pulgas. Aquele filho-da-puta.

— Muito desagradável comprar coisas para vocês assim.

— Eu sempre achei que ele se sentia culpado por Mike ter levado aquele tiro. Afinal, era Wyatt que morava do outro lado da rua de Thorne. Foi para ele que Thorne pediu ajuda. Ele é que devia estar naquela cadeira de rodas. Mas Mike levou o tiro por ele.

Kovac achou que Neil provavelmente tinha razão nesse ponto. Mike tinha levado o tiro no lugar de Ace Wyatt, e nunca deixou Wyatt esquecer-se disso. A imagem esmaecida da lenda nobre lavada pela chuva ácida da realidade.

— Quando Mike precisava de alguma coisa, chamava Wyatt — continuou Neil, soltando fumaça do cigarro amassado. — E Wyatt jogava isso na minha cara toda vez que podia. Dizia que eu devia estar cuidando dele. Que eu era o filho mais velho. Mas nunca fez merda nenhuma para mim.

— Quantos anos Andy tinha na época do crime?

— Sete ou oito, acho. Por quê?

— Alguém me disse que Andy queria conversar com Mike sobre os acontecimentos daquele dia. Tentar compreender melhor o pai.

Fallon riu, tossiu e soltou mais fumaça.

— É, Andy era assim. Sr. Sensibilidade. Compreender o quê? Mike era um filho-da-puta amargurado, só isso.

— Acho que Mike não queria conversar sobre isso. Andy disse alguma coisa para você?

Neil pensou por um instante, como se estivesse tentando se lembrar. — Acho que falou alguma coisa sobre isso em uma das últimas vezes que esteve comigo. Mencionou que Mike não queria que ele mexesse em feridas antigas. Eu não prestei muita atenção. O que adiantava remexer nessa coisa toda? — Examinou Kovac por um instante. — Por que você se importa com isso?

Kovac registrou mentalmente a informação, misturando-a com as que já tinha, tentando lembrar-se de uma coisa que achava que Mike tinha dito nos seus últimos dias de vida.

— Eu só estou pensando — disse finalmente. — Andy tinha problemas de depressão. Se significasse muito para ele voltar às boas com o velho, e se Mike não cooperasse, talvez ele realmente tivesse chegado ao fundo do poço e se matado. E talvez Mike tenha se culpado...

— Essa seria a primeira vez. — Fallon terminou o cigarro e amassou a guimba com a sola do sapato. — Nunca se culpe se puder culpar outra pessoa. Mike era assim.

Kovac olhou o relógio.

— Então, se você está pensando em suicídio agora, quanto tempo mais eu vou ficar aqui?

— Isso está fora do meu alcance, Neil — disse Kovac, levantando-se. Foi para a porta e tocou a campainha para chamar o carcereiro. — Não é culpa minha. É culpa desses advogados corruptos. Eu te ajudaria se pudesse. Fique com os cigarros. É o mínimo que eu posso fazer por você.

31

O jornal *Minneapolis Star Tribune* publicava o horário do programa *Hora do Crime*, de Ace Wyatt, na coluna de entretenimento toda quinta-feira. Parte da festa era a interação de Wyatt com a platéia. Era como que um "infomercial", pensava Kovac toda vez que via a porra do programa. Ou algo do Food Channel. Ace Wyatt: o chef policial.

O crime do dia estava sendo encenado em um ringue no subúrbio, no parque St. Louis. Crime no *curling stone*:* uma história preventiva sobre a prática incorreta de esportes. Kovac identificou-se para o segurança fortão que cuidava da corda de isolamento das arquibancadas, e entrou no meio da multidão do Ace Mania.

Um tapete vermelho tinha sido desenrolado sobre uma parte do gelo. O câmera estava em uma ponta do tapete, ao lado de outro que mais se parecia com Gandhi. Outro ainda, de patins e com uma câmera portátil, estava encostado na trave de gol da pista de hóquei. Quatro fãs afortunadas tinham sido escolhidas para se sentar no banco de reservas. Por trás delas havia centenas de

* Um tipo de esporte em pista de gelo. (N.T.)

pessoas — mulheres gordas e homens idosos com ar combalido, com moletons com a inscrição "*PRÓ*-Ativos!" em vermelho.

— Precisamos de silêncio agora, minha gente! — gritou uma mulher muito magra, com óculos de armação preta e um casaco verde-oliva que parecia feito de um tapete velho. Bateu palmas exatamente três vezes e a multidão, obedientemente, ficou em silêncio.

O diretor, um sujeito gordo comendo uma barra de cereais diet, gritou para os dois atores: — Para os seus lugares! Vamos acertar dessa vez!

Um dos atores, um sujeito de seus cinqüenta anos, com um suéter de estampado nórdico e uma calça justa azul, escorregou pelo gelo balançando os braços como se fossem hélices.

— Está difícil, Donald — queixou-se ele. — Como eu posso atuar como um jogador de *curling stone* se há um gol de hóquei aqui?

— Ninguém vai ver o gol, Keith. Pense nisso. Se é que você tem de pensar.

O ator foi procurar sua marca. O diretor sacudiu a cabeça em desespero.

Kovac avistou Wyatt sentado longe da platéia, retocando a maquiagem. Atrás dele, abraçados para enfrentar o frio da arena, um casal com pinta hollywoodiana sorria enquanto Gaines tirava uma foto — uma jovem anoréxica de cabelo vermelho brilhante preso no alto da cabeça, e um rapaz de uns vinte anos de casaco de couro preto e óculos pequenos retangulares.

— Mais uma para o álbum — disse Gaines. O flash explodiu e a câmera cuspiu seu produto.

— A platéia parece não se importar com o frio — disse o rapaz.

Gaines deu um risinho comprometedor. — Eles adoram o capitão Wyatt. Nós temos de controlar as multidões. Elas ficam animadíssimas para assistir às filmagens. O que é um friozinho perto disso?

A garota dava pulinhos e esfregava os braços com as mãos. — Eu nunca senti tanto frio na vida! Não consegui me esquentar nem um minuto desde que saí do avião. Como vocês podem viver aqui?

— Você acha que está frio? — perguntou Kovac, com um ar de desprezo. — Volte aqui em janeiro. Vai pensar que morreu e foi para a Sibéria. Mais frio do que rabo de pingüim.

A jovem olhou para ele como se estivesse vendo uma criatura estranha no zoológico. Gaines parou de sorrir.

— Sargento Kovac, que prazer.

— O prazer é todo meu — disse Kovac, olhando com desprezo para tudo aquilo de novo. — Não é todo dia que vou ao circo. Tenho um trabalho de verdade para fazer.

— Yvette Halston — disse a mulher de cabelo vermelho. — Vice-presidente de desenvolvimento criativo da Warner Brothers.

O sujeito a seu lado estendeu a mão. — Kelsey Vroman, vice-presidente do reality show.

Reality show.

— Sargento Kovac. Homicídios.

— Sam! — disse Wyatt, levantando-se da cadeira e dispensando a maquiadora. Tirou a toalha de papel que protegia a gola do paletó tipo jaquetão azul-marinho e jogou-a fora. — O que o traz aqui? Recebeu os resultados do laboratório do caso Fallon?

Os vice-presidentes da Warner Brothers aguçaram os ouvidos, tentando ouvir a conversa de dois policiais de verdade.

— Ainda não.

— Eu dei uns telefonemas. Eles devem estar entregando esses resultados ainda hoje.

— Obrigado, Ace — disse Kovac, sem se mostrar agradecido. — Mas eu vim aqui por outra razão. Você pode me dar um minuto?

Gaines foi para o lado de Wyatt, com a pranchetinha na mão, tentando lhe mostrar a programação. — O capitão Donald quer terminar esta seção antes da uma hora. Os outros jogadores de *curling* terão de voltar aqui à uma e meia para a sessão de entrevistas. Portanto, vamos ter de reduzir em meia hora o intervalo para o almoço. O sindicalistas vão ter um ataque.

— Então mande o pessoal almoçar agora — disse Wyatt.

— Mas eles estão prontos para a filmagem.

— Então estarão prontos depois do almoço, não é?

— É, mas...

— Qual é o problema, Gavin?

— É, Gavin. Qual é o problema? — repetiu Kovac.

Gaines lançou um olhar gélido para Kovac. — Se não me falha a memória, você mesmo disse que o capitão Wyatt não pertence mais à força policial. Ele tem outras obrigações que não solucionar esse caso por você, mas, como é um homem muito decente, não diz isso.

— Gavin... — repreendeu-o Wyatt. — Nenhuma obrigação minha é mais importante do que uma investigação criminal.

Os vice-presidentes ficaram entusiasmados ao ouvirem isso.

— Ace — perguntou a jovem de cabelo vermelho —, você está dando consultoria em um caso? Não nos contou nada! Isso pode ser muito interessante. O que acha, Kelsey?

— Podemos organizar um programa semanal com vários organismos ligados ao cumprimento da lei. Polícia, FBI, DRE. O debate seria no final do programa. Cinco minutos, *mano a mano*, detetive para detetive. Ace tem a vantagem do seu conhecimento prático. Eu gosto disso. Dá uma sensação de verossimilhança e vitalidade. Você não acha, Gavin?

— Talvez funcione bem — disse Gavin com diplomacia. — Mas, no momento, estou preocupado com o nosso horário.

— A gente dá um jeito nisso, Gavin — disse Wyatt, virando-se de novo para Kovac. — Vamos lá para cima, Sam. Você pode fazer uma boquinha enquanto a gente conversa. Nosso bufê é fabuloso. Foi uma descoberta de Gavin. Os melhores quiches do mundo.

Wyatt foi subindo as escadas de concreto que davam em uma sala com vista para o ringue de hóquei através de uma janela comprida. A comida era apresentada com arte em uma longa mesa com toalha vermelha, com o álbum de *Hora do Crime* no centro. Wyatt não chegou perto da mesa, mas fez um sinal para Kovac se servir.

— Não gosto de comer quando estou filmando — explicou, abrindo uma garrafa de água. — Fico mais atento assim.

— É preciso estar em forma para isso. — *E não estourar essa roupa apertada,* pensou Kovac. Wyatt dava a impressão de que não respirava bem há umas cinco horas.

— Sei que você não valoriza muito o meu programa, Sam, mas fazemos um bom serviço aqui. Ajudamos a solucionar crimes, ajudamos as pessoas a se cuidarem para prevenir crimes.

— Fazem fascículos.

— Isso *não* é um crime.

— Não. Deixa pra lá — disse Kovac, folheando o álbum e vendo com mais vagar as páginas da festa de despedida da polícia de Wyatt. Fotos de pose e instantâneos do grande homem em toda a sua glória, como se fosse possível fazer instantâneos de Ace. Uma foto dele apertando a mão de Kovac, que parecia estar apertando uma enguia. Uma foto com a repórter do Canal 5. Um instantâneo de Wyatt falando com Amanda Savard. O olhar de Kovac parou ali.

— Também não gosto de ver jogos na televisão — disse Kovac, tentando lembrar se tinha visto Amanda lá naquela noite. — Já me disseram que fiquei ranheta depois de velho, mas é besteira. Eu sempre fui ranheta.

— Você não é velho, Sam — disse Wyatt. — É mais moço do que eu, e olhe onde estou agora. No auge de uma nova carreira. No topo do mundo.

— Provavelmente vou ficar só com uma carreira até que alguém me dê um tiro — disse Kovac. — O que me faz lembrar por que estou aqui.

— Mike. Você conseguiu mais alguma prova contra Neil, o filho dele?

— Na verdade, vim aqui mais para falar sobre Andy.

Wyatt franziu as sobrancelhas. — Andy? Não estou compreendendo.

— Estou curioso para saber a razão de tudo isso — disse ele, numa explicação vaga. — Sei que Andy andava investigando o caso Thorne; achava que Mike talvez quisesse recordar isso e que talvez os dois pudessem se aproximar de novo.

— Ah...

— Ele conversou com você. — Kovac falou como se fosse uma declaração, como se tivesse visto as anotações, dando pouca chance a Ace de negar os fatos, embora ele não tivesse conhecimento de nada disso.

— É — disse Wyatt. — Ele mencionou isso para mim. Mike não quis tomar parte no projeto. Lembranças dolorosas.

— Para você também.

Wyatt fez que sim. — Foi uma noite terrível, que mudou para sempre a vida de todos que participaram dos acontecimentos.

— Que o ligou aos Fallon como se vocês fossem uma família.

— De certa forma, sim. Ninguém passa por uma coisa assim com outro oficial sem criar vínculos.

— Especialmente naquelas circunstâncias.

— O que você quer dizer com isso?

— Você morava do outro lado da rua. Os Thorne pediram sua ajuda, mas Mike apareceu antes. Você se sentiu como se Mike tivesse levado o tiro no seu lugar, não é? Mike provavelmente sentiu isso também.

— Armadilhas do destino — disse Wyatt, com um suspiro dramático. — Meu telefone não estava ligado. O de Mike estava.

— Mas você deve ter vivido um certo sentimento de culpa, pois ajudou muito o Mike durante todos esses anos.

Wyatt manteve-se em silêncio por um instante. Kovac esperou, imaginando o que a maquiagem estaria escondendo. Surpresa? Raiva?

— Aonde você quer chegar com isso, Sam?

Kovac deu de ombros e pegou uma cenoura numa bandeja da mesa. — Eu sei que Mike se aproveitou de você todos esses anos, Ace — respondeu, cortando a cenoura ao meio. — Só estou imaginando... Você fez essa grande mudança para Hollywood... Fez muito dinheiro... Só estou imaginando se ele talvez não tenha tentado tirar um pouco mais de você.

Kovac viu que o rosto de Wyatt ficou vermelho.

— Não estou gostando da direção que esta conversa está tomando — disse ele com calma. — Tentei fazer o melhor que pude para Mike e sua família. Talvez ele tenha se aproveitado de mim, levando em conta a minha culpa por não estar naquela cadeira de rodas. Mas isso era um problema entre mim e Mike, e é assim que as coisas devem ficar. Nós dois merecemos mais do que você está pensando.

— Não estou pensando nisso, Ace. Não sou pago para pensar. Estou só imaginando, só isso. Você me conhece, tenho de examinar as coisas e ver como elas funcionam.

— Seu trabalho deixou-o muito cínico, Sam. Acho melhor você ir embora agora.

Kovac apertou os olhos, examinando Wyatt, tentando decidir se isso era uma ameaça. Wyatt poderia dar um dos seus famosos telefonemas e pronto. Adeus carreira, ou então passar o resto da vida na Divisão de Registros, ouvindo Russell Turvey contar suas histórias. E para quê? Para revelar a terrível verdade? Dizer que Ace Wyatt se sentia culpado por estar vivo e inteiro? Mesmo que Mike tivesse tentado arrancar uns cobres extras dele, a idéia de Wyatt matá-lo por causa disso era absurda.

A menos que a razão de ele sustentar Mike Fallon durante todos esses anos tivesse a ver com outro tipo de culpa.

— Você conhecia bem os Thorne?

Gaines apareceu na porta aberta, entrou na sala e levantou as sobrancelhas para Wyatt. — Com licença, capitão. Kelsey e Yvette foram comprar umas parcas para frio. Todo mundo está saindo para almoçar. O senhor vai cumprimentar a platéia ou isso vai levar mais algum tempo? — perguntou, enfatizando a palavra *isso* ao olhar para Kovac. Pegou uma escovinha do bolso da jaqueta e deu uma escovada nas lapelas de Wyatt.

— Não — disse Wyatt. — Nós já terminamos.

Kovac enfiou a cenoura na boca e comeu-a pensativo, enquanto Wyatt dirigia-se para a porta. Seguiu-o a distância e o viu aproximar-se da multidão, gente que tinha tão pouca coisa a fazer na vida que se contentava em passar um sábado apreciando aquela palhaçada.

Como eu, pensou com um sorriso forçado, indo embora.

Os arquivos on-line do *Minneapolis Star Tribune* remontavam a apenas 1990. Kovac passou a tarde em uma sala da biblioteca do condado de Hennepin forçando os olhos para olhar a microficha, lendo e relendo os artigos escritos sobre o assassinato de Thorne e o tiro levado por Mike Fallon. A história era apresentada como ele lembrava.

Kenneth Weagle, um quebra-galho que apareceu pelo bairro, tinha feito um trabalho para a esposa do oficial Bill Thorne, na residência do casal, e aparentemente se encantara por ela. Naquela noite, foi à sua casa, pois sabia que Bill Thorne estava em uma patrulha. Ele estava no bairro há tempo suficiente para saber de toda a movimentação dos moradores. Atacou Evelyn Thorne no quarto, estuprou-a e lhe deu uma surra, depois começou a saquear a casa. Por acaso, Bill Thorne deu uma parada em casa e entrou, sem suspeitar de nada. Weagle atirou em Thorne com a própria arma dele, que tinha encontrado na casa. A certa altura a sra. Thorne telefonou para Ace Wyatt, que morava do outro lado da rua. Mas antes que Wyatt chegasse, Mike Fallon chegou.

Bill Thorne teve um enterro de herói, com todas as honras. Havia fotografias com o artigo. Uma longa procissão de veículos da polícia. Uma foto da viúva com óculos escuros, sendo consolada por amigos e pela família.

Segundo o artigo, Thorne deixou a mulher, Evelyn, e uma filha de dezessete anos, cujo nome não foi revelado. Kovac achou que na foto Evelyn Thorne parecia um pouco com Grace Kelly. Ficou imaginando se mãe e filha ainda andavam pela área. Se algum dos antigos companheiros de Bill Thorne sabiam de alguma coisa. Evelyn Thorne era uma mulher relativamente jovem quando ficou viúva. Talvez tivesse se casado de novo. Devia estar com cinqüenta e oito anos agora, e a filha com trinta e sete.

Se Andy Fallon tivesse investigado o caso para tentar entender algo, teria feito alguma pesquisa. Mas não havia um arquivo sobre isso. Kovac ficou imaginando se conseguiria convencer Amanda a deixá-lo entrar no escritório de Fallon para checar seu computador de trabalho. O crime de Thorne não era um caso ativo da corregedoria. Talvez ela não se importasse.

Você nem ao menos sabe se ela vai falar com você de novo, Kovac.

O problema era esse.

— Senhor? — A voz da bibliotecária assustou-o. Ele deu um pulo quando ela se aproximou.

— A biblioteca vai fechar — disse a moça em tom de desculpa. — Infelizmente o senhor vai ter de sair.

Kovac juntou as cópias dos artigos que tinha pesquisado e foi embora. Já estava escuro, embora nem fossem cinco horas da tarde ainda. Os vagabundos que tinham passado o dia no calor da biblioteca tinham sido expulsos junto com ele. Afastaram-se instintivamente de Kovac, achando que ele tinha um ar de policial. A bibliotecária provavelmente o tomara por um vagabundo também. Ele não estava barbeado e a sua tarde tinha sido difícil. Sentia-se como se fosse um deles, lá fora no frio naquela parte cinzenta e triste da cidade. Sozinho, desligado de todos.

Tentou falar com Liska pelo celular, e ouviu uma mensagem na secretária. Desistiu, e foi para casa para se sentir sozinho e desligado de todos em um lugar mais quente.

O vizinho tinha acrescentado à sua parafernália do jardim um Papai Noel de madeira colorido, curvado para a frente, mostrando uns oito centímetros da bunda. Hilariante. Bem na frente da janela da sala de estar de Kovac. Quanta classe.

Ele considerou pegar sua arma e dar um tiro no rabo do Papai Noel. *Está vendo a graça disso, seu chupador de pica?*

A casa ainda cheirava a lixo, embora ele tivesse levado a lata para fora. Da mesma forma que o corpo de Andy Fallon ainda cheirava na casa. Jogou as cópias dos artigos do crime de Thorne em cima da mesa de centro e foi para a cozinha. Queimou uns grãos de café no fogão para se ver livre do cheiro, um truque que tinha aprendido nos cenários de morte. Uma boa dica para ser publicada na coluna de conselhos úteis para o lar. *O que fazer em caso de decomposição de cadáver.*

Foi para o banheiro de cima, tomou uma ducha, vestiu um jeans, meias de lã e um moletom velho, e voltou para a cozinha para comer alguma coisa, apesar de não sentir apetite algum. Precisava de calorias para manter a cabeça funcionando. Se é que o que realmente queria naquela noite era manter a cabeça funcionando.

A única coisa que havia para comer na casa era uma caixa de flocos de cereais congelados. Comeu um punhado, seco, e serviu-se do uísque que tinha comprado quando vinha para casa. Macallan. E daí?

Ligou o som na estação de jazz e ficou na janela ouvindo a música, bebericando o Macallan e olhando para a bunda do Papai Noel.

Esta é a minha vida.

Não sabia há quanto tempo estava ali quando a campainha tocou. O som era tão pouco familiar que tiveram de tocar três vezes até ele atender.

Amanda Savard estava na porta, com a cabeça coberta pela echarpe de veludo preto para esconder os ferimentos do rosto. Pelo menos alguns deles.

— É. Você deve ser detetive também — disse Kovac. — Meu nome não está na lista de endereços.

— Posso entrar?

Ele deu um passo para trás, com o copo de uísque na mão, e a fez entrar.
— Não repare na casa. O canal de Casa e Jardim dá muitas sugestões úteis, mas eu não tenho tempo para comprar nada.

Amanda foi para o centro da sala de estar, tirou a echarpe da cabeça, mas não tirou as luvas nem o sobretudo. E não se sentou.

— Eu vim me desculpar — disse, olhando por cima do ombro direito dele. Kovac ficou imaginando se dali dava para ver o traseiro do Papai Noel, mas se ela viu não demonstrou nada.

— Desculpar de quê? De ter dormido comigo? Ou de ter me mandado embora depois?

Amanda parecia querer estar em qualquer lugar, menos ali. Juntou as mãos e tocou no cabelo, perto dos ferimentos. — Eu... eu não estava... eu não queria... — Parou de falar, apertou os lábios e fechou os olhos por um instante. — Eu não sou... eu não tenho facilidade... de dividir a minha vida... com outras pessoas. E peço desculpas se eu...

Kovac colocou o copo na mesa de centro e aproximou-se dela. Tocou no seu rosto, passando o polegar debaixo do ferimento. Sua pele estava muito fria, como se ela tivesse ficado muito tempo lá fora no frio, criando coragem para tocar a campainha.

— Não precisa se desculpar, Amanda — disse num tom carinhoso. — Não se desculpe comigo, nem por mim.

Ela olhou-o nos olhos. Seu lábio inferior tremia ligeiramente.

— Eu não sou boa para essas coisas — disse.

— Shhhhh... — Kovac abaixou a cabeça e encostou os lábios nos dela. Não com paixão, mas de forma mais suave. Os lábios dela tornaram-se mais quentes e mais macios e se abriram para ele.

— Eu não posso ficar — murmurou, com a voz tensa devido a algum conflito interno.

— Shhhh...

Ele beijou-a de novo. A echarpe caiu no chão. Beijou-a no pescoço e puxou seu casaco, deixando-lhe os ombros à mostra.

— Sam...

— Amanda... — Seus lábios encostaram no ouvido dela. — Eu quero você.

Sentiu que Amanda estremecia ligeiramente quando ele alisou suas costas. Ela virou a cabeça e os dois se beijaram novamente. Um beijo trêmulo. Hesitante mas ansioso. Carente mas temeroso. Ela abriu os olhos e olhou-o através das lágrimas.

— Eu não sei o que podemos ter — disse ela. — Não sei o que eu posso te dar.

— Não importa — disse Kovac. — Nós podemos ter isso. Podemos viver o agora.

Sentiu o coração de Amanda contra seu peito, marcando a passagem do tempo. Nem mesmo agora ele conseguia entendê-la, não sabia que perguntas ela respondia ou perguntava a si mesma. Sentia uma tristeza nela, um vazio, uma solidão, um conflito. Reconheceu essas características, respondeu a elas e perdeu-se nelas quando os dois afundaram no sofá.

Eles podiam ter isso. Podiam viver o agora. Mesmo que fosse só isso que pudessem ter, não havia nada que valesse tanto.

— Eu não posso ficar — disse Savard com suavidade.

Estava nos braços de Kovac, no sofá, coberta com seu casaco. A pele dele era quente contra a sua. Gostava de sentir o corpo dele apertando o seu, as pernas entrelaçadas nas dele; sentia-se como se estivesse enrolada nele, como se os dois fossem inseparáveis. Mas era apenas uma fantasia, que não poderia ser realizada. Ao lembrar-se disso, sentiu-se vazia, oca, isolada.

Kovac tocou na sua nuca e beijou-a na testa. — Você não precisa ficar, mas pode... se quiser. Talvez eu tenha até lençóis limpos.

— Não. — Desprendendo-se dele, sentou-se, juntou as suas roupas e cobriu-se. — Não posso.

Kovac ergueu o corpo apoiando-se em um braço e passou a mão nas mechas do cabelo dela. — Amanda, eu não me importo de onde vem seu pesadelo. Entende o que eu quero dizer com isso? Eu não me importo. Não me assusto com os seus pesadelos.

Mas eu me importo, e eles me assustam, ela quis dizer, mas não abriu a boca.

— Você pode me contar seus sonhos se precisar. Não há nada que eu ainda não tenha ouvido neste mundo.

É claro que isso não era verdade, mas ela se calou de novo. Tinha aprendido há muito tempo quando discutir e quando permanecer em silêncio.

Kovac deu um suspiro. — O banheiro fica no corredor, à direita.

Kovac ficou observando-a quando ela saía da sala, seminua. Se isso era tudo que podia ter dela, era melhor do que qualquer outra coisa que sonhara em ter na vida. Ela que guardasse seus segredos. Ele já tinha passado por dois relacionamentos, para que tentar de novo? Mas Amanda era um mistério, um enigma. Ele não descansaria enquanto não penetrasse no seu coração. Cheia de defesas como ela era, não aceitaria essa intromissão, e ele acabaria destruindo o que os dois tinham.

Vestiu-se, ajeitou o cabelo com a mão e sentou-se no braço da poltrona, bebendo um uísque enquanto a esperava. Amanda voltou do banheiro, com o mesmo ar que tinha quando chegou. Bonita, reservada, disfarçada.

— Não sei o que dizer a você — disse, olhando para o aquário vazio.

— Então não diga nada. Vocês, figurões — disse Kovac, fazendo uma careta. — Nós não temos de armar um grande plano.

Amanda pareceu preocupada com essas palavras.

Ele aproximou-se e tocou no seu rosto com as costas da mão.

— Às vezes é suficiente seguir uma trilha e ver onde ela vai dar — disse ele. O prudente Sam Kovac. — Ouça o que digo, embora não esteja bem certo disso. Já fracassei duas vezes. Toda trilha que sigo termina em um túnel escuro, com um trem vindo na minha direção. É melhor continuar a ser apenas um policial. Nisso sou bom.

Amanda deu um sorriso forçado, que morreu quando seus olhos bateram na mesa de centro. Suas sobrancelhas se franziram.

— O que é isso?

— O assassinato de Thorne. O tiro em Mike Fallon. Andy estava investigando o caso. Só estou mexendo uns pauzinhos para ver aonde consigo chegar.

— Seguindo a trilha para ver onde ela vai dar — disse ela, com ar ausente. Espalhou umas páginas, sem tocar nelas, só olhando.

— Uma história triste. Você era muito jovem para se lembrar.

— Triste mesmo — murmurou, olhando a cópia precária da fotografia da viúva de Bill Thorne sendo consolada pela família.

— A vida não vale nada.

— É verdade.

Amanda ajeitou o corpo e arrumou a echarpe de veludo na cabeça, respirando fundo e olhando por cima do ombro dele de novo.

— É melhor você dizer "até outro dia, Sam". Eu detesto despedidas — disse Kovac.

Ela tentou sorrir, mas não conseguiu. Levantou-se e beijou-o no rosto, apertando os ombros dele com as mãos. — Sinto muito.

E foi embora. Só lhe restou de consolo a garrafa de uísque de cinqüenta dólares.

— Não sente tanto quanto eu — disse baixinho na porta, vendo-a desaparecer.

No jardim do vizinho, o relógio fazia a contagem regressiva da chegada do Papai Noel.

O telefone tocou e ele correu para atender. Não importava quem fosse.

— Clube dos Corações Solitários — disse ele. — Pode se filiar agora. A infelicidade adora companhia.

— Vocês aceitam masoquistas? — perguntou Liska.

— Aceitamos, e se trouxer um sádico sai mais barato.

— O que você está fazendo, Kojac? Sentado em casa com pena de si mesmo?

— Não tenho ninguém mais para sentir pena. Minha vida é vazia como uma concha.

— Arranje um cachorro. Adivinhe quem era o companheiro de Eric Curtis até mais ou menos um ano antes de ele ser morto?

Kovac deu um gole no Macallan. — Se você disser que era Bruce Ogden, eu saio desse filme, Jodie.

— Derek Rubel. E adivinhe quem estava no hospital ontem, fazendo exame de sangue, e que negou que tinha ido lá para isso?

— Derek Rubel.

— Na mosca.

— Tô fodido — murmurou Kovac.

— Não. Tenho a impressão de que Derek Rubel é que está.

32

A academia Steele era do tipo que o que mais se ouvia eram urros, só recebia puxadores de ferro. Não havia aulas de aeróbica, nem jazz, nem ioga. Era coisa pesada, com música *heavy metal* no som. Dava a impressão de uma loja de máquinas, e o cheiro de testosterona era suficiente para encher d'água os olhos de uma pessoa normal.

Liska mostrou sua credencial para a entediada mocinha que ficava na recepção, e entrou na grande sala de halteres. Ficou parada ali por um instante, observando a pequena multidão, horrorizada com os corpos dos homens. Incrível pensar como um ser humano comum podia se transformar por meio de um comportamento obsessivo bem aplicado e, em alguns casos, dos milagres da química moderna. Um dentre cada três homens da academia se assemelhava ao Incrível Hulk.

Rubel estava em um canto, olhando para alguém no banco. Usava uma camiseta preta com as mangas cortadas, para acomodar os braços grossos como um presunto inteiro. Seus músculos eram tão perfeitamente definidos que ele podia ser usado como modelo vivo em uma aula de anatomia.

Liska passou por um bando de homens que levantavam pesos e percebeu quando Rubel tomou conhecimento da sua presença, mesmo sem olhar para ela. Percebeu a energia mudar no ar. Foi até o banco e olhou para a cara feia de Bruce Ogden. Ele bufava, tentando levantar halteres com discos de aço do tamanho de rodas de caminhão, com o rosto vermelho de tanto esforço.

Depois ela olhou para Rubel. — Ele faz todo esse barulho na cama?

— Como posso saber?

— Eu perguntaria para a namorada dele, mas pelo que sei ele nunca teve namorada. — Inclinou-se sobre Ogden e fez uma careta de desculpa. — Putas não contam. Desculpe.

Ogden soltou um grunhido e levantou a barra com os discos.

— O que você quer, sargento? — perguntou Rubel. — Nós estamos no meio de um negócio agora.

— Estou vendo — disse Liska, séria, mostrando a raiva que sentia dos dois. — Estão atolados até as orelhas nisso. Mas notem que eu vim falar com vocês pessoalmente. Não dei nenhum telefonema anônimo de um telefone público. Não mandei nenhuma fotografia pelo correio. Tenho mais culhões do que vocês dois juntos.

Ogden abaixou o halteres e sentou-se, ainda bufando, com a cara molhada como se tivesse tomado chuva. — É? Já ouvimos falar disso.

Liska revirou os olhos. — Não me venha com insinuações de lesbianismo. Você é demais, seu brutamontes. Se parasse de se apresentar como um macho heterossexual grandão e mau e exercitasse um pouco o cérebro, talvez não estivesse nessa merda. Mas agora é tarde demais para ficar esperto. Você passou dos limites quando resolveu envolver meus filhos. Não há como voltar atrás. Como não me é permitido legalmente arrancar seus corações e mostrá-los enquanto vocês morrem, vou ter o prazer de ver os dois na prisão.

— Não sei do que você está falando — disse Rubel, sem emoção.

Liska olhou para ele e esperou um pouco para falar. — Eu peguei o Cal Springer. Ele está do meu lado. Agora vai começar a festa — disse, com uma satisfação mórbida. — O primeiro que for ao promotor sai ganhando. Cal e eu iremos com alguém ao escritório de Sabin amanhã ao meio-dia.

Ogden apertou os lábios. — Você é uma filha-da-puta, Liska. Está blefando, senão já teria trazido as algemas.

— Você não tem nada contra nós — disse Rubel. — O caso está encerrado.

Liska sorriu. — Pode continuar pensando assim, queridinho. Por que não pensa um pouco no que acontece na prisão com rapazes boa-pinta como você? Ouvi dizer que é barra-pesada. Mas, de repente, você até goste.

Aproximou-se e deu um tapinha no rosto dele. — Que pena que Eric não está vivo para ver isso.

Bang! Bem entre os olhos! Rubel não se mexeu, não mudou de expressão, mas aquele tapa foi como uma bala penetrando no seu rosto. Liska sentiu a onda que lhe passou pelo corpo, e ele percebeu que ela tinha percebido. Liska saboreou o momento. Talvez mil momentos como aquele compensassem o que ela sentiu quando viu as fotos de Kyle e R.J.

Talvez não.

Virou-se para ir embora, mas parou por um instante para recobrar o fôlego. Rubel e Ogden provavelmente nem notaram. Tudo não durou mais do que uma fração de segundo. Mas naquela fração de segundo avistou Speed a uns três metros dali, fazendo um intervalo da sua série numa máquina.

— Tem certeza de que essa coisa de ativação da voz funciona? — perguntou Springer, preocupado. — E se não ligar?

Barry Castleton ajoelhou-se no chão e prendeu com fita-gomada o gravador ao plexo solar de Springer. Como chefe do caso Ibsen, Castleton aproveitou-se da situação quando Springer resolveu cooperar com eles. Liska queria a glória toda para si mesma — mais por motivos pessoais do que por qualquer outra coisa —, mas não podia tirar Castleton da jogada e conviver com isso. Castleton, um afro-americano de mais de quarenta anos, com tendência a vestir-se como um professor de inglês, era um bom policial e um bom sujeito. Se ela tivesse de dividir a glória, que fosse com ele.

— Não se preocupe, isso é seguro, à prova de acidente — disse Castleton para Springer.

— Nada é à prova de acidente para um tolo talentoso — disse Kovac.

Foram todos para a cozinha: Springer, Castleton, Liska, Kovac e Tippen, da Operações Especiais — porque estavam fora da sua jurisdição e queriam se proteger com o pessoal do condado. A sra. Springer estava passando uns dias na casa da irmã. Liska tinha suas dúvidas se ela voltaria depois disso tudo. Provavelmente voltaria. Só restava saber se Cal se livraria da prisão e se estaria ali à espera dela.

A primeira participação de Springer na trama tinha sido fazer vista grossa quando Ogden plantou a evidência na casa de Renaldo Verma. Com isso, ficou nas mãos dele. Uma coisa era um policial agir de forma idiota, mas o detetive-chefe de uma investigação de homicídio era um alvo muito maior e tinha muito mais a perder. Cal Springer, vivendo acima de suas posses, não tinha condição de perder.

— Não estou me sentindo bem — queixou-se Springer.

— Já percebemos isso — disse Castleton, ficando de pé.

Liska parou de andar de um lado para outro, foi até Springer e lhe deu um chute.

— Ai! — Ele se curvou e pôs a mão na canela.

— Um homem talvez morra por sua causa, e você tem coragem de se queixar de que não está *se sentindo bem*? — disse com ar de desprezo. — Meus filhos foram ameaçados porque você não foi homem suficiente para dizer não a Bruce Ogden.

— Ele podia arruinar o meu trabalho — defendeu-se Springer.

— E agora você vai para a cadeia. Grande escolha, Cal.

— Você não entende...

Liska olhou-o, incrédula. — Não, eu não entendo. Eu *nunca* entenderei. Você deixou Ogden plantar a evidência para poder encerrar um caso e sair ganhando.

— Que diferença fez para Verma? — argumentou ele. — O sujeito era um assassino. Nós sabíamos que ele era o culpado. E... e... a vítima era um dos nossos. Nós não podíamos abrir o jogo.

— Como você ousa fingir que tem interesse na justiça? — disse Liska, furiosa. — Essa não foi sua motivação, foi sua racionalização. O que o motivou a fazer vista grossa sobre Verma foi pensar no seu próprio bem.

— E *você* nunca fez nada a respeito disso — disse Springer com um riso de escárnio.

— Eu nunca atrapalhei uma investigação. Já lhe ocorreu que talvez Verma *não* tivesse matado Curtis, um policial gay, HIV positivo que tinha trocado de companheiro de patrulha três vezes em cinco anos e apresentado queixa formal de perseguição?

— Quando prendi Verma pelo assassinato de Franz? Não.

— Ei, que porra é essa, Springer — interveio Castleton. — Foi Bobby Kerwin que prendeu Verma pelo assassinato de Franz. Você nem estava na jogada.

Springer apertou os lábios. — Foi uma forma de falar. Verma era culpado de um assassinato e de quantos roubos? Por que eu não o prenderia?

— O fato de você não ter nenhuma evidência física podia ter pesado no caso — sugeriu Tippen.

Springer fechou a cara. — Por que eu devia suspeitar de outro policial, pelo amor de Deus? Falamos com todos os ex-companheiros de Curtis. Não havia indício algum para isso.

— Então você não prestou atenção — disse Liska. — O último companheiro de Curtis, Engle, me disse que achava que havia alguma coisa entre Curtis e Rubel. Ele não te disse isso quando você estava investigando o assassinato de Curtis?

— Isso não deu certo. Pense em Rubel. Ele não é viado. E... e por que iria matar Curtis? Eles não eram companheiros há muito tempo.

— Por causa do HIV, seu imbecil. Se Curtis infectasse Rubel com uma doença incurável e terminal, eu chamaria isso de motivo, você não?

Springer inspirou fundo e depois expirou.

— E você não achou estranho que uns meses depois de Curtis ser morto, Derek Rubel, que tinha sido um dos companheiros dele, de repente tornou-se companheiro do sujeito que plantou a evidência no caso? — perguntou Liska.

Springer estava a ponto de ter um ataque de nervos, mas tinha muito medo de Liska. Seu rosto ficou vermelho e ele começou a tremer. — Os companheiros de patrulha são trocados a toda hora. Além do mais, o caso estava encerrado naquela época.

— Tudo bem, o caso estava encerrado. E se você pôs a culpa em alguém que não matou Curtis? Ele havia cometido outros crimes tão ruins quanto. E você já estava nas mãos de Ogden. Ele podia te entregar para a corregedoria sem pestanejar — argumentou Liska. — É claro que isso teria um preço para ele. Mas o preço para você seria bem mais alto. Então, quando Ogden e Rubel precisaram de um álibi para a noite da quinta-feira, Ogden simplesmente telefonou para você.

— Ogden teria me arruinado.

— Os maus policiais arruínam a si próprios — disse Liska, com calma, lembrando-se das palavras de Savard quando esteve na corregedoria depois que o corpo de Andy Fallon foi encontrado. Parecia que tudo isso tinha ocorrido há um ano.

— Você não se importou com o que eles fizeram com Ken Ibsen? — perguntou.

Springer virou o rosto de lado, com vergonha. Ele não se preocupou o suficiente para reagir, e alguém quase tinha morrido por isso.

— Eu gostaria que você estivesse na cabeceira de Ken Ibsen quando os médicos fossem examiná-lo. Gostaria que você visse de perto o que aqueles dois animais lhe fizeram naquela viela, e gravasse isso para sempre na sua cabeça para reviver essa agressão horrível todos os dias da sua vida miserável.

— Sinto muito! — gritou Springer.

— Eu sei que você sente muito.

Kovac interpôs-se entre eles e pegou Liska pelo braço. — Qual é, Fadinha. Eles vão chegar aqui a qualquer momento. Vamos nos esconder para a festa surpresa.

Levou-a para a copa de Springer, uma peça estreita, ladeada por prateleiras repletas de alimentos enlatados e louças. Liska encostou-se em uma delas e Kovac em outra.

— Você pegou essa gente, Fadinha — disse Kovac com calma.

— Eles morderam a isca, mas não o anzol. Eu quero os dois na minha mão.

— Então talvez seja melhor largar de mão esse filho-da-puta que vai entregar os dois para você.

— Ele merece mais do que isso.

— Ele merece exatamente o que você disse — reviver a agressão a Ken Ibsen diariamente, pelo resto da vida. Mas nós vamos ter de fazer com que sua carreira seja arruinada e que ele seja mandado para trás das grades.

— Eles ameaçaram meus filhos, Sam — disse Liska, tremendo de novo só de falar naquilo. — Fiquei pensando a semana toda quem teria coragem de espancar um gay até a morte expondo-se a ser contaminado por todo aquele sangue. Não fazia sentido. Todo sujeito assim que eu conheço tem pavor da AIDS. Eles acham que podem pegar a doença no tampo dos vasos sanitários, num aperto de mão, no ar. Tinha de ser alguém que ignorasse completamente o risco ou alguém que já estivesse infectado. Então, quando vi Rubel no hospital...

— Rubel não odiava Curtis porque ele era gay — concluiu Kovac. — Matou Curtis porque foi infectado por ele. Matou-o por vingança.

— E Ogden plantou a evidência na casa de Verma para proteger Rubel, porque os dois são amantes.

— São é bandidos, Fadinha. E você os pegou — disse, segurando o ombro dela. — Estou orgulhoso de você, garota.

— Obrigada. — Liska olhou para o lado e apertou os lábios. — Você acha que Springer pode fazer com que eles confessem que mataram Andy Fallon?

— Talvez. Se é que foram eles.

Tippen enfiou a cabeça para dentro da copa. — Os convidados chegaram para a festa. Todos a postos.

Liska sacou a arma e examinou-a. Kovac fez o mesmo. Ficariam escondidos ali enquanto Cal Springer tentava incriminar Ogden e Rubel e registrar as confissões no gravador preso a seu corpo. Quando os dois tivessem falado o bastante, seriam apanhados na armadilha. Nesse ínterim, os carros de polícia chegariam para servir de reforço.

A campainha tocou. Liska ouviu conversas, mas não conseguiu identificar as palavras. Visualizou Springer recebendo os convidados, fazendo-os entrar, assegurando-lhes que estava do lado deles. Mas, abruptamente, o tom das vozes mudou e Cal Springer começou a gritar: "*Não!*". A palavra foi cortada por um tiro.

— Merda! — gritou Kovac, saindo da copa como um raio.

Liska foi logo atrás.

— Polícia! Parados! — gritou Castleton.

Mais três tiros.

Kovac foi para a sala de estar, agachando-se pelos cantos.

Liska saiu pela porta de serviço para a garagem, indo na direção da porta de entrada.

Rubel e Ogden correram para a caminhonete de Rubel, a uns quatro metros de Liska, de arma na mão.

— Rubel! — gritou Liska, atirando e escondendo-se atrás da porta.

A resposta foram dois tiros secos, um deles indo bater no alto do portal. Três tiros vieram de algum outro lugar, e ouviu-se um homem gritar.

O motor foi ligado e a caminhonete saiu na disparada. Liska abriu a porta e viu Rubel com o braço fora da janela, atirando.

Com as luzes e sirenes ligadas, duas viaturas seguiram para o final da rua sem saída. Rubel não diminuiu a velocidade, aumentando o espaço entre os carros. Um tiro atingiu a traseira da caminhonete, do lado do carona. Rubel continuou a toda quando um dos carros do xerife começou a perseguição.

Bruce Ogden soluçava na porta da casa, rolando como uma foca caída na praia, tentando em vão se levantar.

Liska correu para ele armada e chutou a arma dele para longe. Kovac apareceu na calçada, falando sem parar:

— Springer está morto!

— Socorro! Socorro! — dizia Ogden, em pânico. A seu lado, uma mancha escura espalhou-se pela calçada coberta de gelo. Liska olhou para o chão, pensando em Ken Ibsen.

Uma viatura do Departamento de Polícia de Eden Prairie apareceu, e dois guardas saíram do carro e entraram correndo na área.

— Não mexam nele sem luvas — disse Liska, dando um passo para trás. — Vocês podem se contaminar.

— De quem foi essa idéia brilhante? — perguntou Leonard, olhando direto para Kovac.

— Tínhamos de agir depressa, tenente — disse Liska. — Queríamos que as palavras de Ogden e Rubel fossem gravadas na fita antes de terem a chance de chamar o advogado.

Eles estavam na sala de estar de Cal Springer, com a lareira apagada e a árvore de Natal às escuras. Naquele momento, Cal estava sendo colocado num saco plástico para ser transportado até o necrotério. Tinha levado um tiro no meio do peito.

— Nunca pensamos que isso pudesse acontecer — disse Kovac.

— Consegui ver Rubel e Ogden tentando levar Cal para fora — disse Castleton. — Provavelmente para desaparecer com ele. Springer sabia disso e tentou resistir. Rubel atirou nele antes que eu pudesse fazer algo.

— Meu Deus — disse Leonard, olhando com asco para o saco plástico na maca rolante que estava sendo empurrada pelo pessoal do IML para a porta da frente. — A imprensa vai fazer uma festa com isso.

É, sra. Springer, sinto muito pela sua perda, pensou Liska.

— Todos os policiais da área metropolitana e dos condados vizinhos estão no encalço de Rubel — disse Castleton.

— Ele provavelmente largou a caminhonete e roubou um carro — disse Kovac. — Não tem nada a perder agora. Se for apanhado, vai ser acusado de dois crimes e de um assalto. Nunca mais vai ver a luz do dia.

O chefe de polícia de Eden Prairie apareceu em frente ao hall de entrada, do lado de fora. — Tenente Leonard? Há uns repórteres esperando aí fora.

Leonard falou um palavrão entre dentes e afastou-se.

Liska entrou na cozinha dos Springer e pegou seu celular para saber dos meninos. Speed entrou pela lavanderia, parou na porta e olhou para ela.

— Você está bem? — perguntou.

— Não.

Liska baixou a cabeça e discou o número de Milo Foreman. Speed esperou, ouvindo-a explicar a situação de forma sucinta e depois perguntar se os meninos podiam ficar lá até domingo. Fechou o celular e guardou-o no bolso do casaco.

— Eu devia perguntar o que você está fazendo aqui, mas...

— Ouvi a confusão pelo rádio.

— Verdade? Você não veio daquela academia que não é a sua, seguindo Ogden e Rubel até aqui?

Ele passou a mão na barba e olhou para o lado.

— O que você estava fazendo lá, Speed?

Ele deu um grande suspiro. — Fui requisitado pela Divisão de Entorpecentes de Minneapolis. Eles sabiam de um problema de esteróides dentro do departamento e precisavam de um cara que não fosse conhecido lá.

— Há quanto tempo? — perguntou Liska, sentindo a raiva, a frustração e a mágoa crescerem dentro dela.

Ele hesitou de novo, mas acabou confessando. — Há dois meses.

Liska riu e sacudiu a cabeça. *Por que isso magoa tanto?*, perguntou a si mesma. Ela não devia nem estar surpresa. Talvez não estivesse surpresa. Mas tinha de admitir que havia um filete de esperança, uma pequena centelha... Depois de todos aqueles anos ele ainda não tinha conseguido matar isso. Liska não compreendia como esse sentimento não tinha morrido naturalmente.

— Então seu súbito interesse pela minha vida e pelos meninos...

— É genuíno, Nikki.

— Tá bom...

Speed chegou mais perto. — Eu sabia que você tinha procurado Ogden e Rubel. Eles estavam na academia naquela tarde em que você foi tratar do caso Fallon.

— E por que ficou me observando quando comecei a lidar com esse caso? Você nunca me disse uma palavra a respeito disso...

— Não posso falar sobre um caso, Nikki. Você sabe disso.

— É, mas quer que eu te passe informações sobre o meu — disse ela. Todas as perguntas que ele tinha feito naquela semana lhe vieram à cabeça. — Você é um filho-da-puta.

Speed chegou mais perto dela de novo, encostando-a no balcão, tentando fazer um ar triste, preocupado e magoado pelo mau conceito que ela fazia dele. Liska desvencilhou-se, sem olhar para ele.

— Nikki, eu estava cuidando de você, dos meninos...

— Como estava cuidando de nós? Sem me informar de nada? Sem me deixar saber que estava lá por nossa causa?

— Você nunca me pediu pra ficar por perto.

— Não venha com essa pra cima de mim.

Ele estendeu as mãos e deu um passo para trás. — Achei que podia ficar de olho em vocês sem comprometer minha investigação nem a sua.

— Para que eu não atrapalhasse sua atuação se a minha não tivesse bom resultado? — perguntou Liska. — Ou você planejava cair do céu no final, como o Super-Homem, e salvar o dia de todo o mundo? Seria uma grande honra para você, não é? Pegar os bandidos, pegar a garota...

Speed estava perdendo a paciência, como sempre acontecia quando perdia o charme e a falsa sinceridade. — Se é isso que você realmente acha, Nikki...

Liska respirou fundo e controlou suas emoções. — Acho que preciso ir embora. Tenho de trabalhar.

Ele deu outro suspiro, reorganizou-se mentalmente e tentou voltar ao padrão rotineiro do amigo preocupado. — Olhe aqui, eu sei que não é a hora nem o lugar. Só queria ver se você estava bem. Talvez eu apareça na sua casa mais tarde...

— Não faça isso.

— Posso sair com os meninos amanhã à tarde, se você quiser.

— O que eu quero — disse Liska, fixando seu olhar na lavanderia para não olhar para ele — é não ver você por enquanto, Speed.

Finalmente ele compreendeu que não ia vencer daquela vez. Charme e olhares podiam levá-lo longe no seu mundo cotidiano, mas com Liska nada disso funcionava. Pelo menos até a próxima vez em que ela estivesse vulnerável o suficiente para acreditar nele.

— Pode sair com os meninos amanhã, se quiser estar com eles. Mas não faça isso para se aproximar de mim.

Speed hesitou por um instante, como se tivesse mais alguma coisa a dizer, mas calou-se. Voltou pelo mesmo lugar de onde tinha entrado.

Liska ficou ali, olhando para o chão, tentando clarear os pensamentos, tentando voltar a funcionar, sacudir a poeira, ser durona de novo. Ao levantar os olhos, viu Kovac no portal que dava para a parte principal da casa.

— Por que eu nunca aprendo? — perguntou ela.

— Porque você é cabeça-dura.

— Obrigada.

— A gente leva tempo para se conhecer — disse ele, aproximando-se e passando o braço pelo ombro dela. — Vamos, Fadinha. A menos que você decida meter uma bala na cabeça daquele imbecil, nosso trabalho aqui terminou. Já está tarde. Vá para casa. Vou mandar uma viatura vigiar a sua casa.

Ela fez uma careta. — Eu não preciso...

— Precisa sim. Foi você quem desmascarou Rubel, garota. E ele sabe onde você mora.

Um calafrio percorreu o corpo dela como se fosse um dedo gelado.

— Sabe de uma coisa? Há dias em que eu gostaria de ser garçonete — disse, pondo a cabeça no ombro dele.

33

Por volta das seis horas da manhã, a notícia da caçada oficial a Derek Rubel tinha feito aparecer repórteres de todos os grandes meios de comunicação. Minneapolis estava infestada de equipes de fotógrafos. Kovac, Liska, Tippen e Castleton tinham recebido ordens de não comentar com ninguém o assassinato de Cal Springer. As entrevistas eram coordenadas por Leonard, pelo xerife do condado de Hennepin e pelo chefe de polícia de Eden Prairie.

O FBI tinha sido convocado para o caso, juntamente com o Birô de Apreensão Criminal. As patrulhas rodoviárias estaduais de Minnesota e Wisconsin tinham helicópteros sobrevoando a área, em uma busca árdua para localizar o Explorer preto de Rubel, um trabalho monótono que levantava um alarme falso atrás do outro. Minnesota tinha inúmeros Ford Explorers pretos. Nenhum dos que foram parados e revistados pertencia a Rubel.

Seus vizinhos e colegas de trabalho foram questionados a respeito dos hábitos dele, para que se pudesse fazer uma lista de prováveis pontos onde ele poderia estar escondido. Delegados foram enviados para uma área próxima a Zimmerman, numa propriedade conjunta de uns dez oficiais. Mas não havia nenhum indício de que Rubel tivesse passado por aquela cabana rústica.

Ogden, que fora atingido por duas balas durante o tiroteio, tinha sido transportado de helicóptero para o Centro Médico do condado de Hennepin, e mantinha-se estável depois de três horas de cirurgia. Ainda tinha de ser interrogado, e o Estado já havia colocado um advogado à disposição na porta do seu quarto de hospital.

Kovac deu plantão a noite toda, preferindo fazer visitas a completos estranhos a passar a noite na sua casa vazia. De manhã suas habilidades sociais estavam se esgotando. Ele passou a pasta para Elwood e foi para casa.

Seu vizinho estava do lado de fora, naquele ar frio, com o boné de xadrez vermelho na cabeça, cavando a neve do jardim com uma pá.

— Malditos cachorros — Kovac ouviu-o resmungar ao sair do carro. Quando bateu a porta, o velho levantou a cabeça e olhou-o de alto a baixo pelos óculos tortos.

— Ei, ouvimos falar da caçada ao criminoso! — disse em voz alta, deixando sua excitação superar a raiva que tinha de Kovac. — Um policial assassino, hein? Você está nessa?

— Sou o homem que eles estão procurando — disse Kovac. — Estou enlouquecido pela insônia causada pelo escandaloso dispositivo de luz do meu vizinho.

O vizinho não sabia se demonstrava que estava ofendido ou se fingia manter o bom humor.

— Uma história e tanto desse sujeito — disse ele. — Apareceu tudo na televisão. Eles estão fazendo um especial no *Hora do Crime*.

— Outra boa razão para eu ler um livro — resmungou Kovac.

O vizinho não prestou atenção ao que ele disse. — O melhor programa da televisão.

— Reality show.

— Você conhece aquele cara chamado Ace? Ele é o máximo. É um policial *de verdade*.

— Ele já foi mulher — disse Kovac, abrindo a porta de casa.

O vizinho deu um pulo de susto e apertou os olhos. — Você é doente! — declarou, indo para o outro lado do jardim procurar cocô de cachorro e neve amarelada.

Kovac entrou em casa, olhou direto para o sofá e, de repente, lhe veio algo à cabeça.

Alguém estivera ali.

Os artigos trazidos da biblioteca estavam espalhados na mesa de centro. Sua pasta estava aberta no chão, meio escondida atrás de uma cadeira. A televisão tinha levado um chute na tela.

O ar da sala parecia carregado de eletricidade. Kovac sentia isso na pele. Seu pulso acelerou-se. Abriu o casaco e foi entrando discretamente, tirando a arma do coldre. Com a outra mão pegou o celular no bolso do casaco e digitou 190.

Informou o arrombamento enquanto vasculhava a casa toda, avaliando os danos, verificando se o invasor ainda estava por ali. As gavetas estavam fora do lugar. A cômoda tinha sido revistada. O dinheiro deixado em cima da cômoda desaparecera, assim como um relógio caro ganho em uma rifa na última conferência sobre cumprimento da lei. Tudo indicava que fosse roubo. Provavelmente um drogado procurando alguma coisa que pudesse ser vendida.

Kovac revistou o armário do quarto, e ficou aliviado ao ver que seu velho .38 continuava na prateleira, dentro de uma caixa de sapatos.

Lá embaixo, descobriu que o intruso tinha arrombado a porta da cozinha, uma tarefa extremamente fácil. Ele devia ser mais cuidadoso com a sua casa. Ao virar-se, percebeu que a porta do porão estava entreaberta.

Acendeu a luz e escutou. Nada. Desceu os primeiros degraus e agachou-se para espiar, ainda bem escondido pela parede.

O porão era um espaço inacabado. Um desumidificador ficava ligado o tempo todo para evitar que a umidade prejudicasse as paredes de concreto e o chão. Não havia nenhum móvel, nada que pudesse interessar a um ladrão; só umas latas de tinta pela metade e caixas e mais caixas de arquivos antigos.

As caixas estavam fora das prateleiras e espalhadas pelo chão.

Seu celular vibrou dentro do bolso.

— Kovac.

— Sou eu, Liska. A caminhonete de Rubel foi encontrada, no lago Minnetonka. Saiu da estrada, caiu de uma ribanceira e foi parar no gelo.

— Então ele está morto?

— Eu disse que encontraram a caminhonete. Rubel não estava dentro dela.

* * *

Nas margens do lago Minnetonka tinha-se a impressão de que a estação de pesca estava sendo inaugurada. Carros e vans da imprensa alinhavam-se na faixa estreita da estrada. Um bando de gente andava para baixo e para cima, esperando que acontecesse alguma coisa. Os delegados tinham interditado uma área, onde só era permitida a entrada de pessoal credenciado. Logo antes dessa demarcação, vários representantes da mídia tinham delimitado seus territórios. O programa mais importante, de longe, era o *Hora do Crime*. A mesma equipe do ringue de gelo tinha se estabelecido o mais próximo possível da faixa amarela de interdição.

Kovac ficou observando. Ace Wyatt, vestindo sua parca pesadona, de pé no costumeiro tapete vermelho, pavoneava-se diante de uma multidão de espectadores. Atrás dele, além da faixa amarela, o Explorer de Derek Rubel tinha sido içado por um guincho; com as portas abertas, estava sendo vasculhado de alto a baixo pelo pessoal do Birô de Apreensão Criminal de Minnesota. Terminada essa inspeção, o veículo seria transportado para a garagem da polícia em St. Paul, e todos os fios de cabelo e fiapos de tecido seriam catalogados e examinados ao microscópio.

Kovac levou um certo tempo para avaliar a cena, tentando imaginá-la sem aquela multidão. Eles se encontravam em uma tripa fina do lago, considerada praticamente inabitável. Viam-se apenas duas casas ali, perto o suficiente para se chegar a pé em uma noite fria, mas não tão perto para que uma pessoa pudesse avistar um homem saltando fora de um veículo que caía no lago.

Tippen apareceu com um chapéu esquisito e as mãos enfiadas nos bolsos de uma parca grossa.

— Eles revistaram as casas. Uma delas está vazia. A outra não, mas não há ninguém lá dentro e nenhum carro. Estão tentando encontrar alguém que saiba onde está o proprietário, ou melhor, onde ele poderia estar. Mas até agora nada.

— Rubel está provavelmente dirigindo por aí um Buick com o corpo do proprietário na mala — disse Kovac. — Que pesadelo.

— Puxa. Minnesota não é o centro das atrações desde o caso de Andrew Cunanan.

— Andrew Cunanan não era policial.

Kovac avistou os vice-presidentes da Warner Brothers num canto do tapete de Wyatt, logo atrás de Donald, o diretor. A mulher de cabelo vermelho tinha comprado uma parca que parecia feita de papel de alumínio. Gaines foi falar com eles e começou a explicar alguma coisa, apontando para o lago onde, a distância, as geladas casas de pesca pontilhavam a paisagem nevada.

Kovac olhou em volta de novo, tentando orientar-se — tarefa difícil para um homem da cidade no meio de um labirinto em volta do Minnetonka. Mas tinha a impressão de que não estavam longe da casa de Neil Fallon. Talvez Gaines estivesse apontando para lá, embora para Kovac as cabanas de pesca fossem muito semelhantes umas às outras.

Wyatt retocava a maquiagem e um puxa-saco segurava uma luminária perto da sua cabeça.

— Dá para acreditar nesse sujeito? — disse Kovac.

— O pessoal dele estava aqui delimitando aquela área praticamente antes de nós — disse Tippen. — É bom ter amigos em altos postos, mesmo em um programa ridículo que nem esse.

— Especialmente em um programa ridículo que nem esse. Reality show.

Veio do lago uma rajada de vento, fazendo o cachecol vermelho de Wyatt voar pelo seu rosto. O diretor praguejou, virou-se e praguejou de novo para a mulher com casaco que parecia feito de tapete. Depois avisou que todos deviam ficar a postos e foi para o motor home do *Hora do Crime* estacionado na estrada.

Os cinegrafistas jogaram fora os cigarros. A mulher do casaco peludo pisou no tapete para ajeitar o cachecol de Wyatt, com os VPs da Warner Brothers logo atrás. Gaines parou no meio do caminho para tomar uma caneca de café fumegante oferecida por outro puxa-saco.

Kovac juntou-se ao grupo, olhando feio para o leão-de-chácara que vinha na sua direção. O sujeito deu um passo para trás.

— Você é o homem na hora certa, não é, Ace? — disse Kovac.

— Pena nós não podermos dizer o mesmo de você, Sam. — Wyatt ficou absolutamente parado enquanto a moça do casaco peludo ajeitava seu cachecol de forma artística e charmosa. — Ouvi dizer que você e sua assistente participaram do fiasco da noite passada.

— Bom, sou um policial de verdade, não banco o policial na televisão. Como você sabe, no mundo real, com sujeitos com distintivos reais, acidentes acontecem, é uma merda.

— E você pisa na merda? — sugeriu Gaines, entregando a caneca de café para Wyatt.

— Eu nado na merda, viadinho. Se tiver de fazer isso para chegar aonde quero. Você deve conhecer o gosto, já que é um lambe-cu profissional. Hoje em dia dão diplomas universitários para isso?

— Estamos muito ocupados aqui, sargento — disse Gaines, tenso.

— Compreendo, e vocês vão se ver livres de mim em um minuto para descobrir a cura do câncer. Tenho só uma pergunta para o nosso capitão América aqui.

Wyatt deu um suspiro. — Você está começando a dar nos meus nervos, Sam.

— É, eu sou talentoso. Depois da nossa conversa de ontem, fiquei curioso e fui ler de novo os artigos sobre o assassinato de Thorne. É uma história dramática pra cacete, Ace. Eu tinha me esquecido. Você deve fazer um especial sobre isso. Um filme da semana, talvez. A cadeia de emissoras pode apresentar o especial para enriquecer o novo programa.

— O programa fará sucesso pelos seus próprios méritos — disse Wyatt, tenso. — Não tenho a intenção de capitalizar em cima daquela noite.

Kovac riu. — Mas é isso que você tem feito na sua carreira. Por que parar agora?

— Não! — gritou Wyatt. — Essa *nunca* foi a minha intenção. O que aconteceu com a minha carreira naquela época não foi comandado por mim.

Virou-se e estalou os dedos para a mulher do casaco peludo, que continuava a ajeitar suas roupas. — Deixe esse maldito cachecol como está!

Os VPs da Warner se entreolharam, depois olharam para Wyatt e para Gaines, com medo de serem excluídos da situação.

— É uma história trágica — explicou Kovac.

— É justamente por isso que o capitão não quer falar sobre o assunto — interrompeu Gaines, colocando-se entre Kovac e Wyatt e olhando para os vice-presidentes. — Um amigo do capitão foi morto e outro ficou paraplégico. Vocês podem imaginar por que ele não quer mexer nesse trauma.

— Não podem imaginar não — disse Kovac. — Naquela noite, Ace tornou-se um herói. Salvou a vida de um policial. É uma história digna de Hollywood. Ace pode ampliar isso no seu programa, todos os americanos vão querer ouvir essa história.

— Andei pensando, Ace — continuou Kovac, levantando a cabeça para olhar ao redor de Gaines —, você manteve contato com a viúva de Bill Thorne ao longo desses anos? Eu me lembrei de que talvez ela se interesse em saber da morte de Mike.

— Não. Eu perdi contato com ela.

Kovac levantou as sobrancelhas. — Tornou-se íntimo de Mike e perdeu contato com Evelyn Thorne? Depois de tudo que vocês passaram juntos?

— Por causa de tudo que passamos juntos — murmurou Wyatt.

— Quando Andy Fallon falou com você sobre o caso, ele mencionou se tinha conversado com ela? Ou com a filha de Thorne?

— Não me recordo.

— Tenho certeza de que isso está nas anotações dele — disse Kovac. — Só que ainda não encontrei essas anotações. Eu o informo, caso você esteja interessado.

— Bom, precisamos arrumar o cenário agora, sargento — disse Gaines, tentando afastá-lo dali. — Vamos levar isso ao ar hoje à noite para tentar ajudar você a elucidar essa confusão.

— É muita gentileza sua, Júnior — disse Kovac. — Assim eu terei um tempo livre para me concentrar em outras coisas. Obrigado.

Kovac afastou-se, olhando para o leão-de-chácara ao passar por ele. — Você devia entrar para a luta-livre. Lá o pessoal tem mais classe.

34

— **Mais uma vez, caros cidadãos,** esta é uma fotografia do conhecido *assassino* que está sendo caçado hoje à noite — diz Wyatt para a platéia.

O aspecto de Wyatt era de uma "águia", como se costumava dizer. Olhos glaciais. Rosto duro. Um semblante que inspirava medo e confiança.

— Este é o rosto do oficial Derek Rubel, que *assassinou* um oficial de polícia colega seu. Suspeito de vários outros crimes *brutais*. Esse homem está à solta no nosso país esta noite. Vamos depender da coragem e do afinco dos cidadãos para levar esse *animal* à justiça.

— Se vocês virem Derek Rubel, *não* se aproximem dele, em *nenhuma* circunstância. É um homem *extremamente* perigoso. O que você deve fazer, cidadã Jane? — pergunta.

— Devo me dirigir ao telefone mais próximo e chamar a polícia — diz a mulher.

Outra pessoa da platéia é chamada a responder.

— Devo anotar a placa do carro dele!

A platéia começa a gritar em uníssono: — *Ser PRÓ-Ativo!*

Um número de telefone 0800 e um e-mail aparecem na tela.

Depois a tela escurece.

Admirável.

Um testamento dos poderes da redenção e penitência.

Um serviço para a comunidade. Valorização dos desvalorizados.

A agitação volta.

Um medo na boca do estômago irradia-se pela multidão.

Medo da descoberta.

Medo da morte.

Medo da percepção interior da própria capacidade de uma pessoa quando ameaçada.

Há um sentimento de que o mundo está girando cada vez mais depressa, diminuindo cada vez mais, tornando a descoberta inevitável.

É só uma questão de tempo.

A idéia se repete incessantemente quando o olhar pára nas fotografias da morte.

É só uma questão de tempo.

Kovac deve morrer.

35

— Eu adoro esse programa — disse Liska ao desligar o telefone.

Do outro lado do cubículo, Kovac franziu as sobrancelhas. Seu computador estava ligado, e o fone preso entre seu ombro e a orelha.

— A linha 0800 disparou depois do programa da noite passada.

— Com quantos trotes? — perguntou ele.

— Qual é o seu problema, afinal de contas? — perguntou Liska.

— Eu detesto...

— Fora você detestar Ace Wyatt.

Kovac fechou a cara. — Isso já é o bastante.

— Esse programa ensina coisas a pessoas que acham que não têm poder algum para agir ou reagir. Se Cal Springer tivesse prestado atenção a essa mensagem, Derek Rubel não estaria fugindo por aí agora.

— Todo esse reality show.

— Mas você adora ver *Os mais procurados da América.*

— É diferente. O que Wyatt faz é um programa de perguntas e respostas. E o que virá depois? Julgamentos interativos? O veredicto de culpado ou inocente poderá ser dado pela internet?

— Isso já existe.

— Ótimo. E no próximo programa talvez mostrem na televisão uma execução no Texas. Talvez chamem um galã de novelas para apresentar o programa — resmungou.

— Quem você não detesta? — perguntou Liska, notando finalmente que ele estava falando ao telefone.

— Frank Sinatra.

— Kojac, ele já morreu.

— Estou na espera. É Donna, da companhia telefônica. De qualquer forma, e se o programa der uma falsa sensação de poder e as pessoas começarem a fazer besteira e acabarem morrendo?

— E se alguém acabar morrendo porque não tem coragem, só faz besteira, e não vê o programa de Ace Wyatt?

— Eu o detesto.

— A Warner Brothers está promovendo Ace a Capitão América.

Kovac sentiu um gosto amargo na garganta. — Puxa, aqueles VPs filhos-da-puta roubaram a minha idéia!

— Chame seu agente em Hollywood.

— É você quem quer isso, Sininho, não eu.

— Só quero ficar famosa por prender Rubel, e não por ter sido morta por ele.

Kovac ia perguntar como Liska estava indo, como estava se arrumando, quando finalmente ouviu uma voz do outro lado da linha.

— Desculpe prender você na linha, Sam. Está precisando de alguma coisa?

— Ei, Donna. Preciso do registro das ligações telefônicas de um número em Minneapolis.

— Você tem uma solicitação por escrito para isso?

— Não exatamente.

— Então a resposta é não.

— Tudo bem... Mas o sujeito está morto. Quem vai se importar com isso?

— E a família dele?

— Um está morto e o outro, preso.

— E o procurador do condado?

— Eu só preciso juntar uma peça solta, Donna. Não é para ser apresentado no tribunal.

— Hummm... Para todos os efeitos você não conseguiu nada comigo.

— Não, mas espero um dia conseguir.

Donna riu da piada. Sujeito de classe. Kovac deu o telefone de Andy Fallon e desligou.

— O que você está querendo saber? — perguntou Liska.

— Não sei exatamente — admitiu ele. — Quero examinar os telefonemas de Andy para ver se encontro alguma coisa. Andy estava mexendo no caso Thorne, tentando se ligar a Mike através das experiências dele. Quando eu falei sobre isso, senti uma certa reação de Wyatt. Quero ver...

— Você está obcecado, Sam. Não acredita que foi Rubel o assassino de Andy? Se é que *foi* um assassinato.

— Não, não se encaixa. O cenário da morte de Andy era muito arrumado. Rubel surrou um sujeito até a morte com um bastão de beisebol, deixou outro quase morto depois de surrá-lo com uma barra de ferro, atirou no meio do peito de outro. Qual é a finesse dele?

— Mas você disse que Pierce falou que tinha visto Andy com outro sujeito. E se fosse Rubel? Pode ser uma pista. Andy estava investigando Ogden. Ninguém sabia que Ogden e Rubel eram amantes. Através da sua ligação com Curtis, que tinha sido seu companheiro de patrulha, Rubel aproximou-se de Andy para ficar de olho no caso. Andy chegou muito perto da verdade... Entendeu?

— De jeito nenhum. Rubel era companheiro de Ogden...

— Não no início da investigação. Não havia ligação entre eles naquela época, pelo menos que se soubesse. Rubel tinha sido companheiro de patrulha de Curtis, mas Curtis jurou que nenhum dos seus antigos companheiros o tinha assediado.

— Até ele infectar um deles.

— E se Andy descobriu que Rubel era HIV positivo... — Ela deixou que Kovac terminasse a idéia por si próprio, depois acrescentou: — Eu vou juntar uma série de fotos de Rubel e mostrá-las para Pierce.

— Tudo bem. Enquanto isso, quem será que invadiu a minha casa? Por que seria Rubel? Até parece que eu tenho uma prova que pode incriminá-lo.

— Pode ser qualquer pessoa, por qualquer razão. Provavelmente um drogado procurando uma grana escondida. Ou talvez algum outro marginal que você esteja procurando por alguma outra coisa. Não tem de ser necessariamente alguém ligado a Fallon.

Essa possibilidade havia passado pela cabeça de Kovac. Ele tinha outros casos em curso... Atendeu o telefone no terceiro toque.

— Homicídios, Kovac.

— Kovac, aqui é Maggie Stone. Eu examinei aquele caso... de Andy Fallon.

— E então?

— Ele já foi enterrado?

— Acho que não. Por quê?

— Eu gostaria de examinar o corpo de novo. Acho que ele pode ter sido assassinado.

O escritório de Maggie no necrotério do condado de Hennepin sempre fez Kovac se lembrar daquelas histórias sobre gente velha e louca cujos corpos eram encontrados mumificados entre pilhas de jornais, revistas e lixo guardados durante anos. A sala era um labirinto de papéis, livros e publicações sobre medicina legal e revistas de motocicleta. Stone dirigia uma Harley Hog quando o tempo estava bom.

Com uma das mãos ela fez um sinal para Kovac entrar no escritório, e com a outra pegou uma rosca doce. A rosca tinha uma cor avermelhada no centro, muito semelhante a uns detalhes das fotografias espalhadas em cima da mesa.

— Você sempre lê essas coisas? — perguntou Kovac.

Maggie deu uma olhada em uma foto com os esquisitos óculos de leitura e uma lupa iluminada. — Leio o quê?

Seu cabelo tinha uma tonalidade especial naquele mês, e um corte repicado e grudado na cabeça com gel. Dava a impressão de não usar um pente desde os anos 80.

— O que você descobriu?

— Vamos ver. — Passou a lupa para Kovac olhar através dela do outro lado da mesa. — O que procuro no pescoço de uma pessoa morta por enforcamento é um ferimento em forma de V, obviamente seguindo os ângulos do laço. E vemos isso aqui claramente — disse, apontando para as marcas. — Você o encontrou enforcado. Sabemos que ele estava enforcado. Mas eu também vi o que me pareceu ser a sombra de um ferimento em linha reta em volta do pescoço, aqui.

— Você acha que ele foi estrangulado e depois enforcado?

— O ferimento não é claro. Ninguém que olhe para este caso com uma conclusão prevista de suicídio notaria isso. Mas eu acho que está ali. Se eu estiver certa, creio que o assassino talvez tenha colocado uma proteção entre a atadura e o pescoço da vítima. Se tivermos sorte e se a casa funerária preparou mal o corpo, talvez eu ainda possa ver algumas fibras fora da garganta. E se o ferimento *estiver* lá, aposto como há mais fibras na nuca.

Sentou-se, cerrou os punhos e levantou-os à sua frente para fazer a demonstração. — Se o assassino apertar a atadura com as mãos, os nós dos dedos apertarão a nuca, deixando vários ferimentos. Se você olhar para um garrote, a pressão no ponto onde a atadura atravessa e aperta cria um ferimento único e significativo.

— Não há muitas fotos da nuca de Fallon?

— Não. Admito que a autópsia não foi das mais cuidadosas. Mas parecia a autópsia de um suicida, e aparentemente houve alguns pedidos da parte de vocês para que a coisa fosse feita o mais rápido possível em consideração à família.

— Não fui eu que pedi isso — corrigiu Kovac, franzindo as sobrancelhas ao olhar as fotos. Fixou a atenção nos ferimentos quase imperceptíveis na garganta de Andy Fallon, logo abaixo das marcas vivas deixadas pelo laço. Os nervos do seu estômago deram sinal de vida como se fossem uma confusa família de vermes. — Eu faço parte do lado mais fraco da corda. Essa pressão veio do lado mais forte.

A pressão tinha vindo de Ace Wyatt.

Kovac debruçou-se no balcão e viu Russell Turvey sentado num canto, folheando a revista masculina *Hustler*.

— Porra, Russell. Faça o favor de não esticar a mão para eu apertá-la.

Turvey resmungou e bufou. Seu pulmão parecia um trovão a distância.

— Porra, Kojak. Até parece que você não queria estar aqui!

— Não com você.

Turvey riu de novo, jogando a revista debaixo da cadeira. Agarrou-se no balcão e ajeitou o corpo, sem se levantar.

— Ouvi dizer que Springer foi apagado — disse, fixando o olho vesgo em Kovac enquanto o outro olhava para a esquerda. — Eu não gostava dele.

Como se aquilo tornasse a morte de Cal Springer inevitável.

— Você também estava lá — disse Turvey.

— Eu juro que não puxei o gatilho. Liska pode garantir isso por mim.

— Ah! Ah... Liska — disse ele, com uma expressão que transmitia a idéia de *lascívia*. — Ela é sapata?

— Não!

— Nem... — Ele balançou a mão.

— Não — respondeu Kovac enfaticamente. — Vamos falar sério? Eu vim aqui por uma razão.

— Qual?

— Preciso ver um arquivo antigo. Sobre o assassinato de Thorne. Não tenho o número do caso, mas tenho as datas...

— Não importa. Não está aqui.

— Tem certeza?

— Eu venho aqui todo santo dia. Você acha que não conheço este lugar?

— Mas...

— Sei que não está porque alguém da corregedoria veio procurar esse arquivo há uns meses. O garoto de Mike Fallon. Mas não estava aqui naquele dia, e não está aqui agora.

— E você não sabe onde está?

— Não.

Kovac suspirou e deu-lhe as costas, imaginando quem poderia ter o arquivo ou uma cópia dele.

— Engraçado você estar procurando exatamente esse — disse Turvey.

— Por quê?

— Porque descobri o número daquele distintivo que você me pediu no outro dia. Era do Bill Thorne.

* * *

Amanda Savard deixava o distintivo de Bill Thorne em cima de uma mesa na sua casa.

Kovac ficou ali, tentando raciocinar sobre isso.

— Eu me lembro de Bill Thorne — disse Turvey, esfregando o queixo. — Eu fazia patrulha no Terceiro Distrito naquela época. Ele foi o maior filho-da-puta que já conheci.

— Tem certeza? — perguntou Kovac.

Turvey levantou as sobrancelhas. — Certeza? Um dia vi esse homem quebrar os dentes de uma prostituta que mentiu para ele.

— Tem certeza de que era o distintivo de Thorne?

— Sim, absoluta.

Kovac afastou-se, e as palavras de Turvey perderam-se no barulho.

Amanda Savard guardava o distintivo de Bill Thorne na sua mesa de trabalho.

Entrou no toalete masculino, jogou água fria no rosto e ficou com as mãos sobre a borda da pia, olhando para o espelho.

Começou a se lembrar dos últimos dias, e veio-lhe à memória a imagem dela e dos dois juntos. Lembrou-se do sábado à noite, quando fizeram amor no sofá da casa dele. E quando ela estava se aprontando para sair e viu na mesa de centro os artigos que ele tinha apanhado na biblioteca.

O que é isso?

O assassinato de Thorne. O tiro em Mike Fallon. Andy estava investigando o caso. Só estou mexendo uns pauzinhos para ver aonde consigo chegar.

A vida não vale nada, ele tinha dito.

E dá o troco.

Kovac foi ao primeiro andar, onde o movimento estava mais intenso do que o normal e o corredor apinhado de policiais e repórteres atrás de notícias sobre a caçada a Rubel. Ninguém notou sua presença. Parou no fundo do corredor, viu aquela multidão e foi andando para a sala 126.

Ela devia estar no escritório. A corregedoria estaria ocupada jogando lama em Ogden e Rubel, examinando relatórios de problemas anteriores com eles. Savard certamente seria chamada por um capitão, que perguntaria por que a investigação sobre Ogden e o assassinato de Curtis tinham sido abandonados. Por que não havia nenhuma menção a Rubel na época.

Se ele entrasse lá agora, talvez pudesse vê-la entre essas chamadas. E daí? Confrontá-la como se fosse um marido enganado? Ele podia imaginar a cena. Podia sentir a humilhação. Não.

Um dos repórteres avistou-o, e a vida voltou ao ritmo normal.

— Ei, Kovac — disse o sujeito, chegando perto dele, tentando manter a voz em tom baixo para não chamar atenção. — Ouvi dizer que você estava lá no sábado à noite. O que aconteceu?

Kovac levantou a mão e virou-se para o repórter. — Sem comentários.

Entrou na ante-sala, passou pela multidão, dando um jeito de despistar a recepcionista, e dirigiu-se para o escritório principal. Liska tinha ido embora. Donna, da companhia telefônica, enviava o registro dos telefonemas de Andy Fallon nos últimos três meses. Um passatempo. Ele podia examinar isso enquanto remoía na cabeça os assuntos ligados a Amanda. Ligou o computador, abriu o arquivo com o registro dos telefonemas e começou a pesquisar.

Muitos daqueles números não apareciam no catálogo. No mundo moderno, todos queriam manter-se no anonimato para evitar os telemarqueteiros-pentelhos. Os números catalogados não eram de grande interesse. Mike, Neil, restaurantes que faziam entregas em casa. Vários telefonemas para um lugar chamado Hazelwood Home. Kovac olhou nas *Páginas Amarelas* e viu que o lugar era descrito como "clínica". Clínica de quê? Clínica de repouso para Mike? Talvez, embora Mike Fallon não parecesse ter necessidade de uma coisa assim. De uma governanta, sim. De uma clínica de repouso, não.

Depois de examinar todos os nomes do registro, Kovac começou a telefonar para os números que não estavam no catálogo, e quase todas as chamadas foram atendidas por secretárias eletrônicas.

Uma delas era de Amanda Savard. Fallon tinha ligado para a casa dela várias vezes nos seus últimos dias de vida.

Andy Fallon estava investigando o assassinato de Thorne. Amanda Savard tinha o distintivo de Bill Thorne na sua mesa de trabalho.

Ela negara friamente que Andy tivesse comentado sobre sua investigação particular do caso Thorne.

Que merda! Ele precisava conseguir as anotações de Fallon. Os arquivos tinham de estar em algum lugar... e seu laptop...

Podia também descer o corredor e perguntar sem rodeios a Amanda por que ela tinha o distintivo de Thorne.

Mas o seu instinto lhe disse para não perguntar.

Ou talvez não fosse o seu instinto.

Ela tinha o distintivo de Bill Thorne. Tinha visto Andy Fallon na noite em que ele morreu. Tinha ido à casa dele. Andy tinha ligado para ela com freqüência nos seus últimos dias de vida.

Eu adoro um quebra-cabeça, pensou, e um sentimento maldoso passou pela sua mente como uma chicotada.

Amanda Savard tinha transado com ele. Duas vezes. Ele andava investigando a morte de Andy Fallon. Andy Fallon tinha investigado a morte de Bill Thorne. Amanda tinha o distintivo de Bill Thorne.

Pegou o telefone e discou o número de Hazelwood Home.

Hazelwood Home era uma clínica psiquiátrica.

Kovac pegou o casaco e o chapéu e saiu às pressas.

O vento soprava sobre a neve, levantando uma poeira fina no ar e fazendo com que a entrada da clínica parecesse envolta em névoa. Ex-residência particular, Hazelwood era uma estranha homenagem a Frank Lloyd Wright. As linhas horizontais longas e baixas davam a impressão de que o prédio estava afundado no chão. Árvores antigas, colossais, cobriam o gramado forrado de neve. Além do gramado, via-se um campo aberto e pantanoso, uma típica paisagem do oeste de Minneapolis.

Kovac estacionou em uma área coberta para carros, na entrada, e passou por um caminho ladeado de decorações festivas. De um lado, Natal; de outro; *Hanukkah*. A impressão básica do hall era de escuridão. O teto guarnecido de vigas parecia baixo demais.

Procurou a funcionária mais jovem e menos experiente do staff sentada à mesa da recepção e dirigiu-se a ela. A mocinha tinha um ar angelical e um cabelo louro e cacheado preso num rabo-de-cavalo. O crachá dizia que o seu nome era Amber. Os olhos de Amber arregalaram-se quando Kovac mostrou sua credencial para afastá-la da senhora mais velha, que atendia o telefone.

— Ele está *por aqui*? — perguntou a mocinha.

— Como?

— Aquele sujeito — disse baixinho. — O *assassino*. Você está procurando por ele?

Kovac chegou mais perto. — Eu não tenho autorização para falar sobre isso — respondeu baixinho também.

— Ó meu Deus!

— Eu quero te fazer umas perguntas, Amber — disse Kovac, mostrando uma foto de Andy Fallon tirada na casa de Mike. — Você viu este homem por aqui?

Ela pareceu desapontada de a fotografia não ser de Derek Rubel, mas não se deu por derrotada.

— Vi sim. Ele esteve aqui algumas vezes.

— Ultimamente?

— Nessas últimas semanas. Ele também é oficial de polícia — disse, apertando os olhos. — Pelo menos *dizia* que era.

— O que ele vinha fazer aqui? Com quem falava? — perguntou Kovac, de olho na mulher mais velha do outro lado da mesa de recepção. Em um lugar como Hazelwood, discrição devia ser a regra. Amber parecia inocente demais para compreender o sentido da palavra.

— Vinha visitar a sra. Thorne — disse com simplicidade, piscando os olhos.

— É preciso compreender, sargento, que Evelyn tem seu mundo próprio — disse a médica quando eles passavam pelo longo corredor para chegar ao quarto de Evelyn Thorne. — Ela vai perceber a sua presença. Vai conversar com você. Mas a conversa é só dela.

A psiquiatra era uma mulher grande, de aspecto suave, com cabelo louro muito comprido.

— Eu só quero fazer umas perguntas sobre o policial que veio visitá-la aqui algumas vezes — explicou Kovac. — O sargento Fallon. Ele falou com a senhora?

A médica pareceu aflita. — Falei rapidamente com o sr. Fallon. Não sabia que ele estava aqui a serviço. Ele me disse que era sobrinho de Evelyn, e perguntou se ela falava sobre o assassinato do marido.

— Ela fala?

— Não. Nunca. Evelyn teve essa crise nervosa logo depois da morte dele.

— E ficou assim para sempre?

— Ficou. Alguns dias está melhor, mas vive sempre protegida pelos seus próprios pensamentos. Sente-se mais segura assim.

A médica olhou pelo visor da porta do quarto de Evelyn Thorne e bateu nela duas vezes antes de entrar.

— Evelyn, você tem uma visita. O sr. Kovac.

Kovac parou dentro do quarto, como se tivesse levado um soco na boca do estômago. Viu Evelyn Thorne sentada em uma poltrona estofada, olhando pela janela, vestida com um conjunto de moletom azul. Uma mulher magra, com o tipo de magreza de quem tem problemas de nervos. Seu cabelo era totalmente grisalho, preso para trás por uma fita de veludo. Na fotografia do jornal ela se parecia um pouco com Grace Kelly. Na realidade, estava completamente diferente.

Evelyn virou-se para olhá-lo, com um olhar vago mas um sorriso nos lábios.

— Eu conheço você.

— Não, a senhora não me conhece — respondeu ele, aproximando-se dela.

— O sr. Kovac quer fazer umas perguntas sobre o rapaz que veio te ver aqui, Evelyn.

Ela não prestou atenção à médica. — Você era amigo do meu marido — disse para Kovac.

A médica olhou-o com um ar de "eu avisei" e saiu.

O quarto era espaçoso, com móveis normais, a não ser pela cama de hospital coberta com uma colcha florida. *Não é um mau lugar para passar as horas escondida da própria realidade*, pensou Kovac. Ficou pensando se Wyatt pagava a conta da clínica também. Não era de admirar que tivesse de ir para Hollywood.

— Que bom você ter vindo aqui — disse Evelyn Thorne num tom formal. — Sente-se, por favor.

Kovac sentou-se em frente a ela e mostrou a mesma foto que tinha mostrado a Amber. — Sra. Thorne, lembra-se de Andy Fallon? Ele esteve aqui recentemente.

Ela pegou a foto, ainda sorrindo. — É um rapaz bonito. Seu filho?

— Não. É o filho de Mike Fallon. Lembra-se de Mike Fallon, o oficial de polícia? Ele foi à sua casa na noite em que seu marido morreu.

Kovac não sabia se ela tinha ouvido alguma coisa. Parecia que não.

— Eles crescem tão depressa — disse ela, levantando-se e dirigindo-se para uma pequena estante com várias revistas e uma Bíblia.

— Eu também tenho fotos — continuou ela, pegando uma revista feminina que estava no fundo. — Ela pensa que levou todas. Não gosta que eu guarde fotos da família. Mas eu guardei algumas.

Puxou um envelope de papel pardo enfiado na revista e tirou de dentro uns instantâneos.

— Minha filha — disse com orgulho, estendendo as fotos para Kovac. Ele não queria tocar nelas, como se pudesse manter a verdade a distância se não as visse. Mas Evelyn Thorne colocou-as em suas mãos.

Ela estava mais moça na fotografia. E um pouco mais magra. O cabelo era diferente. Mas não havia dúvida de que a filha de Evelyn e Bill Thorne era Amanda Savard.

36

Amanda Savard era filha de Bill Thorne.

Kovac lembrou-se de uma única frase dos artigos de jornal daquela distante época: *Thorne deixou mulher e uma filha.* Isso mesmo. Sem nome, sem foto.

Savard era o nome de solteira de Evelyn. Ele pelo menos conseguiu tirar isso dela. Depois do crime, ela certamente tirou o nome do pai. Caso contrário, todos no trabalho saberiam quem ela era.

Andy Fallon trabalhava para Amanda Savard, filha de Bill Thorne. Estava tentando saber detalhes sobre o assassinato de Bill Thorne, sobre a noite em que Mike Fallon levou o tiro, a noite em que Ace Wyatt se tornou herói. Ace Wyatt pagava as despesas de Mike Fallon há anos. Andy Fallon estava morto. Mike Fallon estava morto...

Kovac sentou-se no estacionamento às escuras do prédio onde ficavam os escritórios da Wyatt Produções. Depois do terceiro cigarro em duas horas, sua cabeça começou a latejar. Que dia infernal. Sentiu-se exausto. Sentiu-se velho. Sentiu-se vazio. Engraçado, ele sempre pensou que fosse cínico demais para desiludir-se ou desapontar-se. *Brincaram com você, Kovac.*

O prédio era indefinido. Uma casa de tijolinhos, de dois andares, como milhares de outras nos subúrbios da Zona Oeste. No final do dia, o estacionamento se esvaziara — os contadores, advogados e ortodontistas que trabalhavam ali tinham entrado nos seus frios veículos e descido a rua para pegar o trânsito pesado.

Wyatt estava esperando-o há dez minutos. Kovac deixou-o esperar até que todo o pessoal do escritório saísse. O Lincoln estava estacionado em uma vaga reservada perto da frente do prédio. Kovac tinha colocado o seu carro três fileiras atrás. Seu bipe começou a tocar e ele olhou o painel. Era Leonard. Ele que se fodesse.

Desligou o carro, atravessou o estacionamento e entrou no prédio, jogando o cigarro para o lado de fora sem se importar onde ia cair. A mesa circular da recepção estava deserta, e o telefone tocava. Um painel da diretoria preso à parede dizia que a Wyatt Produções ficava no segundo andar.

Kovac passou pelo elevador, subiu as escadas e entrou em um dos escritórios sem ser visto. Como o resto do prédio, tudo era cinzento — os tapetes, as paredes, o estofamento da mobília retilínea. As paredes eram cobertas de fotografias do grande homem sendo condecorado por suas grandes realizações, sendo homenageado pelo seu serviço altruísta prestado à comunidade. Fotografias dele com celebridades locais, com figuras importantes do poder judiciário, com artistas de cinema nos sets de filmagem.

O homem sempre mostrava seu melhor ângulo quando era fotografado.

Kovac deu uma fungada e sacudiu a cabeça.

Girou a maçaneta da porta do escritório de Wyatt e ouviu um ruído de vozes variadas, com altos e baixos.

— ... Esse tipo de publicidade... inaceitável, Gavin. — disse Wyatt.

— ... A situação pode ser moderada... desmentidos... — disse Gaines.

— Porra, você precisa... imagem... minha platéia no centro dos Estados Unidos, pelo amor de Deus.

— Desculpe...

A porta se fechou por trás de Kovac. Ele chegou mais perto, tentando ouvir. Então Gaines saiu, vermelho e irritado.

— O que houve aí, mauricinho? — perguntou Kovac. — Teve um dia estressante?

— Já sei que você não aprecia o que eu faço, sargento. Não precisa jogar isso na minha cara toda vez que me vê.

— Mas eu gosto de ver as suas narinas incharem, Gavin.

Gaines olhou-o com ódio. — O capitão Wyatt está à sua espera.

— Ótimo. Sou um homem ocupado. — Kovac entrou, depois olhou para o assecla de Wyatt. — Pode ir, Gaines. O capitão não vai precisar de você. Nós só vamos falar dos velhos tempos.

Wyatt olhava pela janela para o nada. Já estava escuro há uma hora. Ele viu o reflexo de Kovac pelo vidro.

— Nada ainda sobre Rubel — disse. Uma declaração verdadeira.

— Você vai saber dele antes de mim.

— Você não devia estar com o pessoal da busca?

— Com todos os seus cidadãos andando pelos matagais? Eles vão trazer Rubel para você de pés e mãos amarrados. Ele pode ser o convidado especial no seu próximo programa.

Wyatt foi direto ao assunto. — Talvez. Gosto da idéia de fazer uma entrevista ocasional com um bandido. Assim o público fica sabendo como funciona a cabeça deles.

Ele tinha passado tempo demais com os vice-presidentes da Warner Brothers.

— Tenho outro caso em andamento — disse Kovac. — O assassinato de Mike. O assassinato de Andy...

Wyatt olhou direto para ele dessa vez.

— Ninguém lhe telefonou? — perguntou Kovac, fingindo-se surpreso. — Stone acredita que Andy foi estrangulado antes de ser enforcado.

Wyatt ficou lívido. — O quê?

— Marcas na garganta dele — disse, correndo um dedo pela sua garganta para demonstrar a idéia. — Vestígios de marcas, mas verdadeiras. O médico que fez a autópsia não notou. Pedi que a dra. Stone fizesse pessoalmente uma nova autópsia, caso o novo médico tivesse deixado escapar alguma coisa, pois estava pressionado por gente de cima. Uma boa idéia, não foi? Senão ele teria levado esse segredo para o túmulo.

— Por quê...? — Kovac viu Wyatt enrolar-se mentalmente, tentando mostrar serenidade, tentando parecer inteligente e ignorante ao mesmo tempo. — Você acha que Rubel teve algo a ver com isso?

— Pessoalmente, não. Acho uma coincidência muito estranha Andy morrer e sua morte parecer suicídio, depois seu pai morrer e parecer suicídio também. Não é estranho?

Wyatt franziu as famosas sobrancelhas. — Então você acredita que Neil cometeu os dois crimes?

Kovac ignorou a pergunta, sentindo-se muito cansado emocionalmente para entrar nessa. — Conheci Evelyn Thorne. Andy conheceu-a também. Você acha que vou ter o mesmo fim dele ou de Mike?

— Não sei do que você está falando.

— Porra, Ace — disse Kovac, no auge da impaciência. — Eu não tenho tempo para essa besteira! A coisa vem da época de Thorne. Andy descobriu alguma coisa que aconteceu naquela noite, alguma coisa que ninguém viu na época porque não quis ver ou porque foi escondida para ficar em família. O único que morreu que não era policial foi o pobre Weagle.

— Weagle atacou Evelyn — disse Wyatt. — Ele... ele bateu nela e estuprou-a. Atirou em Bill e o matou. Atirou em Mike.

— Atirou mesmo? Andei pensando, Ace, por que as pessoas interessadas nesse caso, ligadas a esse caso, morreram de repente se a coisa aconteceu como ouvimos contar na época.

Wyatt afastou-se e foi para trás da sua mesa. Para tirar o corpo fora ou para proteger-se... Kovac não tirou os olhos dele; retesou os músculos e aprontou-se para entrar em ação. Posicionou-se de forma a poder ver Wyatt e a porta.

— O que Evelyn disse para você? — perguntou Wyatt. — Ela não bate bem. Tenho certeza de que os médicos disseram que ela delira.

— Você me disse que tinha perdido contato com ela. Disse que não sabia por onde ela andava.

— Eu estava tentando proteger Evelyn. Ela nunca se recuperou do que aconteceu. Ela sempre foi... frágil. Alguma coisa rompeu na sua cabeça naquela noite. Os médicos nunca conseguiram dar um jeito nela. Evelyn retirou-se para um lugar seguro, para seu mundo próprio. Parece estar feliz a maior parte do tempo.

— Ela me mostrou umas fotografias — disse Kovac. — Fotografias da vizinhança antiga, dos churrascos, dos amigos. Mas nenhuma foto de Bill. Nenhuma foto do marido.

— Tristes lembranças.

— Muito tristes?

Wyatt fechou os olhos e passou a mão pelo cabelo. — O que importa isso, Sam? Essas coisas aconteceram há vinte anos.

Kovac olhou para ele, olhou em volta do escritório executivo, pensou na carreira que Ace Wyatt tinha construído a partir da noite em que alguém matou Bill Thorne com um tiro. E se fosse tudo uma grande mentira? Um castelo de cartas? Uma lenda construída com sangue? Com o programa de Wyatt entrando em cadeia nacional, e se Andy Fallon tivesse encontrado a resposta a essa pergunta?

— Duas pessoas morreram, Ace. Se acha que isso não é importante, você está mal.

Wyatt protegeu-se com sua costumeira máscara de granito. — Você não me mostrou nenhuma evidência de que essas mortes estejam ligadas entre si ou ligadas ao passado. Eu não acredito.

— É uma hipótese, ainda estou pesquisando. Provavelmente o mesmo que Andy estava pesquisando. Mas acho que ele encontrou alguma coisa, e por isso está morto, e acho que sei onde guardou isso. Se o que ele encontrou estiver lá, Ace, é meu. É melhor ninguém entrar na frente agora. Entendeu o que eu disse? Você. Savard. Eu sei que ela é filha de Thorne.

Wyatt olhou para ele. — Você está dizendo que acha que eu fiz alguma coisa errada, mas não fiz. Não fiz mesmo. Não se ganha nada revolvendo o passado, Sam. Pessoas, carreiras, reputações podem ser destruídas. Por nada.

— Acho que duas pessoas morreram por causa disso. É uma coisa a pensar, Ace. Estou me lixando para o resto.

Foi para a porta e pôs a mão na maçaneta, olhando para a lenda. Um homem de quem ele não gostava, que no fundo inspirava pena.

— Evelyn mandou lembranças — disse calmamente, e saiu.

Savard estava muito cansada...

O dia tinha sido exaustivo. Ela estava sozinha no escritório. Escondendo-se. Evitando a imprensa, evitando ir para casa. Desligou todas as luzes, com exceção da luminária da mesa, e deixou-se ficar ali em silêncio. *Que alívio estar em silêncio!*, pensou, olhando a fotografia que ela própria tinha tirado, revelado e emoldurado anos atrás. Uma paisagem de inverno.

Era por isso que fotografava paisagens e não pessoas, pela quietude que transmitiam. Se pudesse encontrar quietude à sua volta, talvez a encontrasse também dentro de si... ao menos por um instante. Ao menos enquanto estivesse perdida na beleza pura daquela foto. Naqueles poucos momentos ela conseguia diminuir a tensão que fazia seu corpo estremecer.

Mas a quietude não durou naquela noite. Vários sons invadiram sua cabeça. Perguntas irritadas, perguntas abruptas, exigências, orientações. Tudo isso e a mensagem de Hazelwood no seu celular. Estava muito cansada.

Kovac sabia.

Tinha sido só uma questão de tempo. Na sua cabeça, ela sempre soube isso. No coração, esperava mais uma coisa: um desdobramento do tempo em que os acontecimentos poderiam ser aprisionados, contidos, separados, isolados. Que idéia maravilhosa. Mas o passado era venenoso e difícil de conter, vazando pelas rachaduras das barreiras que ela tinha erigido.

Fechou os olhos e evocou uma imagem, a sensação fugaz de sentir-se segura e querida. Queria muito acreditar nisso. Não queria carregar mais aquele peso. Estava muito cansada...

Quando abriu os olhos de novo, viu um homem à sua frente. Entrou em pânico e sentiu um aperto no peito, sem saber se aquele momento era real ou surreal. Os pesadelos eram freqüentes ultimamente, tornava-se difícil saber ao certo.

O homem ficou ali, na sombra, sem expressão, em silêncio, com a gola do casaco virada para cima. Uma sensação de pesadelo começou a formar-se dentro dela.

— Você é a filha de Bill Thorne — disse, apontando para ela uma arma.

37

Kovac foi dirigindo devagar, tentando organizar em ordem cronológica as coisas que tinha sabido naquele dia, preenchendo as lacunas com elaboradas suposições. Tentando não reagir a nada de forma emocional. Tentando deixar de lado a sensação de traição. Tentando não se lembrar de que estava certo todo o tempo; que era melhor não querer mais nada.

O bar de Neil Fallon estava fechado, parecia abandonado. Toda aquela área dava a impressão de uma grande palhoça que não atraía nem mesmo os vagabundos. As cabanas rústicas, as casas de pesca, o galpão de trabalho, o galpão onde Neil guardava os barcos, tudo isso estava às escuras e sem vida, a não ser pelos ratos. As únicas luzes eram as de segurança nos postes e a placa de propaganda de cerveja pendurada na janelinha do bar.

Kovac estacionou debaixo do poste de luz e saiu do carro. Tirou a lanterna Maglite de um monte de coisas jogadas no chão por trás do banco do motorista, abriu a mala, remexeu numas sacolas de papel, quinquilharias, e finalmente encontrou a chave de roda.

O vento não tinha amainado. A temperatura estava ainda mais baixa. Não era uma boa noite para caminhar ao luar. Mas, mesmo assim, Kovac foi caminhando até o galpão dos barcos. Com os sentidos apurados, estava muito sensível ao frio, ao nariz escorrendo, a seus pulmões; muito sensível ao barulho dos seus sapatos na neve compactada. Parou perto do galpão e olhou para a margem e para a linha da costa.

À luz da lua não dava para ver onde a caminhonete de Derek Rubel tinha ido parar no gelo, mas não era longe dali. Parado ao lado daquelas construções vazias, no meio do nada, Kovac percebeu que naquele lugar um homem podia desaparecer de uma dimensão para outra e nunca mais ser visto.

Havia um segredo que merecia ser desvendado, mas que seria deixado para uma referência futura. Ele tinha a sensação de que fugir pareceria uma boa opção depois que tudo estivesse terminado.

A arma disparou com um *barulho* ensurdecedor.

Amanda caiu para trás, estremeceu na cadeira, os braços balançando para os lados.

E então acordou.

O escritório estava vazio.

Levantou-se, com o coração aos pulos, os pulmões bombeando ar como se ela tivesse corrido um quilômetro. Sentia o cheiro do próprio suor. Suas roupas estavam ensopadas. As emoções a invadiam, deixando-a sem ar. Esmagando-a. Um soluço abafado subiu-lhe à garganta. Atirou-se sobre a mesa, balançou os braços, derrubou a luminária, espalhou tudo à sua volta, cambaleou e caiu. Bateu com os punhos no tampo da mesa, chorando, lutando, com fúria e horror.

Quando a adrenalina refluiu e a explosão cedeu, sentou-se na cadeira e forçou a cabeça a funcionar.

Por mais que tivesse se iludido ao longo desses anos, era tudo apenas uma questão de tempo.

O tempo estava esgotado.

Abriu a gaveta da mesa e tirou a arma.

Com a chave de roda, Kovac soltou a tranca da porta velha. A tranca, com fechadura e tudo, caiu para o lado e ele entrou no galpão. Com a lanterna ligada, começou a procurar o interruptor.

Uma meia dúzia de barcos de vários tamanhos e tipos estava guardada ali por causa do inverno. Kovac andou em volta deles, examinando os nomes. *Hang Time, Miss Peach, Azure II.* Escolheu um chamado *Wiley Trout* e subiu na escada. Quando desceu, trazia na mão uma mochila pesada e grande com uma alça acolchoada.

— Ponha isso no chão, Kovac.

Kovac segurou a mochila de lado e deu um suspiro. — Se eu não puser o que acontece?

— Você morre onde está.

— Ou será que vai me matar de uma forma que pareça que eu cometi suicídio? Você não estava brincando quando disse que faria tudo que o capitão precisasse.

— Não, eu não estava brincando — disse Gaines. — Ponha a mochila no chão.

— Acho que você está pensando que há alguma coisa de valor dentro da mochila.

— Não importa o que há aí dentro. Ponha isso no chão.

— Ah — disse Kovac, virando a cabeça para ver o que Gaines apontava nas suas costas. — Não há nada aí dentro a não ser uns papéis. Mas você vai me matar primeiro e se preocupar com a evidência mais tarde. Sei que pode parecer um clichê, mas você não vai se safar dessa, Gaines. É tarde demais. Muita gente já sabe de muita coisa.

— Eu não acho — disse o assistente de Wyatt num tom confiante. — Você suspeita, mas não sabe. Está só blefando, e está sozinho. Sua investigação não é oficial. Você não falou com Leonard das suas suspeitas. Não tem nenhuma evidência até agora. As únicas pessoas que sabem o que Andy Fallon estava procurando não vão fazer nada. Neil Fallon foi indiciado hoje pelo assassinato do pai dele. O IML não vai mudar o parecer sobre a morte de Andy.

— Você parece muito seguro de tudo isso — disse Kovac. — Wyatt disse que ia fazer as coisas acontecerem dessa forma?

— Wyatt não sabe de nada.

— Não sabe que você matou por ele, que se livrou das pessoas que podiam arruinar a imagem dele com o público americano? É muito altruísta da sua parte, Gavin. Ele devia te dar um bônus por isso.

"Ou será que a verdade vem depois? Quando ele estiver estabelecido, quando o programa for um sucesso e rolar dinheiro grosso? Então é que você vai mostrar as fotos, os vídeos e outras evidências que tinham desaparecido? Então é que vai mostrar quanto você o ama?"

— Cala a boca!

— E como você vai explicar a minha morte? — perguntou Kovac, mudando o peso do corpo de um pé para outro. Ainda não podia ver o que Gaines tinha na mão. — Mas fique sabendo, mauricinho, que não vou deixar que minha morte pareça suicídio. Se eu morrer, vou morrer lutando.

— Tenho umas idéias... Ponha a mochila no chão.

— Foi fácil com Andy, não é? Ele procurou Ace para fazer umas perguntas inocentes. Você viu que isso deixou Ace nervoso, e decidiu fazer uma pesquisa por conta própria para descobrir o que Andy tinha conseguido. Talvez ele nem tivesse percebido o que tinha em mãos, por isso não se preocupou. Você é um sujeito bonitão, ele era um sujeito bonitão. Vocês saíram algumas vezes. Andy não se surpreendeu quando você apareceu na casa dele com uma garrafa de vinho...

— Eu não queria matar Andy — disse Gaines. Kovac sentiu a emoção na sua voz, uma mistura de arrependimento e prazer. — Eu não sou um assassino.

— É sim. Você achou que ele tinha descoberto uma coisa que podia arruinar seu futuro e planejou tudo. Você o drogou e estrangulou, quando ele estava inconsciente e não podia se defender. Depois o pendurou em uma viga e deixou a corda fazer o serviço final.

— Eu não queria fazer isso.

— E aposto que ficou ali vendo Andy chutando e se contorcendo. É incrível como a morte vem depressa, não é?

— Eu pedi desculpas a ele — disse Gaines. — Pedi mesmo. Mas ele teria arruinado tudo... Teria arruinado o capitão Wyatt. Trabalhei muito para ter essa chance. Agora está aqui, ao meu alcance. Está acontecendo, o programa e o acordo com a cadeia de emissoras. Andy teria acabado com tudo. Por nada. Por uma coisa que aconteceu há vinte anos. Por uma coisa que não pode ser mudada. Eu não podia deixar isso acontecer.

— Você sabe o que ocorreu naquela noite? — perguntou Kovac.

— Sei que Mike Fallon sabia. Ele ficou calado todo esse tempo porque Wyatt pagava o seu silêncio. Andy tinha descoberto isso. Se fizesse o pai falar... Eu não podia deixar isso acontecer.

— Wyatt tem de suspeitar, Gavin. Você acha que ele vai te manter a postos se souber que você é um assassino? Ele é um policial, pelo amor de Deus. O programa dele é baseado no cumprimento da lei. Se for esperto, vai mandar te prender para salvar sua pele. Pense no especial de televisão que isso daria.

— Largue a porra da mochila!

— Você é um assassino — repetiu Kovac. — Se ele descobrir...

— E ele também é! — gritou Gaines. — Largue a porra da mochila.

Kovac não teve tempo de digerir a revelação. Olhando para o lado, percebeu o movimento do braço de Gaines e jogou-se para a frente. O martelo só roçou a sua nuca, seu ombro é que sofreu o impacto. Mesmo por cima do casaco grosso ele sentiu uma dor terrível queimar-lhe o músculo.

Rolou de costas quando Gaines, enfurecido, tentou atingir sua cabeça de novo e afundou a ponta do martelo no chão de terra batida.

— Largue isso, Gaines! — gritou Liska. — Você está preso!

— Atire! — gritou Kovac quando Gaines sacou a arma de dentro do casaco aberto e saiu correndo.

Kovac rolou para o lado e para baixo do barco. Mas o propósito de Gaines agora era escapar, e ele já estava correndo, com a mochila na mão esquerda e a arma na direita. Virou o braço para trás e deu um tiro. Liska revidou. Gaines continuou a correr na direção da porta do galpão que dava no lago.

Liska atirou. Kovac levantou-se e pegou sua arma. Gaines abaixou-se do lado do último barco para se proteger e deu mais dois tiros. Liska também abaixou-se. O segundo tiro estilhaçou o casco de fibra de vidro do barco que lhe servia de proteção, e a bala passou de raspão pela sua cabeça. Então Gaines se viu fora do galpão.

Kovac saiu por uma porta lateral e agachou-se por trás de uns tonéis de gasolina, tentando ouvir para que lado Gaines tinha fugido. Mas não ouvia nada além do vento.

— Elwood está de carro — disse Liska, jogando-se no chão ao lado dele, arfando. — Tippen deve ter mandado umas viaturas para cá.

Eles tinham preparado a armadilha às pressas. Não houve tempo para passar o plano para Leonard. E nem intenção tampouco. Kovac admitiu que não teve muita coisa para usar como isca, mas tinha ouvido o bastante e juntado informações suficientes. Se mantivessem o plano entre eles e não pegassem ninguém, nada seria perdido. Se tivessem avisado Leonard, e Leonard tivesse vetado a idéia, nada seria ganho.

Kovac praguejou quando tirou a luva, passou a mão na nuca e viu os dedos sujos de sangue. — Para que lado ele foi? Se sair da propriedade teremos outro Rubel nas mãos, e nós dois acabaremos dando plantão no aterro sanitário.

— Ficaremos *dentro* do aterro sanitário. Leonard vai nos matar.

Kovac foi até o último tonel de gasolina e tentou ver o máximo que podia dali. Não havia sinal de Gaines, o que significava que ele poderia ter se escondido em qualquer uma das construções à volta e eles ficariam em situação de igualdade. De repente o ronco de um motor cortou o ar, e não houve tempo para pensar.

O *snowmobile* irrompeu pela porta do galpão de Neil Fallon, avançando para cima de Kovac. Ele se levantou e conseguiu dar um tiro, que atingiu a frente do veículo. Depois pulou fora, rolou no chão e saiu correndo.

Gaines estava com o acelerador todo aberto, dirigindo-se para o lago, para a área livre onde se localizavam as casas de pesca. O veículo passou aos solavancos sobre montes de neve compactadas. Kovac correu atrás, tentando não perder Gaines de vista. Deu mais dois tiros enquanto corria, sem grande esperança de atingir alguma coisa.

O *snowmobile* bateu na margem e deu um grande salto, fazendo o corpo de Gaines levantar-se do assento. O veículo balançou no ar e pousou no gelo com a parte traseira, com Gaines ainda agarrado ao guidão.

Kovac correu ainda mais, e viu que Liska o seguia pela esquerda.

Ao pousar, o *snowmobile* rompeu a camada de gelo sob a neve. O barulho da superfície do lago congelado se quebrando assemelhava-se ao estrondo de um trovão. Gaines caiu ao lado do *snowmobile* e ficou parado por um instante.

— Cuidado com o gelo! Cuidado com o gelo! — gritou Liska quando Kovac foi correndo para o velho cais dos barcos.

Gaines, já refeito do impacto, lutava para se levantar, com a mochila presa nos ombros. O *snowmobile* afundava cada vez mais, e o gelo em volta começou a estalar e a se abrir. Com mais um *estalo* o *snowmobile* desapareceu por completo.

— Desista, Gaines! — gritou Kovac. — Você não tem para onde fugir!

Gaines subiu à superfície com a arma e deu mais uns tiros. Kovac deitou-se no cais. Ao gritar, Gaines virou a cabeça para trás.

— Ele está na água! — gritou Liska.

Gaines deu um grito desesperado, levantando um dos braços acima da superfície. Kovac saiu do cais e testou o gelo.

— Agüente aí, Gaines! Não se mexa!

Mas Gaines estava em estado de pânico, afundando na água, erguendo o corpo e tentando sair do buraco. A cada tentativa o gelo se quebrava ainda mais e ele afundava de novo.

Kovac ficou de quatro, para distribuir melhor o peso na superfície, movimentando-se com o maior cuidado na borda do gelo rachado.

— Gaines! Tente ficar parado! — gritou ele.

Dava para ouvir Gaines arfando. A temperatura da água faria seu corpo entrar em choque rapidamente, causando falência múltipla dos órgãos. Suas roupas molhadas se prenderiam nele como uma armadura. A mochila funcionaria como um bloco de ferro preso nos seus ombros. Ele teria cãibra nos músculos e seu pânico aumentaria.

— Eu vou te puxar pelo braço! — gritou Kovac, chegando mais perto. Debaixo do seu corpo ele podia ouvir o gelo se quebrando.

Em vez de deixar que Kovac o puxasse, Gaines agarrou-se a ele com força, mas não conseguiu se manter assim por muito tempo. O gelo cedeu mais uns centímetros e ele soltou um grito animalesco de medo.

— Fique quieto aí! Fique quieto! — gritou Kovac.

Focalizou o braço de Gaines e puxou-o para a frente. O gelo abaixo do peito de Kovac cedeu e seu rosto e tronco mergulharam na água.

O frio era tão intenso que causava dor, como se ele em alta velocidade tivesse dado um encontrão em um muro de tijolos. Instintivamente, bateu na água com as mãos, como se a água fosse sólida e lhe servisse de apoio para erguer o corpo. Sentiu as mãos de Gaines nele, empurrando-o e puxando, tentando arrastá-lo para o fundo. Mas outra força puxou-o para trás, segurando suas pernas.

Kovac levantou a cabeça da água, tossindo, engasgando, chutando, tentando jogar o corpo para trás, para alcançar uma superfície mais sólida.

— Sam! — gritou Liska.

Ela estava por trás, deitada sobre o gelo, ainda agarrada a uma das pernas dele. Kovac ficou imóvel. Seus dedos já estavam dormentes de frio. Tossindo e cuspindo a água que tinha engolido, ficou olhando o buraco no gelo.

Gaines tinha desaparecido. A água estava calma e escura à luz do luar.

Por um instante, Kovac pensou qual seria a sensação de afogamento; aquele breve instante na água, cego, tentando subir para respirar e só sentindo o gelo acima da cabeça.

Depois parou de pensar nisso e arrastou-se de volta para o cais.

38

— **E você ainda diz** que *eu* sou ambiciosa — disse Liska. — Eu nunca matei ninguém para subir na vida.

Os dois estavam sentados no carro de Kovac. As unidades da Operações Especiais tinham chegado e Tippen comandava as ações. Um dos delegados emprestou um suéter para Kovac, e ele pegou um casaco de caça imundo na oficina de Neil Fallon para vestir por cima. As mangas eram muito curtas e o casaco cheirava a cachorro molhado.

— Você falou sobre isso — disse Kovac. Alguém tinha trazido café. Ele bebeu sem sentir o gosto, como não sentiu o gosto do uísque que Tippen lhe ofereceu.

— Isso não conta.

Os dois ficaram em silêncio por um instante.

— Quanto você acha que Wyatt sabe? — perguntou Liska.

Kovac sacudiu a cabeça. — Não sei. Ele deve estar suspeitando a essa altura. A coisa toda se reporta ao caso Thorne. É claro que ele sabe tudo sobre aquela noite.

— E manteve segredo durante todos esses anos.

— Até Andy Fallon começar a investigar. Vai ver que era a isso que

Mike se referia quando disse que não podia perdoar Andy pelo que ele estava fazendo, que Andy tinha arruinado tudo, que ele tinha dito a Andy para deixar as coisas como estavam. Pensei que ele se referisse ao homossexualismo de Andy... Meu Deus, todos esses anos...

— Você acha que foi Wyatt que matou Thorne? — perguntou Liska.

— Eu parei aí. Evelyn Thorne estava apaixonada por ele.

— Mas como Gaines descobriu isso?

— Não sei. Talvez Andy tenha feito a mesma conexão e lhe dito alguma coisa. Talvez ele tenha visto as anotações de Andy. Não sei.

— Onde é que o sujeito que foi culpado pelo crime se encaixa?

— Não sei.

Havia muitas histórias sobre o que tinha acontecido naquela noite vinte anos atrás, pensou Kovac. Além de Ace Wyatt, havia outra pessoa viva que talvez pudesse elucidar os fatos. Amanda.

— Você quer falar com Wyatt sozinho? — perguntou Liska. — Posso ir junto, talvez você precise de mim.

— Não. Tenho de fazer isso. Por Mike. Por mais difícil que ele fosse, teve importância para mim no passado.

Liska assentiu. — Então vou voltar para o escritório e preparar meu relatório sobre essa aventura.

— Por que não vai para casa, Fadinha? Já é tarde.

— Os meninos vão ficar com a minha mãe por causa de Rubel. Não tenho nada para fazer em casa, a não ser ficar espiando pela janela uma viatura com dois idiotas dentro estacionados na minha entrada.

— Nenhuma notícia de Rubel ainda?

— Muitas dicas. Muitos alarmes falsos. Espero que ele seja encontrado logo, a não ser que esteja na Flórida a essa altura.

— Está com medo? — perguntou Kovac, olhando para ela.

Liska fez que sim. — Estou. Por mim. Pelos meus filhos. Preciso acreditar que ele será apanhado antes que faça outra merda.

Os dois ficaram por um instante em silêncio.

— Estou me sentindo realmente velho, Fadinha. E cansado.

— Não pense nisso, Sam. Se parar de agir e começar a pensar assim, não se aprumará mais.

— Muito animador.

— Já vi que perdi minha chance de seguir carreira em Hollywood — disse ela, fingindo estar zangada. — O que você quer de mim? Piadinhas alegremente escrotas.

Ele encontrou energia para forçar um sorriso, depois tossiu. Seus pulmões ainda doíam devido à água fria.

— Ei — disse Liska, acariciando o rosto dele. — Estou contente de Gaines não ter matado você, parceiro.

— Obrigado. Obrigado por salvar minha vida, parceira. Eu podia estar debaixo daquele gelo com ele.

— É para isso que servem os amigos — disse ela com simplicidade, saindo do carro.

Por alguma razão, mesmo no meio da noite todos os estacionamentos da rua em volta da cidade ficavam lotados. Liska parou na vaga de emergência em frente ao prédio e deixou o carro lá. Nem por um decreto entraria num estacionamento público naquela noite.

Estava contente de poder voltar para o escritório. Gostava de ficar ali à noite, enquanto a maioria da cidade dormia. Naquela noite, em especial, não queria ir para casa. Se fosse, teria tempo demais para pensar na sua triste vida pessoal, tempo demais para sentir falta dos meninos.

Os corredores estavam quietos. A Polícia Federal tinha reunido a tropa de caça a Rubel no seu próprio prédio na Washington Avenue. A ação seria lá naquela noite.

Liska parou em frente à porta dos escritórios da corregedoria, pensando como os ciclos de vida eram estranhos. Uma semana antes, ela teria cuspido no chão à simples menção da palavra corregedoria. Em questão de dias, tinha visto maus policiais para o resto da vida.

Ninguém notou sua presença quando ela entrou no escritório do Departamento de Investigação Criminal. Pensou em passar a noite ali, guardando a bolsa na gaveta; podia dormir debaixo da mesa, como as pessoas sem teto dormiam debaixo de pontes depois que todos os locais públicos fechavam.

Ligou o computador, tirou o casaco... e viu Derek Rubel num canto do cubículo com uma arma na mão.

* * *

— Conte a história. Desde o início.

A sala estava tão quieta que Savard podia sentir o silêncio pressionando seus tímpanos.

Wyatt sentou-se atrás da mesa, olhando para Amanda, que empunhava uma arma. Ela tinha colocado um pequeno gravador na mesa. Os dois estavam sozinhos na casa dele. Wyatt se casara depois do assassinato de Bill Thorne, mas o casamento não durou.

— Conte a história — insistiu ela. — Não desperdice minha fita.

Wyatt tinha um ar triste. — Amanda... por que você está fazendo isso?

— Andy Fallon está morto. Mike Fallon está morto.

— Eu não matei os dois.

— Todos esses anos — disse ela baixinho. — Todos esses anos eu não pude contar... por causa da minha mãe. Pelo que ela fez naquela noite. Aquele homem já estava morto. Eu não podia salvá-lo. Pensei que pudesse compensar isso de alguma maneira, agir bem de alguma outra forma...

Durante muito tempo ela tentou acreditar que era penitência suficiente impedir que outros maus policiais prejudicassem as pessoas. Manter o segredo sórdido da sua família, o segredo sórdido da família de policiais da qual seu pai fazia parte. Dedicou também a vida a desvendar segredos dos funcionários do Departamento de Polícia de Minneapolis, não permitindo que os policiais da sua divisão ficassem impunes dos seus crimes, como ocorrera com Bill Thorne, como ocorrera com Ace Wyatt.

Wyatt tinha feito sua própria penitência. Mas não adiantou. O pai dela continuava morto... a não ser nos seus pesadelos. Weagle continuava morto... a não ser nos seus pesadelos. Agora Andy... Agora Mike Fallon...

— Não posso viver com todos esses corpos na cabeça — disse ela com voz trêmula, fazendo um movimento com a arma. — Conte a história agora.

— Amanda...

A voz dele cortava seus nervos como navalha: condescendente, protetora. Ela virou a arma ligeiramente para a direita e atirou na parede atrás da cabeça dele.

— Eu te disse para contar! — gritou.

Wyatt ficou lívido, depois vermelho. O suor do seu rosto pingava. Um forte cheiro de amônia de urina impregnou o ar.

— Eu... não posso... agüentar... mais... isso — disse Amanda, cerrando os dentes. Uma parte dela reconhecia que o seu comportamento era irracional. Mas esse era o problema, não era? Ela tinha sido racional demais, prática demais durante muito tempo, controlando o horror, o medo, a idéia de que as coisas que tinham acontecido eram erradas e que ela poderia ter evitado tudo.

— Vou começar por você — disse, apresentando-se na fita, dando a data e o lugar, como se fosse um interrogatório policial. Introduziu o assunto e declarou a data do incidente. Wyatt ficou olhando para ela.

— Eu amava a sua mãe. O que eu fiz foi por ela, para protegê-la. Você sabe disso, Amanda.

Os olhos dela encheram-se de lágrimas. — Ela está protegida agora. Ninguém pode magoá-la. Eu não posso deixar mais gente morrer sem fazer nada a respeito. Isso é errado. Eu me tornei uma policial para evitar que isso acontecesse. Você entende? Por causa daquela noite, eu sou quem eu sou. Eu me tornei uma policial para vigiar a polícia, para que acontecimentos como o daquela noite não se repetissem com outra pessoa. Mas não adiantou.

— Eu não matei Andy nem Mike, Amanda. Eu não...

— Foi você sim. Não está vendo? Conte a história.

— Eles se suicidaram — disse Ace, sem convicção na voz. Não conseguia mentir nem para si próprio.

Seu rosto ficou coberto de lágrimas. Ele tremia visivelmente. Olhou para o gravador, imaginando se ela pretendia gravar a história e matá-lo logo depois.

— Bill Thorne foi o homem mais cruel que conheci — começou, com voz trêmula. — Ele atormentava sua mãe, Amanda. Você sabia disso. Nada que ela fizesse era bom o suficiente para ele. Ele descontava sua raiva nela. Batia nela. Mas não batia em você, não é, Amanda?

— Não — murmurou ela, tremendo também. — Ele nunca me bateu. Mas eu sabia. Eu via. Eu detestava o meu pai por causa disso. Queria que alguém o detivesse, mas ninguém fez isso... porque ele era policial. Você via o que ele fazia com ela, os olhos roxos, as queimaduras. Você via. Os outros policiais viam. Mas todos faziam vista grossa. Eu nunca consegui compreender isso. Os outros talvez... mas você? Ela o amava. Como você pôde deixar isso continuar?

— Sua mãe não queria...

— Não. Não me venha com essa desculpa esfarrapada. Não venha dizer que ela não queria constrangimento, que não queria causar problema. Ela era uma mulher sofrida.

Ace olhou para o lado, envergonhado.

— Porque ele era policial — disse ela. — Você deixou as coisas chegarem onde chegaram naquela noite porque não podia trair um filho-da-puta como Bill Thorne.

Wyatt não disse nada. Não havia o que dizer.

— Na noite em questão... — disse ela.

— Sua mãe me telefonou dizendo que havia algo errado. Ela estava histérica. Bill tinha chegado em casa inesperadamente, bêbado. Bill fazia isso, bebia no trabalho. Não observava nenhuma regra, a não ser as suas próprias. Ele... — Parou por um instante, depois recomeçou, tomado das emoções daquela noite. — Ele a violentou. Bateu nela.

— Evelyn não agüentava mais — disse ele, olhando para o tampo da mesa, as lágrimas rolando cada vez mais no seu rosto. — Ela pegou uma arma e atirou duas vezes no peito de Bill. Depois me chamou.

— Eu não podia deixar que ela fosse punida pelo que Bill tinha feito com ela — continuou Ace. — Não podia ter certeza se os tribunais lhe dariam razão. E se descobrissem que nós dois tínhamos um caso? Um promotor teria visto isso como um motivo. Ela poderia ser mandada para a prisão.

— Então você encontrou Weagle...

— Ele estava na vizinhança. Estava na rua quando eu fui para a sua casa. Eu não sabia o que ele tinha visto ou ouvido.

Wyatt pôs as mãos na cabeça e começou a soluçar. — Eu fiz com que ele entrasse na casa. E atirei nele... com o .38 de Bill. Meu Deus... Então Mike chegou... e eu estava ali com o corpo. Entrei em pânico...

— Puta merda — disse Kovac, abrindo a porta do escritório. Olhou para Wyatt, que chorava tanto que não conseguia olhar para cima. — Você atirou em Mike Fallon.

Liska ficou congelada. Milhares de coisas passavam pela sua cabeça em um segundo. Empurrar Rubel, gritar, jogar alguma coisa em cima dele, tentar se proteger. Felizmente, ela tinha telefonado antes para os meninos e dito que os amava.

— Abaixe essa arma, Rubel — disse, num tom ridiculamente natural.

— Sua puta.

Ele usava óculos espelhados. Não dava para ver seus olhos. Mau sinal.

— Se você for esperto, desista agora. Ninguém vai te fazer mal. Você está em família.

— Aquilo não era da sua conta.

— Você matou um homem, portanto era da minha conta.

Por trás dele, Liska viu Barry Castleton movimentando-se devagar, com os olhos arregalados, segurando uma arma.

— Abaixe essa arma — disse ela. — Você não vai conseguir sair do prédio, Derek.

— Grandes merdas! Eu sabia disso quando entrei aqui. Sou um homem morto. Não tenho nada a perder. Melhor morrer agora, e depressa. E como um bônus vou levar você comigo, sua puta.

— Você colocou Mike naquela cadeira de rodas — disse Kovac, entrando na sala. — E durante todos esses anos foi considerado um grande herói. Você o colocou naquela maldita cadeira de rodas.

Wyatt chorava mais ainda, com as mãos na cabeça. — Eu não queria fazer aquilo. Mas entrei em pânico. Quando percebi... fiz o que pude para manter Mike vivo. Pensando todo o tempo que minha carreira estava arruinada, que ele ia contar pra todo mundo. Mas eu o mantive vivo...

— E se tornou um herói por causa disso.

— O que eu podia fazer? Tentei compensar Mike de todas as formas.

— É, até parece que dar a ele uma televisão gigante fez muita diferença. Ele sabia que foi você que atirou nele?

— Ele dizia que não se lembrava de nada. Mas... havia vezes em que... os comentários que ele fazia... eu achava que talvez...

— E ninguém jamais fez um exame de balística além de ver que todas as balas eram calibre 38 — disse Kovac. — Porque vocês todos eram policiais, menos aquele pobre-diabo, que morreu. Além disso, você tinha uma testemunha, Evelyn. Ou eram duas testemunhas? — perguntou, olhando para Savard.

Savard não tirava os olhos de Wyatt. — Mandaram que eu ficasse no meu quarto e que dissesse que não tinha visto nada. Eu fiz isso pela minha mãe, senão poderiam pôr a culpa nela.

— Meu Deus — disse Kovac, respirando fundo.

— Mike é que foi o herói — insistiu Wyatt. — Mike é que foi o herói.

— Mike está morto. Gaines o matou por causa de você. E matou Andy também — disse Kovac. — Você sabia que Andy estava fazendo investigações a respeito daquela noite. Ele foi falar com você. E logo depois apareceu morto. Você tinha de saber...

— Não! Pensei que ele tivesse se matado! — insistiu Wyatt. — Pensei mesmo.

— Você poderia ter evitado tudo isso — disse Savard, com as lágrimas escorrendo pelo rosto. — *Eu* poderia ter evitado. Andy veio falar comigo também. Depois que descobriu a minha mãe. Eu devia ter evitado isso. Eu sou uma policial.

"Eu poderia ter feito alguma coisa — disse ela, com a arma na mão trêmula. — Desculpe. Desculpe, Andy..."

— Você não matou Andy, Amanda — disse Kovac, a raiva transformando-se em medo quando notou que ela olhava para a sua arma. — Passe essa arma para mim. Vamos parar com isso agora. Eu vou ajudá-la.

— É tarde demais — murmurou ela. — Desculpe. Desculpe.

— Passe essa arma para mim, Amanda.

Ela olhou para a arma na sua mão e levantou-a, apontando o cano para a própria cabeça.

— Largue a arma, Rubel! — gritou Castleton. — Nós te pegamos.

Rubel apontou a arma para o peito de Liska e deu um grito animalesco. Seu rosto ficou vermelho e as veias do grosso pescoço saltaram como cordas debaixo da pele retesada.

* * *

— Passe essa arma para mim, Amanda — disse Kovac, aproximando-se dela com o corpo tremendo. — Acabou agora, querida.

— Eu podia ter evitado isso — disse ela.

Kovac deu mais um passo. — Amanda, por favor...

Amanda olhou nos olhos dele. — Você não compreende...

— Amanda.

— Foi tudo culpa minha.

— Não — disse Kovac, aproximando-se devagar. Sua mão tremia como se ele estivesse bêbado.

— Foi sim — disse ela, balançando a cabeça e pondo o dedo no gatilho. — Eles todos morreram por minha causa.

Castleton gritou, encaminhando-se para Rubel.

Liska enfiou a mão no bolso do casaco.

Rubel virou a cabeça por um segundo. E um segundo era tudo que ela precisava.

O cassetete tático esticou-se, e Liska desferiu golpes a torto e a direito com toda a força. Os ossos do braço de Rubel estalaram quando a arma disparou, e o tiro atingiu a parede. Depois Rubel caiu no chão, gritando e contorcendo-se.

Liska largou o cassetete e saiu do cubículo.

— Amanda... — murmurou Kovac. Mais tarde ele se lembraria daquele único instante, e saberia que o que tinha visto nos olhos dela naquele momento era um reflexo da própria esperança morta dele.

— Amanda... me dê a arma.

— Não — disse ela com suavidade. — Não, Sam. Não está vendo? Eu podia ter evitado tudo isso vinte anos atrás. Minha mãe não atirou em Bill Thorne. Quem atirou fui eu.

Kovac não se lembraria do barulho que a arma fez quando disparou. Não se lembraria dos gritos de Ace Wyatt e dos seus próprios gritos. Sua memória seria para sempre composta só de imagens:

O jato de sangue, ossos e massa cinzenta.

Por uma fração de segundo, a surpresa nos olhos de Amanda antes de se fecharem.

Ele próprio sentado no chão, segurando o corpo dela, como se sua consciência tivesse se desprendido do seu próprio corpo e se desligado, para tentar esquecer o horror.

Mas não havia como esquecer. Nunca.

39

— **Tippen telefonou** — disse Liska.

Ela estava com uma cara horrível. Parecia Sininho viciada em heroína. Pálida, com olheiras, o cabelo espetado em todas as direções. Nem se lembrava mais de quando tinha dormido pela última vez. Kovac tampouco se lembrava da última vez em que *ele* tinha dormido. Mas por mais exausto que estivesse, não queria ir para casa. O trabalho era seu refúgio. E o de Liska também.

Então foram para a casa de Gavin Gaines, em vez de voltar para casa. Um novo dia estava nascendo, brilhante e frio. Eles estavam nos degraus da frente da casa, para cumprir o mandado de busca e procurar qualquer coisa que o ligasse aos assassinatos de Andy e Mike Fallon. Procurar qualquer coisa que sugerisse que Ace Wyatt tinha conhecimento desses crimes.

Kovac olhou para o sol, uma bola de cor laranja num céu azul desmaiado, com um halo à volta. Isso indicava que o dia seria frio.

Nenhuma mentira.

— Tippen disse que encontraram os arquivos de Andy — disse Liska. — No barco dele. Boa pedida.

— Neil me disse que Andy tinha estado lá no sábado à tarde. Os arquivos não estavam em lugar algum. Gaines não estava com eles, caso contrário não teria me seguido até lá na noite passada. Mas aposto que ele pegou o laptop e se livrou dele na noite em que matou Andy.

— Por que você acha que Andy escondeu os arquivos e, depois, deixou Gaines entrar na casa dele?

— Não sei. Talvez ele não quisesse que Gaines os visse. Mas nunca pensou que Gaines fosse matá-lo por causa disso.

— O que vai acontecer com Wyatt?

Kovac deu de ombros. — Não há estatuto de prescrição para crime de morte. Nós temos a fita em que ele confessa que matou Weagle e atirou em Mike.

— E o advogado dele dirá que ele confessou sob coerção, que não foi avisado sobre seus direitos, e todo esse blablablá.

— É. Eu diria que não existe justiça. Mas existe. Às vezes a justiça leva algum tempo para se manifestar. E às vezes, quando se manifesta, não é bem o que nós tínhamos em mente.

Eles ficaram calados por um instante, olhando para a rua.

— Sinto muito sobre Savard — disse Liska.

Kovac não tinha contado a ela o que sentia por Amanda. O que adiantava falar sobre esse assunto agora? Já era difícil o suficiente ter de lidar com isso. Pior seria ouvir palavras de compreensão. E pior ainda palavras de piedade. Ele só tinha lhe contado o que havia acontecido na casa de Wyatt. Tinha contado o que sabia, as informações que conseguiu juntar, o que Wyatt lhe contou depois.

Kovac podia facilmente imaginar Amanda aos dezessete anos, vulnerável e com medo; necessitando de justiça, sem conseguir ajuda das pessoas nas quais deveria poder confiar. Ela tinha feito a única coisa que achou que salvaria sua mãe: matou o pai com um tiro. E Evelyn Thorne fez a única coisa que achou que salvaria sua filha: assumiu a culpa. Depois Wyatt entrou em cena e a tragédia potencializou-se.

Ele lembrava agora o que Amanda tinha lhe dito na sexta-feira à noite quando os dois estavam na cozinha dela: *Tentei fazer minhas escolhas achando que elas seriam boas para todos. Às vezes alguém sofre ao longo do processo, mas tomei uma decisão por um motivo correto. Isso deve servir para alguma coisa, não é?*

— Eu sinto muito também — disse ele finalmente, contente por os óculos escuros esconderem seus olhos e suas emoções.

— Não restou nada para Wyatt — continuou, tirando um cigarro do bolso e prendendo-o nos lábios. — Ele acabou. Não sobrou nada...

Para mim, pensou, mas não disse.

Ele tinha seu trabalho, a única coisa que sabia fazer bem na vida.

Mas o seu trabalho não parecia suficiente agora. Não preencheria o vazio que ele tinha dentro de si. Talvez nada preenchesse.

— Como você está? — perguntou ele.

Liska deu de ombros e colocou os óculos. — Bem, para quem viu a morte de frente. Mas não gostaria que me acontecesse isso todo dia — disse ela, dando-lhe uma cutucada com o cotovelo e um sorriso. — Está vendo? Aquele trabalho em Hollywood teria sido uma boa escolha. Dinheiro sem fazer força.

Os dois ficaram calados por mais algum tempo, depois ela disse: — Eu tive medo. Ainda estou com medo. Não gosto de pensar nos meninos crescendo sem mãe. Alguém enfiou um revólver na minha cara e eu estou brincando com isso. Mas não tem graça nenhuma.

— Você não vai me deixar, vai, Fadinha?

Ela não respondeu imediatamente, e quando falou não deu exatamente uma resposta. — Vou tirar umas férias. Vou levar os meninos a algum lugar divertido. Quero me bronzear.

Elwood apareceu na porta e enfiou a cabeça para dentro. — Vocês vão gostar de ver isso.

Eles entraram na casa e seguiram Elwood. Abrindo caminho por uma multidão de policiais, subiram as escadas e deram no quarto principal e em um closet.

Gaines era um mauricinho. O closet estava entupido de ternos e camisas. Nas prateleiras, havia pilhas de suéteres e sapatos. Alguém tinha empurrado as roupas para um lado e descoberto uma obra de arte secreta.

— Meu Deus — foi tudo que Kovac conseguiu dizer.

A parede era coberta de fotos e recortes de jornal de Wyatt. Artigos sobre o homem, sobre o programa, sobre seu acordo com a Warner Brothers. Instantâneos de Wyatt em cinqüenta sets diferentes, dando apertos de mão, ao lado de oficiais e fãs. Fotografias dos dois em vários eventos sociais. No centro, Wyatt em tamanho natural. Um santuário.

— Ui! — disse Liska, torcendo o nariz. — Será que alguém além de mim está precisando tomar uma ducha?

— Encontrei isso na prateleira, dentro de um envelope — disse Elwood, entregando a Kovac um maço de fotos.

Andy Fallon pendurado na viga do seu quarto. Foto de corpo inteiro. Nu. Recém-morto. Um *close-up* do seu rosto. Mike Fallon sentado na sua cadeira, morto.

— Uma boa coleção para um álbum — disse Kovac, repetindo as palavras de Gaines quando ele tirava as fotos na festa de Wyatt e no ringue de gelo com os vice-presidentes da Warner Brothers.

— Você acha que ele tirou essas fotos para chantagear Wyatt mais tarde? — perguntou Elwood.

Kovac olhou das fotos para a colagem no fundo.

— Não — disse, devolvendo os instantâneos. — Não acho não.

Epílogo

O enterro de Amanda Savard ocorreu na quinta-feira. Uma semana depois do de Andy Fallon. Kovac foi sozinho, uma das vinte pessoas na pequena capela da casa funerária. A vida dela tinha sido confinada e controlada, dentro das paredes das suas defesas. Kovac acreditava que ele fora uma das poucas pessoas com o mínimo de acesso ao interior dessas paredes.

Evelyn Thorne estava lá com sua médica. Se compreendia ou não o que acontecia era impossível dizer. Ficou sentada durante toda a cerimônia, olhando uma fotografia que tinha nas mãos. Amanda aos cinco anos de idade, olhos brilhantes e ar sério. Cabelo preso num rabo-de-cavalo com uma fita de veludo azul. Mostrou a foto para Kovac três vezes. Ele teve vontade de pedir para ficar com a foto, mas não pediu.

A cerimônia foi simples, o encerramento básico da existência terrena. Cinzas sobre cinzas, e pó sobre pó. Uma purificação sem sentido da vida: nascer, viver e morrer. Não houve pronunciamentos. Não houve uma cerimônia junto ao túmulo. Ela não foi enterrada ao lado do pai.

Os detalhes do envolvimento de Amanda na morte de Bill Thorne foram ocultados da imprensa. Seu enterro não foi considerado matéria digna de noticiário. O enterro de Mike Fallon atraiu milhares de agentes da lei de todo o Meio-Oeste, e foi noticiado na primeira página do *Star Tribune*. Kovac não compareceu.

Voltou à capela depois de terminada a cerimônia, depois que os outros tinham ido embora. Sentou-se ali por um longo tempo, olhando para o caixão fechado, sem se permitir imaginar o que eles dois poderiam ter tido. O agente funerário entrou e olhou-o como se olha para o último cliente de um bar pronto para fechar.

— Não precisa ter pressa — disse o homem com um sorriso gentil, passando pelos vários vasos de palmas distribuídos ao longo da capela.

Kovac levantou-se e tirou um lenço do bolso do casaco. — Posso deixar uma coisa com ela? É tarde demais para isso?

— É claro que pode — disse ele, aproximando-se com um olhar bondoso. — Eu cuido disso para o senhor.

Dentro do lenço estava o distintivo que ele usava quando trabalhava na patrulha, na época em que começou na polícia muitos anos atrás. Olhou para o distintivo, alisou-o com o polegar e entregou-o ao agente funerário.

— Eu gostaria que ela ficasse com isso.

O homem olhou o distintivo e deu mais um sorriso gentil. — Vou providenciar para ser colocado junto dela.

— Obrigado.

Tinham restado apenas dois carros no estacionamento. O dele e o de Liska. Ela encostou-se na porta do motorista, de braços cruzados.

— Você está bem? — perguntou, apertando os olhos.

Kovac olhou para o prédio. — Não muito bem... eu quebrei uma das minhas regras. Tive esperança demais.

Liska assentiu. — Eu também quebrei essa regra... Então, acho que somos dois mal-humorados.

Ele enfiou as mãos nos bolsos e curvou os ombros para defender-se do frio, e deu um sorriso forçado. — Eu não sou mal-humorado, sou amargo.

Liska olhou-o por um instante, não com olhos de policial, mas com olhos de amiga. Depois se afastou do carro e passou os braços em volta dele. Kovac abraçou-a, apertando os olhos para não chorar. Os dois ficaram assim por um minuto, talvez dois.

Quando Liska soltou-se de Kovac, deu-lhe um tapinha no braço e tentou sorrir. — Ei, nós temos um ao outro, né? Vamos tomar uma xícara de café, companheiro.

Kovac sorriu com carinho. — Vamos nessa... amiga.

Impresso no Brasil pelo
Sistema Cameron da Divisão Gráfica da
DISTRIBUIDORA RECORD DE SERVIÇOS DE IMPRENSA S.A.
Rua Argentina 171 – Rio de Janeiro, RJ – 20921-380 – Tel.: 2585-2000